EMILY AVES

TRUE *Colors*

ROMAN

Triggerwarnung

Liebe Leserin & Lieber Leser,

dieses Buch enthält potenziell triggernde Themen.
Ich möchte, dass du dich wohlfühlst, daher findest du auf S. 331 eine Triggerwarnung.
Achtung: Diese enthält Spoiler!

- Emily

Playlist

American Money
BØRNS

Slow Down
CHASE ATLANTIC

Middle of the Night
ELLEY DUHÉ

Softcore
THE NEIGHBOURHOOD

The Night We Met
LORD HURON

Lust For Life
LANA DEL REY, THE WEEKND

Friends
CHASE ATLANTIC

National Anthem
LANA DEL REY

Don't Blame Me
TAYLOR SWIFT

Blue
TROY SIVAN, ALEX HOPE

Blau & Gello

Blau ist die Farbe der Harmonie und der Ruhe.
Sie symbolisiert die unendliche Tiefe des Meeres und Weite des strahlenden Himmels.
Die Farbe verkörpert Loyalität, Disziplin und innere Stärke, doch Trauer und Lügen ziehen sich hindurch.
Gelb ist die Farbe der Erleuchtung und des Adels. Sie steht für herrschaftliche Opulenz, Selbstsicherheit und das Gedeihen des Lebens. Eifersucht und Feigheit zerstören jedoch das göttliche Licht.

Wenn Azula und Amarillo aufeinandertreffen, entsteht Grün.
Die Farbe des Giftes und des Neids.
Doch Balance, Lebendigkeit und Hoffnung schimmern hindurch.

1

Azula

Als Stripperin wusste ich, dass Geld ein zweischneidiges Schwert war. Es machte abhängig und frei zugleich. Dennoch stand ich wie beinahe jeden Abend im Club und beobachtete das tanzende Licht. Es bewegte sich im Glanz der Disco Kugel und warf funkelnde Lichtpunkte auf die Bühne unter mir. Mein glitzernder Tanga bedeckte kaum mehr als ein schmales Stück Haut, legte aber meine Tattoos frei, die ich während der Arbeit gern präsentierte. Der Bass wummerte durch den kleinen Saal und brachte die Bühne zum Beben. Mit langen Schritten wagte ich mich bis zu der silbernen Stange in der Mitte.

Als ich meine Hand darumlegte, wurde sie mit einem Schlag kalt. Mein Blick streifte durch den abgedunkelten Raum. Ich konnte die hungrige Lust in den Augen des Publikums erkennen.

Ich nannte die schmierigen alten Männer *Publikum*, weil es dadurch leichter war, für sie zu tanzen. Wenn ich mir vorstellte, dass ich vor einem freudigen Publikum meinen Körper bewegte, war es gar nicht so bedrückend, dass sie mich nur als Objekt der Lust betrachteten.

Langsam rekelte sich mein nur leicht bedeckter Körper an der Stange. Aus der Menschenmenge hörte ich, wie sie die Stühle rückten und ihre Aufmerksamkeit nicht mehr auf dem Alkohol lag, der ihnen serviert wurde. Ich schloss die Augen und ließ mich von der Musik leiten. Immer darauf bedacht jeden Muskel anzuspannen, meine Beine grazil um die Stange zu legen, und meine schlanken Finger auszustrecken. Ich bemühte mich, die Männer um mich herum zu ignorieren, während sich ihre Blicke in meine Haut brannten. Sie pfiffen und streckten ihre Hände nach mir aus. Ich rekelte mich eine weitere Sekunde auf dem Boden, bis ich auf sie zukam. Wie eine Löwin schlich ich mich an den Rand der Meute und betrachtete gierig die grünen Dollarnoten in ihren Händen.

Sie fuchtelten wild mit den Scheinen und einer griff nach meinem Tanga. Zunächst erschrak ich, doch dann schob er mir zwei Dollar Noten unter den Slip.

Ich lächelte verschwörerisch und zwinkerte ihm zu. Kurz darauf, stopfte er weitere Geldscheine in meinen BH.

Sie hätten alles dafür getan, mich anfassen zu dürfen.

Das Lied wechselte und signalisierte mir, dass es Zeit war, die Bühne zu verlassen. Ich sammelte die Scheine ein, die sich auf dem runden Podium zerstreut hatten, und verschwand über die Treppe an der Seite.

Sofort suchte ich nach meinem Mantel, einem seidenen Kimono. Er war nicht nur sexy, sondern ebenso gemütlich und schütze mich vor ungewollten Blicken im Club.

Durch eine Tür huschte in den Backstagebereich und wurde sofort von Laurie begrüßt. »Hey Babes! Du wirst mit jedem Tag besser.« Sie drückte mir einen dicken Schmatzer an die Wange.

Ich schüttelte lächelnd den Kopf. »Laurie, du versaust mein Make-up!«

Die Blondine verdrehte die Augen, leckte einmal ihren Finger ab und wischte mir damit über den Lipgloss Fleck an der Wange. Dann grinste sie und klopfte mir auf die Schulter. »Ich bin als Nächste dran. Sehen wir uns nachher und gehen was essen?«

Ich konnte gerade noch nicken, da war sie schon auf ihren pinken Heels davon gestelzt. Ihre langen, eisblonden Locken wippten dabei hin und her. Letzte Woche hatte sie sich Lametta Strähnen in die Haare setzen lassen.

Es sah zauberhaft aus. Jedes Mal, wenn sie sich bewegte, glitzerte ihre Mähne und kam in dem bunten Clublicht zur Geltung.

Ich nutze die Pause, um mir etwas an der Bar zu holen. Das war einer der großen Vorteile in diesem Club zu arbeiten. Unser Chef bezahlte jegliche Drinks, solange diese nicht alkoholischer Natur waren.

»Gibst du mir eine Cola?«, rief ich Jeff zu, der ein paar Martinis mixte. Er nickte und schon kurze Zeit später hatte ich ein eisiges Glas Zuckergetränk vor meiner Nase.

Ohne Soda würde ich es nicht aushalten, drei Nächte die Woche zu arbeiten und morgens pünktlich zu meinen Vorlesungen zu erscheinen.

Ich nahm das Glas in die Hand und kühlte meine erhitzten Wangen. Das Süßgetränk auf meiner Zunge ließ mir einen Schauer über den Rücken laufen. Während ich trank, scannten meine Augen den Raum nach potenziellen Kunden ab.

Es war die schwierigste Aufgabe von allen, aber auch die lukrativste. Häufig verirrten sich einsame, reiche Männer in Stripclubs. Diese suchten zunächst nur nach ein wenig Ablenkung, aber wenn man ihnen imponierte, konnte dabei mehr für einen rausspringen. Eine Stammkundschaft aufzubauen war essenziell, um mehr als nur ein paar Dollar pro Nacht zu verdienen.

Ich ließ meinen Blick durch den Raum schweifen und betrachtete die Männer in den mit Samt bezogenen Sesseln. Ihre grau-melierten Haare stachen direkt hervor und viele von ihnen hatten einen Scotch oder andere teure Drinks in der Hand. Sie waren Geschäftsmänner. Das konnte ich an der Krawatte und den immer gleichen Anzügen erkennen, doch dann blieb mein Blick an der Tür hängen.

Ein junger Kerl kam durch den breiten Eingang und trat selbstbewusst die drei Treppenstufen herunter. Die Hände hatte er in den Taschen seiner schwarzen Anzughose vergraben, aber eine dicke, silbrig glänzende Uhr stach mir sofort ins Auge. Er trug kein Sakko, so wie die anderen hier. Sein

Oberkörper war in einem enganliegenden Hemd gekleidet und durch sein dunkles Outfit stachen seine honigblonden Locken hervor.

Mein Blick verfolgte ihn, bis der Kerl mitten im Raum anhielt. Er sah kurz auf die Bühne und beobachtete Laurie dabei, wie sie im Spagat mit dem Arsch wackelte. Plötzlich drehte er sich um und starrte in meine Richtung.

Sofort durchdrangen mich smaragdgrüne Augen. Seine Mundwinkel hoben sich und der junge Mann steuerte direkt auf mich zu. Verkrampft hielt ich mich an der Bar fest. Sein Blick brannte sich in meinen leicht bekleideten Körper und ließ mein Herz stolpern. Als würde sich ein Seil immer enger um meine Lungen ziehen, nahm er mir die Luft zum Atmen.

Indem er sich bewegte, wirkte er wie ein Puma. Seine Schultern schwangen beim Laufen hin und her und die Augen nahm er nicht von mir, als sei ich seine Beute. Einige lockige Strähnen fielen ihm ins Gesicht, die er sich elegant mit seiner sehnigen Hand zurückstrich.

Ich wollte meinen Blick abwenden und verschwinden, doch kurz bevor er an der Bar ankam, wandte er seinen Blick in Richtung des Barmanns und lehnte sich neben mich. »Whiskey on the Rocks.«

Meine Augen klebten an der Bühne. Noch immer hatte ich Mühe die stickige Luft in meine Lungen zu pressen. *Reiß dich zusammen, Azula.* Ich schluckte fest und versuchte, meinen Herzschlag zu beruhigen. Meine Augen huschten zur Seite und ich bereute sofort, dass ich hingesehen hatte.

Unsere Blicke trafen sich und er starrte mich durch dichte Wimpern an.

Sein Blick jagte feine Blitze über meine zarte Haut und am liebsten wäre ich weggerannt, um seiner Energie zu entkommen. Er scannte jeden Zentimeter meines Körpers. Instinktiv schlang ich meine Arme um meinen Oberkörper und zupfte unbeholfen am Stoff des Kimonos. Irritiert über meine eigene Reaktion schüttelte ich den Kopf. Ich war kein Mädchen, dass sich einschüchtern ließ, also nahm ich jeden Mut in mir zusammen und starrte zurück. Ich reckte meinen Hals und drückte die Schulter durch.

»Kann ich dir irgendwie helfen?«, fragte ich und atmete fest aus. Seine Augen zeigten keine Regung, nur sein Mundwinkel zuckte für eine Sekunde nach oben.

»Nein.« Seine Stimme war ruhig, aber bestimmt. Er griff um mich herum, was mich zusammenzucken ließ, doch er nahm nur das Whiskyglas vom Tresen. Seine grellen Augen schweiften ein weiteres Mal über meinen Körper, ehe er einen Schluck aus dem kristallenen Glas nahm und zu den Sesseln schlenderte.

Perplex beobachtete ich ihn, wie er sich seelenruhig in die Lehne sinken ließ. Trotz seiner lässigen Art wirkte er versteift. Sein Kiefer war zum Bersten angespannt und seine Atmung ging stockend. Zwischendurch schloss er die Augen, und schien das brennende Gefühl des Alkohols in seiner Kehle zu genießen.

*

Mit federndem Schritt lief ich auf die Stange zu und rekelte mich an dem kühlen Metall. Ich hielt mich mit einer Hand fest, während ich meinen Körper nach hinten beugte. Wie eine Schlange rollte ich meinen Körper, bevor ich mich auf meinen Heels in eine tiefe Hocke fallen ließ.

Ich wollte mich auf die Musik konzentrieren, doch schlagartig lief mir ein kalter Schauer über den Rücken. Das grelle Licht, welches von oben auf mich herab schien, blendete mich, doch die smaragdgrünen Augen drangen zu mir hindurch.

Der junge Mann saß breitbeinig auf einem der hinteren Sessel, doch selbst aus dieser Entfernung konnte ich den Abdruck seines besten Stücks deutlich erkennen. Er saß nach hinten gelehnt und nippte immer mal wieder an seinem Glas. Ohne unseren Blickkontakt abzubrechen, bewegte ich mich weiter im Takt der Musik.

Die Männer grölten und pfiffen lautstark. Sie ließen ein paar Dollar Noten auf mich regnen, doch ich beachtete sie gar nicht. Ich hielt seinen Blick in meinem gefangen. Sein Finger strich langsam über den Rand seines Glases, während seine Augen meinen Körper herunter glitten. Eines der anderen Mädchen löste mich ab und die Männer begrüßten sie mit freudigem Gemurmel. Jedoch nicht der junge Kerl. Er starrte mir mit hungrigem Blick hinterher.

Als ich zurück in den Raum kam und mir meinen Kimono schnappen wollte, unterbrach mich sofort Jeff, der durch die Tür trat. »Azula, jemand hat nach dir an der Bar gefragt.«

»Möchte er etwas trinken?«

»Nein, er hat nach einem der Privatzimmer gefragt«, korrigierte er meine Vermutung. Sofort hielt ich inne und Laurie quiekte aufgeregt. Sie kam auf mich zu gehüpft und kreischte: »Babes! Die Zeit ist gekommen! Hol dir dein Geld.«

Sofort hob sie ihre Hand und bedeutete mir, in diese einzuschlagen. Ich schüttelte nur grinsend den Kopf, bevor ich nähertrat. Wir schlugen die Hände ineinander, zogen sie weg und klatschen uns dann gegenseitig auf den Arsch. Eine Art Motivationsklatscher. Sie war die erste Freundin, die ich hier gefunden hatte und seit ein paar Wochen hatten wir sogar einen eigenen Handschlag.

Mit wackeligen Knien folgte ich Jeff aus der Tür zu einem der Räumen am anderen Ende des Clubs. Die privaten Zimmer dienten den individuellen Tänzen für die Männer, die sich den Premiumpreis leisten konnten. Lediglich die sogenannten *Champagne Rooms*, in denen sich die Männer mit mehreren Frauen vergnügen konnten und unbegrenzt Champagner eingeschenkt bekamen, waren noch teurer. Trotzdem galt auch hier: Nur gucken. Nicht anfassen. Unser Chef nahm diesen Leitsatz sehr ernst, denn er war kein düsterer Mann, wie sie in den Filmen dargestellt wurden. Sein Etablissement war sauber und er behandelte die Mädchen gut. Niemand wurde zu etwas gezwungen und dennoch gab es immer wieder Fälle, in denen die betrunkenen Männer eine Grenze überschritten. Darum kümmerte sich dann jedoch die Security, die über uns Mädchen wie bissige Hunde wachte.

Die schwarze Tür war verschlossen, doch ich konnte den

dumpfen Bass schon aus dem Inneren wahrnehmen. Wer auch immer dort saß, hatte einen guten Musikgeschmack, denn die Kunden konnten sich an einem Tablet eigene Lieder auswählen. Momentan lief *Slow Down* von *Chase Atlantic*. Das erkannte ich sofort, denn es war auch in meiner Playlist.

Während ich in den abgedunkelten Raum trat, identifizierte ich augenblicklich den jungen Mann. Sein Blick war gesenkt, doch wegen der blonden Locken und dem schwarzen Outfit erkannte ich ihn.

Vorsichtig schritt ich hinein. Seine Augen hingen weiterhin an seinem Glas. Als sei er in Trance, fuhr er immer wieder mit seinem Finger über den dünnen Rand. Ich drückte die Schultern durch und ermahnte mich selbst in Gedanken: »Auf der Arbeit bist du *Sky*: selbstbewusst, sexy und unwiderstehlich.«

Meinen Künstlernamen hatte ich mir zu Beginn ausgesucht. Laurie informierte mich, dass ich unbedingt einen benötigte.

»Wegen der Stalker und so«, sagte sie damals. Ihrer war *Bunny* und passte ausgesprochen gut zu ihr. Ich wollte auch einen, mit dem ich mich identifizieren konnte, also wählte ich *Sky*. Der Himmel symbolisierte für mich Freiheit und gleichzeitig den Grund, warum ich diesen Job angenommen hatte.

Plötzlich hob der Kerl seinen Kopf. Abermals trafen mich die grünen Augen und ich musste den Kloß herunterschlucken, der sich in meinem Hals gebildet hatte.

»Tanz für mich«, befahl er in einem kühlen Ton. Einen Augenblick starrte ich ihn nur perplex an, während mich sein undurchdringlicher Blick löcherte. Er deutete nur auf die Fläche vor sich. Unsicher platzierte ich mich und bewegte bedächtig meine Hüften. Meine Arme hob ich über meinen Kopf und dann in fließenden Bewegungen meinen Körper hinunter. Allmählich entspannte er sich und sackte weiter auf die Bank. Seine Augen klebten an mir, als ich mir umdrehte, damit er meine Kehrseite betrachten konnte. Zunächst bewegte ich mein Becken langsam, wurde dann aber im Takt der Musik schneller. Schlagartig spürte ich eine Hand an meiner Hüfte. Sofort hielt ich inne und gefror in der Position.

»Komm näher«, raunte er und zog mich an sich.

Es dauerte einen Moment, bis ich wieder normal atmen konnte. An der Stelle, an der er mich berührt hatte, zog sich ein heißes, kribbelndes Gefühl über meine Haut. Als ich mich zu ihm drehte, schnellte sein Blick nach oben und er hielt mich für den Bruchteil einer Sekunde gefangen. Seine glühenden Augen stachen zwischen den blonden Locken hervor und wanderten über meinen Körper. Über mein Dekolleté, meine Arme, meine Brüste und meinen Bauch hinunter. Eingehend begutachtete er jeden Zentimeter und mit jeder verstreichenden Sekunde wurden meine Bewegungen schwächer, bis ich sachte zum Stehen kam.

Sein Blick glitt wieder zu meinem. Ich hatte gar nicht bemerkt, dass ich die Luft angehalten hatte, doch als er mich plötzlich packte, entwich sie mir schlagartig. Er zwang mich, mich auf seinen Schoß zusetzten und presste mich gegen seinen Körper. Kurz darauf vergrub er seine Hand in meinen Haaren.

Er verharrte mit seinem Blick auf meinem Gesicht, betrachtete jeden Zentimeter und ließ langsam seinen Daumen an meine Wange wandern. Während sich seine andere Hand in meinen Oberarm drückte, erkundeten seine Finger meine Gesichtszüge. Vorsichtig ließ er seinen Daumen über meine Schläfe, bis hinunter an mein Kinn wandern, bevor er über meine Lippen strich. Nun hatte auch ich einen kurzen Augenblick, um ihn näher zu betrachten.

Seine Lippen waren prall und wohl geformt. Feine Sommersprossen umrahmten seine markante Nase und seine dunklen Augenbrauen thronten in einer makellos geschwungenen Linie über seinen glühenden Augen. Seine Zähne hatte er so fest aufeinandergepresst, dass seine Kaumuskeln stark hervortraten.

Mit jedem Augenaufschlag lud sich die Luft weiter auf. Ich konnte die Funken förmlich durch den Raum springen sehen, bevor er den Abstand überbrückte. Seine Lippen prallten hart auf meine und ich keuchte erschrocken auf. Er hatte mich fest im Griff. Eine Hand an meiner Taille, die andere in meinen Haaren, drückte er mich an sich. Er drang mit seiner Zunge zwischen meinen Lippen hervor und umspielte unersättlich die meine.

Unwillkürlich schloss ich die Augen. Alles in mir drehte sich. Mein Magen kribbelte und das wohlige Gefühl zog sich bis an meine empfindlichste Stelle. Dann wuchtete er mich plötzlich herum, sodass ich nun mit dem Rücken auf dem Ledersofa lag. Er thronte zwischen meinen Beinen und knurrte, als er sich näher an mich drückte. Er vertiefte unseren Kuss. Seine Hände fuhren über meinen Körper. Sie versuchten, jeden Zentimeter meiner erhitzten Haut zu ertasten. Er griff in meine Oberschenkel, meine Hüfte, meine Brüste. Wild erkundeten sie meinen Körper.

Auch meine Hände entwickelten ein Eigenleben. Sie fuhren seinen Rücken hinab und zogen ihn näher heran. Instinktiv schlang ich meine Beine um seine Hüfte. Er stöhnte in unseren Kuss und biss mir leicht auf die Unterlippe, ehe er daran zog und mir ein Seufzen entlockte.

Seine Hand fuhr die Innenseite meines Schenkels entlang, bis er an den Rand meines Slips gelang. Einen Moment blieb sie dort liegen, doch dann schob sich sein Finger darunter. Ich atmete erschrocken an seine Lippen und schlagartig wurde mir bewusst, was wir hier taten.

Sofort stieß ich ihn mit aller Kraft von mir und starrte ihn an. Tränen stiegen mir in die Augen, doch ich bemühte mich, diese zurückzuhalten.

»Ich bin keine Hure«, keuchte ich und beobachtete ihn dabei, wie er sich über die Lippen strich und bedrohlich auf mich zu kam. »Hier bist du nur ein Objekt.«

Sofort hatte ich mich aufgerappelt und meine Träger gerichtet. Ich musste hier raus, weg von diesem Kerl.

»Wohin gehst du? Wir sind noch nicht fertig!« Er griff nach meinem Handgelenk, doch ich riss mich los. Die Stelle, an der er mich so schroff festgehalten hatte, pulsierte und wurde heiß. Verzweifelt fuhr ich mit meinen Fingerspitzen über die rote Haut.

»Wenn du ficken willst, dann geh zu einer Nutte!«, fauchte ich zwischen zusammengebissenen Zähnen und riss die Tür auf.

Wutentbrannt stöckelte ich über das dunkle Parkett und ballte meine Hände zu Fäusten. Immer wieder biss ich auf meiner Unterlippe herum, während ich durch das bunte Neonlicht bis in den Backstagebereich flüchtete. Ich hatte Angst, er würde mich verfolgen, doch als ich nach seinen Schritten lauschte, konnte ich nichts weiter wahrnehmen als den dumpfen Bass, der durch den Boden vibriert.

»Babes? Alles Okay?« Lauries besorgte Stimme drang an mein Ohr.

Mein Kopf schnellte herum und sofort erhob sie sich von ihrem Klappstuhl.

»Ich...ich...« Ich brachte kein vernünftiges Wort zustande. Lauries Brauen zogen sich zusammen und sie fasste mich sanft an der Schulter.

»Er hat mich angefasst und...« Ich musste gar nicht weitersprechen, denn sofort hatte mich meine Freundin in die Arme geschlossen. Sie drückte mich fest an ihre üppige Brust und streichelte meinen Rücken.

»Was ist denn hier los?«, rief Anja, die Frau unseres Chefs, in den Raum. Die rundliche Dame im mittleren Alter war so etwas wie unsere Stripmutti. Sie kochte für uns Mädchen, sodass wir zwischen den Schichten etwas essen konnten, und sorgte immer für Hygieneartikel, die jedem frei zur Verfügung standen.

»Einer der Kunden hat Azula angefasst und wollte mehr«, antwortete Laurie für mich. Ihr wissender Blick verriet mir, dass ihr so eine Situation wohl bekannt war. Immerhin war sie schon einige Jahre dabei und hatte mir schon von den kuriosesten Erfahrungen berichtet, aber das war anders.

Sein Kuss wirkte so voller Verlangen und dennoch einsam. Als wäre ich die Luft, die er zum Atmen brauchte. Doch das Schlimmste daran: Es hatte mir gefallen. Die Realität traf mich wie ein einschlagender Blitz. Er küsste nicht Azula. Er küsste *Sky*, die Stripperin, das Objekt der Lust und es wäre nicht nur bei einem unschuldigen Kuss geblieben.

Er wollte mich bezahlen.

Sofort wurde mir übel. Ich fühlte mich dreckig, benutzt und ausgelaugt. Es war, als hätte er jegliche Energie mit seinem Kuss aus mir herausgesaugt.

»Kannst du ihn identifizieren?«, fragte Laurie eindringlich und sah vielsagend zu Anja, die mir ein Glas Wasser gereicht hatte.

»Weißt du Schätzchen, wir können diesen Männern Hausverbot erteilen. Keines unserer Mädchen soll auf diese Weise angefasst werden.«

Ich schüttelte verneinend den Kopf. »Ich möchte jetzt einfach nach Hause und unter eine heiße Dusche.«

2

Azula

Als ich durch die Hintertür auf die Straße trat, schlug mir die warme Sommerluft entgegen. Es roch nach den Pollen der Blumen, die nun überall aus der Erde sprossen. Sofort verloren meine dunklen Locken an Halt, denn die Luftfeuchtigkeit war wieder einmal unaushaltbar. Ich sah gen Himmel und erkannte die düsteren Wolken, die sich über den hellstrahlenden Mond zogen. Wahrscheinlich würde es heute Nacht noch einmal ein Gewitter geben.

Ich griff meine Tasche enger und joggte in Richtung der Haltestelle, um schnellstmöglich in den Bus flüchten zu können.

Schon bald platschen dicke Tropfen auf den noch immer erwärmten Asphalt. Die Tage waren unerträglich heiß und nicht mal in den Nächten kühlte die Stadt richtig ab. Auch nicht, wenn es regnete.

Aus ein paar vereinzelten Tropfen wurde ein Gewitter und ich hielt mir meine Tasche über den Kopf, um meine Haare vor dem Regen zu schützen.

An der Bushaltestelle angekommen ließ ich mich auf die feuchte Metallbank fallen. Außer Atem sackte mein Kopf in den Nacken und ich starrte in den Himmel. Ich beobachtete die Tropfen dabei, wie sie aus den dunklen Wolken hervortraten, und zog die schwüle Luft durch die Nase.

»Vergiss es einfach«, ermahnte ich mich. »Steck es in eine Kiste und verschließ sie.«

Doch die gemeine Stimme in meinem Inneren plagte mich. *Was, wenn er wiederkommen würde?*

*

»Da bist du ja«, flüsterte Oakley, als ich durch die knarzende Tür kam. Auf leisen Sohlen wollte ich mich in unser Zimmer schleichen, doch natürlich war sie noch wach. Die Nachteule war wieder einmal mit einer Tüte Chips in irgendeine Drama-Serie vertieft.

»Ich springe sofort unter die Dusche. Ich stinke«, murmelte ich und kramte eins der pinken Handtücher aus Oakleys Kommode. Das störte sie nicht. Seit dem ersten Semester waren wir wie Pech und Schwefel und teilten uns quasi alles. In der ersten Studienwoche hatte Oakley ihren Rasierer vergessen und ich lieh ihr meinen. Seitdem waren wir unzertrennlich. Nur bei der Zahnbürste zog ich eine Linie, die ich nicht überschreiten würde.

Oakley nickte und widmete sich wieder dem Bildschirm, ehe sie sich eine Handvoll Chips in den Mund stopfte. Keine Ahnung, wie sie ihre schlanke Figur behalten konnte, obwohl sie jedes Mal um drei Uhr nachts eine ganze Tüte praktisch inhalierte.

Vorsichtig öffnete ich wieder unsere Tür, um die Nachbarn nicht zu wecken. Unser Wohnheim war eins der Älteren auf dem Campus und das spürte man vor allem bei Nacht. Wenn jemand auch nur einen Stuhl rückte, hörte man es im gesamten Stockwerk und das Knarzen der Dielen und Türen konnte einen verrückt machen.

Unter der Dusche drehte ich den heißen Strahl voll auf. Obwohl der Druck des Wasserstrahls jedes Mal enttäuschend war, freute ich mich darauf, meinen Kopf unter das dampfenden Wasser zu halten. Aus irgendeinem Grund half es mir dabei, meine Gedanken zu ordnen.

Die Sonne hatte den ganzen Tag auf unser Wohnheim geschienen und die drückende Wärme des Tages war noch nicht aus den Gemäuern verflogen. Dennoch genoss ich das Gefühl des heißen Wassers. Ich schnappte mir eine Shampoo-Flasche und verteilte die wohlduftende Flüssigkeit in meinen langen Haaren. An den Stellen, an denen er mich berührt hatte, wusch ich mich besonders gründlich und schrubbte die Haut, bis sie ganz rot wurde.

In meinem Kopf ratterte es und ich versuchte, eine Erklärung für dieses Missgeschick zu finden. *Warum hatte er mich geküsst? Warum hatte mein Körper übernommen und ihn verdammt noch mal zurückgeküsst?*

Wütend stopfte ich die Shampoo-Flaschen zurück in meinen Beutel. Ich drehte ruckartig das Wasser aus und hüllte meinen Körper in das flauschige Handtuch.

Darauf bedacht niemanden aufzuwecken, huschte ich zurück ins Zimmer. Oakley hatte mittlerweile ihren Laptop zugeklappt und verstaute die Chipstüte in ihrem Nachtschränkchen. Schnell sprang ich in mein Bett an der anderen Seite des Raumes und kuschelte mich in die Decke. Oakley blätterte noch kurz in ihrem Terminkalender und kritzelte etwas nieder. »Morgen ist eine Party der Studentenverbindung am Ostcampus.«

Ich nickte und beobachtete sie dabei, wie sie penibel jeden einzelnen Tag durchplante.

»Möchtest du hin?«

Oakley seufzte und schlug ihren Kalender zu. »Am liebsten würde ich einfach in die Bibliothek gehen und lernen, aber Easton bringt mich um, wenn ich noch eine Party sausen lasse.«

»Was läuft da eigentlich zwischen euch?«

Schon seit Wochen versuchte ich herauszufinden, was da zwischen Easton und Oakley los war, doch sie rückte einfach nicht mit der Sprache heraus. Auch dieses Mal schüttelte sie nur abwinkend den Kopf.

Ich seufzte theatralisch. »Natürlich begleite ich dich, wenn du nicht allein gehen möchtest.«

Oakley lächelte und warf mir dann einen Luftkuss zu. »Du bist die Beste!«

»Ich weiß«, witzelte ich und streckte ein Bein aus dem Bett, um meine Körpertemperatur wieder zu regulieren.

»Wie war eigentlich die Arbeit?«

Sofort lief mir ein Schauer über den Rücken, doch ich überspielte es. Oakley musste nicht wissen, was passiert war. Zwar tolerierte sie meinen Job, aber ein Fan war sie keinesfalls. Sie sorgte sich ständig um meine Sicherheit und es war besser, wenn sie von dieser Situation nichts wusste.

»Wie immer«, log ich und bat sie, das Licht auszuschalten. Ich war ziemlich erledigt und freute mich auf die paar Stunden Ruhe und Frieden. Doch selbst diese waren mir nicht gewährt. Ich driftete ab und spürte den warmen Windzug aus dem geöffneten Fenster. Mein Atem wurde sanfter, bis er schließlich kaum mehr wahrzunehmen war.

*

Ewig weites Meer erstreckte sich vor mir. Ich stand an einer steilen Klippe und warmer, nach Meersalz duftender Wind fuhr mir durch die Haare. Möwen waren in der Ferne zu hören und ich sah sie im Sonnenuntergang über das Wasser fliegen. Ich breitete die Arme aus und ließ die Luft zwischen meinen Fingern hindurch gleiten.

»Freiheit«, murmelte ich. Für einen Augenblick genoss ich das wohlige Gefühl, als sich unverhofft zwei starke Arme um mich legten. Jemand drückte seinen Kopf in meine Halsbeuge und zog tief meinen Geruch durch die Nase. Der Atem kitzelte mich und ein Lächeln zog sich auf meine Lippen.

Ich drehte meinen Kopf und reckte den Hals, um zu erkennen, wer sich da an mich gedrückt hatte. Grüne, leuchtende Augen zogen mich in ihren Bann.

Ich hatte ihn beinahe nicht wiedererkannt. Im Club wirkte seine Iris wie Smaragde, doch sie waren leer und distanziert. Jetzt erstrahlten sie voller Leben.

3

Azula

»Das hier?«, fragte Oakley und drehte sich in einem enganliegenden Kleid vorm Spiegel an der Tür. Ich saß auf ihrem Bett und blätterte durch eine ihrer Modezeitschriften, während sie verzweifelt versuchte, ein passendes Outfit für die Party zu finden. Sie hatte alle Kleider aus ihrem Schrank gerissen, doch bislang schien ihr nichts zu gefallen.

»Ich bin so aufgebläht!«, nörgelte sie weiter an sich herum, was mir nur ein Augenrollen entlockte. Für Oakleys Figur würden die meisten Mädchen töten. Jedes Kleid lag makellos an ihrer schmalen Taille und schmeichelte ihren runden Hüften. Zudem waren ihre Brüste prall und wirkten in jedem Oberteil wie zwei perfekte Kirschen.

»Du bist überhaupt nicht aufgebläht!«, beteuerte ich und schwang mich vom Bett. »Du bist nur aufgeregt.«

»Wieso sollte ich aufgeregt sein?«

»Vielleicht wegen einem gewissen tätowierten Kerl?«, zog ich sie auf und wackelte übertrieben mit den Augenbrauen.

Genervt legte sie den Kopf in den Nacken und stöhnte. »Zum letzten Mal! Da läuft nichts.«

»Ist klar«, erwiderte ich ironisch und schob mich an ihr vorbei zum Kleiderschrank. Zuerst zog ich meinen pinken Bikini aus einer der Schubladen und streifte ihn mir über.

Ich wusste, dass es einen Pool am Ostgebäude gab, und wollte es mir nicht nehmen lassen ein paar Runden zu schwimmen. Heute war es furchtbar heiß und die Klimaanlage in unserem

Zimmer ließ wirklich zu wünschen übrig, also sehnte ich mich nach dem kühlen Nass.

Als ich von dem Pool am Ostgebäude erfahren hatte, war ich zunächst sauer. Wir studierten an derselben Universität, aber die Studenten am Ostcampus lebten im Luxus. Das Gebäude war mit einer eigenen Mensa ausgestattet. Der Pool wurde im Winter beheizt, während bei uns nichteinmal die Klimaanlagen funktionierten. Zu allem Überfluss tropften die Wasserhähne in dem veralteten Badezimmer pausenlos.

Oakley und ich waren natürlich neidisch, aber keiner von uns konnte sich diese horrenden Preise des Ostgebäudes leisten. Daher nutzen wir nur die Annehmlichkeiten des Gebäudes, wenn wir mal zu einer Party eingeladen waren. Die Uni war zwar kein Fan der üppigen Feiern, für die das Ostgebäude bekannt war, duldete diese aber. Wahrscheinlich wegen der reichen Geldgeber und Eltern der Studierenden.

»Wie findest du das?«, fragte ich an Oakley gewandt und präsentierte ihr ein luftiges Kleid. Der transparente Stoff war mehrmals übereinander drapiert worden, sodass ein voller Rock entstand. Oakley sah mich neidisch an.

»Du hast es gut. Ich kann solche Farben mit meiner käsigen Haut nie tragen«, seufzte sie, was ihr einen Klaps auf den Oberarm verschaffte. »Ist doch wahr. Mir stehen Beigetöne eben nicht so gut wie dir.«

Der pinke Bikini schimmerte zwar etwas unter dem Stoff hindurch, aber das machte mir wenig aus.

Oakley hatte sich schlussendlich für einen knappen Jeansrock und eine schicke Bluse entschieden. Ihre hellbraunen Haare nahm sie in einem locker geflochtenen Zopf zusammen.

Den ganzen Tag war ich mit offenen Haaren über den Campus geflitzt und der Schweiß in meinem Nacken hatte mich beinahe in den Wahnsinn getrieben. Also entschloss ich mich, die wilde Mähne in einem Dutt auf meinem Kopf zu tragen. Ich zupfte nur einige Strähnen heraus, sodass sie mein Gesicht umrahmten.

Der Campus war riesig und es brauchte seine Zeit, bis wir am Ostgebäude ankamen. Schon von außen wirkte es ganz anders als unsere Wohngemeinschaft. Während das Haus, in dem wir wohnten, aus dunklem Backstein erbaut worden war und die Türen aus dreckigem, schwerem Holz, war dieses Gebäude hochmodern. Weiße Säulen rahmten den gläsernen Eingang und durch die Fenster, die bis zum Boden reichten, konnte man in die Cafeteria schauen. Im Sommer waren auf dem gepflasterten Platz davor Bänke und Tische aufgestellt, an denen die Studenten ihre Freizeit verbringen konnten. In unserem Wohnheim gab es nur einen dunklen Aufenthaltsraum mit zwei Snackautomaten und zerfetzten Ledersesseln darin.

Als Oakley und ich an der Monarch University angekommen waren, hatten wir den Fehler gemacht, uns alte Kekse aus den Automaten zu holen. Alle Lebensmittel darin waren jedoch schon lange abgelaufen und wir hatten bisher noch nie gesehen, dass jemand sie befüllte. Seitdem hielten wir uns lieber fern.

Das Ostgebäude ragte weit über die anderen Gebäude auf dem Campus hinaus. Als wir durch die gigantische Glastür schlenderten, begrüßte uns der dumpfe Bass. Wir durchquerten den kargen Flur, um auf die andere Seite des Gebäudes zum Pool zu gelangen. Die einzigen Farbkleckse auf den weißen Wänden bildeten feinsäuberlich platzierte Gemälde.

Als wir hinaus auf die Terrasse traten, wurde die Musik schlagartig lauter. Der beleuchtete Pool zog sich über die Rasenfläche und einige Studenten waren bereits ins kühle Nass gesprungen. Oakley reckte den Hals und suchte die Menge nach einem bekannten Gesicht ab.

»Ich werde Easton mal anschreiben, ob er schon da ist«, rief sie und verschwand kurz hinter der Glastür, um der donnernden Musik zu entkommen.

Ich sah mich weiter um und beschloss mir etwas zu trinken zu holen, solange ich auf Oakley wartete. Die Bar war schon reichlich geplündert, doch ich konnte noch etwas Wodka und

Cola in dem Minikühlschrank entdecken. Oakley schenkte ich gleich mit ein. Ich wollte gerade das zweite Glas füllen, da wurde ich ruckartig von der Seite angerempelt.

»Na wie geht's?«, drang Eastons rauchige Stimme an mein Ohr.

»Verdammt, Easton! Wegen dir habe ich die Hälfte verschüttet.« Ich schüttelte meine Hand, um die klebrige Flüssigkeit loszuwerden. Weil das wenig brachte, schmierte ich sie penetrant an seinem Shirt ab.

Easton lachte. »Wo hast du denn Oakley gelassen?«

»Wieso? Vermisst du sie etwa?«, neckte ich ihn und konnte das wissende Grinsen nicht zurückdrängen, welches sich auf meinen Lippen breit machte. Da lief etwas zwischen den Beiden. Definitiv.

Als ich einen Schluck des Mischgetränks nahm, musste ich ein Schütteln unterdrücken. Da ich eine Menge Cola verschüttet hatte, war die Mische äußerst gehaltvoll und ich kniff die Augen zusammen, während ich das Gesöff hinunterwürgte.

Der schwarzhaarige Kerl neben mir setzte nur wie gewohnt sein selbstherrliches Grinsen auf. »Quatsch...« Er wollte noch etwas hinterher hängen, doch wurde im selben Moment von meiner Freundin unterbrochen.

»Da bist du ja!«, rief Oakley und nahm mir den Becher aus der Hand, welchen ich ihr entgegenstreckte.

»Easton!«, rief unverhofft jemand von der anderen Seite des Pools. Ich hob meinen Kopf und sah in die Richtung, aus der die Stimme gekommen war.

Ein erschrockenes Atmen entwich mir. Das führte nur dazu, dass ich unwillkürlich husten musste, um die Flüssigkeit aus meiner Lunge zu bekommen.

Der junge Mann kam gelassen auf uns zu und begrüßte Easton mit einem Handschlag. Ich hielt meine Augen gesenkt und starrte auf meine Sneaker, um seinem Blick zu entgehen.

»Bro, was machst du denn hier?«, fragte Easton begeistert und musterte seinen Freund ungläubig.

»Ich bin früher angereist als zunächst geplant.«

Ich musste mich äußerst bemühen, nicht aufzublicken.

»Ich bin Oakley«, begrüßte ihn meine Freundin und schüttelte seine Hand. Ich hätte sie am liebsten sofort am Arm gepackt und wäre davongerannt, doch zu allem Überfluss legte sie mir eine Hand auf die Schulter und stellte mich vor. »Das ist meine Freundin, Azula.«

Mir gefror das Blut in den Adern, als ich seine Hand vor meinem Blickfeld schweben sah. Langsam blickte ich hoch und reichte dem Kerl zögerlich meine.

»Amarillo.« Sein Name kam ihm in einem rollenden Akzent von den Lippen. Als ich seinen Blick traf, konnte ich genau beobachten, wie seine Pupillen größer wurden und das Grün beinahe verdrängten.

Fuck. Das war alles, was mir immer wieder durch den Kopf ging.

Er war es.

Es war unumstritten.

Dieselben grünen Augen. Dieselbe teure Uhr an seinem Handgelenk. Die blonden Locken hatte er sich elegant zurückgelegt, aber ich erkannte ihn dennoch. Der Kerl aus dem Club.

Ich musste schlucken, doch es fühlte sich so an, als wäre ein dicker Kloß darin gefangen. Außer Oakley wusste niemand von meinem Beruf und es durfte auch niemals jemand davon erfahren. Unter keinen Umständen.

Ich hoffte, dass er mich nicht erkennen würde. Allerdings verriet ihn sein Lächeln. Ein wissendes, verschmitztes Grinsen hatte sich auf seinen ebenmäßigen Lippen breitgemacht.

»Schön dich kennenzulernen, *Azula*.« Auf meinen Namen legte er besonders viel Betonung und sah mir dabei tief in die Augen. Schnellstmöglich entzog ich ihm meine Hand und wandte mich an Oakley. »Möchtest du tanzen gehen?«

Ohne auf eine Antwort zu warten, griff ich nach ihrem Arm und zog sie mit mir auf die Tanzfläche.

»Was ist denn in dich gefahren? Der Typ ist heiß und du

lässt ihn eiskalt stehen.«

»Nicht so wichtig«, wehrte ich ab. Ich konnte mich nichteinmal auf den Takt der Musik konzentrieren.

Die Jungs standen weiter zusammen an der Bar und unterhielten sich angeregt. Sie schienen sich gut zu kennen.

Während Amarillo an seinem Drink nippte, fand sein Blick den meinen. Ich glaubte, den Hauch eines Lächelns auf seinen Lippen erahnen zu können, aber ich riss mich schnell wieder von seinem Anblick los und konzentrierte mich auf meine Freundin. Sie schwang ihre Hüften und hob die Arme in die Luft. Gerne hätte ich so hemmungslos getanzt, aber Amarillos Blick ließ mich ersteinern.

»Ich muss kurz auf Toilette«, rief ich Oakley zu und verließ eilig die Fläche. Meine Schritte hallten in dem weitläufigen Flur und ich hielt Ausschau nach einem Schild, das mir den Weg weisen würde. Ich fand es am anderen Ende der Cafeteria und schob mich durch die Metalltür. Ich knipste das Licht an und sofort erstrahlte der Waschraum. Alles war blütenweiß gefliest und lange, dunkle Waschbecken säumten eine Wand.

»So viel schöner als bei uns.«

Ich trat an eines der Becken, drehte den Hahn auf und hielt meine Pulsadern unter den kühlen Strahl. Daraufhin träufelte ich mir Wasser in den erhitzen Nacken und atmete auf.

Als ich in den Spiegel sah, bemerkte ich, wie rot meine Wangen waren. Sie wirkten wie zwei überreife Äpfel. Wahrscheinlich hatte ich mir heute einen Sonnenbrand zugezogen. Eine meiner Vorlesungen hatte heute im Atrium stattgefunden. Den ganzen Nachmittag hatte mir die beißende Sonne ins Gesicht geschienen.

Ich seufzte und stütze mich am Waschbeckenrand ab, ehe ich mich aufraffte. Mein Herzschlag beruhigte sich, nachdem ich kontrolliert den Sauerstoff in meine Lungen zog und wieder hinausließ.

Ich wollte den weiten Flur entlang spurten, da hielt mich eine Stimme auf, die in dem langen Raum hallte. »Im Club hast du besser getanzt.«

Meine Beine schienen im Boden hängen zu bleiben, wie im Treibsand. Amarillo stieß sich von der Wand ab und kam seelenruhig auf mich zu. In dem schummrigen Licht dauerte es eine Weile, bis ich ihn in den dunklen Lederschuhen und der schwarzen Hose erkannte. In einer Hand hielt er lässig ein Glas, die andere hatte er in seiner Tasche vergraben.

»Wovon redest du?« Ich versuchte, so ahnungslos wie möglich zu klingen, doch er ließ sich nicht beirren.

»Als *Sky* hast du mir besser gefallen.« Er blieb ein paar Zentimeter vor mir stehen.

Ich schluckte, reckte aber meinen Hals. Er durfte mich nicht einschüchtern. Zumindest sollte er nicht das Gefühl haben, er würde es tun.

»Wie kommt's?«, fragte ich so selbstbewusst wie möglich, doch als er noch ein Stück näherkam und sich zu mir hinunterbeugte, zuckte ich kaum merklich zusammen. Seine Präsenz war einnehmend, selbstgefällig, beinahe einschüchternd und ein wenig arrogant. Seine Augen blitzten zwischen ein paar blonden Locken hervor, als er von oben auf mich herabblickte.

»In dem Tanga hast du mir besser gefallen.« Er zupfte an dem hellen Stoff meines Kleids.

»Du kannst mich mal!«, spuckte ich ihm die Worte förmlich ins Gesicht und machte auf dem Absatz kehrt. Meine Schritte hallten auf dem Boden, als ich hinaus stöckelte. Ich spürte seinen brennenden Blick auf meiner Haut, doch wagte es nicht, mich umzudrehen.

Meine Freundin fand ich nicht wie zu erwarten auf der Tanzfläche, sondern auf einer der Bänke am Pool. Sie starrte ins Leere und nippte immer wieder gedankenverloren an ihrem Drink.

»Hey«, hauchte ich und ließ mich neben sie fallen. Ich verfolgte ihren Blick und landete bei Easton, der wild mit einem der Mädchen rummachte. Ich stöhnte und legte ihr unterstützend einen Arm um die Schulter. Als ich sie näher an mich drückte, sackte ihr Kopf an meinen Körper und ich tätschelte mit meiner anderen Hand ihr Bein.

»Willst du schwimmen? Wir könnten beide eine Abkühlung vertragen«, schlug ich vor und sah Oakley fragend an. Sie seufzte, nickte dann aber.

In dem Moment, als ich mir das Kleid über den Kopf ziehen wollte, schritt Amarillo aus der Tür. Sein Blick grub sich in meine Haut und ich spürte, wie seine Augen jeden Zentimeter meines Körpers aufnahmen. Ich beschloss, eine kleine Show daraus zu machen, und zog den Stoff penetrant langsam über meinen Kopf hinweg. Dabei streckte ich die Brust durch und machte mich so lang wie möglich, damit er einen erstklassigen Blick auf meinen definierten Bauch bekam.

Als ich das Kleid auf den Boden fallen ließ, huschte mein Blick in seine Richtung und ich musste mir ein Lachen verkneifen. So viel zum Thema *Sky* gefiel ihm besser. Sein verschmitztes Lächeln verriet etwas Anderes.

4

Amarillo

»Easton!« Mein bester Freund reagierte nicht einmal. Den Kampf um seine Aufmerksamkeit mit dem vollbusigen Betthäschen vor ihm, konnte ich wohl nicht gewinnen.

Ich verdrehte die Augen und griff in den Eiskübel zu meiner Rechten. Schnell fischte ich einen der Eiswürfel hinaus und ließ ihn in seinen Kragen rutschen. Instinktiv verzog sich sein Gesicht und er löste sich von dem Mädchen. Er japste und griff sich an den Rücken, um den gefrorenen Würfel aufzuhalten, der in seine Hose zu rutschen drohte.

»Pisser«, fauchte er, nachdem er den Eiswürfel in meine Richtung geschleudert hatte. Ich beachtete seine Beleidigung gar nicht. Stattdessen nickte ich in Richtung der Mädchen. »Woher kennst du sie?«

Sein Blick folgte meinem zum Pool. »Oakley kenne ich aus einem meiner Kurse. Sie macht die Projekte und ich kann mir dank ihr eine gute Note einheimsen.« Er legte eine kurze Pause ein, bevor er hinterhersetzte: »Deswegen bin ich nett zu ihr.«

Seit unserer letzten Begegnung vor ein paar Jahren waren Unmengen an neuen Tattoos auf seinen Armen hinzugekommen. Bevor ich untertauchte, endeten sie an seinem Ellbogen. Jetzt zogen sich schwarze Kunstwerke bis auf seine Knöchel.

»Ich meine Azula«, berichtigte ich ihn und deutete mit einem Kopfnicken auf sie. Sie und ihre Freundin hatten sich am Beckenrand angelehnt und unterhielten sich angeregt, während sie immer wieder an ihren Gläsern nippten. Azulas Lippen waren voll und rosig. Sie legten sich elegant um den Rand des Glases und schimmerten, als die Flüssigkeit an ihrer feinen Haut abperlte. Ich konnte einen Blick auf ihren Rücken erhaschen und sofort fiel mir das Tattoo auf. Ein langer Schriftzug, der sich über ihre Wirbelsäule zog.

»Azula und Oakley hängen immer aneinander. Ein Doppelpack«, erklärte mein Freund, doch er schien in Gedanken bei dem Mädchen zu hängen, in das er vor wenigen Minuten seine Zunge versenkt hatte, denn er ließ seinen Blick immer wieder über ihre volle Brust schweifen. Ich verdrehte die Augen als Easton, vollkommen in Trance, beinahe sein Bier fallen ließ.

»Mach den Mund zu. Du sabberst sonst noch«, ermahnte ich ihn und gab ihm einen Klaps auf den Hinterkopf. »Du siehst deinen besten Freund zum ersten Mal seit drei Jahren und gaffst lieber einem Mädchen hinterher.« Ich seufzte theatralisch.

»Als würdest du nicht dasselbe tun. Eins kannst du mir glauben, Bro. Die Monarch University hat wirklich heiße Mädchen am Start. Der einzige Grund, warum ich noch nicht ausgerissen bin.« Er lachte und legte mir freundschaftlich einen Arm um die Schulter, aber ich verstand den Seitenhieb.

Schlagartig wurden wir aus unserem Gespräch gerissen, als eine weibliche Stimme aufschrie. Ich erblickte Azula, die sich die Hand hielt und Oakley, die beruhigend auf ihre Freundin einsprach. Dunkle, rote Tropfen traten aus ihrer Handfläche aus und klatschten auf den Steinboden unter ihr. Die Studenten scharten sich in einer Traube um die Mädchen, sodass mir die Sicht versperrt wurde. Easton drängte sich an einigen Leuten vorbei.

Als ich endlich einen Blick auf ihre Hand erhaschen konnte, erfasste ich eine dicke Glasscherbe, die aus ihrer Hand herausguckte. Ihr Blick war gequält und ihren Lippen fest aufeinandergepresst, als würde sie versuchen, jegliches Geräusch zu unterdrücken.

»Was ist passiert?« Easton betrachtete Azulas Hand eingehend.

»Sie hat in eine Scherbe gefasst, als sie sich abstützen wollte«, erklärte Oakley die Situation mit hektischer Stimme. Azula jedoch schien so sehr darauf bedacht zu sein nicht zu weinen, dass sie kein Wort hervorbrachte. Easton zog scharf die Luft ein, als sie ihre Hand ein Stück bewegte und Blut aus der Wunde austrat. Schnell wandt Oakley den Blick ab und schien sich konzentrieren zu müssen, sich nicht zu übergeben.

»Hast du einen Verbandskasten in deinem Zimmer?«

Ich musterte Easton perplex. »Wieso ich?«

»Ich habe so etwas definitiv nicht und ihr Zimmer ist zu weit weg«, zischte er.

»Was geht es mich an, wenn sie zu blöd ist aus einem Pool zu steigen?« Mir war klar, dass mich die Mädchen hören konnten.

»Jetzt sei kein Arsch, Amarillo. Es geht um einen medizinischen Notfall. Hast du nun einen oder nicht?« Entweder war Easton ernsthaft besorgt oder er wollte das Image des besorgten Freundes vor Oakley spielen, damit sie ihm weiter vertraute. Vermutung zwei schien mir deutlich plausibler.

Ich verdrehte die Augen und bedeutete ihnen, mir ins Haus zu folgen. Ich war zwar gerade erst in das Gebäude gezogen, doch ein Verbandskasten gehörte zur Grundausstattung der Zimmer. Easton musste seinen wohl in einer Ecke verstauben lassen haben.

Als ich den Aufzug anpeilte, war Oakley schon vorgeprescht und drückte wie eine Irre den Knopf an der Seite. Wenn ich heute Abend noch einmalmehr meine Augen verdrehte,würden sie vielleicht in meinem Gehirn verschwinden. Gelassen hielt ich ihr meine Schlüsselkarte unter die Nase.

»Ohne Schlüsselkarte kommt man nicht in mein Stockwerk.« Dann legte ich das silberne Kärtchen gegen den Scanner und kurz darauf öffneten sich die schweren Türen des Aufzugs.

Im Fahrstuhl machte sich eine unangenehme Stille breit. Nur Azulas kaum vernehmliches Wimmern war zu hören.

Während ich still darauf wartete, dass die endlos scheinende Aufzugfahrt endlich endete, versuchte Easton die unangenehme Stille zu durchbrechen. »Tut es sehr weh?«

Bei seiner blöden Frage musste ich die Augen verdrehen, auch Oakley schien sichtlich genervt.

»Natürlich tut es weh, du Schwachmat. Sie hat eine scheiß Scherbe in der Hand«, keifte sie und wandte sich wieder an ihre Freundin. Ich musste ein Lachen verkneifen und beobachtete Easton dabei, wie er nur beschwichtigend die Hände hob.

Ich trat als Erster in meine Wohnung, dicht gefolgt von meinem besten Freund, der sich staunend umsah.

»Mal wieder nur das Beste für unseren Goldjungen«, murmelte er, als er zu den modernen Kronleuchtern an der Decke starrte. Oakley und Azula standen hilflos in dem weitläufigen Wohnzimmer, doch schlussendlich steuerten sie auf die Couch zu. Oakley bedeutete ihrer Freundin, sich zu setzen, und kniete sich vor sie. Als Azula ihre Finger etwas streckte, um die Verletzung besser betrachten zu können, keuchte sie vor Schmerzen auf.

Ich ging durch die Tür am anderen Ende des Raumes in mein Schlafzimmer und zog den Verbandskasten aus meinem Schrank. Bei meinem Einzug hatte ich ihn bereits in der kleinen Schublade entdeckt, aber nicht damit gerechnet, ihn so früh benutzen zu müssen.

Ich kam zurück ins Wohnzimmer und knallte den Kasten auf die Couch. Oakley sah ihn etwas unbeholfen an und kramte darin rum. Auch Easton schien nichts damit anfangen zu können und betrachtete Azula mitleidig. Als Oakley sich nach ein paar Minuten immer noch nicht entscheiden konnte, was sie tun wollte und nur unbeholfen auf Schere, Verbandszeug und Desinfektionsmittel starrte, riss mein Geduldsfaden.

»Das ist ja nicht auszuhalten«, knurrte ich. »Rutsch mal.« Sie gehorchte aufs Wort und machte mir Platz, sodass ich mich vor Azula niederlassen konnte. Ich griff nach dem sterilen Verband und nach einer der Zangen. Bevor ich jedoch ansetzen konnte, hielt sie meine Hand fest.

»Was genau hast du vor?«, murmelte sie erschrocken und sah mich aus Tränen gefüllten Augen an. Ich seufzte und setzte die Zange auf meinem Bein ab. »Willst du jetzt, dass ich dir helfe, oder willst du weiter rumheulen?«

Sie schluckte, nickte aber zaghaft. Ich atmete durch und setzte die Zange an, dann griff ich die Scherbe fest und zog sie behutsam aus ihrer Haut.

Die Wunde war nicht so tief, wie ich vermutet hatte. Ich konnte keine weiteren Splitter erkennen und drückte ihr kurz darauf einen Verband auf die Handinnenfläche. Oakley sah demonstrativ weg, als ich die blutige Scherbe auf dem Wohnzimmertisch fallen ließ. Jedoch streichelte sie unaufhörlich die Schulter ihrer Freundin.

»Du hast Glück gehabt, die Scherbe ist nicht zu tief in deine Hand. Wechsel einfach regelmäßig den Verband und in ein paar Wochen sollte alles okay sein«, sagte ich, während ich einen weiteren Verband fest um ihre Hand legte.

»Wieso kannst du sowas?«, hauchte sie, als ich den Kasten schloss und auf dem Beistelltisch abstellte. Anstatt zu antworten, zog ich nur einen Mundwinkel nach oben und brachte den Verbandkasten zurück in mein Schlafzimmer.

»Ihr seid ja zwei talentierte Medizinstudenten«, meckerte Azula hinter mir ihre Freunde an, was mir augenblicklich ein feines Grinsen entlockte.

»Ich geh mal unsere Kleider holen«, entschuldigte sich Oakley und erhob sich von der Couch. Easton folgte ihr wortlos und lies Azula und mich allein.

Mittlerweile war ihr knallpinker Bikini beinahe trocken. Seltsamerweise wirkte sie leicht bekleidet normaler auf mich. Vielleicht lag es daran, dass sie bei unserer ersten Begegnung einen noch knapperen Tanga anhatte.

Azulas Blick klebte weiterhin an ihrer Hand. Sie drehte sie leicht und wackelte mit ihren Fingern. Dann seufzte sie und sah durch die großen Scheiben nach draußen auf den Balkon. Die weiße Couch hatte ich mit Absicht direkt vor dem Fenster platziert. An meinem ersten Abend hier war der Himmel klar und keine Wolke zu erkennen. Als ich in dem dunklen Raum stand und durch die Scheiben sah, konnte ich sogar die Sterne glitzern sehen. Diesen Ausblick wollte ich jeden Abend genießen können.

»Wieso schaust du mich so an?«, hallte unverhofft ihre klare Stimme durch den Raum.

Ich stützte mich an der Küchenzeile hinter mir ab. »Ich habe dich gar nicht angeschaut.«

»Lügner«, murmelte sie.

»Wie kommst du drauf, dass ich dich anschaue?«

»Man kennt den Blick eines Mannes sehr gut, wenn man in meinem Beruf arbeitet.«

Ich schmunzelte und ließ mich neben ihr auf die Couch fallen.

»Außerdem habe ich dein Spiegelbild in dem Fenster gesehen«, fuhr sie fort und zeigte auf unsere Gestalten, die sich dort spiegelten.

Ich nickte langsam.

»Erwischt«, raunte ich und beobachtete ihr Spiegelbild. Ein wissendes Lächeln schob sich auf ihre Lippen.

»Versprichst du mir, niemandem davon zu erzählen?«, fragte sie schlagartig.

Ich wusste genau, worauf sie hinauswollte. »Ich mache keine Versprechungen. Nicht mehr.«

Ihre Augen weiteten sich panisch. »Wenn die Uni davon erfahren sollte, bin ich meinen Studienplatz los. Versprich es mir. Von Student zu Student.«

Ich konnte nicht anders als zu lächeln, bevor ich ihr in die Augen sah. »Ich bin aber kein normaler Student.«

5

Azula

»Verdammte Scheiße«, fluchte ich kaum wahrnehmbar in dem engen, dreckigen Bad. Ich stand über eines der Waschbecken gelehnt und betrachtete meine Hand. Das Blut war mittlerweile durchgesickert und ich versuchte, einhändig den Verband zu wechseln, bevor ich ins Bett ging. Vorsichtig löste ich den blutgetränkten Stoff von meiner Wunde.

Ich genoss das kühle Gefühl, welches die Luft hinterließ, und versuchte einen zweiten Verband genauso geschickt anzulegen, wie Amarillo es getan hatte. Mir fiel es jedoch deutlich schwerer als ihm. Meiner war deutlich lockerer um meine Hand gewickelt.

Ich fragte mich, warum er genau wusste, was zu tun war, beschloss aber nicht weiter darüber zu grübeln. *Wieso interessierte es mich?* Der Mistkerl wollte mir nicht mal helfen, als er meine Hand gesehen hatte, und er konnte mir nicht versprechen, mein Geheimnis für sich zu behalten.

Ich schnaubte vor Wut. Amarillo. *Was war das eigentlich für ein Name?* Auch seine Wohnung in dem Studentenheim war noch dekadenter, als ich erwartet hatte. Die Decken waren hoch, die Möbel modern und das offene Layout der Wohnung ließ es beinahe wie ein Penthouse wirken. *Wer war dieser Kerl?*

Mir war klar, dass die Zimmer im Ostgebäude luxuriös waren, aber das war ein ganz anderes Level. Egal wer dieser Typ war, sein Portemonnaie war dicker als das der anderen an dieser Universität. Die Art wie er ging, wie er sprach, was er trug und wie er sich ausdrückte. Alles an ihm schrie nach Geld. Kein Wunder, dass er so ein überheblicher Arsch war.

Nachdem ich es endlich geschafft hatte, den Verband mit einer Nadel festzumachen, zog ich mein Handy aus der Tasche und wählte Lauries Nummer. Der kleine Unfall würde mir ein paar Wochen Urlaub bescheren, obwohl ich es mir nicht leisten konnte. Dennoch musste ich mich krankmelden.

»Hey Babes. Was gibt's?« Lauries glockenklaren Stimme schallte mir entgegen, doch im Hintergrund konnte ich den lauten Bass wummern hören.

»Ich hatte heute Abend einen kleinen Unfall. Irgendein Idiot hat eine Flasche am Poolrand zerbrochen und ich habe mir die Hand aufgeschlitzt«, berichtete ich und sie verstand sofort.

»Ich übernehme deine Schichten und du ruhst dich mal etwas aus.«

»Ich danke dir, Laurie.« Erleichtert atmete ich auf. Vor mir lagen nun zumindest ein paar Tage, an denen ich mir keine Sorgen machen musste, dass er mich im Club besuchen würde. Obwohl es mich ebenso zurückwarf. Das Geld würde ich auftreiben müssen.

»Ach Quatsch. Dafür bin ich doch da. Melde dich die Tage bei mir«, fügte sie hinzu. Ich war froh, eine Freundin wie Laurie in diesem Milieu gefunden zu haben. Ohne sie wäre ich aufgeschmissen gewesen.

Der Boden knarzte, als ich mich zurück in mein Zimmer schlich. Es war ungewohnt durch den modrigen Korridor zu laufen, nachdem ich ein paar Stunden vorher von absolutem Luxus umgeben gewesen war.

Als ich die Tür zu unserem Zimmer öffnete, begrüßte mich eine kühle Brise durch das kärgliche Fenster. Der erste Abend in diesem Sommer, an dem es endlich etwas abkühlte. Oakley hatte das Fenster weit aufgerissen und lag wie ein Seestern in Shorts und Tank Top auf ihrem Bett. Sie röchelte leise, während sie schlief. Eigentlich hätte ich sie gebeten meinen Verband noch einmal enger zu ziehen, aber ich wollte sie nicht wecken, also zog ich einen meiner Handschuhe darüber. Ich hatte sie zwar für den Winter tief in einer der Schubladen vergraben, aber in dieser Situation waren sie praktisch. Schon nach wenigen Minuten erhitzte sich meine Hand, doch ich wollte nicht riskieren, das ganze Bett in der Nacht voll zu bluten. Also ignorierte ich das Pochen und den nassen Schweiß, der sich über meine Hand zog.

*

Am nächsten Morgen wurde ich von der Sonne geweckt, die unerbittlich in das Zimmer auf den dunklen Holzboden knallte. Meine Hand brannte und ich versuchte, mit meinen Fingern zu wackeln. Jedoch zog sich sofort ein brennender, heißer Schmerz durch meine gesamte Handfläche. Grummelnd setzte ich mich auf und blinzelte gegen das Licht zu Oakleys Bett. Sie war nicht dort. Entweder sie duschte oder war bereits auf der Suche nach etwas Essbarem.

Stöhnend erhob ich mich und suchte meinen Beutel, damit ich mich im Bad frisch machen konnte. Aufs Duschen verzichtete ich. Obwohl ich immer noch nach dem Chlor aus dem Pool von gestern roch, konnte ich die Kraft nicht aufbringen. Katzenwäsche, Zähneputzen und Body Spray mussten für heute reichen. Ich wollte gerade durch die Tür, als mir Oakley entgegen stieß. »Ich habe dir ein Croissant mitgebracht!«

Sie hielt mir eine Tüte sowie einen Kaffee unter die Nase, in dem extra viele Eiswürfel schwammen. Sofort ließ ich meinen Beutel auf den Boden plumpsen und wäre Oakley am liebsten um den Hals gefallen.

Ohne einen weiteren Gedanken an Hygiene zu verschwenden, griff ich nach dem Plastikbecher und die Tüte nahm ich zwischen die Zähne. Ich ließ mich auf meinem Bett nieder, ließ die Tüte in meinen Schoß fallen und trank genüsslich einen Schluck des Lebenselixiers.

»Willst du nicht lieber im Bett bleiben?«, fragte mich Oakley, nachdem sie sich ebenfalls an ihrem Croissant zu schaffen machte.

»Ich habe sowieso nur eine Vorlesung und das halte ich schon aus. Sollte es schlimmer werden, gehe ich in die Apotheke und hole mir eine Salbe. Keine Sorge«, sagte ich mit vollem Mund. Das schien Oakley zumindest etwas zu beruhigen, denn sie nickte und lächelte leicht.

Als ich aus dem Backsteingebäude trat, kam mir ein Schwall Hitze entgegen. Es fühlte sich an, als würde ich gegen eine Wand laufen und instinktiv sammelten sich feine Schweißperlen auf meiner Haut.

Als ich über den mit Steinen aufgeschütteten Weg rannte, wirbelte ich Staubwolken auf. Er war so trocken, dass er sich bei Berührung mit meiner feuchten Haut sofort daran festklebte. Strammen Schrittes erreichte ich das Gebäude und atmete erleichtert auf, als ich den klimatisierten Hörsaal betrat. Als ich jedoch den blonden Haarschopf in einer der Reihen erkannte, wäre mir die Hitze draußen tausendmal lieber gewesen. Ich wollte gerade auf dem Absatz kehrtmachen, da trat der Professor hinter mir durch die Tür und nahm mir jede Fluchtmöglichkeit.

Ich suchte mir einen Platz in der letzten Reihe und versuchte verzweifelt, seinem Blick zu entkommen, doch durch meinen beinahe Zusammenprall mit dem Professor, hatte ich jedermanns Aufmerksamkeit auf mich gezogen. Amarillos Augen leuchteten, als er mich erkannte, während seine Mimik unverändert kühl blieb. Sein Blick wanderte über meine verletzte Hand, bevor er wieder an das riesige Whiteboard starrte, vor dem es sich der Professor an einem Pult bequem machte.

Ich wollte es gar nicht, doch meine Augen wanderten immer wieder zu Blondie einige Reihen vor mir. Ich fragte mich, wie er es in seinen dunklen Klamotten aushielt. Sogar in meiner kurzen Jeans, die meine halbe Arschbacke freilegte, und dem luftigem Crop-Top war mir zu heiß. Mir brach der Schweiß aus, sobald ich mich nur einen Zentimeter bewegte. Er hingegen schien unberührt.

»Guten Morgen«, begrüßte uns der Professor und schenkte uns sein charmantes Lächeln. Professor Miller wirkte, trotz seines Drei-Tagebarts, jung und frisch. Er war der Typ Mann, der mit dem Alter nur besser aussehen würde. Wie zum Beispiel George Clooney.

Er fackelte nicht lange und schwafelte über das amerikanische Rechtssystem. Sofort ging mein Gehirn in den Stand-by-Modus. Ich hatte nicht angefangen, Journalismus zu studieren, um mir Gedanken über unser Rechtssystem machen zu müssen. Das Modul war Pflicht an dieser Universität, also quälte ich mich durch die nächste Stunde. Journalismus war eine Aneinanderreihung von unterschiedlichen Modulen. Über Politik, Geistes-und Rechtswissenschaften. Es war alles vertreten. Einer der Gründe, warum ich mich dazu entschieden hatte. Es bot viel Abwechslung, aber ebenso musste ich mich durch Vorlesungen wie diese kämpfen.

Ich kramte einen meiner Stifte heraus, wobei ich mir die Hand am Tisch stieß und daraufhin scharf die Luft einzog. Ich wollte keine Aufmerksamkeit erregen, also biss ich die Zähne zusammen und fluchte innerlich. Mein Blick fiel auf Amarillo, der entspannt auf seinem Stuhl saß. Er hatte sich nach hinten gelehnt und tippte etwas auf seinem Handy. Er hatte nicht mal einen Block auf dem Tisch liegen, geschweige denn einen Stift griffbereit.

Unverhofft richtete sich der Professor an die Studenten. »Was halten sie davon Mr....?« Er sah fragend zu Amarillo, der gelassen von seinem Handy aufsah.

»Condado de Miravalle«, ergänzte Amarillo seinen Namen mit einem auffällig spanischen Akzent.

Ich musste ein Lachen zurückhalten. Sein Name war noch dekadenter, als ich es erwartet hatte. Er sprach ihn mit einer Inbrunst aus, die nahezu königlich schien.

»Also, was sagen sie dazu?«, hakte Professor Miller ein weiteres Mal nach, doch Amarillo schien dies gar nicht zu interessieren. Er tippte auf seinem Handy rum, als hätte er alle Zeit der Welt.

»Mr. Miravalle, wenn Sie an meiner Vorlesung nicht interessiert sind, können Sie den Raum jederzeit verlassen.«

»*Condado de Miravalle*.« Amarillo funkelte ihm mit stoischem Blick entgegen.

»Ihr Name ist mir wohl bekannt.« Professor Miller wanderte um das Pult herum und verschränkte die Arme vor seinem weißen Hemd.

»Ich habe keine Zeit für diesen Blödsinn«, murrte Amarillo unverhofft. Er erhob sich ruckartig und bahnte sich seinen Weg zur Tür. Als er diese ins Schloss fallen ließ, starrten die Studenten für eine Weile auf den Ausgang des Hörsaals. Der Professor räusperte sich und fuhr und mit seinen Erzählungen fort, als wäre nichts passiert. Mir erschien Amarillos Reaktion übertrieben, doch mir sollte es recht sein. So musste ich immerhin nicht die ganze Zeit mit ihm in einem Raum verharren.

Ich wollte Professor Miller zuhören, doch seine Worte wirkten urplötzlich gemurmelt, beinahe dumpf. Mir wurde heiß und kalt zugleich. Eisiger Schweiß tropfte von meiner Stirn und mein Magen schien sich im Kreis zu drehen.

Als würde ich versuchen, die Welt anzuhalten, hielt ich mich an der schmalen Tischplatte vor mir fest. Mein Körper spielte verrückt und Panik kam in mir hoch. Ich versuchte aufzustehen, doch ein schwarzer Schleier drängte sich in mein Blickfeld. Ich würde mich übergeben müssen.

Schnell sprang ich auf und versuchte, mit schwirrendem Kopf zur Tür zu schwanken. Ich öffnete diese mit letzter Kraft und trat in den kühlen Flur. Sofort wurde mir speiübel und ich spürte schon die Magensäure in meiner Speiseröhre brennen. Ich bahnte mir den Weg zu den Toiletten, doch musste mich immer wieder an der Wand abstützen, bis meine Sicht weiter verschwamm und sich der schwarze Schleier weiter ausbreitete.

6

Amarillo

Genervt trottete ich durch den langen, minimalistischen Flur. Es machte mich wahnsinnig, wie leer alles hier war.

Groß.

Karg.

Amerikanisch.

Das hatte ich auf keinen Fall vermisst.

Durch die Fensterfront schien gleißendes Licht auf die weißen Wände. Sogar die Sonne war anders. Sie war nicht so einladend und warm wie die in Spanien. Hier war sie grell, unerträglich heiß und schien gnadenlos auf einen herab. Komischerweise machte mir die Hitze in Spanien nie etwas aus, doch hier verschmorte sie meinen Verstand.

Der Lärmpegel im Hörsaal war unerträglich. Die Stimme des Professors zerrte an meinen Nerven und Azulas Blick in meinem Nacken machte mich wahnsinnig.

Ich musste da einfach raus.

Der Campus war stilvoller, als ich anhand der Bilder im Internet vermutete. Dort waren größtenteils die alten Gebäude abgebildet gewesen und bei dem Gedanken in einem der klapprigen Backsteingebäude wohnen zu müssen, lief mir ein eiskalter Schauer über den Rücken. Die Universität hatten in den letzten Jahren viel Geld von den Sponsoren bekommen, um zu einer der besten des Landes zu werden. Der gesamte Innenhof wurde mit saftigen, grünen Wiesen geschmückt und sandsteinfarbene Wege säumten die Ränder der neuen Gebäude. Ich lehnte meinen Kopf an der kühlen Wand ab und atmete für einen Moment durch, bevor ich auf die Rolex an meinem Handgelenk linste und stöhnte. Es war nicht mal Mittagszeit.

Es war immer dasselbe: Wenn man Spaß hatte, verging die Zeit wie im Flug. Doch auf Spaß stellte ich mich hier nicht ein. Es war mein Gefängnis. Mein persönlicher Knast, in dem ich die nächsten Jahre inhaftiert war.

Plötzlich hallte ein lautes Geräusch durch den Flur und mein Kopf ruckte herum. Bei näherem Betrachten erkannte ich Azula, die vor einer Tür zusammengebrochen war. Als ich näherkam, sah ich den blutgetränkten Verband, der sich locker um ihre Hand legte. Noch bevor ich etwas tun konnte, war der Professor durch die Tür gestürmt. Er rief ihren Namen und eilte herbei. Zu meinem Glück, denn jetzt war es nicht mehr mein Problem.

Ich wollte schon auf dem Absatz kehrtmachen und mich verpissen, da hielt mich der Wuschelkopf auf.

»Helfen Sie mir mal!« Er deutete mit dem Kopf auf Azula, während er sie umdrehte. Das bewusstlose Mädchen lag in seinen Armen, während er hektisch die schweißnassen Haare aus ihrer Stirn schob.

»Bestimmt ist sie nur ohnmächtig wegen der Hitze«, sagte ich mit einem Schulterzucken und deutete auf die Klimaanlage an der Decke. »Der abrupte Temperaturunterschied kann einen umhauen«.

Der Professor nickte, hatte aber Mühe, das Mädchen in seinen Armen aufrecht hinzusetzen. Ich verdrehte die Augen und drängte mich dazwischen. Er wollte protestieren, doch ich kniete mich hin, nahm ihre Beine und legte diese auf eine meiner Schultern. Erst dann schien er zu begreifen. Es war wichtiger, das Gehirn mit Blut zu versorgen als die Beine.

Jetzt mal ehrlich, er war ein Professor und beherrschte nicht einmal die grundlegenden Regeln der Ersten Hilfe.

»Gehen Sie mal etwas zu trinken und etwas Zucker holen. Ich warte hier.«

Schon war er aufgesprungen und in Richtung Cafeteria unterwegs.

Ich beobachtete ihr Gesicht, während ich ihre schlanken Beine hielt. Ihre Haut war warm, braun gebrannt und ebenmäßig. Ich konnte an der Seite ihres Oberschenkels die tätowierten Rosen erkennen, die mich schon vorher in ihren Bann gezogen hatten. Mein Finger bewegte sich ganz von allein ihr Bein entlang und fuhr eine gerade Linie von ihrem Knie bis runter zu ihren Knöcheln. Plötzlich blinzelte sie und ich ließ sofort die Hand fallen.

Sie schien etwas desorientiert und sagte zunächst nichts, doch als sie mich vor ihr knien sah, weiteten sich ihre Augen schlagartig. Sie zappelte mit den Beinen und wollte sich losreißen, doch ich hielt sie fest. Man konnte förmlich sehen, wie sich ihr Blick scharf stellte und ihr Gehirn endlich verarbeiten konnte, wo sie sich gerade befand. Und vor allem: bei wem.

Sie wollte gerade lautstark protestieren, da kam Professor Miller japsend den Flur entlang gerannt. In einer Hand hielt er eine Banane und in der anderen eine Cola Dose. Als er erkannte, dass Azula zu sich gekommen war, stürzte er herbei.

»Miss Davis, geht es Ihnen gut?« Er öffnete die Dose mit einem Zischen und hielt ihr das Zuckergetränk unter die Nase. Unsicher griff sie danach und setzte den Dosenrand an ihre Lippen.

»Du bist umgefallen«, erklärte ich und legte ihre Beine ab, als sie sich aufsetzte. Sie nahm zwei Schlucke des Getränks, ehe sie sich irritiert umsah. »Was ist passiert?«

Sie fasste sich abermals an die Stirn. Dort hatte sich mittlerweile ein dicker, roter Fleck gebildet, der mit Sicherheit zu einer Beule werden würde. Ich begutachtete kurz ihren Verband und nahm ihre Hand in meine. Sie versuchte sie wegzuziehen, doch ich hielt sie bestimmt am Handgelenk fest, was ihr einen erschrockenen Laut entlockte. Ruckartig wickelte ich den weißen Stoff ab und mir stach eine tiefrote, angeschwollenen Wunde entgegen. Azula keuchte entsetzt auf.

»So sah das aber gestern noch nicht aus.« Mit bebender

Unterlippe starrte sie auf ihre Finger.

»Sie müssen umgehend ins Krankenzimmer!«, befahl der Professor und betrachtete mich erwartungsvoll. »Wären Sie so freundlich, Miss Davis zu begleiten? Ich muss zu meiner nächsten Vorlesung.«

Wir waren nicht mal durch die Tür gekommen, da musste sie sich schon wieder abstützen und keuchte vor Erschöpfung.

»Wird das heute noch was?«, grummelte ich, da auch mir die Hitze langsam, aber sicher zu Kopf stieg. Die Sonne schien erbarmungslos in meinen Nacken und wenn Azula weiter wie ein Rehkitz über die Wiese taumelte, würden wir morgen noch nicht im Krankenzimmer angekommen sein.

Kurzum beschloss ich, sie zu tragen. Ich packte ihre Taille, legte einen Arm in ihre Kniekehlen und wuchtete sie hoch, was ihr einen entsetzten Laut entlockte. Sie war schwerer, als ich zunächst angenommen hatte. Sie strampelte und versuchte, sich loszumachen, aber ich hatte sie fest im Griff. Lediglich ein paar genervte Laute entflohen mir.

»Versuch es gar nicht erst, Kleines«, raunte ich und schob sie in meinen Armen zurecht.

»Nenn mich nie wieder Kleines!« Ihre Stimme klang noch immer geschwächt, doch ihre dunklen Augenbrauen hatte sie stoisch zusammengezogen.

»Wieso? Gefällt es dir etwa, wenn ich dich so nenne?« Ihre Faust prallte hart auf meine Brust, als sie das verspielte Grinsen auf meinen Lippen wahrnahm.

»Lass mich los. Ich laufe allein.« Sie versuchte, sich aus meinen Armen zu drücken, doch ich hielt sie weiter fest. »Damit ich noch mehr Zeit verschwende? Nein danke.«

Zu meinem Pech befand sich das Erste-Hilfe-Zimmer der Universität auf der anderen Seite des Campus. Als wir endlich durch die knarzende Tür traten, atmete ich auf. Sofort lagen die Augen zweier Frauen auf uns, die zuvor gelangweilt aus dem Fenster gestarrt hatten.

In dem kargen Zimmer standen ein paar Betten, Schränke und Erste Hilfe Koffer, doch wirklich gut ausgestattet waren sie nicht. Das Geld der Sponsoren hatte diesen Teil der Uni wohl nicht erreicht. Nicht einmal der Geruch des Desinfektionsmittel konnte den Gestank der muffigen Vorhänge übertünchen. Die von Motten zerfetzten Stoffe und die Wasserflecken an der Decke des Raumes ließen mich angewidert erschaudern.

»Können wir Ihnen irgendwie helfen?«, fragte eine der Damen und kam auf uns zu, sobald ich Azula auf einem der knarzenden Betten abgesetzt hatte.

»Ich bin vorhin ohnmächtig geworden.« Mit zitternden Gliedern ließ sich Azula in die Kissen sinken.

»Werfen Sie einen Blick auf Ihre Hand«, warf ich ein, bevor ich auf dem Absatz kehrt machte, doch eine der Frauen hielt mich mit einem Stift in der Hand auf.

»Solange Ihre Freundin behandelt wird, können Sie Ihre Kontaktdaten ausfüllen.« Schnell hielt sie mir ein Klemmbrett unter die Nase. Ich stöhnte laut und ließ den Kopf in den Nacken fallen.

»Das kann sie später selbst machen. Wenn sie mich jetzt entschuldigen würden, ich habe noch etwas zu erledigen.« Ich drängte mich an der Frau vorbei und stieß die Tür mit meinem Fuß auf. Auf der Wiese stellte ich mich unter einen der Bäume und kramte in meiner Hosentasche nach der Packung Zigaretten, die ich heute Morgen hineingestopft hatte. Nachdem ich sie zwischen meinen Lippen platziert und angesteckt hatte, nahm ich einen tiefen Zug. Für eine Sekunde genoss ich den beißenden Rauch in meinen Lungen und ließ den warmen Wind, der durch die Baumkronen über mir fuhr, meine Haut kühlen. Genüsslich stieß ich den Qualm aus, ehe ich die Augen öffnete und zurück in der deprimierenden Realität ankam.

Ich erblickte Azula, die auf wackeligen Beinen aus der Tür kam. Ihre Hand war in einen frischen Verband gehüllt und sie hielt einen Zettel zwischen ihren Fingern. Ich stöhnte und wollte aus ihrem Blickfeld verschwinden, da hatte sie mich bereits erblickt und kam schnurstracks über die Wiese gelaufen.

Zunächst schien sie nicht zu wissen, was sie sagen wollte. Sie wippte auf ihren Beinen hin und her und biss auf ihrer Unterlippe herum. »Die Wunde hat sich entzündet. Ich muss in die Stadt, um ein Antibiotikum zu holen. Die Ohnmacht war wohl nur eine Schutzreaktion meines Körpers.«

Ich nickte und zog abermals an der Zigarette in meiner Hand, ehe ich ihr den Rauch direkt ins Gesicht pustete. Angewidert wedelte sie ihn weg.

»Ich sag's zwar nur ungern, aber danke, dass du mich hergebracht hast.«

Ich nickte und betrachtete sie aus zusammengekniffenen Augen. Irgendetwas war an ihr. Sie wirkte nicht so wie im Club. Jetzt schien sie unschuldig, verletzlich und rein. Schnell schüttelte ich den Gedanken ab und steckte mir die Zigaretten wieder zwischen die Lippen. »Wir sehen uns.«

Ihr Mund öffnete sich sanft, als wollte sie mir noch etwas sagen, doch ich kehrte ihr den Rücken und stapfte quer über die trockene Wiese. Ihr Blick brannte sich in meinen Rücken und nicht einmal das eiskalte Wasser, welches ich mir unter der Dusche angekommen über den Kopf sprudeln ließ, konnte mein kochendes Blut abkühlen.

Mit einem Handtuch locker um die Hüften gebunden und triefendem Haar trat ich aus dem Badezimmer, als sich schlagartig der Fahrstuhl öffnete. Erschrocken fuhr ich herum und wurde von Easton mit einem strahlenden Lächeln empfangen.

»Willst du, dass ich an einem Herzinfarkt sterbe?«, schimpfte ich, doch mein bester Freund ließ sich wie selbstverständlich auf meine Couch fallen.

»Wieso hast du Zugang zu meinem Apartment?« Ich drückte ihm ein eisgekühltes Bier in die Hand und ließ mich dann neben ihn fallen.

»Du kennst doch deine Eltern. Sie wollten, dass ich zwischendurch nach dir sehen kann«, erklärte er und wackelte mit seiner Schlüsselkarte in den Händen.

»Typisch. Deswegen wollte ich nicht zurückkommen.« Stöhnend ließ ich den Kopf in den Nacken sinken.

»Sie haben sich kein Stück verändert«, bemerkte er und riss plötzlich die Augen auf. »Apropos!«

Aufgeregt ließ er die Bierdose auf dem Glastisch aufschlagen. »Weißt du, wer sich unglaublich verändert hat?«

Irritiert zog ich die Augenbrauen zusammen und zuckte mit den Schultern.

»Camilla!«, rief er enthusiastisch.

Ich verschluckte mich beinahe an meinem Getränk. »War sie nicht auch im Ausland? Frankreich oder so?«

»Sie ist vor einem Jahr zurückgekommen. Sie war schon immer süß, aber jetzt ist sie heiß! Nicht einmal du würdest sie wiedererkennen!«, berichtete er und sein lüsterner Blick bescherte ihm einen harten Schlag auf den Oberarm.

»Denk nicht mal dran!«, ermahnte ich ihn und er hob beschwichtigend die Hände. »Keine Sorge, Bro. Ich würde mich niemals an deine Ex-Flamme ranmachen.«

Ihren Namen zu hören beförderte meine Gedanken zurück zu den Geschehnissen der letzten Tage. Meine Mutter, wie sie auf mich einsprach, und der stoische Blick meines Vaters hatten sich in mein Gehirn gebrannt und ich versuchte vergebens diese Bilder aus meinem Kopf zu verbannen.

»Ich habe sie auf deine Einweihungsparty eingeladen«, plapperte Easton weiter, wurde jedoch von meinem Husten unterbrochen.

»Du hast bitte was?« Schockiert starrte ich meinen besten Freund an. Oder sollte ich lieber sagen Ex bester Freund? Easton lachte und seine breiten Schultern bewegten sich auf und ab. »Du hast niemanden eingeladen, da musste ich das für dich übernehmen.«

Ich stöhnte und ließ mich in die Lehne zurücksinken. So wie ich Easton kannte, würde nun die halbe Universität kommen und meine Wohnung in einen Saustall verwandeln. Mir graute es jetzt schon vor den ganzen Verrückten, die bald in meinem Wohnzimmer Getränke fallen lassen und Essen auf dem teuren Paket zertreten würden.

»Wenn was kaputt geht, zahlst du die Rechnung«, motze ich

und erhob mich von der Couch.

»Bro…« Er wollte sich herausreden, doch ich unterbrach ihn sofort. »Du hast die Leute eingeladen und du sorgst auch dafür, dass keiner meine Wohnung zerstört.« Anklagend zeigte ich mit dem Finger auf ihn, bevor ich mit langen Schritten in mein Schlafzimmer verschwand.

»Der hat wieder mal ne Laune.«

Ich überhörte seinen Kommentar gekonnt und horchte, ob er endlich abhauen würde. Anstatt zu verschwinden, schaltete er den Fernseher ein. Genervt ließ ich mich in die kühlen Kissen fallen.

Die Party war Eastons Idee gewesen, damit ich die Studenten kennenlernen konnte, doch eigentlich wollte ich das gar nicht. Ich wünschte mir nichts sehnlicher, als diesem Höllenloch zu entfliehen. Ich wollte weg aus dieser Stadt, weg von diesen Leuten und vor allem weg von den Verantwortungen.

Die Kissen dämpften mein Grollen. Ich erkannte mich selbst nicht wieder. Der Amarillo der letzten drei Jahre wurde innerhalb weniger Tage ausgelöscht. Ich wusste selbst, dass ich mich wie der größte Arsch in diesem Universum verhielt, doch die Schuld lag nicht bei mir. Alles hier brachte meinen Kopf zum Glühen und ich fühlte mich wie ein wildes Tier, dass Zähnefletschend in eine Ecke gedrängt wurde. Obwohl ich erst ein paar Tage zurück war, sehnte ich mich zurück an die Küste Spaniens. Ich wollte wieder den Wind zwischen meinen Finger tanzen spüren, die salzige Brise auf meiner Zunge schmecken und allem entfliehen. Doch dieses Mal gab es keinen Ausweg. Zumindest keinen, den ich mit meinem Gewissen vereinbaren konnte.

»Du schaffst das, Amarillo«, murmelte ich mir aufmunternd zu, doch ich konnte mich nicht selbst belügen. *Wie sollte ich es hier die nächsten Jahre aushalten?* Ich musste mich ablenken. Eine Beschäftigung suchen, die mir zumindest die nächsten Monate ein wenig versüßen würde.

7

Azula

»Kommst du, Oak?«, quengelte ich und stand bereits voll aufgestylt vor der Tür. Ich war zwar nicht erpicht darauf Amarillo zu begegnen, aber den Luxus des Ostgebäudes, den Alkohol und das Essen wollte ich mir nicht entgehen lassen.

Ich checkte ein letztes Mal den Verband um meine Hand und stopfte das Medikament in meine Tasche. Bereits nach einem Tag hatte es wahre Wunder bewirkt und meine Entzündung war deutlich zurückgegangen. Endlich konnte ich wieder beruhigt schlafen und wurde nicht ständig von dem pochenden Schmerz aus dem Schlaf gerissen.

Oakley stand nun schon eine ganze Stunde vorm Spiegel und begutachtete ihre Haare. Sie hatte gefühlte fünfzehnmal ihr Outfit gewechselt und zehn Farben Lippenstift aufgetragen, bis sie sich schlussendlich für einen knalligen Rosa-Ton entschieden hatte. Ich dachte, wir wären endlich fertig und konnten zur Party gehen, doch dann probierte sie hundert verschiedene Frisuren aus.

»Oak, jetzt stell dich nicht so an«, ermahnte ich sie und nahm ihre schlanken Hände in meine.

»Vergiss Easton mal für einen Abend. Heute haben wir beide Spaß und du ignorierst ihn gekonnt. Okay?« Ich versuchte sie aufzumuntern, doch entlockte ihr nur ein schwaches Lächeln.

»Ich weiß. Aber ich verstehe es einfach nicht. Wieso ist er immer so nett zu mir und flirtet, aber im nächsten Moment knutscht er mit irgendwelchen Mädchen rum?«

Ich zuckte mit den Schultern. Ich wurde aus Easton nicht schlau. Genauso wenig aus Amarillo, daher wunderte es mich nicht, dass die beiden beste Freunde waren.

»Easton ist ein charmanter Kerl und flirtete quasi mit jedem Wort. Du solltest ihm mal einen Denkzettel verpassen.«

Sie nickte leicht und zupfte ihr Kleid zurecht. Eine braune Haarsträhne hatte sich in ihr feines Gesicht verirrt und ich steckte sie ihr wieder hinters Ohr.

»Heute Abend besaufen wir uns auf Kosten von Easton und Amarillo«, schlug ich vor und entlockte ihr damit zum ersten Mal an diesen Abend ein echtes Lächeln.

»Wenn ich nicht den teuersten Champagner serviert bekomme, werde ich zur Furie«, kicherte sie und ich stimmte mit ein.

Gemeinsam machten wir uns auf den Weg durch unser Wohnheim. Vorbei an den stinkenden Snack Automaten, dem muffigen, alten Holz und raus aus der massiven Tür. Die Abendluft war angenehm warm und der seichte Wind kühlte meine verschwitzte Haut.

Wir folgten dem steinigen Pfad, vorbei an der Bibliothek, dem riesigen Backsteingebäude für die Geisteswissenschaften, bis die modernen Gebäude der Rechtswissenschaften in unser Blickfeld kamen.

Der Ostcampus war als Erstes modernisiert worden. Als die Arbeiten begannen, waren Oakley und ich zwar noch nicht eingeschrieben, doch der Umbau wurde in den Zeitungen heiß diskutiert. Mehrere Geldgeber aus Monarch hatten für die Modernisierung gespendet und nun wies die Universität eine der besten Fakultäten für Recht und Medizin auf.

Oakley genoss das Medizinstudium und war eine Streberin, wie sie im Buche stand. Sie verbrachte jeden Tag auf dem Ostcampus und beschwerte sich jeden Abend aufs Neue über das Klassensystem der Universität. Ich wurde zwar dazu genötigt einen Kurs der Rechtswissenschaften zu belegen, um meine Credits zu bekommen, aber allein für die funktionierende Belüftung hätte ich gerne mehr Kurse in den modernen Gebäuden besucht.

Schon von Weitem hörten wir laute Musik über die Rasenfläche schallen. Als wir das gigantische Gebäude hinauf sahen, erkannten wir Unmengen an Studenten, die sich auf dem obersten Balkon wuselten.

Der Fahrstuhl stand offen und ich erinnerte mich an Amarillos Karte. Er musste die Verriegelung abgestellt haben, damit die Studenten von allein in sein Apartment kamen. Wir stiegen in den hell erleuchteten Aufzug und drückten die oberste Taste. Bevor sich die Türen schließen konnten, rief jemand vom Eingang aus. »Wartet!«

Sofort hatte Oakley einen Fuß in die Tür gestellt und sie schnellten wieder nach außen. Strahlend weiße Zähne begrüßten uns, als ein junger Kerl den Flur hinunter joggte. Sein breites Lächeln hob sich von seiner karamellfarbenen Haut ab, als er uns dankend zunickte und erneut den Knopf fürs oberste Stockwerk drückte.

»Hey, kennen wir uns?« Urplötzlich drehte er sich zu Oakley. Diese musterte ihn nur perplex, doch dann wurden ihre Pupillen groß.

»Aus der Biochemie Vorlesung, richtig?« Sie reichte ihm ihre Hand. »Ich hätte dich ohne die Brille beinahe nicht erkannt. Wie war noch mal dein Name?«

»Rowan« Er wollte noch etwas hinzusetzten, als sich die Türen abermals öffneten und wir von einer Wolke aus süßlichem Alkohol und Schweiß begrüßt wurden. Die Musik dröhnte uns entgegen und ich spürte sie durch meine Füße bis in meine Knochen wandern.

Noch im Aufzug wurden wir beinahe von einer Gruppe Studenten erdrückt. Das Wohnzimmer war rappelvoll. Überall standen angetrunkene Leute, redeten, knutschten, tranken oder tanzten. Manchmal sogar alles gleichzeitig. Erschrocken griff Oakley nach meinem Arm. Sie hasste es, in große Menschenmassen zu laufen. Ich ebenso, doch ich versuchte, mir einen Weg hindurchzubahnen. Rowan schien zu merken, wie unangenehm die Situation für uns war, also übernahm er und ging voraus. Mit seinen breiten Schultern schob er uns den Weg zur Küche frei, sodass Oakley und ich wenigstens atmen konnten, während wir uns hinter ihm durchschlängelten. Oakley bedankte sich mit einem süßen Lächeln bei Rowan, als wir im Küchenbereich aufatmen konnten und seine dunklen Augen blitzen erfreut auf.

»Kennt ihr die Person, die diese Party schmeißt?«, fragte er über die laute Musik hinweg und lehnte sich zu uns hinunter.

»Nur flüchtig. Wir wurden von seinem besten Freund Easton eingeladen.« Oakley musste sich auf Zehenspitzen stellen, um ihm die Informationen ins Ohr zu rufen. Rowan nickte wissentlich. »Easton hat mich auch eingeladen. Er studiert ebenfalls Medizin, richtig?«

Oakley nickte und scannte den Raum ab. Dann zeigte sie auf den tätowierten Kerl auf einem der Sofas.

Rowan bemühte sich trotz der dröhnenden Musik Small Talk mit Oakley zuhalten. Ein vertrautes Gesicht auf so einer Party war auch mir am liebsten, doch nun stand ich wie ein drittes Rad am Wagen neben ihnen, während sie sich über irgendwelchen medizinischen Kram unterhielten. Mein Gehirn schaltete spätestens bei dem Begriff extrakorporale Membranoxygenierung ab und suchte stattdessen weiter nach flüssigem Gold, aka Champagner. Ich konnte mir nicht vorstellen, dass nicht zumindest eine Flasche im Kühlschrank stand, also zog ich die beiden massiven Stahltüren auf und starrte auf ein paar Eiweißshakes und einen angeknabberten Riegel.

»Willst du mich ausplündern?«, ertönte plötzlich eine tiefe Stimme neben mir, die mich zusammenzucken ließ.

»Wenn du was essen willst, da vorne gibt es noch Pizza.« Aus dem Augenwinkel konnte ich seine Uhr aufblitzen sehen, als er an die andere Seite des Raums deutete. Ich blickte auf und wurde sofort von seinem kühlen Blick eingenommen. In dem fahlen Licht wirkte seine Iris seetanggrün. Seine blonden Locken hingen ihm lässig in die Stirn und sein markanter Kiefer stach hervor, als er fest auf seine Zähne biss.

Er spannte sich an, lockerte sich wieder und spannte sich abermals an, bevor Amarillo wieder anfing zu sprechen. »Willst du weiter wie eine Salzsäule dastehen oder etwas essen?«.

Durch die Masse an Menschen hatte ich das Pizza-Buffet beim Betreten des Apartments gar nicht bemerkt. Unsicher sah ich zu Oakley und Rowan, die weiterhin in ein Gespräch vertieft waren. Also beschloss ich, allein das Buffet aufzusuchen.

Ich wollte mich am Rand des Raums vorbeischlängeln, wurde jedoch ständig von irgendwem aufgehalten, der vor mir gegen die Wand stieß, mich beinahe umriss oder auf den Fuß trat. Zu meinem Glück schaffte ich es heil ans andere Ende, spürte aber weiterhin eine unangenehme Präsenz in meinem Rücken. Amarillo war mir von der Küche aus gefolgt und beobachtete mich nun dabei, wie ich mir zwei Stücke Pizza auf eine Serviette legte und genüsslich hineinbiss.

»Wie geht es der Hand?«

Irritiert musterte ich ihn. *Seit wann interessierte es ihn, wie es mir ging?*

»Gut«, antwortete ich knapp und drehte mich dann in Richtung der tanzenden Meute.

»Ist sie noch entzündet?«, hakte er weiter nach. *Okay, jetzt wurde es seltsam.*

»Es ist besser geworden.«

»Darf ich mal sehen?« Er griff nach meiner Hand. Empört zog ich meinen Arm weg, ließ dabei aber leider eins der Pizzastücke zu Boden fallen.

»Mist!«, schimpfte ich und sah zu Amarillo, der belustigt auf mich herabsah.

»Was genau willst du von mir?« Argwöhnisch betrachtete ich ihn. Es fiel mir beinahe schwer, meinen Blick von den dicken Adern zu nehmen, die seinen Unterarm und seine große Hand zierten, als er nach dem Pizzastück griff und es in eine Servierte wickelte.

»Ich will nur wissen, wie es deiner Hand geht«, versuchte er mich zu beruhigen, doch ich vertraute ihm nicht. *Seit wann war er so besorgt? Was genau konnte schon in den letzten 24 Stunden passiert sein, dass er auf einmal so fürsorglich war?*

Amarillos Ausdruck veränderte sich von belustigt zu genervt und er griff abermals meine Hand. Ich zog sie weg und platzierte meine Arme demonstrativ vor meiner Brust. Er brauchte gar nicht zu denken, dass ich nach seiner Nase tanzen würde. *Zumindest nicht hier.*

Sein entnervtes Seufzen ließ Genugtuung in mir aufkommen. Mit einem feinen Lächeln auf den Lippen drehte ich mich zurück zum Buffet, weiterhin auf der Suche nach etwas zu trinken. Empört wandte ich mich an den Blondschopf neben mir: »Sag mal, hast du in deiner Wohnung nichts anderes außer Eiweißshakes?«

Amarillo setzte ein verschmitztes Grinsen auf und deutete auf den Balkon. »Da draußen habe ich eine Bar.«

Missmutig betrachtete ich die Menschenmenge und wappnete mich dafür, durch verschwitzte, stinkende Studenten zu müssen und blies mir eine Haarsträhne aus dem Gesicht. Amarillo lachte auf, als er mich dabei beobachtete, doch ich beachtete ihn nicht weiter. Ich stieß vor in die Menschenmasse und versuchte, mich hindurchzuwinden. Hier und da bekam ich einen Ellenbogen ab, beinahe ins Gesicht. Dann driftete ich ab. Nun war ich nicht mehr auf Höhe der Terrassentür, sondern mitten im Raum und wurde immer weiter an den Rand gedrängt. Amarillos dunkles Lachen hinter mir ließ einen Schauer über meinen Rücken fahren und, als er seine Hand in meine gleiten ließ, meinte ich Blitze auf meiner Haut tanzen zu spüren.

Er positionierte sich vor mir, drückte meinen Arm an sich und zog mich sachte durch den Raum. Mit ihm erreichte ich die Terrassentür schneller und wurde mit der kühlen Nachtluft belohnt, die mir die Haare aus dem Gesicht fegte. Nun wurde mir klar, dass es sich gar nicht um einen einfachen Balkon handelte, sondern eine Dachterrasse. Sie war beinahe so groß wie das Wohnzimmer. An den Rändern waren Büsche und kleine Bäume gepflanzt und ein gläserner Zaun umrahmte die gesamte Fläche. Von hier aus konnte man über den Campus blicken. Sogar die hell erleuchtete Bibliothek und in der Ferne die Stadt, umgeben von den Tannennadelwäldern und Bergen.

Ich staunte nicht schlecht, als ich eine lange Bar mitsamt Barkeeper erblickte. Amarillo zog mich in dessen Richtung und holte mir einen Barhocker hervor, auf dem ich dankend Platz nahm. Ich blickte mich weiter staunend um und wurde von den glitzernde Girlanden abgelenkt, die vom Dach des Gebäudes auf die andere Seite der Dachterrasse gezogen wurden und in alles ein romantisches Licht tauchten.

Am anderen Ende der Terrasse, stand sogar ein Whirlpool. Er dampfte und das heiße Wasser sprudelte hervor. Der Pool wechselte immer wieder die Farben: von Gelb, nach Grün, zu Blau. Ungläubig schüttelte ich den Kopf.

»Gefällt es dir?«, erkundigte sich Amarillo neben mir und beobachtete mich mit einem wissenden Lächeln. Mir stand jedoch weiterhin der Mund offen. Es war eine Mischung aus Begeisterung, Schock und Ekel. Eine wilde Mischung, aber ich konnte es nicht besser beschreiben. Natürlich war es wunderschön, aber auch seltsam. Es wunderte mich jedes Mal aufs Neue, wie intensiv die Klassengesellschaft der Monarch University war.

Ich blickte zur Bar und wollte den Barmann zu uns winken, erst da bemerkte ich, dass ich Amarillos Hand bisher nicht losgelassen hatte. Seine langen Finger umschlungen meine weiterhin und sein großer Daumen streichelte immer wieder über meinen Handrücken. Etwas perplex schaute ich auf und erkannte für den Bruchteil einer Sekunde ein erregtes Blitzen in seinen Augen, bevor ich meine Hand aus seiner zog.

»Whiskey on the Rocks und für die Dame einen Champagner«, befahl Amarillo mit fester Stimme dem Barmann.

»Woher weißt du, dass ich Champagner mag?«, fragte ich belustigt, doch er zuckte nur lässig mit den Schultern.

»Nur so eine Vermutung. Welche Frau mag keinen Champagner?«

Schon kurz darauf stand ein glänzendes Glas vor mir, in dem sich goldgelben Bläschen abhoben. Das Getränk kribbelte auf meiner Lippe und der süßlich, fruchtige Geschmack breitete sich auf meiner Zunge aus. Genüsslich schloss ich die Augen und atmete durch.

»Schmeckt er dir?« Der herbe Geruch des Whiskeys blies mir entgegen, als er sprach.

»Er ist okay«, witzelte ich und bemerkte sein belustigtes Augenverdrehen. Er stand mit dem Rücken zur Bar. Einen Arm darauf abgestützt und die Beine locker übereinandergeschlagen lehnte er daran und wirkte so unnahbar, wie ich ihn schon im Club gesehen hatte. Doch heute war etwas anders. Seine Augen hatten einen Funken in sich, den ich vorher noch nicht bemerkt hatte.

Ich nahm einen weiteren Schluck von dem köstlichen Schampus und spürte, wie mir innerlich warm wurde. Es breitet sich eine Art Druck hinter meinen Augen aus und ich merkte, wie mir der Alkohol etwas zu Kopf stieg. Verwirrt musterte ich das Glas. Ich war doch sonst nie so schnell angetrunken.

»Hast du Lust zu tanzen? Das kannst du doch so gut«, witzelte Amarillo und sah zur Tanzfläche, auf der einige Studenten ihre Hüften schwangen. Ich verdrehte die Augen bei seinem Kommentar, willigte jedoch ein. *Was sollte schon passieren?* Oakley war wahrscheinlich weiterhin mit Rowan beschäftigt und sonst kannte ich niemanden.

Etwas überrascht sah Amarillo auf mich herab, als hätte er nicht damit gerechnet, dass ich seiner Einladung zustimmen würde. Ehrlich gesagt war ich selbst erstaunt über meine schnelle Antwort, doch nun gab es kein Zurück mehr. Ich trank den letzten Schluck aus meinem Glas, ließ es auf dem Tresen nieder und sprang von dem hohen Barhocker. In derselben Bewegung griff ich nach Amarillos Hand und schwang übertrieben die Hüften, als ich mit ihm im Schlepptau auf die Tanzfläche ging.

Er lächelte verschmitzt und drehte mich an seiner Hand

einmal um meine eigene Achse, als wir auf der Mitte der Fläche angelangt waren. Er ließ seine Augen über jede Stelle meines Körpers fahren, ehe er mich an meinem Handgelenk zu sich zog und ein Bein zwischen meines platzierte.

Softcore von *the Neighbourhood* dröhnte aus den Boxen, die an allen Ecken der Terrasse angebracht waren und wir bewegten uns sanft im Takt der Musik.

Amarillos Hand strich über meinen Arm. Mit federleichten Berührungen fuhr er über meine Schulter, mein Dekolleté und an meiner Halsbeuge entlang. Meine Härchen stellten sich auf und eine kribbelnde Gänsehaut breitete sich auf meinem gesamten Körper aus. Mit der anderen Hand umfasste er meine Hüfte, fuhr dann über meinen Rücken bis hoch zwischen meine Schulterblätter.

Etwas irritiert sah ich zu ihm hoch, doch seine Lippen waren zu einem feinen Lächeln verzogen, als er mich noch ein Stück näher an sich zog. Meine Hüfte drückte gegen seine und seine Hand bahnte sich einen Weg bis in meinen Nacken, wo er seine warme Hand an meinem Kopf platzierte. Er vergrub seine sehnigen Finger in meinem Haar und zog leicht an ihnen, sodass mein Kopf sich in meinen Nacken legte. Urplötzlich beugte er sich ein Stück runter und fuhr mit seinen warmen Lippen über meinen Hals, hoch bis zu meinem Kinn.

Als er durch seine Locken zu mir hinauf linste, durchdrangen mich seine Augen mit so viel Verlangen, dass mein Magen Purzelbäume schlug. Um mich herum verblasste alles. Die Musik, die Leute, mein eigener Atem wurde sanfter und blieb beinahe stehen, als Amarillo mir mit jedem Augenaufschlag einen Zentimeter näherkam. Seine Hand lag an meinem Hinterkopf, krallte sich beinahe in meinen Haaren fest. Seine Augen huschten von meinen Lippen, zu meiner Iris und wieder zurück. Wir hörten auf, uns im Takt der Musik zu bewegen. Meine Füße standen zwischen seinen, meine Arme hilflos nach Halt suchend, krallten sich in seinen Rücken und ich schluckte, als Amarillo sich über die Lippen leckte.

Die Luft lud sich elektrisch auf. Blitze sprangen zwischen

unseren Mündern hin und her und meine Gedanken vernebelten. Die Lust verwirrte meine Sinne und ehe ich mich versah, drückte er mich an sich. Unsere Lippen prallten aufeinander. So fest, dass es beinahe weh tat. Sofort verstärkte sich sein Griff um meinen Körper, als wollte er jede meiner Zellen an sich spüren. Mir blieb beinahe die Luft weg, doch dann drang seine Zunge in meinem Mund ein und ich keuchte erschrocken auf. Ohne mir weiter Beachtung zu schenken, hatte er mich hochgehoben. Er schmeckte nach Whiskey und Rauch, während sich sein holziges Parfüm in meine Nase schlich.

Er drängte sich immer näher, als würde er mich verschlingen wollen. Ich ließ es geschehen. Seine Lippen waren weich, schmeckten süßlich und lösten ein Verlangen in mir aus, dass ich seit Jahren nicht verspürt hatte.

»Azula!« Oakleys Stimme drang an mein Gehör. Es war, als hätte mir jemand einen Eimer eiskaltes Wasser über den Kopf geschüttet. Ich zuckte zusammen, während Amarillo immer noch vor mir in der Luft hing und langsam die Augen öffnete.

»NO FUCKING WAY!«, stieg Easton mit ein und nippte belustigt an seinem Glas. Als ich endlich wieder bei Verstand war, erkannte ich eine weitere Person. Sie stand ein Stück hinter Easton und sah aus, als hätte sie zuvor eine Zitrone gegessen. Ihre Lippen waren zu zwei dünnen Strichen zusammengepresst und sie stemmte empört die Hände in die Hüften.

»Das beenden wir später«, raunte Amarillo und schlenderte zur Bar, um sich seinen Drink zu holen. Peinlich berührt tänzelte ich zu Oakley, die mich mit offenem Mund anstarrte. Ich versuchte, ihr mit meinem Blick zu bedeuten, keine Fragen zu stellen. Sie verstand zum Glück und nickte kaum merklich.

»Ich wusste gar nicht, dass Amarillo eine Freundin hat«, meldete sich die Blondine zu Wort. Bei jeder ihrer Bewegungen klimperte ihr teurer Schmuck an Handgelenk, Hals und Ohren.

»Habe ich auch nicht«, ertönte seine Stimme neben mir und reichte mir ein weiteres Glas Champagner, während er an seinem Whiskey zugange war. Erschrocken blickte ich zu ihm auf und umklammerte mein Glas so fest, dass ich Angst hatte, es würde zwischen meinen Finger zerbrechen. *Was zum Teufel hatte ich gerade getan?*

Ich nahm einen großen Schluck und beobachtete Eastons amüsierten Blick. »Immer ruhig mit den jungen Pferden. Besoffen wird er dich garantiert nicht ficken.«

Sein Kommentar animierte mich jedoch nur noch mehr zum Trinken. Amarillo verdrehte die Augen, konnte sich ein Lachen aber nicht verkneifen.

»Amarillo, kannst du mir mal verraten, was du von dieser...« Die Blondine stockte und schien nach einem nicht allzu beleidigenden Wort zu suchen. »...Gestalt möchtest?«

Easton lachte auf und auch ich musste ein Kichern unterdrücken. *Gestalt*. Sehr kreativ.

»Du wolltest wahrscheinlich Bitch sagen«, antworte ich ihr und nahm einen weiteren Schluck. Mittlerweile war meine Zunge taub, was mein loses Mundwerk nur noch weiter befeuerte.

»Camilla, es war schön dich wieder zu sehen. Aber ich habe keinerlei Interesse, jetzt weiter mit dir zu sprechen.« Der Ton in seiner Stimme verriet Amarillos gespielte Höflichkeit. Noch bevor sie zu einem Gegenschlag ausholen konnte, hatte er mich am Arm ins Apartment gezogen. Ich hätte beinahe mein Glas fallen lassen, als er uns mit langen Schritten durch die tanzende Meute hindurch zu einer verschlossenen Tür manövrierte. Er hielt seine Karte vor ein schwarzes Feld auf Höhe des Türknaufs und die Verriegelung öffnete sich mit einem Klacken. Bevor ich noch etwas sagen konnte, hatte mich Amarillo vor sich ins Zimmer geschoben. Die kühle Brise der Klimaanlage empfing mich und ihr leises Brummen war das einzige Geräusch in dem dunklen Zimmer. Nur die Musik und das Gelächter der Partygäste drang gedämpft durch das Gemäuer.

8

Azula

Ich konnte mich gar nicht richtig umsehen, da trat Amarillo von hinten an mich heran. Sofort breitete sich eine verräterische Gänsehaut aus, als er meine Haare beiseiteschob und sein warmer Atem gegen meinen Nacken stieß. Federleicht strich er mit seinen Fingerspitzen über meine Haut und folgte mit Küssen hinauf bis hinter mein Ohr. Ich ließ meinen Kopf nach hinten fallen und griff seinen Arm. Als ich meine Finger in seine Haut krallte, grummelte Amarillo etwas in meinen Nacken. Das Vibrieren seiner Stimme breitete sich wie seichte Wellen in meinem gesamten Körper aus. »Willst du noch etwas trinken?«

Ich atmete schwer auf, doch bejahte. Ein weiterer Drink würde nicht schaden.

Er ging zu einem Kühlschrank, der unter seinem Schreibtisch eingebaut war. Darin befanden sich neben ein paar Wasserflaschen auch eine Flasche Sekt. Er griff danach, drehte den Draht auf und ließ den Korken mit Leichtigkeit aus dem Flaschenhals knallen.

Ich zuckte kaum merklich bei dem Geräusch zusammen, doch starrte sofort wieder gebannt auf Amarillo. Sein Haar verdeckte beinahe seine Augen und lediglich das Mondlicht schien durch die bodentiefen Fenster. Dann blitzten die Smaragde hervor, als er mich durch die blonden Strähnen wie ein ausgehungerter Löwe anstarrte. Er setzte den Flaschenhals an und trank einen großen Schluck. Der Schaum des Sekts bahnte sich seinen Weg über Amarillos volle Lippen, sein Kinn hinunter über seinen Adamsapfel bis auf sein Shirt.

»Hier.« Er hielt mir die eisgekühlte Flasche unter die Nase.

»Bist du betrunken?«, fragte er mich, während er meine Arme mit seinen Fingern auf und ab fuhr. Ich schüttelte nur mit Mühe den Kopf, denn seine Berührungen fegten meine Gedanken so schnell davon, wie sie gekommen waren, und ehrlich gesagt war es gelogen. Ich war ziemlich betrunken. Wahrscheinlich lag es an den Medikamenten. Alkohol und Pillen waren nie eine gute Idee. Genauso wie Alkohol und Weed und trotzdem tat man es immer wieder. Gott sei Dank war ich bei Champagner geblieben, ansonsten würde ich jetzt wohl auf dem Boden liegen und nicht mit Amarillo in seinem Zimmer stehen.

»Gut«, hauchte er, ehe er unsere Münder wieder miteinander verschloss. Er drang sofort mit seiner Zunge tief in meinen Mund und machte keinerlei Anstalten es langsam angehen zu lassen. Amarillo drückte mich zurück an die Bettkante, sodass meine Waden an das kühle Metall stießen und ich einmal aufkeuchte. Er nutzte die Situation, lachte kurz und schob seine Zunge noch weiter hinein. Ich nahm wahr, wie mir die Glasflasche aus der Hand fiel und das kühle Getränk am Boden zerschellte. Die prickelnden Tropfen stießen gegen mein Bein, doch als Amarillo seine Hand an meinem Hals platzierte und leicht zudrückte, wurde jeder Gedanke daran fortgeweht und ich ließ mich von ihm in die Matratze drücken.

Mit beiden Armen neben meinem Kopf abgestützt, wartete er nicht lange und verschloss unsere Münder wieder miteinander. Er war wie ein Tier, getrieben von Lust und Begierde, fraß er mich beinahe auf. Seine Energie war ansteckend. Mein Körper wurde mit dieser durchströmt, ausgehend von der Stelle, an der er mich berührte. Er drückte sein Bein zwischen meine Schenkel und rieb damit an meiner empfindlichsten Stelle. Mein Rock rutschte mit jeder Bewegung weiter nach oben und legte meinen Körper frei.

Meine Glieder bebten, als er mit seinen Händen meinen

Körper herunterfuhr und an meinen Hüften innehielt. Er wartete einen Moment, richtete sich auf und thronte nun zwischen meinen gespreizten Beinen. Kurz darauf machte er sich an Knopf und Reißverschluss zugange, ehe er den engen Jeansrock nach unten zog und meinen Bauch freilegte. Das T-Shirt schob er beiseite und strich von meiner unteren Brust bis hinunter an meinen Slip.

»Endlich«, murmelte er atemlos. »Du hast keine Ahnung, wie sehr du mich seit unserer ersten Begegnung gequält hast.« Dann driftete sein Finger ab und fuhr meinen Innenschenkel entlang. Er wollte mich reizen, meine Begierde in die Höhe treiben und das schaffte er auch.

Genervt stöhnte ich auf und zog ihn mit meiner gesunden Hand wieder zu mir herunter, um ihn zu küssen. Was er konnte, konnte ich schon lange. Ich drückte ihn am Genick an mich und drehte mich auf ihn. Ein erschrockener Laut entfloh ihm und ich wusste, ich hatte ihn genau da, wo ich ihn haben wollte. Ich löste unseren Kuss und strich mit einer Hand über sein Shirt bis zu seinem Gürtel. Dort ließ ich langsam einen Finger unter den Hosenbund wandern und sah ihn nur unschuldig an. Er leckte sich über die Lippen und stöhnte, als er seinen Kopf auf einem Kissen ablegte. Ich setzte mich so auf ihn, dass ich ihn an mir spüren konnte und begann, meine Hüften kreisen zu lassen.

Amarillo schien ungeduldig zu werden. Er setzte sich auf und zog mir das Shirt in einer hektischen Bewegung vom Kopf, ehe er es in eine Ecke des Raums pfefferte. Zufrieden legte er sich zurück und beobachtete mich dabei, wie ich mich auf ihm rekelte. Eine Hand wanderte immer wieder zu meiner Hüfte, verstärkte meine Bewegungen, ehe er sie wieder hinter seinem Kopf verschränkte.

Plötzlich machte ich mich an seinem Gürtel zu schaffen. Ich öffnete die Schnalle und seinen Hosenknopf. Dann zog ich sein dunkles Shirt heraus. Er verstand sofort und zog es sich über den Kopf. Da fiel mir das feine Tattoo auf. Es zog sich über seinen Rippenbogen, doch in dem fahlen Licht konnte ich das Motiv nicht ausmachen. Mit meinem Zeigefinger fuhr ich seinen Bauch entlang, darauf bedacht jeden Muskel einzeln zu berühren.

»Du treibst mich in den Wahnsinn.« Seine Stimme war kaum mehr ein Hauchen. Penetrant langsam fuhr ich mit meinem Fingernagel über seine Haut.

»Du willst mich wohl aufziehen«, hauchte er. »Na warte.« Sofort hatte er mich an der Hüfte gepackt und in die Matratze gedrückt. Dann machte er sich an meinem BH zu schaffen und nun lag ich unbedeckt vor ihm. Für eine Sekunde erforschten seine Augen meinen Körper, doch dann übernahmen seine Hände. Ich bemerkte kaum, wie seine Hand hinunter wanderte und sich zwei Finger unter meinen Slip schoben. Es war als würde ein Blitzschlag durch mich hindurch fahren. Er beförderte mich zurück zu der Nacht im Club, als Amarillo versucht hatte, mit mir zu schlafen. Noch während seine Lippen an meinen verweilten, drehte sich mir der Magen um. Er tat es schon wieder. Er nutze mich für körperliche Gefälligkeiten aus. Dieses Mal war es jedoch nicht die Stripperin *Sky*, sondern *Azula*. Die Studentin.

Sofort schnappte ich mir seine Hand und zog sie von meinem Körper. Mit einer kräftigen Bewegung stieß ich ihn von mir, schlüpfte unter seinem Körper hindurch und saß auf dem Bett.

Irritiert musterte mich Amarillos hungrige Augen. Mein Herz schlug so schnell gegen meine Brust, dass ich Angst hatte, er könnte es hören. Wie eingefroren verweilte ich auf seinem Bett und ordnete meine Gedanken, während sich der Ekel immer weiter breit machte. *Wie konnte ich nur so dumm sein?*

»Was ist?« Sein Grollen erschütterte mich bis in Mark, als ich schnell meinen Blick durchs Zimmer schweifen ließ und nach meiner Kleidung suchte.

»Ich muss hier raus«, keuchte ich und hielt mir die Hand vor den Mund, um die Magensäure zurückzuhalten, die jede Sekunde aus mir herausbrechen konnte.

Ich wollte gerade aus dem Bett flüchten, da zog mich Amarillo am Handgelenk zurück. »Vorsicht!«

Als ich zu Boden sah, erkannte ich, dass die Sektflasche auf dem Parkett zersprungen war und nun überall feine Scherben verteilt lagen. Weiterhin vollkommen benebelt und mit heißen Wangen, riss ich mich aus seinem Griff, nahm mein verdrehtes T-Shirt vom Boden und zog es schnell über meinen Kopf.

»Wohin willst du?« Er versuchte abermals nach mir zu greifen, doch ich sprang vom Bett und suchte verzweifelt nach meinem Rock. »Ich habe es dir schon einmal gesagt und ich sag es dir noch mal: wenn du ficken willst, dann geh zu einer Nutte. Ich bin nicht dein Sexspielzeug!«

Mit dem letzten Satz wuchtete ich schnell herum und schloss seinen Blick in meinen. Nun war es nicht mehr der Ekel, der sich in mir breit machte, sondern die tobende Wut. Auf Amarillo, aber auch auf mich selbst.

Langsam erhob er sich aus der weichen Matratze und machte ein paar bedrohliche Schritte auf mich zu. Er bäumte sich vor mir auf und ein selbstsicheres Grinsen zierte seine Lippen, die sich noch vor wenigen Minuten unfassbar gut auf meiner Haut angefühlt hatten. Doch jetzt hätte ich ihm das Lachen gerne aus dem Gesicht geschlagen.

»Das werden wir ja mal sehen.« Seine Stimme war kaum mehr ein Hauchen und ließ einen eisigen Schauer über meinen Rücken fahren.

»Fick dich«, gab ich ihm selben Tonfall zurück, was Amarillo ein Lachen entlockte. »Das wirst *du* tun. Du bist eine Stripperin und verkaufst deinen Körper, Azula. Irgendwann wirst du mir geben, was ich will und du wirst es auch wollen.«

Verschissener Wichser. Selbstgefälliges Arschloch. In meinem Kopf schwebten tausende Beleidigungen und sie alle hätte ich ihm gerne an den Kopf geworfen. Der Zorn brodelte in mir wie ein überlaufender Topf auf, der schaumiges Wasser auf die Herdplatten vergoss und dieses nun in riesigen Dampfwolken emporstieg. Meine Wangen wurden heiß und ich kämpfte damit, einige Wuttränen zu unterdrücken.

Nicht mit mir. Ich ballte meine Hand zu einer engen Faust, sodass sich meine Fingernägel tief in meinen Handballen drückten. Bevor ich es durchdenken konnte, landeten meine Knöchel auf seiner Wange und Amarillos Kopf schlug zur Seite.

9

Azula

Amarillos schockierter Gesichtsausdruck brannte sich in mein Gedächtnis. Sein Atem nahm zu, sein Brustkorb hob sich und ich suchte eilig das Weite. Meine Hand pochte von dem Aufschlag auf seinen Wangenknochen, doch ich riss die Zimmertür auf. Mir war es egal, dass ich lediglich in Shirt und Tanga bekleidet ins Wohnzimmer trat. Mein Rock war irgendwo in seinem Zimmer verschollen und dafür würde ich nicht wieder umkehren.

Amarillo stürmte hinter mir her. Sofort schlängelte ich mich durch die verwunderten Studenten zum Aufzug und hämmerte auf den Knopf ein. Zu meinem Glück öffnete sich die Tür schnell und ich konnte hindurch huschen, bevor er mich erreichen konnte.

Kurz bevor sich die Türen schlossen, erhaschte ich einen Blick auf sein Gesicht. Mein Schlag hatte einen roten Abdruck auf seiner ebenmäßigen Haut hinterlassen und seine Augen loderten vor Wut. Als hätten sich die Kristalle in seiner Iris verflüssigt und wirbelten umher wie Funken an einem Lagerfeuer.

Als sich die massiven Türen endlich schlossen, drückte ich meinen Rücken an eine der kühlen Wände. Frustriert raufte ich mir die dunklen Haare. Sie waren vollkommen verknotet und die einzelnen Locken klebten förmlich aneinander. Mit zusammengebissenen Zähnen blickte ich an meinen nackten Beinen herunter.

Wie zur Hölle sollte ich so nach Hause kommen?

Ich stampfte mit einem Fuß auf. Erst da wurde mir das Ausmaß meiner Aktion bewusst. Ich hatte meine Tasche ebenfalls im Apartment gelassen. Handy, Portemonnaie, alles war dort drin verstaut. Ungeduldig wippte ich von einem Bein aufs andere und beschloss schnellstmöglich den Campus zum Wohnheim zu überqueren. Vielleicht war Oakley schon dort und würde mir die Tür öffnen. Das war nun meine letzte Hoffnung.

Als sich die Türen abermals öffneten, spurtete ich den Flur entlang und aus der gläsernen Tür hinaus. Der Wind war mittlerweile deutlich kühler und eine unangenehme Gänsehaut breitete sich auf meinem gesamten Körper aus. Ich bewegte mich in den Schatten der Nacht und betete, keinen Studenten zu begegnen. Oder schlimmer: einem Professor.

Ich mied die Hauptwege und schlängelte mich im Schutz der Gebäude über den Campus. Ich glitt an der Hauswand der Bibliothek entlang, als urplötzlich die Tür aufgeschlagen wurde. Schnell versuchte ich mich hinter einem Blumentopf zu verstecken, doch ich zögerte einen Moment zu lange und schon hatte mich die Person ins Visier genommen.

»Miss Davis?«, ertönte die Stimme von Professor Miller.

»Fuck, Fuck, Fuck«, wiederholte ich tausende Male in Gedanken, als ich abwog, wegzurennen oder wie angewurzelt stehen zu bleiben. Leider entschied sich mein Körper instinktiv für Letzteres.

»Was treiben Sie so spät auf dem Campus?«, fragte er und machte ein paar Schritte auf mich zu. Ich ballte die Hände zu Fäusten und ließ sie verzweifelt fallen, als ich mich zu ihm drehte.

Zunächst bemerkte er meinen Aufzug gar nicht und schien ernsthaft besorgt, doch dann wanderte sein Blick nach unten und selbst in dem schummrigen Licht konnte ich seine Pupillen dabei beobachten, wie sie sich weiteten. Peinlich berührt räusperte er sich und drehte sich weg. Er schaute demonstrativ in die Dunkelheit und bemühte sich, seinen Blick nicht auf meinen Körper schwenken zu lassen.

Die Scham überwältigte mich wie ein Tsunami. Ich kniff die Augen zusammen und schluckte, ehe ich anfing, die Situation zu erklären. »Ich bin auf dem Weg zu meinem Wohnheim.«

»Du musst mir nichts erklären«, stotterte er und räusperte sich abermals. Dann zog er sein Jackett aus und reichte es mir, während er weiterhin auffallend in die andere Richtung starrte. Schnell nahm ich das braune Leinen Sakko aus seiner Hand und band es so um meine Hüfte, dass die wichtigsten Stellen bedeckt waren.

»Danke«, atmete ich erleichtert auf.

Nun wandte er seinen Kopf zu mir. Seine Brille saß schief auf seiner dünnen Nase und dunkle Augenringe zeichneten sich hervor. Kein Wunder, wenn man bis drei Uhr nachts in der Bibliothek war. Er richtete seine braune Ledertasche und wippte unentschlossen von einem Bein aufs andere. Es war absurd. Professor Miller wirkte schlaksig und unbeholfen, obwohl er die Autoritätsperson war.

»Soll ich Sie noch zum Wohnheim begleiten? So spät nachts sollten Sie nicht allein über den Campus laufen«, bemerkte er und setzte ein schräges Lächeln auf. Ich zögerte einen Moment, doch ehrlich gesagt konnte es nicht schaden mit einem Mann unterwegs zu sein. Ich wusste zwar, wie man sich verteidigte, doch war heute offensichtlich mein Pechtag und ich wollte kein Risiko eingehen.

Zaghaft nickte ich und bemerkte, wie sich Professor Millers Gesichtszüge entspannten. Zunächst schlenderten wir schweigend durch die Dunkelheit. Krampfhaft überlegte ich, was ich sagen konnte, doch da kam er mir zuvor.

»Wie geht es Ihrer Hand?«, erkundigte er sich und musterte den dünnen Verband.

»Besser. Durch das Antibiotikum ist die Entzündung zurückgegangen. Es sollte in ein paar Tagen verheilt sein.«

Er nickte und abermals legte sich eine unangenehme Stille zwischen uns.

»Und Sie? Was machen Sie noch so spät in der Bibliothek?«, fragte ich und wurde von Professor Millers Lachen überrascht.

»Ich habe eine Vorlesung vorbereitet. Eine Universität ist immerhin zum Lernen da und nicht zum Party machen.« Peinlich berührt starrte ich zu Boden, doch der Professor stupste mich spielerisch in die Seite. »Keine Sorge, ich war auch mal jung.«

Ich überlegte, ob es unhöflich wäre, ihn nach seinem Alter zu fragen, doch fasste mir ein Herz.

»Ich bin 32«, antwortete er mit einem Lächeln und mir fiel beinahe die Kinnlade herunter.

»Das ist ganz schön jung für einen Professor, oder?«, fragte ich entgeistert, doch er zuckte nur mit den Schultern.

»Ich war schon immer ein Wunderknabe.« Er blieb abrupt stehen und streckte mir seine Hand entgegen. »Du kannst mich ruhig Sebastian nennen, wenn wir allein sind.«

Zögerlich ergriff ich sie. Es wirkte unangebracht, nachts mit meinem Professor über den Campus zu spazieren und ihn auch noch zu berühren. Dennoch überwand ich mich und drückte leicht seine schlanke Hand. Selbst in der Dunkelheit konnte ich feine Tintenkleckse an seinen Fingern erkennen. Sebastian lächelte und drückte ebenfalls zu, als er meine Hand in seiner hielt. Seine Berührung fühlte sich ganz anders an als Amarillos. Leicht und unschuldig. Beim Gedanken an Amarillos Berührungen, lief mir ein eiskaltes Schaudern über den Rücken. Der Ekel durchzog mich abermals und ich war so abgelenkt, dass ich Sebastians fragenden Blick beinahe nicht bemerkte.

»Geht es dir wirklich gut?«

»Ja, es ist wirklich alles okay.« Sogar ich konnte die Lüge aus meinen Worten heraushören. Sebastian zog seinen Mund kraus und musterte mich kurz.

»Ist es wegen diesem Miravalle?«, fragte er urplötzlich und ich riss meinen Kopf nach oben. Erschrocken starrte ich ihm entgegen. »Wie kommst du darauf?«

Auf Sebastians Lippen zeichnete sich ein wissendes Lächeln ab.

»Die Familie ist der Universität sehr wohl bekannt. Seine

Schwester war hier Studentin und, als ich ihn vor kurzem in meiner Vorlesung sah, habe ich ihn sofort erkannt.« Ein ironisches Lachen unterbrach ihn. »Nur ich hätte nie damit gerechnet, dass ihre Charaktere so unterschiedlich sind. Nachdem Amarillo dich zum Krankenzimmer gebracht hat, habe ich mir große Sorgen gemacht. Als du heute Nacht aus der Richtung des Ostgebäudes gekommen bist, da lag die Vermutung nahe, dass er etwas hiermit zu tun hat.« Er deutete dabei auf meinen leicht bedeckten Körper. Mein Kopf wurde noch röter als zuvor. Er hatte mich durchschaut. Es war kein Wunder, Sebastian war ein cleverer Mann und seinem Verstand schien nichts zu entgehen. Peinlich berührt kratzte ich mich am Hinterkopf und versuchte, auf ein anderes Thema zu lenken.

»Er hat eine Schwester?«, hakte ich weiter nach. Es war mir beinahe peinlich, dass ein Professor mehr über den Kerl wusste, mit dem ich beinahe geschlafen hatte, als ich.

Er atmete tief durch und stieß die Luft dann hart zwischen seinen Lippen hervor. »Es wäre besser, wenn du ihn selbst danach fragst.«

Sebastian war gut darin, die Themen zu wechseln, und schien ein Meister des Small Talks zu sein. Er öffnete mir sogar, ganz Gentleman like, die schwere Eingangstür. Ich wollte mich schon bei ihm bedanken und verabschieden, da stieg er die Holztreppe nach oben.

»Ich muss doch sichergehen, dass du unversehrt ins Bett kommst«, beantwortete er meinen fragenden Blick.

Als ich versuchte, die Zimmertür zu öffnen, war sie verschlossen. Frustriert blies ich mir eine Haarsträhne aus dem Gesicht.

»Verdammter Mist«, murmelte ich und sah zu Sebastian, der die Lippen zu einem dünnen Strich verzogenen hatte. »Sollen wir hier auf deine Mitbewohnerin warten oder möchtest du die Zeit bei mir überbrücken?«

Perplex schoss mein Blick zu ihm. »Ähm…«, stotterte ich. » Es ist spät und ich will dich nicht weiter aufhalten.«

Ein warmes Lachen durchzuckte seinen Brustkorb. »Nein. Ich kann dich nicht allein hier stehen lassen. Wer weiß, welche Gestalten sich hier herumtreiben.«

Er hatte recht. Wir hatten einige seltsame Nachbarn. Zum Beispiel das Mädchen, von dem Oakley und ich uns ziemlich sicher waren, dass sie regelmäßig satanistische Rituale abhielt, oder die beiden Jungs, die Nächte durchmachten und tagsüber nie aus ihrem Zimmer kamen.

Ich nickte zaghaft und lehnte mich an die Tür. Sebastian wippte unentschlossen von einem Fuß auf den anderen.

»Darf ich dich etwas fragen?« In der Dunkelheit wirkten seine Augen beinahe schwarz, aber ich konnte rostrote Kleckse in seiner Iris leuchten sehen. Ich nickte und richtete mich auf.

»Was studierst du? Ich habe dich bisher in keiner anderen Rechtswissenschaft gesehen und war etwas verwirrt, als du in meinen Kurs gekommen bist.«

Es wunderte mich, dass es Sebastian aufgefallen war. Ich hätte nicht damit gerechnet, dass er seine Studenten so gut im Blick hatte und war davon ausgegangen, dass er nur eine Flut an Gesichtern sah.

»Journalismus. Ich muss für die Credits auch Rechtswissenschaftliche Module belegen.«

Er nickte wissentlich. »Ich war nur etwas traurig, dass du in keinem meiner anderen Kurse erschienen bist.« Ein verlegenes Lachen durchzuckte seinen Brustkorb, ehe er auf seine Schuhe starrte.

Ich wollte gerade etwas erwidern, da wurden wir von Oakley unterbrochen, die die Treppe hinaufkam. Sie japste und atmete erleichtert auf, als sie mich in dem dunklen Flur erkannte.

»Verdammt, Azula! Willst du, dass ich an einem Herzinfarkt sterbe? Wir haben uns Sorgen gemacht.« Sie stockte abrupt, als sie Sebastian an der Wand lehnen sah. »Und du bist?«

Sofort machte Sebastian einen Schritt auf meine Freundin zu und hielt ihr seine Hand hin.

»Professor Miller. Ich bin Miss Davis auf dem Campus begegnet und dachte, es wäre besser, sie zu begleiten.«

Auf Oakleys Lippen zog sich ein feines Lächeln. »Na wenigstens ein Mann auf dieser Welt, der sich Sorgen um sie macht«, witzelte sie und kramte ihren Schlüssel hervor. Ich trat einen Schritt beiseite, damit sie die Holztür aufschließen konnte, und bedankte mich mit einem Lächeln bei Sebastian, welches er durch die Dunkelheit erwiderte. »Immer wieder gerne.«

10

Amarillo

Nachdem Azula verschwunden war, rannte ich förmlich zur Bar. Ich brauchte einen Drink und einen Eiswürfel, um meinen Wangenknochen zu kühlen. Schon bei kleinster Regung ging ein dumpfer Schmerz durch mein gesamtes Gebiss.

»Kleine Bitch«, murmelte ich eher zu mir selbst als zu anderen, doch Easton hatte seine Ohren natürlich wieder überall gleichzeitig.

»War´s nicht gut?«, fragte er und beobachtete mich mit einem süffisanten Grinsen. Er lehnte neben mir an der schmalen Bar und hielt eine Flasche Bier in der Hand. Auf seine Bemerkung hin konnte ich nur milde lächeln.

Das Eis schmolz langsam an meiner erhitzten Haut und Tropfen bahnten sich ihren Weg auf die Glasplatte unter mir.

»Ganz im Gegenteil. Aber sie hat mir eine reingehauen und ist verschwunden, bevor ich ihr zeigen konnte, was ich kann.«

»Hast es wohl verdient.« Er lachte, doch urplötzlich schien es ihm zu vergehen. Ich folgte seinem Blick und landete bei Azulas Freundin, die ausgelassen mit einem Kerl tanzte.

»Du und Oakley, läuft da was?«

Aus Eastons Mund kam nur ein spottender Laut. »Nonsens.«

»Wer ist der Vogel?«, fragte ich und deutete mit meinem Scotch auf ihren Tanzpartner.

»Rowan«, antwortete er mürrisch und hob sein Bier an die Lippen. »Er studiert auch Medizin.«

»Ein Dorn im Auge?«, versuchte ich Easton aufzuziehen, doch er lachte nur ironisch.

»Nein. Er würde niemals so weit kommen.« Seine Augen wanderten an Oakleys verschwitztem Körper entlang und er leckte sich schnell über die Lippen.

Ich musste zugeben, Oakley war süß, wirkte jedoch wie Azulas guter Zwilling.

Easton konnte seine Körperreaktionen nur schlecht verstecken. Ich hatte es in all den Jahren mit meinen Eltern gemeistert, doch ihn durchschaute ich sofort.

»Na? Gut gefickt?« Genervt schloss ich die Augen. Sie war die letzte Person, mit der ich jetzt sprechen wollte.

»Was willst du, Camilla?«

Sie stellte sich demonstrativ vor mich und klimperte wild mit ihren Wimpern. »Vielleicht solltest du mal aufhören rumzuhuren und endlich zur Vernunft kommen, Amarillo!«

Meinen Namen aus ihrem Mund zu hören, war so fremd, als hätte sie ihn noch nie gesagt. Ihre Stimme hatte einen zickigen und hochnäsigen Unterton angenommen, ganz anders als noch vor drei Jahren. Ich wollte ihr entkommen, da hatte sie sich schon wieder demonstrativ vor mich platziert.

»Hallo? Erde an Amarillo!« Ihre penetrante Stimme hallte in meinem Ohrinneren nach. »Rede mit mir!«

Mein Blutdruck nahm mit jedem Wort zu. »Verdammt Camilla halt dein Maul!«, keifte ich zurück, doch sie zuckte nicht einmal zusammen. Ihr Ton wurde ruhiger, beinahe gruselig, als sie antwortete: »Du kannst deiner Zukunft nicht ewig davon laufen. Es wird passieren und es wäre besser, wenn du dich langsam damit abfindest.«

Ich verdrehte nur die Augen, als sie dramatisch auf dem Absatz kehrt machte und trank den Whiskeys in meiner Hand in einem Schluck. »Ich will nicht darüber sprechen. Lös die Party auf«, murmelte ich in Eastons Richtung und verschwand in mein Zimmer..

Erleichtert ließ ich mich aufs Bett fallen und rieb mir durchs Gesicht. Camilla hatte mich in einen Strudel der Gedanken befördert und ich würde ihr dafür am liebsten den Kopf abreißen. Ablenkung war heute Abend die Devise gewesen und ich war erfolgreich, aber nun wurde ich heimgesucht.

Als ich meinen Kopf zurück in die Kissen drückte, überflutete mich ihr süßlicher Geruch. Ihr Parfüm hatte sich an meinen Kissen gerieben und ließ mich nun kein Auge zu machen. Immer wieder schweiften meine Gedanken zu ihrem Körper, ihrem Geschmack und den lieblichen Lauten, die sie noch vor kurzem in meinen Armen von sich gegeben hatte, bevor sie davongerannt war. Die Jagd hatte begonnen.

11

Azula

Seit Wochen bemühte ich mich, Amarillo aus dem Weg zu gehen. Jedoch wirkte es beinahe so, als würde er mich verfolgen.

Ich huschte wie ein Rehkitz über den Campus, doch erstarrte in seiner Präsenz, als sei er das strahlende, gelbe Licht eines Autoscheinwerfers. Das Schicksal meinte es nicht gut mit mir. Ohne Ausnahme würde ich ihm begegnen. An der Cafeteria, als er sich eine Zigarette anzündete und mit Easton zusammen rauchte. Dann gestern, als ich zu spät zu einer meiner Vorlesungen kam und ihm schnurstracks auf einem der Schotterwege in die Arme lief.

Jedes Mal erstarrte ich und es fühlte sich so an, als würde ich von einem Laster überfahren werden. Mein Herz lag schwer in meiner Brust, sobald er, ohne mich eines Blickes zu würdigen, an mir vorbei stolzierte.

Amarillo schien immer über den anderen zu thronen. Den Rücken gerade und die Brust durchgestreckt, lief er mit langen Schritten an mir vorbei. Es war mir so unendlich peinlich, dass ich am liebsten im Erdboden versunken wäre, aber gleichzeitig brodelte die Wut in mir.

Dieser arrogante Pisskopf. Jedes Mal beschloss ich, ihm bei unserer nächsten Begegnung meine Meinung lauthals entgegenzubrüllen, doch sobald ich vor ihm stand, war da nur gähnende Leere in meinem Kopf. Jegliche Wut verebbte und Scham machte sich in jeder meiner Zellen breit.

Ich konnte ihn nicht einmal ansehen, denn sofort schossen die Erinnerungen der Nacht auf mich ein und ich senkte betroffen den Blick.

»Was hast du heute Nachmittag vor?«, fragte Oakley, während wir den steinigen Weg in Richtung Cafeteria spazierten. Die Mittagssonne brannte sich auf unsere Kopfhaut und ich verfluchte mich selbst, keinen Hut oder eine Cap mitgenommen zu haben.

»Ich fahre nachher zur Arbeit«, erklärte ich und meine beste Freundin musterte mich daraufhin argwöhnisch.

»Kannst du schon wieder arbeiten?« Ihr Blick wandert zu meiner Hand, auf der mittlerweile nur noch ein dünnes Pflaster klebte. Die Entzündung war vollkommen verheilt und nun zierte nur noch ein feiner, rosafarbener Riss meine Handinnenfläche.

»Mit einem ordentlichen Pflaster werde ich es schon aushalten«, versuchte ich sie zu beruhigen, doch Oakley schien nicht überzeugt.

Ich seufzte theatralisch. »Oak. Ich muss wieder arbeiten.« Es war schwer genug, alle Rechnungen zu bezahlen. Noch immer stapelten sich die Schulden und es würde Jahre dauern, bis ich alles abbezahlt hatte. Jedes Mal versetzte mir der Gedanke einen schmerzhaften Stich. Ich wollte nicht, dass die Schulden meine einzige Erinnerung an meine Mom waren, doch leider überschatteten sie jede gute. Ich wusste, dass sie das nicht gewollt hatte, aber es änderte nichts an meiner Situation. Mein kleiner Unfall am Pool hatte mich um einige Wochen nach hinten geworfen und ich würde die nächste doppelt so viel arbeiten müssen.

Ich hatte mich überreden lassen mit Oakley gemeinsam im Ostgebäude essen zu gehen, vertraute jedoch darauf, dass Amarillo diesen Ort mied und lieber in seiner Wohnung war. Wir ließen uns auf einen der modernen Tische fallen und scannten den QR-Code, der an der Platte angebracht war. Die Universität probierte hier ein neues System aus, indem sie das Cafeteria Menü als QR-Code bereitstellten und man online bestellen konnte. Sobald das Essen fertig war, bekam man eine Nachricht und konnte seinen Teller an der Ausgabe abholen. Ein praktisches System, um die langen Wartezeiten und Schlangen zu vermeiden, die für die Essenausgabe in den anderen Gebäuden typisch war.

»Hey Mädels!«, durchbrach Easton unser Gespräch und ließ sich neben Oakley fallen. Sie zuckte kaum merklich zusammen, als er lässig einen Arm um ihre Schulter legte. Sofort scannte mein Blick unsere Umgebung, um sicherzustellen, dass Easton seinen besten Freund nicht im Schlepptau hatte. Ich wurde von meinem Handy unterbrochen, dass auf dem Tisch brummte und mir zu verstehen gab, dass mein Salat zur Abholung bereitstand.

Das Tablett war schwer und ich versuchte, es möglichst geschickt zu unserem Tisch zu balancieren. Doch als ich erkannte, wer sich auf meinen Platz gesetzt hatte, gefror mir das Blut in den Adern und ich hätte es beinahe fallen lassen.

»Da sitze ich«, fauchte ich und ließ mein Tablett mit einem Knallen auf dem Tisch nieder, doch er beachtete mich gar nicht. Er starrte einfach gerade zu Easton, der gebannt zwischen seinem Freund und mir hin und her sah. Oakley tat es ihm gleich, als würden die beiden abwarten, wer zuerst zuschlägt.

»Setz dich doch da hin.« Genervt tippte er mit seinem Zeigefinger auf den Platz neben sich.

»Bei dir hakt es wohl!« Entrüstet schnaubte ich und pustete mir eine Haarsträhne aus der Stirn. »Beweg deinen arroganten, elitären Fettarsch von meinem Stuhl!«

Anstatt sich zu bewegen, grinste der Sack nur frech. Innerlich brodelte ich und wollte ihm seinen herablassenden Blick aus dem Gesicht schlagen, doch ich wusste, dass er mich nur provozieren wollte. Schlussendlich zog ich den Stuhl ein Stück nach hinten und ließ mich auf seinen Schoß plumpsen. Wenn er Spielchen spielen wollte, dann konnte ich das auch.

Entgeistert starrte er mich an. Ich konnte seinen durchdringenden Blick in meinem Nacken spüren, doch ich ließ mich davon nicht beirren. Ich zog mein Tablett über den Tisch und stach mit meiner Gabel in den Salat.

»Was genau tust du da«, keuchte Amarillo. Meine Haare schienen ihm im Weg zu sein, denn plötzlich fuchtelte er wild vor seinem Mund herum. Er zog sich einige dunkle Strähnen zwischen den Lippen hervor, ehe er weiter meckerte: »Steh sofort auf!«

Ich ignorierte ihn gekonnt und ließ ein paar Salatblätter mitsamt Dressing und Hähnchen in meinem Mund verschwinden. Ich wollte es mir nicht nehmen lassen Amarillo noch weiter auf die Palme zu bringen, also wackelte ich mit den Hüften und rieb meinen Arsch an ihm, während ich genüsslich kaute.

Amarillo wusste nicht so recht, was er tun sollte, und seine Hände hingen hilflos in der Luft. Ich hatte ihn aus dem Konzept gebracht, denn während ich meinen Salat vertilgte, war er still und machte keine Anstalten mich von ihm zu schubsen. Zunächst war ich verwirrt, doch irgendwann spürte ich, warum er nicht meckerte. In seiner Hose regte sich etwas. Ich konnte es genau spüren, wie etwas Hartes immer stärker gegen mich drückte.

Ich kicherte leicht, ehe ich mich noch weiter in seinen Schoß drückte und mein Becken kreiste. Sofort krallte sich Amarillos Hand in meine Hüfte.

»Hör auf mit dem Scheiß«, raunte er, was mich nur noch weiter animierte ihn zu ärgern.

Während ich meine Hüfte immer mal wieder stärker an ihn drückte, unterhielt ich mich mit meinen Freunden und genoss die kalte Cola. Jedes Mal grummelte er kaum merklich und zog leicht an einer Haarsträhne.

»Alles gut, Bro? Du bist so ungewohnt ungesprächig?« Easton betrachtete seinen Freund besorgt, welcher den Kopf in den Nacken gelegt hatte und die Augen geschlossen hielt, als würde er sich konzentrieren müssen, nicht noch härter zu werden.

»Alles gut«, nuschelte er. »Azula drückt mir nur die Luft

ab.«

Oakley kicherte, was ihr einen bösen Blick meinerseits einräumte und Amarillo einen Stoß mit dem Ellbogen. Das letzte Salatblatt verschwand in meinem Mund und ich machte Anstalten aufzustehen, doch Amarillo zog mich zurück auf seinen Schoß.

»Lass mich jetzt bloß nicht so hier sitzen«, hauchte er und sein Atem kitzelte mich im Nacken.

»Du hast es so gewollt. Wer nicht hören will, muss fühlen«, flüsterte ich genau so leise zurück und erhob mich ruckartig.

Amarillos Pupillen weiteten sich, doch bevor irgendjemand die Beule in seiner Hose erblicken konnte, hatte er sich samt Stuhl an den Tisch herangezogen und versuchte, sich mit dem Tisch zu bedecken.

»Bis später.« Mit einem Augenzwinkern ließ ich ihn auf seinem Stuhl zurück.

12

Amarillo

Ich lag seit Stunden in meinem kühlen Bett und ließ die Hitze des Tages in meine Kissen sinken. Die Klimaanlage lief auf Hochtouren und stieß mir ununterbrochen eisige Luft entgegen. Ich hatte die schweren Vorhänge zugezogen, um die letzten Sonnenstrahlen des Nachmittags zu verbannen, die sich in mein Zimmer drängen wollten. Trotz meiner Bemühungen meine Umwelt auszuschalten, fand ich keine Ruhe.

Es machte mich wahnsinnig.

Nein.

Sie machte mich wahnsinnig.

Sie reizte mich ununterbrochen. Ihre Stimme ließ mein Blut in Wallung geraten. Ihr Geruch benebelte meine Sinne und die Gedanken unserer Nacht prassten auf mich ein. Ihr Körper reizte mich, sobald sie mich berührte, doch heute war sie einen Schritt zu weit gegangen.

Ich hatte geschlagene zehn Minuten in der überfüllten Cafeteria verharren müssen, bevor ich aufstehen konnte. Noch immer spürte ich ihren warmen Körper an meinem.

Sofort schlug ich mir ein kaltes Kissen ins Gesicht, um endlich diese Gedanken zu verbannen. Ich hatte den ganzen Tag damit verbracht, sie zu vergessen. Aber es gelang mir nicht. Es brachte mich beinahe um den Verstand.

Stöhnend erhob ich mich aus den Federn und rieb mir übers Gesicht. Mein Plan war nach hinten losgegangen. Ich hatte für eine kurze Zeit meine ersehnte Ablenkung, doch nun ging sie mir nicht mehr aus dem Kopf. *Wirklich grandios, Amarillo.*

Langsam stieg ich aus dem Bett und trottete in die Küche. Ein Drink war meine letzte Rettung, ein wenig Spaß in dieser Hölle zu haben. Die Professoren gingen mir auf die Nerven und meine Eltern waren hier zu sehr in mein Leben involviert. Die Partys, der Alkohol und Sex schienen die einzigen Lichtblicke zu sein.

Mit meinem Glas in der Hand ließ ich mich auf der weißen Couch nieder und starrte aus den bodentiefen Fenstern. Die Sonne stand tief und lange Schatten zogen sich durch den kargen Raum. Ich seufzte und schloss für einen Moment die Augen. *Was machte sie wohl gerade?* Ich hatte keine Ahnung, wohin sie wollte, als sie mich so schamlos sitzen gelassen hatte. *War sie vielleicht im Club?* Einen Abstecher war es zumindest wert.

Ich erhob mich schwungvoll und trat voller Energie ins Bad. Das Wasser der Regendusche prasselte über meinen Kopf und ich genoss für einen kurzen Moment den Strahl in meinem Nacken. Nackt stürmte ich zu meinem Schrank und fröstelte, als ich in das ausgekühlte Zimmer trat. Ich schnappte mir meine dunkle Jeans, ein schwarzes Hemd und griff nach meiner geliebten Rolex. Im Herausgehen sprühte ich noch ein paar Spritzer Parfum auf meinen Nacken sowie die Handgelenke, die ich sachte zusammenrieb.

Anstatt in die Lobby ließ ich mich in die Tiefgarage transportieren. Ich verstand nie, warum Easton seine teuren Wagen vor dem Wohnheim parkte, bis ich ihn eines Tages dabei beobachtete, wie er eine Frau damit aufriss. Bei den Gedanken schüttelte ich schmunzelnd den Kopf. Easton hatte sich kein Stück verändert. Camilla dafür um so mehr. Sie war beinahe nicht wieder zu erkennen.

Meine Gedanken wurden von dem Signalton des Aufzugs unterbrochen, der sich kurz darauf öffnete und so den Blick auf die unzähligen Luxusschlitten ermöglichte. Jedoch konnte keines meinen Aston Martin DB10 toppen und das nicht nur, weil James Bond denselben fuhr. Nach den Dreharbeiten zum

Film wurde der Wagen versteigert. Natürlich war mein Vater der Meistbietendste gewesen.

Der Luxuswagen stand auf einem exklusiven, abgelegenen Parkplatz, damit die Gefahr, jemand könnte einen Kratzer hinterlassen, gemindert war. Damals wollte mein Vater ihn ausstellen, aber ich war der Meinung, man durfte ein Auto nicht verstauben lassen. Sie mussten gefahren werden.

Ich stieg in den grauen Schlitten und ließ mich in die schwarzen Ledersitze fallen. Als ich den Motor startete, durchzog das intensive Brummen meinen gesamten Körper. Geschickt lenkte ich den Wagen aus der Parklücke und ließ auf der Straße kurz den Motor aufheulen. Ein Glücksgefühl durchflutete für einen Moment meine Adern und ich drückte meinen Fuß tiefer in das Gaspedal.

Das Auto schnellte nach vorne und ich lenkte in Richtung des Highways. Es war nur eine kurze Fahrt zum Club, doch es reichte, um meine Stimmung weiter zu heben. Die Geschwindigkeit, der Geruch des Autos und das Gefühl von Freiheit ließen mein Herz sofort höherschlagen, sodass ich beinahe die Ausfahrt verpasste.

Langsam rollte ich auf den Parkplatz vor dem Club und sah in Richtung des unscheinbaren Gebäudes. Würde nicht in großen, grünen Neonbuchstaben »Stripclub« dranhängen, würde man niemals auf die Idee kommen, darin leichtbekleidete Frauen zu finden.

Für einen Augenblick driftete ich ab, zu dem Abend, an dem ich diesen Club aufsuchte. Ich wusste bis heute nicht, was mich hierhergetrieben hatte. Ich war einfach aus dem Haus meiner Eltern gestürmt, hatte mich ins Auto gesetzt und war hier angelangt. Geblendet von meiner rasenden Wut und Frustration, konnte ich mich an die Autofahrt nicht mehr erinnern und wachte erst wieder aus meiner Trance auf, als ich Azula an der Bar erblickte.

Schnell verdrängte ich jeden weiterem Gedanken an diesen Abend und stieg aus dem Wagen. Am Eingang begutachtete mich kurz der Türsteher, bevor er mir mit einer Handbewegung Einlass gebot. Ich schritt durch einen schwarzen Vorhang und wurde von einem süßlichen Geruch empfangen. Es war eine Mischung aus Parfum und Alkohol und der wummernde Bass durchdrang den dunklen Boden. Ich spürte die Vibration bis in meine Füße, und, als ich meinen Kopf hob und zur Bühne sah, schlug ein Blitz durch mich hindurch. Mein Herz machte einen Satz, meine Finger kribbelten und meine Nackenhaare stellten sich auf.

Azula rekelte sich kopfüber an der Stange. Ihr leichtbedeckter Körper glitzerte in dem grünen Licht und bevor ich darüber nachdenken konnte, handelte mein Körper von ganz allein.

Ich griff in meine Hosentasche, zückte mein Handy und drückte den Auslöser der Kamera.

13

Azula

Als ich den hellen Lichtblitz in meinem Augenwinkel wahrnahm, schreckte mein Kopf sofort herum und ich blickte durch die tanzenden Lichter. Ein zweites Mal leuchtete mir ein durchdringender Strahl entgegen. Ich rieb mir die Augen und versuchte, die hellen Flecken, die sich vor mein Blickfeld schoben, zu ignorieren. Von dem grellen Blitz geblendet, erkannte ich kaum etwas. Nur eine Gestalt, die weiter hinten im Raum stand.

Er wird doch nicht etwa?

Nein.

Das konnte nicht sein.

Sofort verschlang ein dunkles Loch meine Magengegend und Panik stieg in mir hoch. Wie angewurzelt blieb ich auf der Bühne stehen. Ich war so in Schock versetzt, dass ich mich keinen Zentimeter bewegen konnte. Der Bass der Musik wurde immer dumpfer. Hilfesuchend sah ich mich um. Vielleicht hatte ihn noch jemand gesehen und würde ihn aufhalten, doch als mein Sichtfeld klarer wurde, stach mir die giftgrüne Iris entgegen.

Amarillo ließ sein Handy langsam sinken. Als sich unsere Blicke trafen, schob sich ein dreckiges Grinsen auf seine prallen Lippen und mir wurde mit einem Mal speiübel. Das konnte nicht sein Ernst sein. Ich wusste, dass er ein Arsch war, aber das war zu viel. *Wieso tat er das?*

Ehe ich mir weiter den Kopf darüber zerbrechen konnte,

eilte ich die Stufen hinunter. Die Männer um mich herum tauschten verwirrt Blicke, aber meine Aufmerksamkeit galt Amarillo und seinem Handy. Ich spurtete ihm entgegen, darauf bedacht meine Brüste zu bedecken, doch sein Blick glitt ohnehin betont auffällig über meine Kurven. Wutentbrannt und schnaubend, machte ich abrupt vor ihm halt.

»Kannst du mir mal verraten, was der Scheiß soll?«, zischte ich und sah ihm streng in die Augen, doch unter seinem eindringlichen Blick wurde ich beinahe schwach.

Er schüchterte mich ein. Dieser kühle Ausdruck, ohne Reue, ohne jegliche Emotionen. Er machte mir Angst. Amarillo war kein Mann. Er war ein gefühlloser Arsch.

Ein grummelndes Lachen durchströmte seine Brust, als er sein Handy in der Hosentasche verschwinden ließ.

»Ey!«, protestierte ich und versuchte nach seinem Smartphone zugreifen, doch er wich mir geschickt aus und hielt mein Handgelenk fest.

»Na, Na, Na. Nur gucken, nicht anfassen«, witzelte er und ein herausfordernder Ausdruck legte sich in seinen Blick. Seine dunklen Wimpern zogen tiefe Schatten über seine Iris und einer seiner Mundwinkel zuckte verspielt nach oben. Ich biss mir auf die Unterlippe und entzog ihm ruckartig mein Handgelenk.

»Ich habe gesehen, dass du Fotos gemacht hast. Lösch sie sofort.« Ich hielt meine Stimme bedeckt. Ich wollte keinen Ärger machen und die verbleibenden Kunden vertreiben. Also trat ich einen Schritt näher an ihn heran. Ich streckte die Brust raus, nahm die Schultern nach hinten und reckte den Kopf, doch Amarillos Blick ließ all dies sofort wieder in sich zusammenfallen.

Obwohl er nicht viel tat, war seine Energie überwältigend. Jede meiner Fasern zuckte zusammen, als sein Kopf ein Stück zu mir herunter schnellte.

»Welche Fotos?«, flüsterte er und unsere Nasenspitzen waren nun kaum mehr als ein paar Zentimeter voneinander entfernt.

»Wenn du nicht sofort damit herausrückst, dann ruf ich den Chef. Er wird sich dein Handy schnappen und dich hier rausschmeißen.« Trotz meiner Drohung schien Amarillo weiterhin unberührt. Er atmete tief ein, ließ seine Hand in die Hosentasche fahren und zog das Handy heraus. Ich wollte schon danach schnappen, da stopfte er es sich vorne in die Hose.

»Wenn mich irgendwer dort begrapscht, ist das sexuelle Belästigung. Glaub nicht, dass mein Vater diesen Laden nicht dicht machen könnte, wenn er wollte. Wo genau willst du dann arbeiten?«, raunte er und kam mit jedem Wort näher. Sein herber Geruch stieg ununterbrochen in meine Nase. Vor ein paar Stunden hatte ich ihn noch als angenehm empfunden, doch nun kam es mir hoch. Das Loch in meiner Magengegend wurde immer größer, verschlang meine Lungen und ließ nichts als Panik zurück. *Das konnte er doch wohl nicht ernst meinen? Was wollte er mit diesen Fotos erreichen?* Verzweifelte suchte ich in seinem Blick nach Antworten. Etwas, dass seine Motive zum Vorschein bringen könnte, aber Amarillo war ein Meister darin, jegliche Emotionen zu verbergen. Jedes Augenzucken, jede Bewegung seiner Gesichtsmuskeln war wie einstudiert. Er trug eine Maske, durch die niemand hindurch blicken konnte.

*

»Lösch sofort die Fotos, Amarillo!«, hackte ich am Abend auf meine Handytastatur. Nach dem Vorfall im Club war der Arsch ohne ein weiteres Wort verschwunden. Ich wollte mich selbst dafür umbringen, nicht in seine Hose gegriffen zu haben, um die Fotos selbst zu löschen. Doch ich war so gelähmt gewesen, dass ich zu nichts in der Lage war.

Laurie schien ziemlich besorgt, als ich zurück in den Backstagebereich kam.

»Du siehst ja aus wie eine Leiche, alles okay?« Sie hatte eine ihrer kühlen Hände auf meine erhitzte Stirn gelegt, aber ich war nicht krank oder hatte Fieber. Ich war wütend. Wut brachte mein Blut zum Kochen und ohne Zweifel würde ich einen hochroten, heißen Kopf bekommen. Amarillo brachte mich zur Weißglut.

Ungeduscht, verschwitzt und mit feuerrotem Kopf starrte ich auf mein Handydisplay und wartete auf eine Antwort. In der Zwischenzeit fuhren meine Gedanken Achterbahn. *Was würde er mit den Fotos machen? Hatte er sie gepostet? Würde er sie an die Uni schicken?* Ich beauftragte Oakley damit, jede Sekunde sein Social Media zu checken. Ich war ernsthaft besorgt, er würde die Fotos veröffentlichen. Meine beste Freundin saß mir gegenüber auf ihrem Bett und zerkaute ihre Fingernägel.

»Ich habe dir gesagt, es fliegt irgendwann auf«, flüsterte sie immer wieder und sah nervös zwischen mir und ihrem Handy hin und her. »Es war nur eine Frage der Zeit.«

»Das hilft mir jetzt nicht, Oakley. Ich habe keine andere Wahl, Okay?« Ich versuchte mich zu rechtfertigen, doch der strafende Blick meiner Freundin landete instinktiv auf mir. Sie wusste von den Schulden und auch, dass ich auf das Geld angewiesen war und damit auch auf diesen Job.

»Azula, wenn die Uni davon erfährt, dann fliegst du zu 100%!«, flüsterte sie hysterisch in den halbdunklen Raum und sorgte mit ihrem Kommentar nur dafür, dass das Loch in meinem Inneren sich weiter ausdehnte und nun auch mein Herz einnahm.

Fuck. Die Lage war ernst. Ich musste an diese Fotos kommen. Komme, was wolle.

»Das hilft mir jetzt nicht, Oak. Schau lieber weiter, ob er irgendwas postet.«

»Du bist so leichtgläubig. Erst steigst du beinahe mit ihm in die Kiste und jetzt findet er auch noch dein Geheimnis heraus und hat Beweise. Wieso tut er das?«, fragte sie verzweifelt eher zu sich selbst. Mit dieser Frage war sie nicht allein. *Was erhoffte sich Amarillo? Wollte er mir nur das Leben schwer machen?*

Ich starrte weiter auf die ungelesene Textnachricht, doch meine Gedanken wanderten unkontrolliert zu der Nacht mit Amarillo zurück.

Ich wollte es mir selbst nicht eingestehen, doch ich dachte häufig über diesen Moment nach. Seine warme Haut, das prickelnde Gefühl, das seine Lippen auf meiner hinterließen. Bisher hatte es sich mit keinem Typen so angefühlt wie mit ihm und das machte mir noch mehr Angst.

Ein Brummen riss mich aus meinen Gedanken.

Lösch sofort die Fotos, Amarillo!

Welche Fotos? ;)

Du weißt genau, welche ich meine!

Ich rümpfte die Nase und schnaubte heftig. *Das war doch nicht sein scheiß Ernst?* Sogar jetzt wollte er mich unbedingt reizen.

Was würdest du dafür tun?

ALLES! Aber lösch die Fotos !

Wirklich Alles?
Das könnte witzig werden.
Triff mich morgen früh am Ostgebäude.

Entgeistert starrte ich auf mein Handy. *In was hatte er mich reingeritten?*

Die ganze Nacht hatte ich wach gelegen. Die Ringe unter

meinen Augen glichen zwei schwarzen Kratern und nicht einmal der Eiskaffee, den Oakley am Morgen mitgebracht hatte, konnte meine Stimmung heben. Dennoch stand ich um Punkt acht Uhr am Ostgebäude und wartete. *Was blieb mir auch anderes übrig?* Ich musste diese Fotos unbedingt löschen oder ihn zumindest dazu bringen.

Genervt kniff ich die Augen zusammen, sodass feine, knisternde Lichter auf meiner Bildfläche tanzten.

»Gut geschlafen?«, ertönte schlagartig seine Stimme an meinem Ohr. Sein Atem wehte in meine Richtung und hüllte mich in den Geruch von Minze, Kaffee und Zigaretten. Darunter mischte sich sein holziges, ledriges Parfum und sofort wurde mir wieder schummerig.

Ich öffnete die Augen, doch unterschätzte, wie nah er mir war. Seine Nasenspitze berührte beinahe die meine und seine leuchtenden Augen musterten mich ekstatisch. Das Grün in seinen Augen war heute unglaublich intensiv. Es leuchtete wie Efeu im Spätsommerlicht und der Wind rauschte durch seine blonden Locken.

»Lösch die Fotos, Amarillo.« Ich wollte stark wirken und hielt seinem eindringlichen Blick stand, doch er trat nur ruckartig einen Schritt zurück und zog etwas aus seiner hinteren Hosentasche. Er öffnete die Zigarettenpackung betont langsam und ließ eine Kippe an seiner Unterlippe entlang streichen. Der beißende Geruch der gigantischen Rauchwolke, die er kurz darauf in meine Richtung blies, ließ alles in mir erschaudern.

»Könntest du dich wenigstens bemühen, den Rauch nicht in mein Gesicht zu pusten«, meckerte ich und wedelte kräftig mit der Hand vor meinem Kopf.

Amarillo lachte und graue Schwaden stießen aus seinem Mund und seiner Nase. »Gehst du mit mir einen Kaffee trinken?«

Verdutzt blickte ich auf, doch konnte in Amarillos Blick erkennen, dass es ihm ernst war.

Ich nickte schwach und beobachtete ihn dabei, wie er

ein paar kräftige Züge nahm und die Zigarette mit seinem schwarzen Lederstiefel am Boden zerdrückte.

In dem Café des Ostgebäudes roch es herrlich nach süßem Gebäck und herbem Kaffee. Sofort lief mir das Wasser im Mund zusammen und ich nahm die Auswahl an Brötchen ins Auge.

»Willst du eins?«, fragte Amarillo neben mir, während er sich eine Americano bestellte. Ich winkte ab, obwohl ich gerne etwas gegessen hätte. Als könnte er meine Gedanken lesen, lud er ohne einen weiteren Kommentar zwei Schokocroissants aufs Tablet.

Verdutzt beobachtete ich seine Rückenmuskulatur, als er voran an einen Tisch an der Fensterfront schritt.

Erwartungsvoll beobachtete ich ihn dabei, wie er genüsslich an seinem Kaffee nippte und sich ein zufriedener Ausdruck auf seine Züge legte. Dann schob er mir eines der Croissants über den Tisch entgegen und blickte mich erwartungsvoll an. *Was war nur in ihn gefahren?*

»Also. Was willst du? Ich komme nicht dahinter«, gestand ich, um das Gespräch endlich auf die wichtigen Dinge zu lenken, bevor ich mich an dem süßen Gebäck zu schaffen machte.

Amarillos Lächeln wurde immer breiter, als er zu mir heruntersah, und seine Augen blitzten verspielt auf. »Du würdest wirklich alles tun, oder?«

Ich schreckte zurück und mein Herz schien Purzelbäume in meiner Brust zu schlagen. »Was willst du damit sagen?«

Mir blieb beinahe die Luft weg, als sich Amarillos Blick vertiefte. »Sei mein kleiner Sklave und ich überleg mir, ob ich die Bilder lösche.«

Ich verschluckte mich an dem heißen Kaffee und prustete los. »Das ist nicht dein Ernst.« Meine Hände krampften sich um den warmen Becher.

»Wenn du nicht willst, dass andere von deinem kleinen, dreckigen Geheimnis erfahren, dann tust du besser, was ich sage«, raunte er und lehnte sich mit einem selbstgefälligen Lächeln zu mir über den Tisch.

Mein Gehirn schien die Informationen nicht zu verarbeiten, daher starrte ich ihn einfach nur aus großen Augen an.

Was genau sollte das?

»Du hast heute noch nichts vor, oder?«

Benommen schüttelte ich den Kopf und beobachtete ihn argwöhnisch, doch er war sofort aufgesprungen.

»Gut. Dann komm«, verkündete er.

Irritiert folgte ich ihm über den Campus zum Gebäude der Rechtswissenschaften und wurde von ihm in den langen Flur gezogen. Er spurtete im Eiltempo an den verschiedenen Räumen vorbei, ehe er an einem Halt machte und schwungvoll die Tür öffnete. Bevor er eintreten konnte, hielt ich ihn am Arm fest.

»Was genau soll das werden?«

»Wenn dir etwas daran liegt, dass niemand von den Fotos erfährt, dann folgst du mir besser«, zischte er und zog mich in den Hörsaal. Der Kloß in meinem Hals wurde immer dicker, doch ich hatte nicht viel Zeit darüber nachzudenken. Amarillo drückte mich lediglich in den Stuhl neben sich. Als ich den Professor erkannte, wäre ich am liebsten im Erdboden versunken. Es war Professor Miller. Sebastian.

»Was führt uns zu der Ehre, dass sie sich auch mal blicken lassen?«, fragte er an Amarillo gewandt und musterte mich verwirrt, als er mich bemerkte.

»Miss Davis? Sie haben diesen Kurs nicht belegt.«

»Ab heute schon«, unterbrach ihn Amarillo, ehe ich antworten konnte. Ohne Sebastian weiter zu beachten, ließ er sich in die Lehne fallen und verschränkte die Arme vor der Brust.

»Was soll das?«, flüsterte ich aufgeregt, während er mich amüsiert beobachtete und in die Richtung meiner Tasche nickte.

»Ich bin mir sicher, du hast Stift und Papier dabei. Mitschreiben«, befahl er und wandte seinen Blick auf sein Handy. Er öffnete seine Galerie – darauf bedacht, dass ich sehen konnte, welche Fotos er sich ansah.

Meine Hände ballten sich zu Fäusten, als er heranzoomte

und meinen Hintern betrachtete. Bevor er sein Handy wieder in seiner Tasche vergraben konnte, griff ich danach und entriss es Amarillos langen Finger. Sofort klickte ich auf das kleine Mülleimersymbol und sah triumphierend auf, doch er bemühte sich, ein Lachen zu unterdrücken.

»Du glaubst doch nicht ernsthaft, dass ich nicht schon lange Kopien auf meinem Laptop habe.« Er stockte und wartete meine Reaktion ab. Langsam reichte ich ihm wieder sein Telefon und biss mir stark auf die Unterlippe.

»Also fang an mitzuschreiben«, befahl er und nickte abermals auf meine Unterlagen.

Genervt fertigte ich die Mitschriften an, während Amarillo gelangweilt durch Instagram scrollte. Zwischendurch begegnete mir Sebastians verwirrter Blick. Er zog die Augenbrauen zusammen und legte den Kopf fragend zur Seite. Ich wollte ihn mit einem zaghaften Lächeln beruhigen, aber ich konnte mich nicht mal selbst abreagieren.

Nach einer gefühlten Ewigkeit, in der ich sehr viel Zeit hatte mir die schlimmsten Beleidigungen für Amarillo zu überlegen, beendete Sebastian die Vorlesung und ich atmete erleichtert auf. Amarillos Blick glitt auf die Zettel vor mir und ohne ein weiteres Wort riss er sie aus meiner Hand.

»Gut so?«, fragte ich in der Hoffnung, es würde damit getan sein, doch natürlich irrte ich mich.

»Du kannst sie wegschmeißen.« Er sagte es ganz beiläufig und erhob sich schnell von seinem Platz. Sofort fiel mir die Kinnlade herunter. *Hatte er mich gerade dazu gezwungen zwei Stunden eine Vorlesung mitzuschreiben, nur damit die Zettel im Müll verschwanden?*

Ich kramte die Zettel zusammen, ehe ich wutentbrannt Amarillo folgte. Meine gefrorenen Adern tauten mit jedem Schritt weiter auf, bis mein Blut irgendwann kochte. Draußen angekommen platzte mir der Kragen.

»Was soll der Scheiß?«, schrie ich ihm hinterher, denn er war bereits einige Meter vorgestürmt. Abrupt blieb er stehen und drehte sich in meine Richtung. Er bemerkte meinen rasenden Blick und kam mit einem belustigten Lächeln näher.

»Fotografisches Gedächtnis.« Er tippte sich mehrmals mit dem Zeigefinger an die Schläfe.

»Zwing mich nicht dazu, dir deine Nase zu brechen, Amarillo!« Leider führte mein Einschüchterungsversuch nur zu einem verachtenden Lachen.

»Als könntest du das so einfach«, spottete er und ich wollte ihm am liebsten meine Fähigkeiten unter Beweis stellen. Ich hatte ihn schon einmal hart am Wangenknochen getroffen, ich musste dieses Mal nur besser in die Mitte seines Gesichts zielen.

»Willst du es herausfinden?«, raunte ich und kam ihm näher. Ich regte den Hals, ließ meine Schultern nach hinten kreisen und stellte mich auf Zehenspitzen, doch Amarillo sah nur abfällig an mir herunter. Er beugte sich an mein Ohr und raunte: »Wenn du nicht willst, dass die prekären Fotos auf dem Tisch des Rektors landen, dann tanzt du lieber nach meiner Pfeife.«

14

Amarillo

Eingängig beobachtete ich das goldglänzende Steakmesser in meiner Hand. Ich konnte es tun. Ich konnte es einfach nehmen und mir in die Brust rammen, wenn ich wollte. Sogar der Tod wäre mir lieber, als weiter mit meinen Eltern an der gedeckten Tafel zu sitzen und ihr Geschwafel zu ertragen. Die Worte meiner Mutter waren mittlerweile kaum mehr als ein gedämpftes Blubbern.

Langsam drehte ich die Klinge in meiner Hand. Stellte mir vor, wie sie in meine Brust eindringen würde und das Blut herausströmte, wenn ich sie wieder aus meinem Fleisch herausgleiten ließ. *Was würde ich fühlen?*

Schmerz? Vielleicht. *Trauer?* Ich denke nicht. *Befreiung?* Definitiv.

»Amarillo. Hörst du mir eigentlich zu?«, schimpfte meine Mutter über die Kerzen hinweg, und riss mich aus meinen Gedanken.

»Nein«, antwortete ich trocken und würdigte sie keines Blickes. Sie schnaubte und sah hilfesuchend zu meinem Vater, der jedoch viel zu sehr in seine Akten vertieft war. Er hatte sein Steak nicht angerührt und murmelte nur immer wieder: »Das könnte funktionieren.«

»Du musst endlich aufhören Spielchen zu spielen. Deine Schwester...« Ich unterbrach sie sofort, indem ich den schweren Stuhl nach hinten schob und mich schwungvoll erhob. Das dunkle Mahagoni knarzte als ich meine Hände auf der

Tischplatte stemmte. »Fang gar nicht erst damit an.«

Mein Grollen entlockte meiner Mom lediglich ein theatralisches Seufzen. »Amarillo…«

»Wag es ja nicht«, ermahnte ich sie und schlug mit einer Faust so hart auf den Tisch, sodass jegliches Besteck wackelte und klirrte. Nun sah sogar mein Vater auf und hatte einen undurchdringlichen Gesichtsausdruck aufgelegt.

»Hüte deine Zunge, Junge. Rede nicht so mit deiner Mutter.« Ich lachte spöttisch auf und wollte auf dem Absatz kehrtmachen, doch mein Vater hielt mich mit seinen Worten auf. »Du kennst die Bedingungen unserer Abmachung. Glaube nicht, dass du wieder davonlaufen kannst.«

Mein Herz pochte wild in meiner Brust, seitdem sie Mariella erwähnt hatten, und nun fing mein Blut an zu brodeln. Noch ein weiteres Wort und ich würde ihm an die Kehle springen.

»Gute Nacht«, raunte ich, ehe ich aus der Tür stürmte. Ich wusste, dass ich mich nicht länger unter Kontrolle hatte und musste ihrer eisigen Präsenz entkommen.

Im Foyer angekommen, atmete ich stoßartig. Meine Lunge schien sich mit Wasser zu füllen. Mit jeder Sekunde wurde der Druck auf meinen Brustkorb unerträglicher. Ich rang nach Luft, doch meine Lungenflügel füllten sich nur mit Mühe. Bilder schossen in meinen Kopf, die ich zu verbannen versuchte. Verzweifelt kniff ich die Augen zusammen. »Du bist nicht die Finsternis, die dich verschlingt. Du bist das Licht, das diese durchbricht.«

Keuchende Atemstöße erschütterten meinen Körper. Ich hielt mich mit einer Hand an der vertäfelten Wand fest und mit der anderen fasste ich mir die Brust. Murmelnd wiederholte ich den Spruch ein zweites Mal und spürte, wie sich der Knoten in meinem Brustkorb langsam auflöste. Ich nahm tiefere Atemzüge und hustete, bevor ich aufatmete.

Es dauert einige Minuten, aber irgendwann schüttelte ich den Kopf und konnte die Bilder wieder verdrängen. Sie suchten mich heim. Immer wieder. Ich würde die Vergangenheit niemals abstellen können, die wie ein Echo zurückkehrte.

Mein Auto parkte auf der weißen Kiesfläche, die vom Mondlicht bläulich erstrahlte. Von der Steintreppe aus konnte ich auf den Vorhof und die Wälder dahinter blicken. Das fahle Licht erleuchtete die Tannen und Sterne blitzten zwischen ihnen hervor. Sie funkelten wie Diamanten auf dem schwarzen Nachthimmel.

Ich raste die dunklen Straßen entlang, die hinaus aus den Bergen in die Stadt führten. Eigentlich wollte ich zurück in meine Wohnung fahren, doch irgendetwas ließ mich an der Kreuzung links abbiegen, anstatt wie zuvor geplant rechts. Ehe ich mich versah, stand ich abermals vor dem Club. So, wie es an meinem ersten Abend zurück in Monarch der Fall gewesen war. Es war wie eine Art Déjà-vu. Der Streit mit meinen Eltern, das unkontrollierte Rasen über den Highway und das Ziel: Azula. Etwas hatte mich zu ihr geführt. *War es eine göttliche Fügung?* Wohl eher nicht. Meine Sünden hatten mir jedes Glück verwehrt, doch heute Abend führte es mich wieder zu ihr. Als wären wir wie Magneten, die sich anzogen.

Ich wusste, sie würden mich rausschmeißen, sollte Azula mich entdecken. Also streifte ich mir einen der schwarzen Pullis über den Kopf, die ich im Kofferraum gelagert hatte. Die Kapuze zog ich mir tief in mein Gesicht, sodass meine Augen beinahe vollständig verdeckt waren. Ich glitt ohne Probleme am Türsteher vorbei und machte es mir in einer dunklen Ecke bequem.

Der Club war zum Brechen voll und unendlich viele Männer tummelten sich um die runde Erhöhung, auf der momentan ein blondes Mädchen mit üppiger Brust tanzte. Sie verknotete sich wie eine Brezel und ein anerkennendes Pfeifen konnte ich nicht unterdrücken. *Was konnte sie wohl erst im Bett anstellen?* Sobald die Musik umschlug und der Bass sich verlangsamte, schluckte ich.

Azula kam mit einem lockeren Hüftschwung die schmale Treppe hoch und wurde vom DJ als *Sky* angekündigt. Ich kannte den Song nicht, doch es war ein langsamerer Beat. Der Bass wummerte bis in meine Zehenspitzen und das Licht wurde von einem rosarot zu einem dunklen Blau gewechselt.

Sie trug hohe, schwarze Stiefel und mein Blick glitt immer weiter ihren Körper hinauf. Sie wirkte rebellisch, stark und selbstbewusst. Der blau schimmernde Lidschatten ließ ihre Iris erstrahlen und durchdrang die dunkelsten Ecken des Clubs. Die Männer pfiffen, grölten und wuchteten mit grünen Scheinen vor ihr herum.

Meine Augen waren wie gefesselt. Sie klebten an ihrer schimmernden Haut, ihren flüssigen Bewegungen und widerwillig dachte ich an unsere Nacht zurück. Ich beobachtete Azula und malte mir aus, wie sich ihre Haut unter meinen Fingerspitzen anfühlte. Wie ihre seidigen Haare durch meine Finger hindurch gleiten konnten und wie sie schmeckte. Ihr Geschmack wirbelte immer wieder auf meiner Zunge, sobald ich sie auch nur ansah. Kirschen und Minze, darunter ein süßlicher Geschmack, den ich nicht zuordnen konnte, aber er machte süchtig. Sie war wie ein Rausch. Das überwältigende Gefühl, wenn die Drogen zum ersten Mal durch die Adern gepumpt wurden. Bisher kam ich von jeder Droge runter, doch nicht von ihr. Das High, welches sie mir bescherte, würde ich immer wieder suchen. Ich wollte sie wieder küssen. Sie spüren. Doch ich bezweifelte, dass sie jemals wieder freiwillig diese Dinge mit mir tun würde. Dennoch, einen Versuch war's wert. Sie war meine Droge.

*

Noch am nächsten Abend konnte ich sie nicht aus meinen Gedanken verbannen. Eastons Wohnung füllte sich mit jeder Sekunde weiter und unzählige Studenten bahnten sich ihren Weg durch die Räume. Nicht mal sein Schlafzimmer hatte Easton abgeschlossen. »Was kaputt geht, kann ich neu kaufen«, sagte er auf meine Nachfrage hin.

Missmutig sah ich mich um. Ich hatte eigentlich keine Lust auf eine Party. Viel lieber hätte ich mich auf die Couch zurückgezogen und irgendeinen 80er-Jahre-Horrorfilm gesehen, während ich meine Sorgen in Unmengen an Jack Daniels ertränken würde. Doch mein bester Freund hatte mich quasi genötigt vorbeizukommen.

Früher hatte ich gerne gefeiert. Mit gerade einmal 17 hatten Easton und ich jegliche Clubs im Land unsicher gemacht. Da wir nicht 21 waren, mussten wir die meisten Türsteher und Barkeeper bestechen, aber das war nie eine Hürde gewesen.

Nun stand ich allein an der Wand gelehnt und nippte zwischendurch an dem Glas in meiner Hand, während ich Easton dabei beobachtete, wie er sich mit einem Schlauch eine perverse Menge an Bier in den Rachen laufen ließ. Seit gestern Abend war mir nicht zum Feiern zumute. Obwohl ich alles getan hatte, schweiften meine Gedanken ununterbrochen zu diesem Tag zurück und hinterließen nichts als die dunkle Leere in meinem Inneren. Der einzige Gedanke, der mich ablenkte, war Azula. Die Erinnerungen an sie schwemmten mit einem Mal alles fort und schienen wie eine Zuflucht.

»Mach dich mal locker«, ermahnte mich Easton, der strauchelnd auf mich zukam, ehe er sich an meiner Schulter festhielt.

»Mir ist nicht nach Feiern zumute.« Ich wollte ihm schon das Glas in die Hand drücken und verschwinden, als ich Azula durch die Tür kommen sah. Sie war in Begleitung von Oakley und diesem Rowan, dem ich bisher erst einmal begegnet war. Auch Easton hatte sie bemerkt und ihm entfloh ein Grummeln.

»Natürlich hat sie wieder diesen Sack dabei«, lallte er und sah mit schleifendem Blick zu Oakleys Begleitung. Meine Augen hingegen hingen sofort wieder bei Azula. Ihr dunkelblaues Kleid umspielte elegant ihre Kurven und bot mir einen beachtlichen Blick auf ihr Dekolleté. Ich räusperte mich, ehe ich mich losreißen konnte und meinen Blick wieder zu Easton gleiten ließ.

»Bist du eifersüchtig?«, zog ich ihn auf, was von meinem besten Freund nur mit einem ironischen Lachen beantwortet wurde. Ehe ich ihn aufhalten konnte, war er schon auf die Mädchen zumarschiert und zog Oakley mit einem beschwipsten Lächeln in eine Umarmung. Er hielt sie einen Moment zu lang fest und lehnte sich quasi in ihren zierlichen Körper hinein. Er wankte etwas mit ihr hin und her, bevor sie ihn sachte von sich drückte und hilfesuchend zu Azula sah, die das Spektakel nur mit einem verspielten Lächeln beobachtete. Urplötzlich schweifte ihr Blick zu mir herüber. Ich wechselte meine betroffene Miene zu einem verschmitzten Grinsen, welches sie dazu brachte, ihren Blick sofort zu Boden fallen zu lassen.

Ich drückte mich von meinem Platz ab und spazierte betont lässig auf sie zu. Oakley strafte mich mit einem bedeutsamen *Verpiss dich Blick*. Mir war klar, dass sie von den Fotos wusste. Azula schien ihrer besten Freundin alles zu erzählen, also verwunderte es mich nicht.

»Hey«, begrüßte ich die Drei mit einem aufgesetzten Lächeln und sah auf Azulas Haarschopf herunter. Easton zog Oakley derweil zur Bar und Rowan folgte ihnen wie ein anhänglicher Welpe. Azula sah erschrocken hoch und wollte ihrer Freundin hinterherlaufen, doch ich hatte mich sofort vor ihr platziert. Sie war mir so nah, dass ihre Nasenspitze beinahe mein schwarzes Hemd berührte. Dennoch hob sie immer noch nicht ihren Kopf und starrte einfach unentschlossen auf den Boden zwischen unseren Füßen.

»Du hast gestern wirklich gut ausgesehen«, raunte ich ihr zu und sofort schoss ihr Blick hinauf. Genau wie ich es vermutet hatte. Ein besorgter Ausdruck legte sich in ihre blauen Auge.

»Wovon redest du?« Ich musterte sie einen Augenblick, ehe ich mich zu ihr hinunterbeugte.

»Deinen Lederaufzug von gestern kannst du gerne noch mal tragen, wenn wir allein sind«, raunte ich in ihr Ohr und sah, wie sich ihre Nackenhärchen aufstellten. Sie rückte ihren Kopf ein Stück zur Seite und funkelte mir böse entgegen.

»Du warst da?«

»Keine Sorge, Kleines. Die Fotos, die ich habe, reichen mir.« Azulas Blick sprach Bände und ich musste mich wirklich bemühen, nicht sofort in hysterisches Lachen auszubrechen. Sie sah so niedlich aus, wie sie mich mit hochrotem Kopf anfunkelte und die Schadenfreude in mir siegte. Ich war froh, endlich meine Gedanken auf etwas anderes lenken zu können. Azula ahnte gar nicht, wie sehr mir das kleine Spielchen half, alles andere zu vergessen.

»Magst du mir nicht noch einen Drink holen?«, fragte ich wieder ganz charmant in normaler Lautstärke und hielt ihr mein leeres Glas unter die Nase. Ihr Mund fiel auf und sie sah mich irritiert an.

»Was ist denn los? Willst du etwa, dass alle von denen hier erfahren?« Provozierend hielt ich mein Handy neben meinen Kopf. Ihr Blick glitt von meinem Gesicht, zu meinem Handy und wieder zurück, ehe sie mit einem Stöhnen das Glas nahm und in die Küche stürmte.

Mit einem siegessicheren Lächeln folgte ich ihr und kam nicht umhin, ihre Hüften dabei zu beobachten, wie sie hin und her schwankten. Ihre schmale Taille wurde perfekt von dem glatten Stoff ihres Kleides in Szene gesetzt und ich war beinahe traurig, als sie an der Theke stehenblieb. Ich lehnte mich daran und beobachtete Azula dabei, wie sie auf die verschiedenen Flaschen starrte.

»Was darf es sein?«, fragte sie mit einer aufgesetzten Höflichkeit und ich schnalzte mit der Zunge, ehe ich näher an sie herantrat, um mir die Getränke besser ansehen zu können. Ich spürte, wie Azula sich versteifte, und sorgte dafür, dass meine Arme an ihr entlang strichen, als ich auf eine Whiskeyflasche deutete. Sie schien beinahe die Luft anzuhalten, während sie die Flasche nahm und mir etwas eingoss.

Ich blieb hinter ihr stehen und lehnte meine Arme um sie herum an der Theke, sodass mein Atem immer wieder ihren Nacken kitzelte. Freudig beobachtete ich, wie sich die Gänsehaut auf ihrem Rücken ausbreitete, bis sie sich ruckartig umdrehte und wir nun kaum mehr ein paar Zentimeter voneinander entfernt standen. Wir atmeten dieselbe Luft und mich umgab sofort ihr vertrauter Duft.

Azula starrte ein paar Sekunden zu lange auf meine Lippen und ich spürte, wie sich die Luft beinahe elektrisierte.

Meine Unterlippe fing an zu kribbeln und mit meinem Blick scannte ich jeden Zentimeter ihres Gesichts. Auf ihren Wangen hatte sich ein rosiger Schleier breitgemacht und ihr Blick huschte immer wieder von meinen Augen zu meinen Lippen. Sie schluckte hart und wollte etwas sagen, ehe ich sie an der Taille ein Stück näher zog. Die Worte schienen ihr im Hals stecken zu bleiben. Ihre Arme hingen schlaff neben ihrem Körper und ich konnte das Wummern ihres Herzens an meinem Brustkorb spüren, während ich ihr Stück für Stück näherkam.

Bevor sich unsere Lippen treffen konnten, räusperte sich jemand neben uns. Sofort schnellte Azulas Kopf in die Richtung, aus der das Geräusch gekommen war. Ich brauchte mich gar nicht umzudrehen, um zu wissen, wer uns gestört hatte. Ohne uns weiter zu beachten, drängte sich Camilla vorbei und reckte sich nach einer Flasche Champagner. Azula stieß mich sofort mit der flachen Hand ein Stück von sich weg. Ein genervtes Seufzen entfloh meinen Lippen und ich konnte sie nicht aufhalten, als sie sich an mir vorbeiquetschte, um zu ihrer Freundin zu flüchten.

»Du bist ja richtig verliebt«, bemerkte Camilla neben mir und goss sich das sprudelnde Getränk in ein längliches Glas. Ich stieß ein ironisches Lachen aus. »Wie kommst du darauf?«

Sie zuckte nur mit den schmalen Schultern. »Ich kenne diesen Blick sehr gut. Wie du sie anguckst, erinnert mich daran, wie du mich angesehen hast, bevor du verschwunden bist.«

»Willst du wirklich wieder die alte Leier spielen?«, fragte ich und nahm meinen Drink von der Küchenzeile. Camilla drehte sich ruckartig zu mir und machte einen Schritt auf mich zu. Der Goldschmuck um ihre Handgelenke klimperte, als sie sich bewegte. Sie setzte ihren unwiderstehlichen Reh Blick auf. Ohne den Blickkontakt abzubrechen, kam sie auf mich zu. Ihre langen Fingernägel fuhren die Knopfleiste meines Hemdes entlang und ein paar schummelten sich darunter. Camilla wusste ganz genau, was sie da tat, doch ich drückte ihre Hand von mir und lehnte mich Stück zu ihr hinunter, um in ihr Ohr zu flüstern. »Wenn du glaubst, das klappt noch bei mir, dann liegst du falsch.«

Bevor ich sie von mir stoßen konnte, hatte sie mich am Hemdkragen näher an sich gezogen. »Du glaubst, du hast eine Wahl. Aber die hast du nicht, Amarillo.«

Ohne auf ihre Anspielung einzugehen riss ich mich los und schlenderte durch die Menschenmenge zu meinem Freund, der hitzig mit Rowan diskutierte. Ich ließ mich bewusst neben Azula auf die Couch sinken und lauschte dem Gespräch. Rowan debattierte mit einem betrunkenen Easton über ein kompliziertes Thema und ich entschied, dazwischen zu gehen. »Easton ist dicht. Lass es gut sein.«

Rowan verstand und widmete sich wieder seinem Drink, doch mein bester Freund protestierte lautstark, obwohl wahrscheinlich der Alkohol aus ihm sprach. »Entschuldigung, dass ich nicht so intelligent bin wie ihr!«

»Niemand hat gesagt, dass du nicht intelligent bist. Du bist nur zu betrunken, um eine ernsthafte Diskussion zu führen«, verteidigte sich Rowan, doch Easton schien bereits alles vergessen zu haben und erhob sich ruckartig von der Couch. »Ich brauche eine Abkühlung. Wer kommt mit?«

Erwartungsvoll sah er in die Runde, während ihn die anderen nur verwirrt musterten. Ich erhob mich als erster und zog Azula in derselben Bewegung ebenfalls hoch. »Also wir könnten auch eine Abkühlung vertragen, oder?«

»Ich habe nicht mal einen Bikini dabei.«

»Ist doch kein Problem«, raunte ich ihr ins Ohr. »Du hast doch Unterwäsche an, oder?«

Azula schluckte laut und stieß mir mit dem Ellenbogen in die Seite.

»Na dann los, Leute!«, rief Easton und stürmte voraus aus der Haustür. Wahrscheinlich war es nicht die beste Idee den betrunkenen Kerl in den Pool springen zu lassen, aber er ließ sich wohl kaum davon abbringen. Von daher war es besser ebenfalls im Pool zu sein, sollte er beinahe ertrinken.

Im Gewusel der Menschen griff ich nach Azulas Hand und

zog sie mit mir durch die Massen. Nicht einmal im Fahrstuhl ließ ich ihre Hand los und spürte, wie unangenehm ihr die Situation war. Sie versuchte sie mir zu entziehen, doch mein Griff verstärkte sich und ich drückte ihren Handrücken an mein Hosenbein. Von der Seite erhaschte ich ein paar mahnende Blicke ihrerseits, doch ich funkelte sie nur verspielt an.

Der Pool war in der Dunkelheit bunt beleuchtet und tauchte die Umgebung in ein schimmerndes Licht. Schnell befreiten sich Easton und Rowan aus ihrer Kleidung. Seufzend zuckte Oakley mit den Schultern, ehe sie ihr Shirt über den Kopf zog. Easton beobachtete sie dabei, als sie ihren Rock nach unten zog und mit den nackten Füßen zur Seite kickte. Rowan tat dies ebenfalls und meinem besten Freund schien das gar nicht zu gefallen, denn im nächsten Moment schmiss er sich auf seinen Rücken und versuchte ihn unter Wasser zu drücken.

Azula hatte sich mittlerweile aus meinem Griff befreit und zupfte unentschlossen an ihrem Kleid herum.

»Was ist los?«, raunte ich. »Sonst hast du doch auch kein Problem, dich vor anderen auszuziehen.«

Das schien ihr den letzten Schubs zu geben, endlich ihre Hüllen fallen zu lassen. Sie schien beinahe eine Show hinzulegen, als sie sich bückte und mir ihren Hintern präsentierte, während ich mein Hemd aufknüpfte. Schlussendlich ließ sie mich am Poolrand stehen, griff Oakleys Hand und sie liefen kichernd auf den Pool zu. Gemeinsam sprangen sie ab und erzeugten eine Welle, die Easton und Rowan Wasser in die Nasenlöcher spritzte. Sofort verwickelten sie die beiden in eine Wasserschlacht.

Ich schlich mich von hinten an Azula heran, legte meinen Unterarm um ihre Hüfte und zog ihren warmen Körper an mich. Ich konnte bequem im Becken stehen, doch Azula schien nur auf Fußspitzen Halt zu finden. Sobald ich sie an mich drückte, verkrampfte sie sich kaum merklich.

»Warum so nervös?«, raunte ich in ihr Ohr und scannte ihre gebräunte Haut.

»Ich bin nicht nervös!«

»Ach, ist das so?« Ich ließ meine Hand an ihrer Hüfte entlangfahren. Instinktiv zog sie scharf die Luft ein.

»Amarillo«, wimmerte sie. »Wieso tust du das?«

»Was denn?« Mein Gesicht zierte ein wissendes Lächeln, welches ich in ihrem Nacken versteckte, während ich sie weiter mit meinen Bewegungen aufzog.

»Was willst du von mir?«, keuchte sie, als ich mit der anderen Hand ihren Innenschenkel entlangstrich. Ich spürte, wie sich das Wasser um uns herum durch unsere erhöhte Körpertemperatur erwärmte. Trotzdem breitete sich auf ihr eine verräterische Gänsehaut aus.

»Wenn du mich so hasst, wieso reagiert dein Körper dann so?«, murmelte ich in ihre Haare, doch bekam keine Antwort. Wahrscheinlich wusste sie es selbst nicht.

Als ich einen Blick auf ihr Gesicht erhaschte, machte mein Herz einen Satz. Ihre Wangen waren gefärbt wie zwei reife Äpfel. Sie hatte ihre Unterlippe zwischen ihren Zähnen eingeklemmt und die Augen geschlossen, während ich weiter über ihren Körper wanderte. Meine Hand glitt von ihrem Schenkel, über ihr Bein, dann zu ihrem Hintern und drückte leicht zu.

»Du kannst es nicht verstecken, Kleines«, raunte ich und Azulas Hand krallte sich in meinen Unterarm.

»Nenn mich nicht Kleines.« Ihre Stimme war kaum mehr ein Hauchen. »Und du kannst es genauso wenig verstecken.« Urplötzlich drückte sie mir ihre Kehrseite entgegen, was mich scharf die Luft einziehen ließ.

Während unsere Freunde weiter herumalberten und versuchten, sich gegenseitig unter Wasser zu drücken, machte Azula mich so scharf, dass ich sie am liebsten gleich hier und jetzt genommen hätte.

»Was machst du nur mit mir«, murmelte ich in ihr Ohr und drückte mit meiner Hand ihr Kinn in meine Richtung. Ihr Oberkörper folgte und ich presste sie eng gegen meinen. Intuitiv schlang sie ihre Beine um mich und ein Funkeln sprang durch ihre Iris. Meine Hand wanderte ihren Rücken hoch und drückte dann ihren Hinterkopf weiter in meine Richtung. Ihre Pupillen nahmen nun beinahe vollkommen ihre Iris ein und sie leckte sich verführerisch über die pralle Unterlippe.

»Leute, es wird kalt. Wir gehen wieder hoch«, rief Rowan unverhofft. In diesem Moment hätte ich ihm gerne den Hals umgedreht. Azula zuckte zusammen und drückte sich wieder ein Stück von mir weg. Ich wollte sie festhalten, doch ehe ich mich versah, schwamm sie zum Beckenrand.

»Wir kommen«, rief sie und wollte sich schon am Rand hochziehen, da zog ich sie am Handgelenk zurück und raunte: »Bring zu Ende, was du angefangen hast. So kann ich nicht aus dem Wasser.« Ich führte ihre Hand zu mir und ließ sie spüren, was sie angerichtet hatte.

15

Azula

Ich verfluchte mich selbst nicht einfach aus dem Pool gestiegen zu sein und Amarillo seinem Problem selbst zu überlassen, aber das Gefühl, welches in meiner Magengegend hochkam, konnte ich nicht ignorieren. Obwohl ich diese Gefühle nicht zulassen sollte, lösten seine Berührungen ein warmes Knistern in mir aus. Amarillos heißer Atem streifte meinen kühlen Nacken und seine Lippen waren nur wenige Zentimeter entfernt, während er meine Hand fest um seine Männlichkeit gepresst hielt.

»Was soll das, Amarillo?«, wimmerte ich. Jeder Gedanken drehte sich um ihn. Ich wollte ihn hassen. Ich wollte ihm am liebsten eine reinhauen und ihn nie wieder sehen, aber sobald er mir näherkam oder mich auch nur federleicht berührte, waren all diese Gefühle weg und weichten dem Verlangen. Sein Geruch war plötzlich nicht mehr unangenehm, sondern ließ meinen Magen freudige Purzelbäume schlagen. Mit jedem Augenblick, den er länger an meinen Körper gedrängt verharrte, wurde es schwieriger für mich, ihn zurückzuhalten. Nein. *Mich* zurückzuhalten.

»Wenn du so weitermachst, machst du es nur noch schlimmer«, hauchte er und drückte sich näher an mich. Ich schluckte, als er in meiner Hand anfing zu pulsieren. Ohne ein weiteres Wort machte sich Amarillo an meinem Nacken zu schaffen und übersäte ihn mit feuchten Küssen bis hinter meinem Ohr. Ich ließ meinen Kopf nach hinten auf seine Schulter fallen und spürte, wie er seine Hand langsam um mein Genick legte.

Er drückte leicht zu und seine Küsse wurden fordernder. Mit jedem Kuss zog er fester an meiner Haut und der Griff um meinen Hals wurde enger, bis er mir etwas die Luft abdrückte. Ein feines Stöhnen entfloh meinem Mund, als ich seine Zähne an meiner Haut spürte.

Er legte seine erhitzte Stirn an meiner Halsbeuge ab und atmete mit jeder Sekunde heftiger. Langsam ließ ich meinen Daumen über ihn fahren. Amarillo stöhnte auf und drückte meinen Oberkörper enger an den Beckenrand. Er übte so viel Druck aus, dass mein Rücken zu einem Hohlkreuz geformt wurde und mein Hintern eng an seine Hüfte presste.

Ohne mich vorzuwarnen, schlug er meine Hand von sich. Er presste meine Schulter mit seinem Unterarm gegen den Rand, während er mit der anderen meinen Slip beiseiteschob. Ich atmete schwer aus, als er sich zwischen meinen Slip und meine empfindlichste Stelle legte, und provokativ seine Hüfte bewegte.

»Wir sollten in die Wohnung gehen«, keuchte er gedankenverloren und schien sich gerade noch so beherrschen zu können, sich nicht vollends in mir zu versenken. Ich war so von der Lust übermannt, dass ich überhaupt nicht mehr daran gedacht hatte, dass wir kein Kondom hatten.

Ich nickte kaum merklich und stöhnte frustriert, als er sich zurückzog und in einer schnellen Bewegung aus dem Pool stieg. Er beugte sich zu mir herunter, griff mir unter die Arme und zog mich nach oben. Ohne ein weiteres Wort zu wechseln, schnappte er unsere Sachen, hielt sie sich vors Becken und griff nach meiner Hand. In einer beinahe unmenschlichen Geschwindigkeit zog er mich zum Aufzug, hielt seine Schlüsselkarte daran und drückte mich forsch gegen die kühle Metallwand.

Das Wasser tropfte aus meinen Haaren auf den Boden und meine Haut war so ausgekühlt, dass sich eine Gänsehaut auf meinem gesamten Körper ausbreitete. Ungeduldig wartete Amarillo darauf, dass sich die Türen schlossen. Sobald sie sich in Bewegung setzten, ließ er unsere Sachen fallen und stürzte sich auf mich.

Er verschloss sofort unsere Lippen miteinander. Seine Zunge drang so tief in meinen Mund ein, dass er mir die Luft zum Atmen raubte. Er verschlang mich nahezu und, als er sich für eine Sekunde von mir löste, hauchte er: »Das wollte ich schon gestern Abend tun.«

Für einen Augenaufschlag begegneten sich unsere Blicke. Wir starrten uns keuchend und mit geschwollenen Lippen an, ehe sie wieder miteinander verschmolzen. Er griff nach meiner Hüfte und drückte mich die Wand hinauf, sodass ich an seiner Hüfte saß und seine Erregung deutlich an mir spüren konnte. Meine Hände entwickelten ein Eigenleben und verkrampften sich in seinen nassen Haaren.

Als er sich plötzlich mit der freien Hand an meinem BH zu schaffen machte, stöhnte ich auf. Er schmiss ihn achtlos in eine Ecke und nahm gierig einen meiner Nippel zwischen seine Zähne.

»Fuck!«, stöhnte ich und schloss vor Erregung die Augen. Wir wurden von dem Geräusch des Aufzugs unterbrochen, der endlich in seiner Wohnung angekommen war. Ohne zurückzublicken, hob er mich hoch und trug mich in das geräumige Zimmer.

»Unsere Sachen«, murmelte ich zwischen feuchten Küssen, doch Amarillo grummelte nur: »Scheiß drauf.«

Er trug mich zum Sofa und legte mich sachte auf dem Rücken ab. Er zog eine Straße an Küssen von meinen Lippen, über mein Kinn, meine Brüste bis herunter zu meinem Slip, doch dort hielt ich ihn auf. Meine Hände krallten sich in seine Haare und ich atmete tief durch.

»Amarillo, was tun wir hier?« Seine Augen stachen in meine, als er zwischen meinen gespreizten Beinen zu mir aufsah. Ich stützte mich auf meinen Unterarmen auf und sah ihn hilflos an. Ich war so verwirrt. Eben noch wollte ich ihm den Kopf abreißen und nun gab es nichts, was ich lieber wollte als ihn. Amarillo kam zu mir hoch und stützte sich seitlich von mir ab, um mir ins Gesicht sehen zu können.

»Wovor hast du Angst?«, raunte er. Seine Stimme war kaum mehr als nur ein Hauchen. Sein Körper bewegte sich langsam, den Kopf schräg gelegt, flogen seine smaragdgrünen Augen über jeden Zentimeter meines Körpers und ich fühlte mich vollkommen ausgeliefert.

»Dir«, flüsterte ich gegen seine Lippen. Etwas blitzte in ihm auf und ruckartig hatte er mich in die Kissen gedrückt. Atemlos ließ ich es geschehen und seine Hand meinen nackten Rücken runterfahren.

16

Amarillo

Der Feuerball in meinem Inneren wurde mit jeder Sekunde größer und begann zu pulsieren. Genauso mein bestes Stück, welches Azula zwischen ihren schlanken Fingern hielt und langsam auf und ab rieb. Ich thronte über ihr, hatte ihren Körper ins Sofa gedrückt und mit jeder ihrer Bewegungen loderte das Verlangen in mir auf.

Ihre nassen Haare hingen kreuz und quer in ihrem roten Gesicht und ihr dunkles Make-up war um ihre Augen verschmiert. Mit meiner Hand griff ich in ihre Haare und zog leicht daran, sodass ihr Kopf noch tiefer ins Kissen gedrückt wurde. Dann kam ich mit meiner Hüfte näher und stieß gegen ihre vollen Lippen. Zunächst streichelte sie nur zaghaft mit der feinen Haut ihrer Lippen, doch irgendwann wurde sie mutiger und fing an, ihre Zunge kreisen zu lassen. Ich ließ den Kopf nach hinten fallen und atmete merklich aus, während ich ihren Kopf näher heran drückte. Nun spürte ich die Wärme, die ihr Speichel auf mir hinterließ und wurde beinahe wahnsinnig vor Erregung. *Sie* machte mich wahnsinnig.

In einer schnellen Bewegung hatte ich sie unter mir platziert und drückte sie in den weißen Stoff. Unter uns dröhnte der Bass aus Eastons Wohnung bis in meine und der Boden vibrierte. Das fahle Mondlicht schien durch die großen Fenster auf ihre Haut und ließ sie beinahe schimmern. Sie war wie eine Porzellanpuppe, und ich näherte mich ihrem Körper mit federleichten Bewegungen.

Mit zwei Fingern zog ich ihren Slip nach unten und ließ sie sofort zwischen ihren Beinen verschwinden. Ihr Kreuz wölbte sich und sie streckte mir mit genüsslichem Stöhnen ihr Becken entgegen.

»Bist du sicher? «, murmelte ich, als ich mich an ihre Lippen drückte. Meine Frage schien sie zu überraschen, denn sie stockte kurz. Ihre Pupillen wanderten über meine Gesichtszüge, als würde sie nach einer Antwort suchen. Ich wollte, dass sie es ebenso genießen würde wie ich. Auch, wenn ich mir nichts sehnlicher wünschte, als mich in ihr zu versenken. Azula hatte sich mir schon mehrmals entzogen und ich würde ihr die Chance geben, das wieder zu tun.

»Ja«, hauchte sie und versetzte mich mit ihrem süßen Lächeln in Ekstase.

Ich schnappte mir das Kondom vom Couchtisch und zog es in einer schnellen Bewegung über. Ich umspielte ihre empfindlichste Stelle und genoss ihre lieblichen Töne. Als sich ihre Muskeln entspannten und sie wie flüssiges Wachs in meinen Händen zerlief, versenkte ich mich in ihr. Ich legte meine Hand auf ihre, verschränkte unsere Finger miteinander und beugte mich über sie, während ich sanft meine Hüfte bewegte. Mit leicht geöffnetem Mund und geschlossenen Augen genoss sie meine Bewegungen, bis ich ein Stück weiter stieß, was sie zusammenzucken ließ.

»Na, bin ich dir zu groß?«, witzelte ich und entlockte ihr ein Lachen. Sie war so in Ekstase, dass sie kaum ein vernünftiges Wort herausbekam. Urplötzlich öffneten sich ihre Lieder und sie blickte zu mir auf.

Als ich die unbändige Lust in ihnen sah, erhöhte ich mein Tempo. Ich musste mich zusammenreißen und biss mir auf die Unterlippe. Ein Grummeln entfloh meiner Kehle und mit jedem Augenblick, den sie unseren Blickkontakt hielt, wurde ich fordernder. Azulas Mund weitete sich und unbändige Laute kamen hervor, was mich nur noch mehr ansporнte. Sie drückte meine Hand fest mit ihrer und sah mich flehentlich an. Ihr Blick sprach Bände, doch ich zog mich zurück, um auch sie etwas leiden zu lassen.

»Was machst du?«, keuchte sie und sah verwirrt zu mir herauf, während ich mich zwischen ihren Beinen platzierte. Zaghaft umspielte ich ihre Weiblichkeit, während sie lustvoll aufstöhnte und ihre Finger in meinen Haaren verkeilte. Das Gefühl jagte einen wohligen Schauer über meinen Rücken.

»Willst du mich etwa ärgern?«, stöhnte sie und sah kurz zu mir herunter. Ich lächelte und saugte an ihr, ehe ich wieder zu ihr hinaufkam.

»Vielleicht«, raunte ich genauso atemlos wie sie und führte meine Erregung wieder in sie ein. Ich verschloss unsere Münder miteinander und spürte, wie sie in unseren Kuss hinein stöhnte. Dann löste sie ihre Hand aus meiner und begann sich selbst zu beglücken, während ich mein Tempo erhöhte. Ich stützte mich auf und beobachtete ihre Brüste dabei, wie sie mit jedem Stoß auf und ab sprangen. Der Feuerball wuchs zu einer unermesslichen Größe an und schien in glühenden Funken durch meinen Körper zu strömen.

Kurz darauf verkrampften sich ihre Innenschenkel und quetschten mich zwischen ihr ein. In ihrem Inneren zuckte es unaufhörlich und ihre Gesichtszüge entgleisten.

Sie war wunderschön mit ihren roten Wangen, dem geöffneten Mund und den unwiderstehlichen Tönen, die aus diesem kamen. Ich konnte nicht anders. Ich ließ ihr Stöhnen verstummen, indem ich sie in einen tiefen Kuss zog und für ein paar Sekunden so verweilte, während sie sich wieder entspannte. Kurz darauf öffnete sie die Augen und sah direkt in meine. Der blaue Himmel in ihren durchbrach die Nacht, so wie das Licht die Dunkelheit.

*

Meine Augen klebten weiterhin fest zusammen, obwohl ich im Geiste schon beinahe wach war. Meine Glieder waren schwer und es fühlte sich so an, als würden sie eins mit der Matratze werden. *Fühlte es sich so an, in Treibsand zu versinken?* Jedenfalls stellte ich es mir so vor.

Meine Nasenspitze wurde mit jeder Sekunde wärmer und,

als ich es endlich vollbrachte meine Augen zu öffnen, blinzelte ich in einen hellen Sonnenstrahl. Ich grummelte und kniff die Augen wieder zusammen, ehe ich mich umdrehte. Doch anstatt der flauschigen Kissen stieß ich gegen etwas. Es war warm, weich und bewegte sich.

Sofort riss ich die Augen auf und starrte auf Azulas dunklen Haarschopf. Die Strähnen lagen wild auf den weißen Laken umher und waren vollkommen verknotet. Es sah aus, als hätte es sich ein Vogel in ihren Haaren bequem gemacht.

Bevor ich sie weiter beim Schlafen beobachten konnte, wurde die Stille von einem unangenehmen Ton durchbrochen. Es dauerte eine Weile, bis ich ihn zuordnen konnte, doch dann entdeckte ich Azulas Handy auf dem Nachtisch. Ich vermutete, sie würde gleich hochschrecken, doch das tat sie nicht. Sie schlief seelenruhig weiter und rührte sich keinen Zentimeter.

Ich verdrehte die Augen und seufzte, bevor ich mich über sie beugte, um nach dem Handy zugreifen. Nicht mal das schien sie zu stören. *War sie tot?* Nein. Sie atmete.

Mit müden Augen blickte ich auf das Display und wartete, bis sich die verschwommene Schrift endlich klärte. Oakley. Natürlich.

Es klingelte unaufhörlich und ich betete, dass sie aufgeben würde, aber das tat sie nicht. Ich stöhnte, hielt Azula das Handy ganz nah ans Ohr, damit sie aufwachen würde, aber sie drehte sich bloß um und schlummerte unberührt weiter. Es half nichts.

Ich drückte das grüne Symbol und meldete mich mit einem verschlafenen: »Hallo«.

Meine Stimme war rau und ich schluckte hart, während Oakley antwortete: »Wo zum Teufel steckst du, Azula!«

Ich räusperte mich. »Hier ist nicht Azula.«

»Amarillo?!«, rief sie und ich hielt das Handy weiter vom Ohr weg, da sie sonst wahrscheinlich mein Trommelfell zum Platzen gebracht hätte.

»Euch beide kann man wirklich nicht allein lassen! Bring sofort meine Freundin nach Hause oder es setzt was!«

»Dafür müsste ich sie erst mal wach kriegen«, bemerkte ich und hörte Oakley urplötzlich kichern.

»Mach ihr einen Kaffee, dann wird sie vom Geruch wach. Dann bringst du sie nach Hause!«

Ich murmelte zustimmend und legte auf. Erschöpft ließ ich das Handy sinken und schälte mich aus der Bettdecke.

Die Kaffeemaschine brummte und stieß heißen Dampf aus, ehe köstliche braune Flüssigkeit in die weiße Tasse floss. Tief zog ich den Geruch durch die Nase, als ich tappsende Schritte auf dem Holzboden wahrnahm.

»Guten Morgen.« Azula hatte sich ein T-Shirt übergezogen und kam nun auf nackten Sohlen in die Küche geschlurft. Ich musste grinsen. Das war einfacher als gedacht.

»Du schläfst wie ein Stein, aber sobald du auch nur eine Kaffeemaschine hörst, wirst du wach?«, fragte ich und sah belustigt zu Azula, die verzweifelt versuchte mit ihren Fingern ein paar Knoten aus ihrem Haar zu bekommen. Sie zog die Nase kraus, als sie gegen das Sonnenlicht in der Küche zu mir blinzelte.

»Der Geruch macht mich immer wach«, murmelte sie verschlafen und schlurfte weiter. Dann reckte sie ihren Hals und atmete tief ein. Ein zufriedener Ausdruck legte sich auf ihr Gesicht und ich schüttelte ungläubig den Kopf.

»Hat Oakley auch gesagt.« Sofort blickte sie erschrocken auf, bis ich zu einer Erklärung ansetzte. »Sie hat heute Morgen angerufen. Du bist nicht mal von dem Klingeln wach geworden.«

»Sie bringt mich um.«

Ihr Blick glitt von meinem Gesicht über meinen Körper und ich spannte absichtlich die Bauchmuskeln an.

»Hör auf, anzugeben.« Sie lachte, konnte ihren Blick dennoch kaum lösen und schlug mir spielerisch gegen die Brust. Ich grinste und reichte ihr die Tasse, aus der dampfende Schwaden hervortraten.

Bei ihrem Anblick machte mein gefrorenes Herz einen Satz. Lange hatte ich es nicht mehr so wild in meiner Brust pochen spüren. Doch als sie dort stand, mit zerzausten Haaren und roten Wangen, schlugen die Flammen in meinem Herzen über und ließen das Eis schmelzen. Ich beobachtete sie dabei, wie sie langsam die Tasse an ihre Lippen führte und genüsslich einen Schluck nahm. Meine Hand handelte von allein, als hätte ich keine Kontrolle mehr über meine Gliedmaßen.

Meine Finger streckten sich nach ihr aus, strichen sachte über ihre Wangen und legten sich dann darum. Ich zog sie ein Stück näher und genoss den überraschten Ausdruck in ihren Augen, während ich mit dem Daumen über ihre Unterlippe strich.

Azula ließ die Tasse sinken. Bevor ich sie küsste, konnte ich den Kaffee in ihrem Atem riechen. Dann schmeckte ich ihn, als ich mit der Zunge vordrang. Es war wie ein Shot Espresso und weckte jeden meiner Sinne. Sie holte mich aus meinem Dämmerzustand, der mich die letzten Jahre betäubt hatte.

Unbeholfen platzierte Azula die Tasse neben sich auf der Theke und stellte sich auf Zehenspitzen, sodass ich sie näher zu mir ziehen konnte. Ein Stöhnen kam über ihre Lippen und ich hob sie an der Hüfte nach oben. Kurz darauf setzte ich sie auf der Küchenzeile ab und verweilte mit meinen Händen an ihrer Hüfte.

»Amarillo«, stöhnte sie meinen Namen. »Was tust du da schon wieder?« Ich grinste in unseren Kuss hinein und zog mich zurück.

»Ich habe Oakley versprochen dich schnell bei ihr abzuliefern. Ich glaube, sie hat sich Sorgen gemacht, wo du die ganze Nacht gesteckt hast.« Ich stellte eine weitere Tasse unter die Maschine.

Azula seufzte und nahm wieder ihren Kaffee zwischen die Hände. »Ich habe keine Ahnung, was ich ihr sagen soll.«

»Die Wahrheit«, erwiderte ich und lehnte mich gegen die Küchenzeile gegenüber von ihr.

»Und was ist die Wahrheit?«

Ich dachte kurz darüber nach. »Dass wir es zunächst auf dem Sofa getan haben, dann in der Dusche und dann noch mal im Bett.« Ein raues Lachen schlich sich über meine Lippen, als sie sich an ihrem Kaffee verschluckte.

»Oder du sagst ihr, dass ich dich mit den Fotos erpresst habe«, flüsterte ich und kam ihr langsam näher.

Azula sah mich argwöhnisch an, bevor sie antwortete: »Du löschst sie wirklich nicht, oder? Nicht mal nach dieser Nacht.«

Ich schüttelte verneinend den Kopf und Azula atmete tief durch.

»Was muss ich tun?«, fragte sie und ich beobachtete jede ihrer Bewegungen, während ich antwortete: »Tu das, was ich sage und niemand wird davon erfahren.«

Azula schüttelte zaghaft den Kopf und legte ihn schräg, bevor sie mir direkt in die Augen blickte und ich etwas in ihnen aufblitzen sah. »Ich muss verrückt sein, mich auf dich einzulassen.«

17

Azula

Tausende Gedanken rasten in unbändiger Geschwindigkeit durch meinen Kopf, während ich den gelben Schotterweg entlang trottete. Immer wieder blitzten Erinnerungen der vergangenen Nacht auf und ich musste mich bemühen, nicht sofort rot zu werden. *Verdammt.*

Obwohl ich ihn eigentlich hassen sollte, machte sich ein wohliges Kribbeln in mir breit, als ich daran dachte, wie er mir heute Morgen einen Kuss zum Abschied gegeben hatte.

Wieso war er plötzlich so weich geworden? Er war immer noch ein Arschloch, auch wenn immer mal wieder andere Seiten von ihm durch die Fassade blitzten. Gestern war etwas anders. Die süßen Dinge, die er mir ins Ohr geflüstert hatte. Der frische Kaffee, den er mir zubereitet hatte. All das zeigte, dass Amarillo doch nicht so undurchdringlich war, wie es auf den ersten Blick schien. Seine Fassade bröckelte und ließ eine weichere Präsenz hindurchscheinen.

Ich öffnete leise die Tür zu meinem Zimmer und fand Oakley auf ihrem Bett sitzen.

»Na sieh mal einer an, wer mich beehrt«, witzelte sie und hatte ein verschwörerisches Lächeln auf den Lippen. Ich seufzte, verschloss die Tür und ließ mich auf ihr Bett fallen. Ich war unglaublich müde, da Amarillo mir nicht viel Gelegenheit zum Schlafen gegeben hatte.

Oakley kicherte und strich mir behutsam über den Kopf. »Und wie war es?« Sie sah mich auffordernd an, ihr jedes kleinste Detail zu berichten.

Ich grummelte und vergrub meinen Kopf in den Händen. »Ich habe keine Ahnung, was da gestern passiert ist.«

»Du hättest wenigstens Bescheid sagen können. Eine Nachricht hätte gereicht«, meckert meine beste Freundin und schlug mir mit einem Kissen auf den Bauch. Ich stöhnte theatralisch auf und setzte mich neben sie, während sich ein verräterisches Lächeln auf meinen Lippen breitmachte. Ich konnte nichts dagegen tun. Meine Mundwinkel zogen sich wie von selbst nach oben.

»Dafür war leider keine Zeit«, gestand ich und Oakley quiekte auf.

»Azula!«, rief sie gespielt empört und richtete sich weiter auf. »Du schläfst mit dem Kerl, der dich mit Bildern erpresst!«

Ich schlug mir die Hände vors Gesicht, bevor ich antwortete: »Ich weiß doch selbst wie bescheuert das ist.«

Oakley lachte und tätschelte mir behutsam über den Kopf, während sie weiter meinen Worten lauschte.

»Es war komisch. Vorher war ich mir noch absolut sicher, dass ich ihm die kalte Schulter zeigen will, aber sobald wir in den Raum gekommen sind und er mich angesehen hat waren diese Vorsätze wie weggeblasen«, gestand ich und schwelgte in Erinnerungen.

Sobald wir auf der Party angekommen waren, war ich mir Amarillos Präsenz bewusst. Zunächst hatte er allein an der Wand gelehnt und trübselig in sein Glas geblickt. Doch, sobald er meinen Blick eingefangen hatte, erhellte sich sein Gesicht und eine Art Feuer war in ihm aufgelodert.

»Er ist ja auch ganz schön rangegangen im Pool.« Oakley zog verspielt die Augenbrauen hoch.

»So war das nicht. Natürlich habe ich auch die sexuelle Spannung sofort gespürt, aber irgendwie hatte ich das Gefühl, da war noch mehr. Als würde eine Energie von ihm ausgehen. Sobald er mich dann berührt, schlägt sie über und nimmt mich vollkommen ein. Es ist, als hätte ich keine Kontrolle mehr über mich oder meine Gedanken.«

»Ja, das kenne ich«, murmelte sie bedächtig. »Übrigens habe ich mir wirklich Sorgen gemacht. Ich bin noch mal runter zum Pool, um nach euch zu sehen, aber da wart ihr schon weg. Im Aufzug habe ich dann deinen BH gefunden.« Sie zog meinen schwarzen BH hervor, den Amarillo gestern achtlos in die Ecke gepfeffert hatte. Ich wurde knallrot. »Gott sei Dank hast du ihn gefunden.«

Oakley kratzte sich im Nacken und sah mich dann entschuldigend an.

»Ehrlich gesagt hat Easton ihn gefunden. Er hat ihn einfach aufgehoben und angezogen«, sagte sie und erschauderte leicht bei dem Gedanken.

Mit offenem Mund starrte ich sie an. »Easton hat bitte was?« Dem Schock folgte ein hysterisches Lachen. Die Vorstellung von Easton Clint in meinem Spitzen-BH war einfach nur absurd, aber Oakley schien nicht so amüsiert.

»Er hat wirklich Probleme.« Sie sah betroffen auf ihre Hände, die sie im Schoß zusammengehalten hatte. Sofort verstummte ich und sah sie fragend an. »Was genau meinst du?«

Sie seufzte, ehe sie zu einer Erklärung ausholte. »Er war ziemlich betrunken, aber ich glaube nicht, dass es nur das war. Am Ende war er total fertig und hat wirklich Halluzinationen geschoben.« Sie stockte einen Moment und schien nicht so recht zu wissen, wie sie es sagen sollte, doch dann rückte sie mit der Sprache heraus. »Ich glaube, er nimmt Drogen.«

Mein Herz setzte einen Schlag aus. Verzweifelt suchte mein Gehirn nach etwas, mit dem ich Oakley beruhigen konnte, aber ich wusste nicht so recht was.

»Bist du dir sicher?«, fragte ich leise und nahm ihre Hand in meine.

»Nein. Nicht sicher, aber er war nicht normal gestern. In einem Moment war er betrübt, dann wieder manisch. Er ist öfter auf die Toilette und wer weiß, was er da gemacht hat. Als die Party zu Ende gegangen ist, hat er sich mehrmals übergeben. Rowan und ich haben ihm geholfen, aber er hat halluziniert und ständig seltsame Sachen gesagt«, murmelte sie und runzelte die Stirn, während sie sich an den Abend erinnerte.

»Es tut mir leid, dass ich euch allein gelassen hab, Oak.«

Nun bereute ich es, dass ich ihr nicht helfen konnte, doch sie winkte ab. »Rowan war da und hat Schlimmeres verhindern können. Ich mache mir nur Sorgen um Easton.«

»Soll ich Amarillo fragen, ob er etwas weiß? Die Beiden stehen sich sehr nahe«, bot ich an, doch Oakley schüttelte heftig den Kopf.

»Nein, ich will nicht, dass sich irgendwer noch mehr Sorgen macht, wenn ich nicht mal genau weiß, was Easton konsumiert.«

Ich nickte und starrte in unser Zimmer hinein. Die Sonne schien nun direkt durch unser Fenster und ich beschloss, meine Freundin etwas aufzuheitern, anstatt ihre Sorgen noch weiter zu bekräftigen.

»Sollen wir zusammen ins Café? Ich habe das Gefühl, wir könnten es beide vertragen.«

Ein feines Lächeln zierte ihre Lippen. »Aber nur wenn du zahlst.«

18

Amarillo

Mein Handy brummte auf dem Schreibtisch neben mir. Ich griff danach, während meine Augen weiter am Computerbildschirm hingen. Obwohl ich nicht viel vom Studium hielt, musste ich dieses Semester zumindest bestehen. Das war Teil der Abmachung und ich hatte keine andere Wahl, als mich meinen Hausarbeiten zu widmen. Ich tippte die letzten Worte, setzte einen Punkt und ließ meinen Blick auf den Handybildschirm schweifen. Insgeheim hoffte ich, dass Azula geschrieben hatte, aber als ich sah, von wem ich die Nachricht erhalten hatte, schlug mein Herz aus einem anderen Grund schneller.

Fahren wir zusammen?

Was meinst du?

Haben dir deine Eltern nicht Bescheid gesagt? Oder Easton? Wir sind heute Abend bei den Clints zum Essen eingeladen.

Ich seufzte genervt und fuhr mir mit der freien Hand über die Nasenwurzel. Ich hasste diese Pseudofamilientreffen. Ich hatte sie schon immer gehasst, das wusste Camilla. Mir war jedoch klar, dass es nicht sie war, die fragte. Indirekt waren es meine Eltern. Wahrscheinlich hatten sie Camilla beauftragt, mich mitzuschleppen, weil sie wussten, dass ich niemals freiwillig mitkommen würde.

Ist das eine Frage, eine Einladung, oder ein Befehl meiner Eltern?

Wir treffen uns um 6pm an deinem Auto.

Also war es ein Befehl.

Ich hasste es, dass ich springen musste, sobald sie riefen, und sehnte mich zurück in die Zeit, als ich vollkommen frei an den Stränden Spaniens entlanggelaufen war. Ich bereute jeden Tag aufs Neue, in dieses Flugzeug zurück nach Amerika gestiegen zu sein, wäre da nicht dieser kleine Hoffnungsschimmer. Azula.

Ich sah auf die Uhr und schleppte mich ins Bad. Nach einer kalten Dusche fühlte ich mich endlich wieder wie ein Mensch und nicht wie ein Zombie, der den gesamten Tag vorm Computer gehangen hatte.

Um Punkt sechs wartete ich in meinem feinsten Anzug auf Camilla, die auf die Sekunde genau in hohen Schuhen auf mich zu gestöckelt kam.

»Wenn du in den Dingern hinfällst, ruf ich dir keinen Krankenwagen«, ermahnte ich sie und zeigte auf die unendlich langen Absätze ihrer Schuhe. Sie rümpfte die Nase und stellte sich erwartungsvoll vor die Beifahrertür.

»Dein Ernst?« Ich beobachtete sie dabei, wie sie mit einer

hochgezogenen Augenbraue darauf wartete, dass ich ihr ganz gentlemanlike die Tür öffnete. Sie schien nicht aufzugeben und starrte abwartend auf die Uhr, welche an ihrem Handgelenk glänzte. Ich stöhnte, erhob mich und öffnete mit einem Grummeln die Beifahrertür. Camilla hatte sich von mir weggedreht und starrte aus dem Fenster auf die parkenden Autos. Ihr enges Kleid rutschte ihre Oberschenkel hoch, als sie sich setzte. Einer der dunklen Träger rutschte ihre Schulter hinunter und ich verdrehte die Augen. Es war genau wie damals. Ich griff nach dem feinen Stoff und zog ihn wieder zurecht. Im selben Moment drehte sich Camilla zu mir, ihre Haare streiften über meine Finger und dieser bekannte, süßliche Geruch stieg in meine Nase.

»Wir kommen zu spät«, murmelte sie und zog ihren Ärmel selbst hinauf. Ich schluckte und drehte mich wieder zum Lenkrad.

Die gesamte Fahrt verlief in einem unangenehmen Schweigen und ich zählte jeden Wagen, der mir begegnete, um mich von den strudelnden Gedanken abzulenken. Ich malte mir aus, welche Fragen mir heute Abend gestellt werden würden und wie ich an Gesprächen teilnehmen musste, die mich nicht im geringsten interessierten.

»Wenn du weiter so ein Gesicht machst, bleibt die Zornesfalte noch«, bemängelte Camilla unverhofft und lächelte zögerlich. Sofort entspannte ich meine Stirn und betrachtete sie aus dem Augenwinkel. Seitdem ich wieder da war, hatte ich kaum ein Wort mit ihr gewechselt. Nun tat es mir beinahe leid, sie hier sitzen gelassen zu haben. Mit unseren Eltern und all dem anderen Scheiß dazwischen.

»Sollen wir aufhören uns anzuschweigen, und wieder wie normale Menschen miteinander reden?«, versuchte ich ein Friedensangebot zu unterbreiten, doch sie schnalzte nur mit der Zunge.

»Ich denke, wir beide können nie wieder wie zwei normale Menschen miteinander reden, Amarillo.«

Die Stille, die sich kurz darauf ausbreitete, war beinahe erdrückend. Ich knirschte so hart mit den Zähnen, dass ich befürchtete, Camilla könnte es hören.

»Nach dieser Fahrt hast du eine Zornesfalte und kaputte Zähne«, sagte sie dann, als würde sie meine Gedanken lesen können. Ich konnte nicht anders als zu Lächeln. Camillas Lippen zierte ebenfalls ein feines Grinsen und sie saß nun nicht mehr ganz so abgewandt von mir.

»Dann reden wir eben als Leidensgenossen miteinander«, schlug ich vor und beobachtete weiter den Verkehr vor mir. Camilla nickte kaum merklich und schien zu überlegen, was sie sagen sollte.

»Du weißt, wie wichtig es ist.« Ich wusste genau, worauf sie hinauswollte.

»Camilla«, seufzte ich, doch sie redete weiter.

»Ich meine es absolut ernst, was ich zu dir gesagt habe. Du kannst nicht mehr weglaufen und wir wissen beide, was das Hauptthema heute Abend sein wird.«

Ich zog die Augenbrauen zusammen und schüttelte den Kopf.»Ich finde eine Lösung.«

Bisher war mir jedoch nichts eingefallen. Mittlerweile grübelte ich drei Jahre über dieses Problem und war noch zu keiner Lösung gekommen, mit der alle zufrieden waren. Die einzigen beiden Möglichkeiten waren Ultimaten und ich wusste, dass ich den Ausweg nur im Notfall gehen würde.

Ich hielt auf dem grau gepflasterten Vorhof des Anwesens der Clints und parkte direkt neben Eastons Audi. Er stand mal wieder vollkommen schräg auf der Fläche. Ein Reifen berührte sogar den Rasen dahinter und ich schüttelte missbilligend den Kopf. Keine Ahnung, wie der Kerl den Führerschein bekommen hatte.

Die Abendsonne stand nun so tief, dass der Himmel einem lodernden Feuermeer glich und das moderne Anwesen in ein goldenes Licht getaucht wurde. Die Luxusvilla von Eastons Eltern war ein enormer Kontrast zu dem Herrenhaus meiner Familie, aber mir gefielen die modernen Villen auf der anderen Seite der Stadt besser als die eingestaubten Anwesen.

Ich erinnerte mich daran, wie Easton und ich als Knirpse auf dem Tennisplatz hinterm Haus gespielt und die Wälder rund um das Anwesen erkundet hatten. Den Clints gehörten Unmengen an Hektar Wald rund um ihre Villa, nur damit sie ihre Privatsphäre genießen konnten. Sie waren aus New York hergezogen, nachdem sein Vater einer der Leute gewesen war, die Millionen am Börsencrash verdient hatten. Um ihre Sicherheit zu gewährleisten, kaufte er das Anwesen samt Wald darum, da sonst die Gefahr bestünde, die Stadt würde weitere Häuser im Umkreis bauen lassen.

»Kommst du?«, fragte Camilla, die bereits am Eingang stand und sich zu mir herumgedreht hatte. Ich war so in Gedanken an meine Kindheit in diesen Wäldern versunken, dass ich beinah nicht mitbekommen hätte, wie der schwarze Bentley meines Vaters vorrückte.

Der Wagen glich mehr einem Schiff als einem Auto und als er anhielt, sprintete der Chauffeur heraus, um meinen Eltern die Türen zu öffnen. Meine Mutter war wie immer perfekt gestylt und hatte ein langes Abendkleid an. Sie trug ihr altbekanntes Collier um den Hals und hatte die blonden Haare zu einer strengen Hochsteckfrisur zusammengenommen.

»Camilla, Schätzchen.« Mit weit ausgestreckten Armen begrüßte sie Camilla, die sie ebenso freudig empfing. Ich senkte meinen Blick, als mein Vater ausstieg und auf uns zu kam. Seine grauen Haare hatte er fein säuberlich zurückgelegt und trug passend zu dem Outfit meiner Mutter einen dunkelblauen Anzug.

»Amarillo«, begrüßte er mich mit dem charakteristisch strengen Unterton, den ich nicht anders gewohnt war. Camilla bekam einen Kuss auf die Hand und ich folgte den dreien zur Tür. Mein Blick klebte die ganze Zeit über am Rücken meines Vaters, der mit durchgestreckter Brust und einer Flasche Wein in den Händen vor der Tür wartete. Als Easton öffnete, anstatt wie erwartet ein Hausmädchen, atmete ich durch und mein Herzklopfen beruhigte sich vorerst. Der Höflichkeit halber begrüßte Easton zunächst meinen Vater mit einem Händedruck und die Frauen mit dem üblichen Kuss auf die Hand. Als die drei endlich vorgegangen waren und im Esszimmer Platz genommen hatten, hielt mich Easton im Flur auf.

»Ich hätte nicht gedacht, dass du kommst«, flüsterte er.

»Du kennst doch meine Eltern.« Ich sah verstohlen zu ihnen, während sie Eastons und Camillas Eltern freudig begrüßten.

Er lachte. »Allerdings. Deswegen habe ich dir auch nichts vom Dinner erzählt.«

»Sie haben dich nicht gebeten, mich zu fragen?«, erkundigte ich mich sichtlich verwirrt, doch Easton schüttelte den Kopf.

»Doch. Haben sie. Aber ich habe gesagt, wenn sie dich dabeihaben wollen, dann müssen sie dich schon selbst dazu bringen.«

»Du glaubst doch nicht ernsthaft, dass sie es weiter versuchen. Nach unserem letzten Essen habe ich kein Wort mehr mit ihnen gewechselt«, flüsterte ich und nickte in Richtung Camilla. »Natürlich wurde sie wieder vorgeschickt.«

Easton rollte wissentlich mit den Augen. »Sie denken immer noch, sie sei deine Schwachstelle. Wir schleichen uns einfach nachher raus«, murmelte er an mein Ohr und grinste verschwörerisch.

*

»Wie war deine Auszeit in Spanien, Amarillo?«, fragte mich Camillas Mutter unverhofft, während die Vorspeise serviert wurde. Ich sah über den langen Glastisch zu ihr und musterte sie kurz, bevor ich antwortete. Es war unverkennbar, dass sie und meine Mutter alte Schulfreundinnen waren. Sie saßen mit derselben Eleganz am Tisch. Die Rücken durchgestreckt und das Kinn gereckt. Ihre Löffel führten sie grazil zu ihrem Mund und nippten beinahe nur an der heißen Suppe.

»Es war eine gute Abwechslung und ich habe viel gelernt.« Die angespannte Stimmung am Tisch erdrückte mich beinahe, aber ich kannte es seit Kindertagen nicht anders. Diese Treffen waren immer streng, förmlich und vor allem oberflächlich.

»Schade, dass du und Camilla nie dazu gekommen seid, euch zu treffen. Du hättest sie sicherlich in Paris besuchen können«, setzte sie hinzu und beobachtete mich und ihre Tochter mit glänzenden Augen. Wahrscheinlich hatten ihre Eltern Camilla für ein Jahr nach Frankreich geschickt in der Hoffnung, dass unsere Liebe wieder neu aufflammen würde. Doch damit hätten sie nicht ferner liegen können. In Spanien verwendete ich ein neues Telefon mit neuer Nummer, sodass ich von niemandem an diesem Tisch kontaktiert werden konnte.

Der alleinige Lichtblick heute Abend war Eastons Mutter. Ihre braunen Augen hatten interessiert aufgeblitzt, als ich von Spanien berichtete. Sie war die Einzige, die mein Verlangen nach einem Tapetenwechsel verstanden hatte, und ich freute mich schon darauf ihr einmal persönlich von meinen Erlebnissen zu erzählen, ohne dass Camillas und meine Eltern die Stimmung vermiesten.

»Es war eine Laune, die wir ihm leider nicht ausschlagen konnten. Jetzt ist er wieder da und kann sich den wirklich wichtigen Dingen im Leben widmen«, verhöhnte mich meine Mutter und sah auffordernd zu mir. Ich wusste, was sie damit sagen wollte. Sie und mein Vater hatten sich breit schlagen lassen und mir den Wunsch nach einer Auszeit nur gewährt, weil ich versprochen hatte, mich danach auf das Geschäft zu konzentrieren.

»Wir sind sicher, dass Amarillo nun aufhört mit seinem Teenagergehabe und sich endlich dem Geschäftlichen widmet. Er hat lange genug Zeit verschwendet«, stimmte mein Vater mit ein.

Ich hatte Sorge, der Löffel in meiner Hand würde sich bald durch den Druck, den ich auf ihn ausübte, verbiegen. Camillas Eltern nickten zufrieden und sahen zu ihrer Tochter, die ebenfalls eine undurchdringliche Miene aufgesetzt hatte. Ich musste mich zusammenreißen, nicht vom Tisch aufzuspringen und wutentbrannt aus der Tür zu verschwinden. Doch Easton und seine Mutter sahen mich mitfühlend an. Wenigstens sie waren auf meiner Seite und hielten von diesem Schwachsinn nichts.

»Wie gefällt dir denn das Studium? Haben Camilla und du viele Kurse zusammen?« Camillas Mom wollte mich wohl unbedingt ausquetschten, also schluckte ich hart, bevor ich wieder meine Fassade aufrichtete.

»Ja, die Monarch University bietet uns wirklich eine exzellente Ausbildung. Die neu errichteten Gebäude und unendlichen Ressourcen sind eine große Bereicherung«, schwafelte ich, doch verspottete mich innerlich selbst. Ich war zu kaum einem Kurs gegangen und wusste nicht mal, dass Camilla Jura studierte. Ich log das Blaue vom Himmel herab, doch Camillas Eltern schienen zufrieden.

»Wir sind schon ganz aufgeregt, wenn ihr endlich euren Abschluss habt und gemeinsam bei deinem Vater einsteigen könnt«, gluckste sie und ihr Mann pflichtete ihr schweigend bei.

Ich spürte, wie mein Augenlid langsam anfing zu zucken, und verkrampfte die Hände unterm Tisch. Ich drückte die Fingernägel so fest in meine Handballen, dass es beinahe weh tat, und knirschte hart mit den Zähnen. Ich brachte kein weiteres Wort hervor und bemühte mich, mit zusammengebissenen Zähnen eine freundliche Miene aufzusetzen.

Camillas Mutter klatschte freudig in die Hände, als sie sagte: »Oh! Übrigens habe ich schon den perfekten Ort für die Zeremonie gefunden.«

Nun sah sogar mein Vater auf und meine Mutter blickte überrascht zu ihrer Freundin.

»Eine wunderschöne Villa in den Rocky Mountains. Der Ausblick auf die schneebedeckten Berge ist einfach traumhaft und ich habe mir sofort vorgestellt, wie bezaubernd Camilla und Amarillo dort zusammen aussehen würden.«

Ich sah zu Camilla, die kein Wort sagte und nur ausdruckslos zu ihren Eltern starrte. Sie schien sich damit abgefunden zu haben, doch ich ganz bestimmt nicht.

»Wenn ihr mich entschuldigen würdet«, sagte ich atemlos und räusperte mich kurz, ehe ich den Raum verließ. Ich trat auf die erhellte Terrasse und atmete die kühle Nachtluft tief durch die Nase ein.

»Beruhige dich«, murmelte ich immer wieder und stemmte die Hände in die Hüften. Ich reckte den Kopf nach oben und nahm noch einen Zug durch die Nase. Ich wanderte nervös auf und ab, bis ich von meinem brummenden Handy aus meiner anwachsenden Panikattacke gerissen wurde.

»Was?«, meldete ich mich schroff, ohne zu wissen, wer mich anrief.

»Woah, immer mit der Ruhe«, erklang Azulas Stimme am anderen Ende. Schweigend wartete ich darauf, was sie sagen würde, und lief einen kleinen gepflasterten Pfad in der Dunkelheit entlang.

»Weißt du, wo Easton ist? Er geht schon den ganzen Tag nicht ans Handy und Oakley macht sich Sorgen.«

»Easton ist hier.« Ich hatte meinen Ton weiterhin nicht unter Kontrolle. Das Gespräch am Esstisch hatte mich wieder so aufgewühlt und aufgebracht, dass ich immer noch rasend war. Sie zögerte, bevor sie weitersprach.

»Amarillo, wegen gestern…«, begann sie, doch ich würgte sie sofort ab. »Ich habe jetzt wirklich keine Zeit für diesen Kindergarten.«

Ich presste zwei Finger an meiner Nasenwurzel zusammen. Der Druck lenkte mich von meiner aufkommenden, lodernden Wut ab und ich hoffte inständig, dass Azula nicht weiter nachhaken würde. Einen kurzen Moment war Stille am anderen Ende des Hörers. Nur ihr feines Atmen konnte ich in meiner Ohrmuschel wahrnehmen.

»Ich stör dich dann nicht weiter, bei was auch immer«, murmelte sie und legte auf. Sobald ihre Stimme aus meinem Ohr verschwand, konnte ich das wallende Blut in mir rauschen hören. Anstatt einer Art Erleichterung machte sich nur noch mehr Anspannung in mir breit. *Was wollte sie? Worüber wollte sie reden?*

Ich wollte nicht mehr stillsitzen. Es fühlte sich so an, als müsste ich ausbrechen, obwohl um mich herum nichts als eine leere Fläche war. Dennoch schmerzte meine Brust, als würde sie jede Sekunde verbrennen.

»Fuck!« Meine grollende Stimme hallte durch die dunklen Tannen. Ich atmete mehrere Male tief durch, während ich zurück zum Haus stapfte. Ich schluckte alles runter und wollte mich der Höflichkeit halber, zumindest die nächste Stunde unauffällig verhalten.

Wäre das Essen mit meinen Eltern allein gewesen, hätte ich mich schon längst aus dem Staub gemacht, doch Eastons Mutter, Caroline, war immer gut zu mir. Die rundliche Frau mit den mandelförmigen, liebevollen Augen, hatte sich immer bemüht, Easton, Camilla und mir eine Kindheit zu schenken. Ihr zuliebe betrat ich das Esszimmer leise und ließ mich wieder auf meinen Stuhl sinken.

»Hast du dich beruhigt?«, zischte meine Mutter und sofort spürte ich mein Herz wieder schneller pumpen. »Es ist immer dasselbe mit dir. Wird es ernst oder passt dir etwas nicht, verschwindest du.«

Ich bemühte mich, die aufkommende Wut runterzuschlucken, und ballte meine Hände auf den Knien zu Fäusten. Carolines Blick fuhr mitfühlend zu mir und dann wieder zu ihrem Sohn. Ich wusste sofort, dass die beiden eines ihrer telepathischen Gespräche führten. Easton und seine Mutter verstanden sich ohne Worte, sie mussten sich nur ansehen, um Informationen auszutauschen.

Caroline sah eindringlich zu mir, zu Easton und dann zur Tür, als würde sie ihm sagen, er solle schnell einen Vorwand suchen mit mir abzuhauen, um eine Eskalation zu vermeiden. Sie kannte mein Temperament gut, auch wenn ich es niemals gewagt hätte, es an ihr auszulassen. Dennoch war sie sich der heftigen Auseinandersetzungen, die meine Eltern und ich führten, bewusst. Meine Mutter bekam es nie mit, wenn sie diese Schwelle übertrat und meine Wut auszubrechen drohte. Caroline erkannte es sofort.

Ich atmete tief durch und konzentrierte mich auf den Hummer vor mir.

»Nutzloser Bengel. Deine Schwester hat immer getan, was

man ihr gesagt hat. Ich hoffe sehr für dich, dass du bald zur Besinnung kommst.«

Mit jeder Faser meines Seins wollte ich den Spruch meiner Mom überhören. Ohne Erfolg.

19

Amarillo

Mein Kiefer spannte sich zum Bersten an und ich versuchte das Zittern unter Kontrolle zu bekommen. Jeder meiner Muskeln schien zu kontrahieren, bis meine Faust nach oben schoss und dann auf dem Glastisch niederschmetterte. Feine Risse zogen sich durch das Material.

Mit wildem Blick wandte ich mich an meine Mutter. »Was glaubst du eigentlich, wer du bist?« Ich erhob mich so gewaltsam, dass der Stuhl hintenüberkippte.

»Hüte deine Zunge«, zischte sie zwischen zusammengebissenen Zähnen, aber mittlerweile war es mir egal. Sie konnten alle wissen, was ich dachte.

Ich machte ein paar bedrohliche Schritte auf sie zu, baute mich über ihr auf und ließ meine Hand abermals auf der Tischplatte aufkommen. Sie zuckte kaum merklich zusammen, als das Besteck auf ihrem Teller vibrierte.

»Ihr habt keine Ahnung, was ich in Spanien getan habe! Ihr habt keine Ahnung, wer ich bin oder wer ich sein will!«, brüllte ich sie an. Wie so oft bemühte sie sich, keine Miene zu verziehen.

»Wenn du glaubst, Mariella hätte das gewollt, liegst du falsch. Was bist du für eine Mutter, die ihre eigene Tochter nicht mal kennt?«

Der Atem meiner Mutter ging schwer und sie sah erschrocken zu mir hoch. Alle anderen im Raum waren still. Keiner traute sich, etwas zu sagen, aber die feinen Tränen in ihren

Augen sprachen Bände.

»Amarillo!«, grölte mein Vater schlussendlich und erhob sich. »Ich verbiete dir, so mit deiner Mutter zu reden.«

Genervt schloss ich für eine Sekunde die Augen und atmete merklich aus, ehe ich das Weinglas vom Tisch nahm und gegen die Wand hinter meinen Vater schmiss.

»Was? Willst du mir etwa sagen, dass ich unrecht habe?« In Rage bewegte ich mich schnell auf meinen Vater zu. Er war nicht einmal zur Seite geschreckt, doch die anderen im Raum hatten panisch aufgeatmet. Von Zorn übermannt, packte ich mir seinen weißen Hemdkragen und zog ihn an mein Gesicht.

»Du bist eine Enttäuschung, Amarillo. Mariella würde das genauso sehen«, spuckte er mir diese grausamen Worte entgegen und ich lachte ironisch auf.

»Ihr habt sie doch gar nicht richtig gekannt!« Speichel trat aus meinem Mund hervor, wie ein wildes Tier, das mit den Zähnen fletschte.

Ich erkannte keine Reue, keine Trauer in den dunkelgrünen Augen meines Vaters. Keine Regung, dass er sie vermisste, oder irgendeine andere Emotion.

»Du wirst Camilla heiraten und dann mit ihr zusammen die Kanzlei übernehmen. Das ist die Abmachung. Wir haben dich lange genug trauern lassen«, raunte er so ruhig, dass es beinahe gruselig wirkte. Wie ein Psychopath, der ein abgekartetes Spiel spielte.

Mein Atem ging schneller, mein Blut kochte und bevor ich meine Faust aufhalten konnte, hatte ich sie ihm an den Kiefer geschleudert. Er taumelte nach hinten und suchte an der Tischplatte Halt. Ein erschrockenes Raunen ging durch den Raum, Stühle knarzten über den Boden, doch mein Blick blieb an ihm haften. Ich machte einen Schritt auf ihn zu, wollte ihn mir ein weiteres Mal schnappen und noch fester zuschlagen als zuvor, doch da legten sich zwei starke Arme um mich und zogen mich zurück.

Ich wehrte mich, zappelte wie ein sterbender Fisch in Eastons Armen, doch er hatte mich so fest im Griff, dass ich mich nicht losreißen konnte. Unverständliches Gebrüll trat aus meinem Mund und ich spuckte grausame Wortfetzen in die Richtung meiner Eltern. Wie in Trance knallte ich sie ihnen gegen den Kopf, doch ich verspürte keine Erleichterung.

Ich spürte, wie sich ein unbändiger Druck hinter meinen Augen aufbaute, meine Kehle wurde trocken und ich krächzte kaum mehr. Ich erkannte mich selbst nicht wieder.

Eastons Druck auf mich nahm stetig zu, als würde er mir zu verstehen geben wollen, dass er da war. Plötzlich wurde ich von einer weiteren Person berührt.

»Mi Vida, beruhige dich«, flüsterte Camilla und legte ihre kühle Handinnenfläche gegen meine erhitzten Wangen. Mein Herz pochte nun noch stärker und schien jeden Moment aus meiner Brust herausspringen zu wollen. Schweiß sammelte sich auf meinen Handinnenflächen und nicht mal Camillas erschrockener Blick ließ mich bereuen, was ich als Nächstes sagte.

»Ich bin nicht dein Leben! Nicht mehr! Und ich werde es auch nie wieder sein!«, spuckte ich ihr förmlich entgegen und versuchte, mich ein weiteres Mal kräftig von Easton zu befreien, um ihnen allen zu entkommen. Ich konnte beobachten, wie sich ihre Pupillen zusammenzogen und ihre Hände von meiner Wange fielen. Ihre schmalen Augenbrauen schossen nach oben und sie presste fest die Lippen aufeinander, ehe sie ein Schluchzen unterdrückte. Für einen Moment hörte ich auf zu zappeln und Easton nutzte die Gelegenheit, mich schnellstmöglich aus dem Raum zu schaffen.

»Ich kann das alles nicht mehr«, schnaufte ich ununterbrochen, während Easton mich fest am Arm gepackt in sein Zimmer zerrte.

Violett schimmerndes Licht tauchte alles darin in eine mystische Atmosphäre. Sofort hatte mich Easton auf sein Bett platziert und kniete sich vor mich. Er nahm meine Hände in seine und erst da merkte ich, wie sehr ich am ganzen Körper zitterte. Die letzten Minuten schienen plötzlich ewig weit weg zu sein und ich realisierte gar nicht, was ich soeben getan hatte. Ich hatte meinen eigenen Vater geschlagen. Noch nie war ich handgreiflich geworden. Niemals. Doch heute Abend war eine Seite zum Vorschein gekommen, die ich nicht von mir kannte.

Ich spürte, wie sich saure Spucke in meinem Mund sammelte und sich alles in mir verzog. Verzweifelt griff ich nach Eastons Händen und starrte auf seine rabenschwarzen Haare vor mir. Mein Atem stockte zwischendurch, entlud sich dann in einem schluchzenden Laut.

»Du bist nicht die Finsternis, die dich verschlingt. Du bist das Licht, das diese durchbricht«, murmelte er leise und drückte meine Hände leicht.

Ich spürte, wie sich mein Atem langsam normalisierte, ehe ich mit einstieg. Wie ein Mantra sagten wir diesen Satz immer und immer wieder vor uns her, bis meine Kehle so trocken war, dass ich kaum ein Wort hervorbrachte. Ich wurde immer wieder von Schluchzern unterbrochen. Meine Lungen verknoteten sich, meine Kehle war angeschwollen.

Heiße, brennende Tränen bahnten sich unkontrolliert ihren Weg über meine Wangen und tropften vor mir auf den glänzenden Boden. Das violette Licht spiegelte sich in den dicken Tränen, ehe sie auf dem Boden zersprangen, und ich fing unkontrolliert an zu zittern.

Easton löste seine Finger und griff nach meinen Schultern. Vorne über gelehnt, saß ich auf dem Rand seines Bettes. Meinen Kopf hatte ich auf seiner Schulter abgelegt und schluchzt unkontrolliert hinein. Anstatt etwas zu sagen, hielt mich Easton einfach nur fest. Genauso wie er es damals getan hatte. So wie er es immer tun würde.

»Du bist nicht die Finsternis, die dich verschlingt. Du bist das Licht, das diese durchbricht«, murmelte er abermals in mein Ohr.

Mit der Zeit verebbte mein Wimmern und die salzigen Tränen trockneten auf meiner Haut. Bevor ich etwas sagen konnte, öffnete sich leise die Tür zu Eastons Zimmer. Mit zwei Tassen Tee in ihrer Hand trat Caroline ein und stellte diese auf dem Beistelltisch ab. Sofort kam sie auf uns zu und ließ sich neben mich auf das Bett sinken. Easton setzte sich im Schneidersitz vor mich und sah von unten zu mir herauf, während seine Mutter mitfühlend über meinen Rücken strich. »Sie sind jetzt alle im Arbeitszimmer und besprechen, wie sie vorgehen wollen.«

»Ich hoffe, ich habe Camillas Eltern genug Angst gemacht, dass sie ihre Tochter nicht mehr an mich verheiraten wollen«, murmelte ich und entlockte Easton ein ironisches Lachen.

»Glaubst du wirklich, das würde sie interessieren? Bro, du warst in ihren Köpfen schon mit Camilla verheiratet, als ihr beide das erste Mal im Sandkasten gespielt habt.« Sein spottender Ton war nicht zu überhören.

Caroline seufzte. »Sie war deine Jugendliebe.«

Ich lachte trocken auf und räusperte mich. »Momentan frage ich mich, ob ich sie je wirklich geliebt habe.«

Easton sah interessiert auf und auch seine Mom schien hellhörig geworden zu sein. »Wie kommst du drauf? Ihr wart immerhin fünf Jahre ein Paar.«

Ich zuckte missmutig mit den Schultern. »Keine Ahnung.« Eine dreiste Lüge. Ich wusste, warum ich das Gefühl hatte Camilla nicht wirklich geliebt zu haben. Damals war sie meine Wahl. Jetzt war sie meine Verpflichtung.

Mittlerweile hatte sich ein unheimlicher Druck hinter meinen Augen aufgebaut und mein Speichel schmeckte ekelhaft süßlich. Meine Kehle war trocken und ich würde am liebsten alles mit einer Flasche Whiskey herunter spülen. Nicht nur den grausamen Geschmack. Einfach alles. Die Geschehnisse des Abends ungeschehen machen, indem ich sie einfach runterspülen und nie wieder daran denken würde.

Easton und seine Mutter tauschten vielsagende Blicke, bevor ich weitersprach: »Nach heute Abend ist sowieso alles egal. Meine Eltern werden ohnehin kaum mehr ein Wort mit mir wechseln. Hoffen wir, ich habe sie vergrault und sie lassen mich in Ruhe.«

Caroline schüttelte vehement den Kopf. »Nein. Sie sind immer noch deine Eltern. Auch wenn es sich für dich nicht so anfühlt, bist du ihr verbleibender Sohn.«

Verbleibender Sohn. Das war wohl auch der einzige Grund, warum sie mich gefangen hielten. Ich war ihre einzige Hoffnung.

»Und genau das ist das Problem«, stöhnte ich und ließ mich rücklings aufs Bett fallen.

»Amarillo, du wirst es nicht verstehen, aber die Gefühle einer Mutter für ihre Kinder kann nichts so leicht erschüttern.« Als Caroline das sagte, lachte ich gequält auf. »Meine Mutter ist eine Narzisstin und nicht zu diesen Gefühlen fähig. Du warst mein Leben mehr meine Mutter, als sie es jemals sein könnte.«

Ich spürte die erdrückende Energie im Raum, sobald ich es ausgesprochen hatte. Es war hart. Niemals sollte ein Sohn so etwas über seine Mutter sagen. Doch es entsprach der Wahrheit.

Easton erhob sich und reichte mir die Tasse Tee. Ich setzte mich stöhnend auf und nahm sie in meine pochende Hand. Der Schlag hatte seine Spuren auf meinen Knöcheln hinterlassen und nun schwoll mein Handrücken mit jeder verstreichenden Sekunde weiter an.

Ich atmete den süßlichen Geruch des Tees ein. Er roch nach Kirsche und sofort schoss mir Azulas lieblicher Duft ins Gedächtnis. Obwohl ich es nicht zulassen wollte, ließ die Erinnerung an sie eine tröstliche Wärme in mir frei.

»Amarillo, du warst immer wie ein Sohn für mich. Als Mutter, kann ich nicht verstehen, warum deine Eltern so handeln. Als Frau meines Mannes, kenne ich die Gründe sehr wohl. Es bricht mir das Herz, dass ihr Kinder darunter leidet, aber der Tod deiner Schwester hat ein schwarzes Loch in unser aller Leben gerissen.«

Ich nickte betroffen und sah an die violett erleuchtete Decke. Easton räusperte sich, ehe er sich an seine Mutter wandte: »Mal so aus Interesse, würdest du mich einfach verheiraten?«

Sie lachte laut auf. »Nein, natürlich nicht! Ich glaube, wenn mein Sohn sich Hals über Kopf in ein Mädchen verliebt, würde ich es niemals wagen, ihn an eine andere verheiraten zu wollen.«

Sie sagte es so einfach, doch sofort schoss mein Kopf nach oben und traf Eastons Blick. Zunächst betrachtete er mich irritiert, doch dann legte er den Kopf schräg und seine Augen weiteten sich.

»Nein!«, rief er. »Amarillo, denk gar nicht erst dran.«

»Aber was ist, wenn es funktionieren würde?« Hektisch sah ich zwischen den beiden hin und her.

»Glaubst du wirklich, deine Eltern würden dich einfach so in Ruhe lassen, wenn du dich verliebst? Ich glaube nicht!« Eastons eindringlicher Blick sprach Bände. Er hielt es für eine beschissene Idee.

»Einen Versuch ist's wert, oder? Immerhin haben sie mich noch nie verliebt gesehen, außer mit Camilla.«

Nun schien auch Eastons Mom ein Licht aufzugehen und sie zuckte mit den Schultern. »Wieso nicht? Wenn sie dich verliebt und glücklich sehen, könnten sie sich umstimmen lassen und zumindest die Heirat mit Camilla absagen. Ihre anderen Ziele werden sie weiterverfolgen, aber mit einem glücklichen Sohn ist es deutlich leichter.«

Ekstatisch nickte ich Easton zu, der seine Lippen zu einem dünnen Strich verzogen hatte.

»Außerdem muss ich mich ja nicht wirklich verlieben«, beteuerte ich. »Ich muss nur meine Eltern davon überzeugen.«

Easton sah mich irritiert an und beobachtete meine Mimik eingängig. Ich wusste, er konnte meine Gedanken lesen, denn im nächsten Moment weiteten sich seine Augen zu zwei großen Kugeln. »Nein. Lass Azula da raus.«

20

Amarillo

»Das ist wirklich eine absolut hirnrissige Idee. Von all den Dingen, die du jemals ausgefressen hast, ist das mit Abstand die dümmste«, murmelte Easton und zog abermals an dem Joint in seiner Hand. Kräftig stieß er den Rauch zwischen seinen Lippen hervor und zog danach scharf die warme Nachtluft ein. Nach der Eskapade waren wir nicht mehr aus seinem Zimmer gekommen. Der dicke Bentley meines Vaters stand jedoch weiterhin vor dem Haus der Clints. Ich betete, dass sie bald verschwinden würden, damit ich keine weitere Sekunde mehr mit ihnen in einem Haus verbringen musste.

Obwohl uns dicke Betonwände trennten, konnte ich sie spüren. Die kühle, abgedroschene Art meines Vaters. Ich konnte ihn mir bildlich vorstellen, wie er keine weitere Miene verzogen und den Abend fortgeführt hatte, als wäre nichts passiert. Es war erschreckend, gruselig beinahe, doch ich war es nicht anders gewohnt. Einen Mann, der nicht mal auf der Beerdigung seiner eigenen Tochter weinte, konnte nichts erschüttern.

Ich nahm Easton den Joint ab und legte ihn zwischen meine Finger. Eingängig betrachtete ich das brennende Kraut vor mir und nahm einen kräftigen Zug. Der erdige Geschmack und der beißende Rauch durchfluteten meine Lungenflügel und ich hielt für einen Moment die Luft an. Dann ließ ich ihn langsam heraus und schloss die Augen. Als ich sie wieder öffnete, starrte ich über das Geländer des Balkons hinaus in den dichten Nadelwald. »Und wenn schon. Ich würde alles versuchen, um nicht weiter von ihnen versklavt zu werden.«

Easton lachte schnaubend. »Du bist verrückt. Niemals würden deine Eltern dich einfach in Ruhe lassen, weil du ein Mädchen mitbringst.«

Ich zuckte mit den Schultern. »Ich kann es zumindest versuchen.«

Ich reichte Easton wieder den Joint. Dieser schüttelte vehement den Kopf. »Azula ist ein gutes Mädchen. Zieh sie nicht in unsere Hölle mit rein.«

»Unsere Hölle?«, fragte ich. »Wirst du etwa auch dazu gezwungen zu heiraten?«

Easton sah mich durch zusammengekniffene Augen an. »Bro, Camilla zu heiraten ist das geringere Übel. Du bist nicht der Einzige, dessen Zukunft von Geburt an vorherbestimmt war.«

Ich nickte, und schlug ihm freundschaftlich auf die Schulter.

»Wie war das noch? Unser Schwur?«, fragte ich und sah mit einem schiefen Lächeln zu Easton, dessen Lippen ebenfalls schon ein breites Grinsen zierte.

»Blutsbrüder der Hölle«, murmelte er und hielt mir seine rechte Hand hin, damit ich einschlagen konnte.

In der Grundschule hatten wir einen Blutschwur abgelegt. Es war dummes Kindergehabe gewesen, aber mittlerweile war er meine einzige Stütze. Easton war mein Bruder und ich vergaß leider viel zu oft, dass er in einer ähnlichen Situation steckte.

Er räusperte sich plötzlich und sein Blick verdunkelte sich.

»Du weißt, zu was unsere Eltern fähig sind. Bring Azula nicht in Gefahr«, sagte er steif und schluckte, bevor er einen weiteren Zug vom Joint nahm.

Ich nickte und erschauderte, als die Erinnerungen wieder hochkamen. Ich wusste wohl besser als jeder andere, was meine Eltern tun würden, um ihren Willen zu bekommen. Easton kannte nur die halbe Wahrheit und schon das reichte, damit es einem Albträume bescherte.

»Willst du heute Nacht hierbleiben?«, fragte er und ich zog es für einen Moment in Erwägung, doch mit einem Blick auf die Uhr richtete ich mich wieder auf.

»Nein. Ich will einfach eine Weile rumfahren, mich dann besaufen und ins Bett«, log ich und linste zu Easton, der mir meine Lüge beinahe abkaufte.

»Alter«, begann er. »Bumms Azula so viel du willst, aber zieh sie nicht in unser abgefucktes Leben.« Er lachte und zog mich in eine starke Umarmung. Wir beide hatten unser Päckchen zutragen. Während meines mit Blei befüllt war, schleppte Easton einen Sack Zement mit sich rum. Wir waren beide gefangen in einem Leben, das wir uns nicht ausgesucht hatten und versuchten ständig Auswege zu finden. Easton in den Drogen und ich wollte den Käfig aufbrechen, indem meine Eltern mich hielten.

Leise schlich ich mich die Treppe herunter, doch wie zu erwarten, wurde ich an der Haustür aufgehalten.

»Amarillo!« Camillas glockenklare Stimme hallte in der Dunkelheit durch das Foyer. Abrupt blieb ich stehen und schloss genervt die Augen. Das Gras hatte mittlerweile seine Wirkung entfaltet und ich spürte, dass mein Blutdruck nicht so schnell in die Höhe schoss. Es war nichts zu hören, außer mein eigener Atem und Camillas Absätze auf dem Boden. Ich wagte nicht, mich umzudrehen. Ich hatte Angst, was ich in ihrem Ausdruck finden würde, und, dass es mich aus der Fassung bringen könnte.

Federleicht berührte sie meine Schulter und drehte mich sachte zu ihr herum. Mein Blick blieb auf meinen Lederschuhen und ich schluckte hart, als sie tief durchatmete und mein Gesicht am Kinn hinauf drückte.

»Sieh mich an.« Ein flehender Unterton hatte sich in ihre sonst so selbstsichere Stimme gelegt und ich konnte nicht anders, als ihr direkt in die Augen zu sehen. Sie waren rot unterlaufen und ihre dunkle Mascara bröckelte von ihren Wimpern auf ihre Wangen herunter. Plötzlich wurde ihr Blick fester und durchdrang meinen so intensiv, dass ich glaubte, sie könnte direkt durch mich hindurchsehen. Sie kannte mich. Sie und Easton waren die einzigen Menschen auf der Welt, die mich wirklich kannten, und ich hatte das Gefühl, nur sie waren dazu imstande, meine Gedanken zu lesen.

»Du bist nicht allein, Amarillo«, flüsterte sie und senkte die Augenlider. Mein Inneres zerfraß mich beinahe, weil ich sie nicht weiter ansehen konnte.

»Ich bin nicht dein Feind«, setzte sie hinzu.

Ich wusste nicht, was ich sagen sollte. Nichts wäre gut genug gewesen. Nichts hätte die Dinge ungeschehen gemacht, aber dennoch brodelte ein Funken Zorn in mir. Spöttisch lachte ich auf. »Nein. Du bist nicht der Feind, aber dennoch hast du dich ihnen untergeben.«

Ich traf ihre braunen Rehaugen, die für mich damals der einzige Rückzugsort waren. Sie schluckte hart und presste die Lippen aufeinander. Ihre Augen streiften wild umher, als würde sie versuchen, die richtigen Worte zu finden.

»Ich habe es übrigens erst gemeint, Camilla. Du bist nicht mehr mein Leben. Ich kann dich nicht heiraten. Das wäre für uns beide nicht fair.« Mit diesen Worten ließ ich sie im dunklen Foyer stehen und stieß die Tür auf.

*

Ich raste über den Highway. Die Welt um mich herum verschwamm, während die Drogen durch meine Adern gepumpt wurden. Mit fest aufeinandergebissenen Zähnen starrte ich auf die Straße vor mir. Ich beobachtete, wie die Leitstreifen beinahe eine durchgezogene Linie ergaben, und krampfte meine Hände so stark um das Lenkrad, dass ich Angst bekam, es bald abzureißen. Mein Fuß drückte sich bis zum Anschlag in das Gaspedal und jeder meiner Muskeln war bis zum Bersten angespannt. Dann entfloh mir ein Schreien. Ein wildes, grollendes Brüllen breitete sich in meinem Brustkorb aus und ich fletschte wie ein Tier die Zähne. Mit meinen Fingern um das Lenkrad gepresst, rüttelte ich daran, bis ich es beinahe herausriss. Das Auto rutschte zur Seite auf die andere Fahrbahn, doch ich fing es gerade noch auf. Das Adrenalin pumpte durch meine Adern und innerlich kämpfte ich mit mir, das Lenkrad nicht einfach rumzuschlagen und mich gegen die Leitplanken zu katapultieren.

»Fuck!«, schrie ich.

Die Welt zog an mir vorbei. Alles, was ich wahrnehmen konnte, war mein ausgetrockneter Hals, meine brennenden Augen und das stechende Gefühl in meiner Brust. Es erdrückte meine Lungen und ich hatte das Gefühl zu ertrinken. Im Wasser unterzugehen und meine Lungen mit Flüssigkeit zu füllen, bis ich ohnmächtig wurde, erschien mir friedlicher als diese Realität. Ich wünschte mir die Ohnmacht. Das allumfassende Nichts und leere Gedanken, doch ich war gefangen. Wurde erdrückt und ertrank in meinem eigenen Leben.

Die grüne Neonschrift erhellte den dunklen Parkplatz vorm Stripclub. Mit müden Augen starrte ich auf die grellen Buchstaben und rang mit mir, ob ich eintreten sollte. Es war ein Fehler. Ein Riesenfehler. Aber nichts in dieser Welt wollte ich in diesem Moment mehr.

Azula war nirgendwo zu sehen und der beißende Geruch des Alkohols vernebelte meinen Kopf weiter. Meine Sicht verschleierte und zog Striemen durch mein Blickfeld, während ich mich bewegte. Langsam schritt ich zur Bar und fragte den langen Kerl dahinter nach Azula. Zunächst zog er verwirrt die Augenbrauen zusammen, doch schien zu wissen, wen ich meinte. Er nickte kaum merklich und deutete auf einen der Räume im hinteren Teil des Clubs. »Nummer sieben ist frei.«

Ich war so erschöpft, dass ich die Musik um mich herum ausblendete und stur in den verdunkelten Raum schlurfte. Ich ließ mich auf der Lederbank nieder und den Kopf in den Nacken fallen. Mein Rücken schmerzte, meine Hand pochte und das Gefühl in meiner Brust hatte noch nicht nachgelassen. Mit zusammengekniffenen Augen atmete ich in die Dunkelheit und wartete darauf, dass sich die Tür öffnete.

Ich wusste nicht, wie viel Zeit vergangen war, bis ein Lichtstrahl hervortrat und ihre Absätze auf dem Boden klackten. Bevor sie eintrat, stockte sie einen Moment. Ich hatte kein

Licht eingeschaltet und keine Musik angemacht. Das schien sie zu verwirren, doch anstatt etwas zu sagen, schloss sie die Tür hinter sich. Langsam waberte ihr Geruch zu mir herüber und ich atmete tief ein, bevor ich meinen Kopf erhob.

»Komm her«, murmelte ich mit raspelnder Stimme in die Stille. Ich konnte Azula nicht sehen, doch hörte ihren Atem und die Bewegungen ihres Körpers.

»Was ist los?«

Ohne ihr zu antworten, rückte ich ein Stück zur Seite und klopfte auf das Leder. Die Hitze ihrer Haut strahlte bis zu mir hinüber und ich sehnte mich danach, sie zu berühren.

»Setz dich.«

Azula ließ ihren Körper auf die Bank sinken. Unsicher fummelte sie an einer Haarsträhne herum und, als ich mich umdrehte und meinen Kopf auf ihren Schoß fallen ließ, schossen ihre Arme nach oben.

»Was zum…«, stotterte sie, doch bevor sie meinen Kopf von ihren Beinen stoßen konnte, hielt ich ihre Hand mit meiner fest.

»Nicht.« Ich erkannte meine eigene Stimme kaum wieder. Sie war dünn und gebrochen. Vorsichtig hielt ich ihre Finger in meinen. »Nur ein paar Minuten.«

Schlagartig ließ sie Luft aus ihrem Mund fahren und versuchte, ihre Hand aus meiner zu lösen. »Ist das schon wieder eins deiner Psychospielchen?«

»Bleib einfach so sitzen.«

Allmählich entspannte sich ihre Muskulatur. Ihre Hand fiel auf meine Brust. Ich konzentrierte mich auf meine Atmung, bis wir im Gleichtakt die Luft hineinzogen. Das Stechen in meiner Lunge nahm stetig ab und mit jedem Atemzug wurde es leichter.

Nach einer Weile legte sich die angespannte Stimmung im Raum. Azulas Hand bahnte sich langsam ihren Weg zu meinem Gesicht. Sie fuhr mit ihren spitzen Fingernägeln federleicht über meine Haut, hinterließ dabei eine prickelnde Spur und verweilte schlussendlich an meinen Haaren. Vorsichtig vergrub sie ihre Finger darin und drehte eine Locke immer wieder in ihren Händen. Dann fuhr sie meine Kopfhaut entlang und hinterließ kitzelnde, aber wohltuende Spuren. Eine Gänsehaut breitete sich auf meinem gesamten Körper aus und ich atmete genüsslich aus.

»Amarillo«, flüsterte sie mir entgegen und ich öffnete schlagartig die Augen, obwohl ich durch die Dunkelheit nichts erkennen konnte. Lediglich ihr Gesicht sah ich schemenhaft über mir. »Was war heute Abend los?«

»Es gibt Dinge, die du über mich besser nicht wissen solltest«, raunte ich und atmete tief ein.

Sie lachte ironisch auf. »Ich weiß so ziemlich nichts über dich.«

Gedankenverloren spielte sie weiter mit meinen Haaren, als ich ihr antwortete: »Das ist auch besser so.«

21

Azula

Seit letzter Nacht konnte ich keinen klaren Gedanken mehr fassen. Er hatte einfach in meinem Schoß gelegen. Wie ein verletzlicher Welpe. *Was war nur in ihn gefahren?*

Ich saß schon seit etwa einer Stunde in ein Handtuch gehüllt auf meinem Bett und starrte an die gegenüberliegende Wand. Ich war so in Gedanken versunken gewesen, dass meine Haare bereits angetrocknet und nun in alle Richtungen aufgeplustert waren. Meine Naturwelle würde sich nun nicht mehr zähmen lassen und dennoch konnte ich mich nicht dazu bringen, aufzustehen. *Was war gestern Abend passiert? Wieso war Amarillo so außer sich?* Er wirkte wie ausgewechselt, beinahe gruselig. Wie ein Schatten seiner selbst.

»Zerbrich dir nicht den Kopf.« Oakley warf mich mit einem T-Shirt ab. »Zieh dich an und dann gehen wir in die Bibliothek.«

Ich nickte kaum merklich und zog mir das zerknitterte Shirt über den Kopf. »Aber es ist doch seltsam. Kannst du dir ihn so vorstellen? Er wirkte mit einem Mal so zerbrechlich.«

»Nein, ehrlich gesagt nicht. Vielleicht finden wir durch Easton heraus, was vorgefallen ist. Er wird doch sicherlich etwas wissen.«

Nachdenklich nickte ich und schlüpfte in meine weißen Sneaker. »Also, wenn ich das nicht herausfinde, dann habe ich keine Zukunft als Journalistin.«

»Ich will gar nicht wissen, wie viele Geheimnisse diese Familien umgeben«, gestand Oakley, während sie sich ihre Haare in einen hohen Zopf band. »Wenn du eine Sache ausgräbst, dann kommt immer mehr ans Licht.«

Ich war weiterhin so abgelenkt von meinen eigenen Gedanken, dass ich noch immer meine Schnürsenkel in der Hand hielt, ohne sie zu verknoten.

»Wenn wir nicht bald loskommen, sind nur noch Plätze an den Fenstern frei und ich will mir nicht den ganzen Nachmittag die Sonne auf den Pelz scheinen lassen.« Ihre Bemerkung ließ mich leise kichern. Oakley wirkte zwar immer wie eine elegante Frau, doch sobald sie ihren Mund aufmachte, hörte man den ländlichen Dialekt heraus. Als ich sie am ersten Tag kennengelernt hatte, dachte ich, sie stamme aus einer Großstadt wie New York, doch schon bald erfuhr ich, dass sie in einem Dorf in Missouri groß geworden war. Immer mal wieder schummelten sich Begriffe in ihren Sprachgebrauch, die ich noch nie zuvor gehört hatte.

In der großen Bibliothek hatten es sich unzählige Studenten in schattigen Ecken bequem gemacht. Das Gebäude sah von außen zwar altertümlich aus, war von innen aber hochmodern.

Sie hatten bei der Renovierung vor ein paar Monaten die Backsteingemäuer stehen lassen und konnten so die gigantischen Fenster erhalten. Es erinnerte beinahe an eine Fabrikhalle und bot einen starken Kontrast zwischen der modernen Einrichtung und dem roten Backstein. Die Universität hatte die alte Struktur beinahe vollkommen ausgemerzt und gigantische Stahlplattformen wurden innerhalb des Gebäudes errichtet.

Durch die Glaskuppel im Dach der Bibliothek strahlte das Tageslicht hinein. Im Erdgeschoss fand man lange Tische mit eingebauten Computern, die jedem Studenten frei zur Verfügung standen. Auf jeder Ebene fand man unterschiedlichste Fachliteratur, wobei mittlerweile viele Titel auch digitalisiert waren. Dennoch nutzten die Studenten diesen Ort, um zu lernen, sich auszutauschen oder einfach nur die Atmosphäre zu genießen.

Wir beschlossen mit dem Fahrstuhl ganz nach oben zu fahren. Unter der Kuppel befand sich ein kleines Café, das neben Kaffee und Tee auch Snacks anbot. Oakley deutete auf einen der runden Tische, der nicht vollkommen von den Sonnenstrahlen eingenommen wurde. Sobald sie sich auf den Stuhl fallen ließ, kramte sie ihr iPad hervor und setzte ihre schmale, goldene Brille auf die Nase. Bevor ich jedoch anfangen konnte, brauchte ich einen Eiskaffee.

»Womit kann ich dich heute glücklich machen?«, begrüßte mich der Barista. Ich schaute auf und stand zu meinem Überraschen Rowan gegenüber, dessen Zahnpasta Lächeln einen beinahe blendete.

»Ich wusste gar nicht, dass du als Barista arbeitest«, gestand ich und beobachtete ihn dabei, wie er sich verlegen am Kopf kratzte. »Irgendwie muss man ja über die Runden kommen.«

Ich nickte verständnisvoll und bestellte einen eisgekühlten Americano für mich und einen Chai Latté für Oakley. Sie liebte die süßen Getränke, während ich eher die herben Aromen bevorzugte. Während Rowan meine Bestellung zubereitete, sah er verstohlen zu Oakley, die bereits völlig in ihren Notizen versunken war. »Ich bin gleich fertig mit meiner Schicht, würde es dir etwas ausmachen, wenn ich mich zu dir und Oakley geselle?« Rowan überreichte mir meine Drinks.

»Komm einfach gleich dazu.« Ich drückte ihm den fünf Dollar Schein in die Hand und transportierte die Drinks bis an den Tisch.

Obwohl mich der Kaffee wachrüttelte und ich meine Notizen vor mir ausgebreitet hatte, wollte mein Gehirn einfach nichts verarbeiten. Nachdem ich einen Satz gelesen hatte, war er genauso schnell wieder verflogen und meine Gedanken kreisten umher.

Er hatte kein Wort mit mir gewechselt. Er hatte nur dort gelegen und mir einen Hundertdollarschein in die Hand gedrückt, bevor er abgezogen war. Grübelnd nagte ich an der Unterseite meines Stifts, wurde aber durch das Brummen meines Handys in die Realität zurückgeholt.

Hol mir einen Kaffee.

Ich wusste, wer der Absender war, bevor ich überhaupt richtig hingesehen hatte. Nur einer hatte diesen Befehlston perfektioniert: Amarillo. So schlecht schien es ihm nicht zu gehen, wenn er heute schon wieder der Alte war.

Ich lerne.

Das war keine Bitte.

Hol dir deinen Kaffee selber.

Ich spürte den Zorn schon wieder in mir auflodern. *Erst schnauzte er mich am Telefon an, dann kam er wie ein verletzter Welpe in den Club und nun wollte er mich herumscheuchen?* Nicht mit mir!

Nach wenigen Minuten brummte mein Handy abermals auf dem Tisch. Es war ein Foto von Amarillo mit einem verspielten Gesichtsausdruck. Verwirrt musterte ich ihn. Er sah verschlafen aus, hatte dunkle Augenringe und geschwollene Lider, doch das tat seinem Sexappeal keinen Abbruch. Als ich jedoch in den Hintergrund des Fotos sah, schluckte ich hart. Es waren die Fotos von mir im Club. Er hatte sie ausgedruckt auf seinem Schreibtisch platziert.

Aufgebracht ließ ich die Luft zwischen meinen Lippen entweichen. Oakley sah sofort hoch und musterte mich, bevor sie ihre Brille auf der Nase zurechtrückte.

»Dieser Pisser«, flüsterte ich und streifte den interessierten Blick meiner Freundin.

Sobald sie meinen Gesichtsausdruck wahrnahm, veränderte sich ihr Blick. »Was hat er jetzt schon wieder gemacht?«

»Er hat sie ausgedruckt«, zischte ich. »Die Fotos.«

Wutentbrannt tippte ich meine Nachricht. Wurde jedoch plötzlich von Oakley aufgehalten, die nach meinem Handgelenk griff.

»Azula, so kann das nicht weiter gehen. Du musst diese Fotos vernichten. Alle.«

Ich nickte, doch wie genau stellte sie sich das vor? Amarillo würde niemals sein Handy oder Laptop unbeaufsichtigt lassen und die Drucke würde er sicher gut verwahren. Frustriert seufzte ich. »Was soll ich denn machen? Ich habe keine Chance.«

Oakley grübelte einen Moment, bevor sie eine Augenbraue hob. »Irgendwas scheint Amarillo an dir zu gefallen. Wieso sollte er sonst seine Zeit verschwenden, nur um dich zu seiner Marionette zu machen.« Gedankenverloren ließ sie eine ihrer Haarsträhnen immer wieder durch ihre Finger gleiten.

»Worauf willst du hinaus?«

Man konnte beinahe sehen, wie die Zahnräder in ihrem Kopf ratterten. »Was ist, wenn wir den Spieß einfach umdrehen?«

»Und wie genau stellst du dir das vor?«

»Amarillo ist auch nur ein Mann. Wickel ihn um den Finger, mach ihn zu deiner Marionette und, wenn er unachtsam wird, hast du Gelegenheit die Fotos aus der Welt zu schaffen.« Ein Funkel hatte sich in ihre braunen Augen gelegt, als sie mir ihren Plan erörterte.

Oakley hatte recht. Ich musste Amarillo dazu bringen, unvorsichtig zu werden. Vielleicht würde sich dann die Gelegenheit auftun, die Fotos auszuradieren.

*

Während ich über den Campus spurtete, ging ich ununterbrochen Oakleys Plan durch. *Konnte es wirklich funktionieren?*

Ich wirbelte Unmengen an feinem Staub auf, der in meiner Kleidung und meinen Haaren hängen blieb. Es war beinahe hypnotisch, die feinen Steinchen auf dem Boden dabei zu beobachten, wie sie von meinen Sneakern hin und her gekickt wurden.

Plötzlich traf mich hart etwas an der rechten Schulter. Meine Tasche rutschte und knallte auf den Boden. Durch die Wucht stolperte ich, konnte mich aber wieder auffangen, bevor ich auf dem Boden aufkam. Als ich meinen Blick hob, flogen hunderte Zettel durch die Luft. Meine Stifte waren aus meiner Tasche gekullert und lagen nun verteilt im Dreck. Verwirrt beobachtete ich den Mann, der hektisch versuchte, die schwebenden Blätter einzufangen, bevor sie vom Wind davongetragen wurden. Bei näherer Betrachtung erkannte ich den dunklen Haarschopf und die Brille auf seiner Nase. Sebastian.

Ich sammelte zügig meine Stifte ein und stopfte sie zurück in meine Tasche, ehe ich mich nach den Zetteln bückte. Sebastian war so abgelenkt, dass er mich beinahe gar nicht bemerkte und einen erschrockenen Laut von sich gab, als ich ihm sachte auf die Schulter tippte. »Hier deine Blätter.«

»Ouh, Miss Davis ... ehm Azula«, stammelte er und rückte sich die dicke Brille auf seiner gebogenen Nase zurecht. Seine ohnehin schon wuscheligen Haare standen in alle Richtungen ab und feiner Staub hatte sich in ihnen gesammelt.

»Danke...«, murmelte er. »Ich war so in Gedanken, da hatte ich dich gar nicht bemerkt.«

Ich lachte. »Ich bin genauso schuld. Ich habe nur auf meine Schuhe gestarrt, anstatt nach vorne zu sehen.«

Ein feines Grinsen umspielte seine Lippen, als er mir die Blätter abnahm. Unbeholfen zeigte er mir den Stapel in seiner Hand. »Gut, dass sie nicht weggeflogen sind. Sie wollen doch nächste Woche Ihren Test schreiben.« Bei genauerem Hinsehen erkannte ich, dass es sich um einen Fragenkatalog handelte.

»Darfst du mir das überhaupt zeigen?«

Sofort vergrößerten sich seine Augen und er presste schnell die Blätter an seine Brust.

»Erzähl es keinem«, bat er mich lachend. Sebastian war so unbeholfen, auf eine urkomische Art, dass man einfach nicht anders konnte, als in Gelächter zu verfallen.

»Keiner Menschenseele«, versprach ich und kreuzte die Finger vor meiner Brust.

Er nickte und kratzte sich am Hinterkopf. »Wie geht es dir?«

»Es geht mir den Umständen entsprechend gut«, murmelte ich und sofort verkrampfte sich mein Lächeln.

»Das klingt nicht sehr vielversprechend. Wollen Sie darüber reden? Bei einer Tasse Kaffee vielleicht?« Er sah sich unsicher um, bevor er weitersprach. »Ich darf sie das eigentlich nicht fragen, aber ein Kaffee tut niemandem weh.«

Meine Augen weiteten sich schlagartig. Damit hatte ich nicht gerechnet.

»Du bist mein Professor. Ich weiß nicht, ob das so eine gute Idee wäre.« Ich wippte unsicher von einem Bein aufs andere und biss mir auf die Unterlippe, als mir sein enttäuschter Blick begegnete. Er bemühte sich zu einem krampfhaften Lächeln, doch ich sah sofort, dass er sich eine andere Antwort erhofft hatte.

»Natürlich. Es war dumm von mir zu fragen, Dann wünsche ich dir noch einen schönen Tag. Wir sehen uns und danke, dass du mich nicht verpetzt, wegen dem Test.«

Er deutete auf die Zettel und stopfte sie wieder in seinen Aktenkoffer, ehe er sich umdrehte und verschwand.

Nachdem ich Amarillos Kaffee in der Cafeteria im Untergeschoss geholt hatte, schwebte mein Finger weniger Zentimeter vor der Klingel am Aufzug. *Würde Oakleys Plan überhaupt aufgehen?* Amarillo war nicht der Typ, der sich Hals über Kopf in ein Mädchen verliebte. Außerdem gab es für mich keinerlei Garantie, dass er die Bilder vernichten würde. Das Ganze konnte auch mächtig nach hinten los gehen. *Was, wenn nicht er es war, der sich verlieben würde?*

22

Amarillo

Mit wippendem Bein saß ich auf der weißen Couch und biss mir ununterbrochen auf der Innenseite meiner Wangen herum. Ich konnte den Eisengeschmack des Bluts wahrnehmen, welches sich in meiner Mundhöhle ausbreitete. Wieso war ich so nervös? Mittlerweile tat mir sogar mein Knie schon von diesem ganzen Gewackel weh, und ich zwang mich, endlich damit aufzuhören. Stattdessen lief ich an der breiten Fensterfront auf und ab.

Plötzlich halte das melodische Klingeln durch die Räume und ich zückte mein Handy. Die gesamte Wohnung war durch Smart Technologie steuerbar und sogar den Aufzug konnte ich mithilfe eines Touchs öffnen. Kurz darauf hörte ich, wie er langsam nach oben glitt und die Türen aufgingen. Azula trat heraus und sofort hielt ich sie mit meinem Blick gefangen. Ohne ein weiteres Wort schritt sie auf mich zu und streckte mir den Kaffeebecher entgegen. Daraus stiegen dampfende Schwaden empor und der köstliche Geruch von frisch gemahlenen Kaffeebohnen umhüllte mich. Ich wollte danach greifen, doch rasch zog Azula ihre Hand wieder weg. Ein herausfordernder Ausdruck hatte sich in ihre Augen gelegt. Wir hatten noch kein Wort miteinander gewechselt, doch sofort lud sich die Energie im Raum auf.

»Gib mir den Kaffee«, grummelte ich, woraufhin sie nur provokant eine Augenbraue hob. »Wenn du die Fotos vernichtest, kriegst du ihn.«

Als ich einen bedrohlichen Schritt auf sie zu machte, setzte sie den Becher an ihre vollen Lippen. Ehe sie trinken konnte, zog ich sie an der Hüfte an mich heran und fing den warmen Becher auf, bevor sie ihn vor Schreck zu Boden fallen ließ.

Ihr betörender Duft umgab mich und übertrumpfte sogar den des Kaffees. Meine Augen scannten ihre ebenmäßige Haut und die vollen Wimpern, ehe sie an ihren rosigen Lippen hängen blieben.

»Du hättest da beinahe was fallen lassen«, brummte ich und entließ sie aus meinen Fängen. In einer schnellen Bewegung hatte ich den Becher an meine Lippen gesetzt und trank einen kräftigen Schluck. Aus meinem Augenwinkel beobachtete ich, wie sie kurz den Kopf schüttelte, ihre Gedanken ordnete und dann wieder diesen stoischen Gesichtsausdruck auflegte.

»Wenn du glaubst, ich lösch die Fotos, nur weil du mir einen Kaffee bringst, kennst du mich aber schlecht.«

»Was muss ich dann tun?«

»Setz dich.« Ich deutete auf das Sofa, auf dem wir noch vor wenigen Nächten ineinander geschlungen gelegen hatte. Mit runzelnder Stirn betrachtete sie mich, während ich versuchte, die richtigen Worte zu finden.

Egal welches Skript ich mir ausdachte, nichts war gut genug, also sagte ich geradeheraus, was ich von ihr verlangte. »Sei meine Freundin.«

Ihre Augen weiteten sich und ihre Kinnlade fiel nach unten. Einen Moment herrschte absolute Stille, doch dann fing sie unvermittelt an zu lachen.

»Was?«, gackerte sie und hielt sich den Bauch, während sie sich auf dem Sofa kugelte. Ich seufzte und wollte weitersprechen, da sie mich offensichtlich falsch verstanden hatte, doch sie kam mir zuvor und erhob sich.

»Du glaubst, du kannst mich erpressen, zu deinem Sklaven machen und dann auch noch zu deiner Freundin?« Anklagend deutete sie mit dem Finger auf mich, während sie immer näherkam.

Ich rollte mit den Augen. »Wenn du mir nur einen Moment

lang weiter zuhörst, dann verstehst du auch, was ich meine.«

Als sie die Ernsthaftigkeit in meiner Stimme wahrnahm, erlosch ihr Lächeln.

»Du musst meine Familie davon überzeugen, dass wir unsterblich ineinander verliebt sind.«

Ihr Zähneknirschen ging mir durch Mark und Bein, als sie die Informationen verarbeitete. »Und wieso, wenn ich fragen darf?«

Angestrengt rieb ich mir die Nasenwurzel. »Stell nicht so viele Fragen. Es hilft mir vielleicht. Das ist alles, was du wissen musst.«

»Und was springt dabei für mich heraus?« Ihr durchdringender Blick ließ mein Herz für eine Sekunde schneller schlagen und die Müdigkeit war wie weggefegt.

»Was sollte schon für dich dabei herausspringen? Ich werde deine Fotos nicht veröffentlichen. Das sollte doch wohl genügen.«

»Was ist, wenn wir erfolgreich sind mit dem, was auch immer du mir nicht sagen willst?« Sie trat einen Schritt näher an mich heran. »Ich will, dass du die Fotos dann vernichtest. Alle!«

Sie witterte ihre Chance, aus dieser Situation herauszukommen, und nutzte sie.

»Einverstanden«, murrte ich.

Ehe ich mich versah, streckte sie mir ihre Hand entgegen. »Darauf brauche ich dein Wort.«

Ich inspizierte sie einen Moment, schlug dann aber ein.

*

Nachdem Azula in meinen Plan eingestimmt hatte, wollte sie mehr wissen. Ich konnte es ihr nicht verübeln, doch ich wollte nicht sofort mit der Tür ins Haus fallen. Stattdessen überredete ich sie, mir zu vertrauen, und beförderte sie in mein Auto. Azula begutachtete mit großen Augen das luxuriöse Interieur meines Wagens und strich zaghaft über das edle Leder. »Und ich dachte Eastons Wagen wäre dekadent.«

Ich grinste schräg. »James Bond fährt denselben.«

Liebevoll tätschelte ich das Armaturenbrett und Azula lachte auf.

Auf dem Highway krallte sie sich in den Sitz und deutete schockiert auf die Geschwindigkeitsanzeige. »Willst du uns eigentlich umbringen?«

Ein heiteres Lachen entfloh meinen Lippen, welches ich nach dem gestrigen Abend eigentlich nicht erwartet hatte. Noch immer drückten die Erinnerungen auf mein Herz, doch Azula schien all dies mit ihrer bloßen Anwesenheit verblassen zu lassen.

»Keine Sorge. Ich kann sehr gut Auto fahren und mach dir keine Sorgen wegen der Geschwindigkeitsbegrenzung.«

Sie wollte sich entspannen, aber ihre Hand krallte sich erschrocken in meine Schulter, als ich den Fuß ins Gaspedal drückte. Belustigt beobachtete ich sie dabei und ließ den Motor extra laut aufheulen. Das Auto schoss nach vorne und Azula wurde in den Sitz gedrückt.

»Das ist nicht witzig!«, kreischte sie, lachte aber im selben Moment laut auf.

»Doch, es ist eigentlich ziemlich amüsant«, raunte ich und nahm den Fuß vom Gas.

»Wohin fahren wir eigentlich? Entführst du mich jetzt?«

»Du musst auch immer alles wissen, oder? Kannst du dich nicht einfach überraschen lassen?« Mein Blick streifte ihren, während sie vehement mit dem Kopf schüttelte. »Ich habe so ein Gefühl, dass deine Überraschungen nichts Gutes verheißen.«

Als wir auf den Parkplatz der Mall rollten, musterte sie mich verwirrt. »Du fährst mit mir in die Mall?«

Ich nickte und ließ den Gurt nach hinten schnellen. Beim Aussteigen griff ich nach meiner Sonnenbrille und schütze meine Augen vor dem grellen Licht. Ich hatte die halbe Nacht kein Auge zu gemacht, lediglich in Azulas Schoß war ich abgedriftet. Am liebsten hätte ich sie angerufen und zu mir nach Hause bestellt, damit ich ein paar Stunden Schlaf bekommen konnte.

Azula folgte mir aus dem Wagen und hatte Mühe mit meinen schnellen Schritten mitzuhalten. »Renn doch nicht so.«

Ich legte einen Zahn zu, um sie weiter zu provozieren. Empört atmete sie auf. Im Eilschritt lief ich vor ihr weg und steuerte direkt auf die Tür zu.

»Warte!«, rief sie und rannte nun beinahe. Vor der Tür bremste ich abrupt ab, sodass sie in meinen Rücken knallte.

»Pisser.« Sie rückte schnell wieder von mir ab und strich sich eine verlorene Haarsträhne aus dem Gesicht. »Was wollen wir hier? Ich habe sowieso kein Geld, um irgendwas zu kaufen.«

Ich beugte mich ein Stück zu ihr hinunter und fing abermals ihren himmlischen Duft ein. Die noch zuvor fein säuberlich geordneten Worte in meinem Kopf wurden durcheinandergebracht und glichen nun mehr einem Buchstabensalat. Erwartungsvoll starrte sie mich aus ihren blauen Kulleraugen an, also riss ich mich zusammen und ordnete die Wörter erneut. »Für unseren Plan brauchst du ein Kleid.«

Ich beobachtete ihre Augenbrauen dabei, wie sie sich fragend nach oben bewegten. »Ein Kleid?«

Sie verschränkte unsicher die Arme vor der Brust. Ich nickte und ließ meinen Blick über ihr Dekolleté schweifen. Durch ihre Armposition drückte sie ihre braungebrannten Brüste aneinander und sofort schossen meine Gedanken an das Gefühl zurück, sie in den Händen gehalten zu haben. Wie sie sich sanft hinein schmiegten und ich leicht zugedrückt hatte. Wie sie kurz darauf freudig aufgestöhnt und mich so lustvoll angesehen hatte.

Meine Gedanken vernebelten bei den Erinnerungen immer mehr und ich musste mich anstrengen mich nicht in diesen Schwaden der Erinnerung zu verlieren.

»Meine Augen sind hier«, ermahnte sie mich und drückte mein Kinn mit ihrer Hand nach oben. Sofort verschränkten sich unsere Blicke. Ich wollte mir nicht anmerken lassen, worüber ich nachdachte, aber Azula schien derselbe Gedanke durch den Kopf zu springen. Ihre aufblitzenden Augen verrieten sie. Auch über sie preschten die Erinnerungen wie Wellen an einer Klippe ein. Nun war sie diejenige, die sich räusperte und schnell den Blick abwandt, um die Situation zu entschärfen. »Also, wofür brauche ich ein Kleid?«

»Meine Eltern halten jedes Jahr einen Ball ab. Du wirst dort auch anwesend sein.«

23

Azula

»So ein richtiger Ball? So richtig mit Live-Musik und dekadenten Kleidern?«, hakte ich aufgeregt nach und entlockte ihm damit ein raues Lachen.

»Ja mit Musik, Kleidern, Essen und schnöseligen Leuten«, bestätigte er und sah mich von oben herab an.

Seine Augen waren immer noch leicht geschwollen und seine Haut fahl. Er wollte sich nicht anmerken lassen, was auch immer letzte Nacht passiert war. Er schien nicht darüber sprechen zu wollen, also beließ ich es dabei. Stattdessen konzentrierte ich mich auf die Aufgabe. Sollte es funktionieren, dann würde er die Fotos vernichten. Ich musste also nicht Amarillo dazu bringen sich in mich zu verlieben, ich musste nur seine Eltern davon überzeugen. *Wie schwer konnte das schon werden?*

Ich folgte ihm in die Mall. Instinktiv schlenderte ich in die Richtung der preisgünstigen Läden, doch Amarillo folgte mir nicht. Er blieb einfach zwischen den Rolltreppen stehen.

»In dieser Richtung wirst du kein passendes Kleid finden«, spottete er und lachte auf, als ich die Hände störrisch in die Hüften stemmte.

»Wieso nicht? Ich habe keine Kohle. Schon vergessen? Bei mir geht alles für Studiengebühren drauf.« Die Schulden ließ ich aus. Er musste nicht wissen, für was der Großteil meines Verdienst verbrannt wurde. Ein reicher Kerl wie er, hätte es sowieso nicht verstanden.

Ehe ich mich versah, hatte er mein Handgelenk geschnappt

und zog mich in die entgegengesetzte Richtung.

Durch die Schaufenster konnte ich einen minimalistischen Ladenraum erkennen. Die Kleider hingen fein drapiert an Metallstangen und nur spärlich waren Kleiderpuppen aufgestellt, die feine Abendkleider trugen.

Ich schluckte. Normalerweise hielt ich mich von solchen Geschäften fern. Sie sahen schon von außen beängstigend aus und allein die Ladenfront verriet mir, dass ich mir nichts darin leisten konnte.

»Jetzt komm schon«, raunte Amarillo und griff nach meiner Hand, als er mein Stocken bemerkte. In meinem alten, schlecht sitzenden Shirt und den zerrissenen Jeans Shorts fühlte ich mich äußerst fehl am Platz. Amarillo hingegen passte mit seinen enganliegenden, schwarzen Jeans, den teuren Accessoires und dem dunklen Shirt perfekt in das luxuriöse Ambiente. An seinem Schlüsselbein baumelte eine schmale Silberkette und sogar die Ringe an seinen Fingern waren auf den Look abgestimmt. Nicht einmal seine wuscheligen Locken konnten sein Erscheinungsbild zerstören. Ganz im Gegenteil. Sie boten einen erfrischenden Kontrast zu seiner Kleidung.

»Wie kann ich Ihnen helfen«, begrüßte uns eine Verkäuferin. Ihr knielanges, weißes Kleid ließ ihre ohnehin schon blasse Haut beinahe transparent wirken. Sie hätte in einem Chanel oder Prada Katalog abgebildet werden können. Die feinen Goldarmbändchen klimperten um ihr Handgelenk, als sie ihre langen Finger verschränkte.

»Wir suchen ein Abendkleid«, erklärte Amarillo und augenblicklich veränderte sich sein Ton. Er war weder befehlerisch noch rechthaberisch. Nun war er ganz der Gentleman, hatte ein verspieltes Lächeln aufgelegt und strahlte die Verkäuferin aus aufgeweckten Augen an. Ihr Blick glitt über meinen Körper, meine Tattoos und zurück zu meinem Gesicht. Am liebsten wäre ich auf der Stelle im Boden versunken. Ich wünschte, ich hätte irgendeine Regung in ihrem Gesicht erkennen können, doch sie war undurchdringlich und professionell. Mit der Eleganz einer Primaballerina drehte sie sich einmal und scannte kurz den Raum.

»Wenn Sie möchten, können Sie sich selbst etwas umschauen und die Kleider, die Ihnen gefallen, an Matheo weitergeben.« Sie deutete auf einen ebenfalls top gestylten Mann, der am anderen Ende des Raums stand und uns höflich zunickte.

»In der Zwischenzeit werde ich einige andere Kleider aus dem Lager holen und Ihnen in die Kabine hängen.« Mit federleichten Schritten verschwand sie hinter der Kasse durch eine Tür.

Unbeholfen drehte ich mich um meine eigene Achse und scannte den Raum. Ich wusste nicht, wo ich anfangen sollte. Obwohl nur spärlich Kleider an den Stangen hingen, war ich überfordert. In jedem anderen Geschäft konnte ich mich problemlos umsehen. Die vollen Regale und Kleiderstangen luden dazu ein, darin herumzukramen und nach den besten Teilen zu suchen. Hier hatte ich Sorge etwas anzufassen.

Ich sah Amarillo dabei zu, wie er eingängig die Stoffe musterte. Er lotste Matheo mit einer Handbewegung zu uns und überreichte ihm wortlos ein paar Kleider.

»Ich dachte es soll ein Ballkleid sein? Das sieht eher aus, wie das, was ich im Club trage«, sagte ich mit einem Blick auf die schwarzen Fetzten, die er für mich herausgesucht hatte. Sie hingen formlos von den Bügeln und schrien so gar nicht nach prunkvollem Ball.

»Deswegen will ich dich ja darin sehen.« Sein herber Geruch umhüllte mich, als er sich an mir vorbei an eine andere Stange schlängelte. Er beäugte die Kleider nur kurz und hing sie Matheo über den Arm. Dieser brachte sie im Minutentakt in den Umkleidebereich. Ich wollte gar nicht wissen, wie viele dort bereits hingen. Ich stellte mich darauf ein, ein paar Stunden in diesem Laden zu verbringen und entschloss mich auch etwas umzusehen, bevor Amarillo nur knappe Teile zum Anprobieren aussuchte.

»Ich habe ein paar Kleider in die Umkleide gehängt«, ertönte die Stimme der jungen Verkäuferin. Sie öffnete einen Vorhang und brachte einen großen separaten Raum zum Vorschein. An den Wänden hingen die Stoffe in Reih und Glied und Amarillo machte es sich auf einem Ledersessel bequem, der vor dem bodentiefen Spiegel stand. Irritiert musterte ich ihn, als er sich lässig zurückfallen ließ.

»Ich will mich umziehen.«

Anstatt mich allein zu lassen nickte er nur und bewegte sich keinen Zentimeter vom Fleck. »Worauf wartest du?«

»Dass du gehst«, nörgelte ich.

»Als hätte ich dich nicht schon längst nackt gesehen.«

Er entlockte mir ein Schnauben und ich verschränkte demonstrativ die Arme vor der Brust. »Das ist etwas anderes.« Amarillo saß weiterhin wie eine Salzsäule dort. Ich hatte wohl keine Wahl, also ließ ich meine Tasche zu Boden sinken und streifte mir die Sneaker von den Füßen.

Amarillo verfolgte jede meiner Bewegungen mit brennendem Interesse. Als ich meine Hose aufknöpfte, war ich insgeheim froh, heute Morgen ein passendes Set aus BH und Slip angezogen zu haben. Es war zwar schlicht, aber um einiges besser als meine alten Omahosen, wie Oakley sie immer nannte. Diese waren zwar gemütlich, aber auch leider furchtbar hässlich.

»Sonst machst du immer eine Show draus«, witzelte Amarillo und fing sich daraufhin einen bösen Blick meinerseits ein.

»Noch so ein Spruch und du siehst hier gar nichts mehr.«

Schnell hob er beschwichtigend die Hände und ich griff nach dem ersten Kleid. Natürlich war es einer der knappen Stoffe, die Amarillo ausgewählt hatte.

Schnaubend zog ich den Reißverschluss auf. Als ich es endlich über meine Brüste gequetscht bekommen hatte, zog ich es meine Hüften herunter und drehte mich um, in der Hoffnung, dass Amarillo den Reißverschluss ohne Anstalten nach oben ziehen würde.

Mit dem Gesicht zur Wand gedreht, spürte ich, wie er sich erhob und auf mich zukam. Vorsichtig streiften seine Finger über meinen nackten Rücken und ich zog scharf die Luft ein.

Seine federleichten Berührungen, ließen meine Haut kribbeln.

Er zog den Reißverschluss quälend langsam nach oben, immer darauf bedacht seine Finger über mich streifen zu lassen. In diesem Moment fiel mir das Atmen unsagbar schwer und jedes Härchen richtete sich auf. Meine verräterische Gänsehaut fiel auch Amarillo auf und er ließ es sich nicht nehmen, meine Haare auf eine meiner Schultern zu legen. Mit seinen Lippen schwebte er über meiner erhitzten Haut und zog eine kitzelnde Spur bis hinter mein Ohr.

Kälte stieß mir in den Rücken, als er urplötzlich von mir abließ. Ich erinnerte mich wieder ans Atmen und zog scharf den Sauerstoff in meine Lungen. Er trat einen Schritt zurück und betrachtete mich eingängig.

»Zieh das Nächste an«, befahl er und ließ sich zurück in den Sessel fallen. Obwohl ich zunächst kein Fan von dem schwarzen Stofffetzen gewesen war, war ich nun enttäuscht, dass es Amarillo nicht gefiel. Es war nicht das Richtige für einen Ball, aber weil er es Ausgewählt hatte, versetzte es mir einen Stich.

Ich schlüpfte in ein Kleid nach dem anderen, was von Amarillo in den meisten Fällen mit einem abwertenden Kopfschütteln beantwortet wurde. Ich hatte schon beinahe alle Kleider an der Stange anprobiert, als die Verkäuferin plötzlich ein weiteres am Bügel hineinhielt. Ich ließ den feinen Stoff durch meine Finger gleiten und bat Amarillo, mir beim Anziehen zu helfen. Er stöhnte, als er sich aus seinem Sessel erhob. Ein Augenrollen konnte ich mir nichts verkneifen. Immerhin war ich es, die seit über einer Stunde ins Schwitzen kam.

Amarillo kniete zu meinen Füßen und half mir dabei, das Kleid von unten heraufzuziehen. Als ich es bis an meiner Brust geschafft hatte, drehte ich mich auf seine Fingerbewegung hin und er zog den silbernen Reißverschluss nach oben.

Als ich mich im Spiegel betrachtete, stockte mein Atem. Der dunkelblaue, beinahe schwarze Stoff legte sich wie ein Korsett um meinen Oberkörper und drückte alles an die richtige Stelle. Der Herzausschnitt komplementiert hervorragend mein Dekolleté, doch der Hingucker war die Schleppe. Sie war aus einem transparenten Stoff gefertigt und hunderte Brillanten funkelten im Licht wie Sterne auf dem Nachthimmel.

Amarillo starrte mich weiter an und ich wartete auf eine Reaktion seinerseits.

»Es ist…«, stammelte ich und versuchte, das passende Wort zu finden. Doch nichts in meinem Wortschatz hätte ausdrücken können, wie prachtvoll dieses Kleid war.

»Wunderschön«, unterbrach mich Amarillo und kramte in seiner Hosentasche. »Wir nehmen es.«

Er reichte der Verkäuferin eine schwarze Karte. Ich musterte ihn und bemerkte endlich ein feines Lächeln, das sich auf seinen Lippen abzeichnete. Gelassen platzierte er sich hinter mir und ließ seinen Blick an mir herabgleiten.

»Zieh dich um, ich warte draußen auf dich.«

Er zog ruckartig den Reißverschluss nach unten. Beinahe wäre mir das Kleid vom Körper gefallen, doch ich fing es rechtzeitig auf, ehe ich vollkommen entblößt wurde. Wütend funkelte ich ihn an, während er mit einem verspielten Lächeln hinter dem Vorhang verschwand.

24

Azula

Ich schluckte hart, als ich die viel zu lange Zahl auf der Rechnung sah, doch Amarillo entriss mir diese sofort.

»Ich werde es dir zurückzahlen«, beteuerte ich und reckte das Kinn, während wir über den Parkplatz schlenderten. Er zog mit einer Hand die Brille aus seinem Kragen und setzte sie sich geschickt auf. »Aber mit Zinsen.«

Empört riss ich den Mund auf, woraufhin er sich einen Schlag auf den Oberarm kassierte.

»Ich zahle es dir zurück. Penny für Penny. Ich mag es nicht, Schulden zu haben.«

Schulden brodelten schon seit meiner Kindheit über meinem Kopf wie ein donnerndes Unwetter. Ein Gefühl, das Amarillo wohl fremd war. Das flaue Gefühl in der Magengegend, wenn sich die Rechnungen stapelten.

Amarillo grinste und legte seine strahlend weißen Zähne dabei frei. »Kleines, wenn es eine Sache gibt, worüber ich mir keine Sorgen machen muss, dann ist das Geld.«

»Ist mir schon klar. Aber es geht mir um meine Ehre.«

Belustigt musterte er mich und platzierte die Tüte im Kofferraum. »Okay, wenn du willst.«

»Außerdem hör auf, mich *Kleines* zu nennen«, nörgelte ich, während ich mich auf den Beifahrersitz fallen ließ. Er startete den Motor und lenkte uns elegant mit einer Hand vom Parkplatz. »Gefällt es dir nicht?«

»Natürlich nicht. Wer wird schon gerne Kleines genannt?«,

spottete ich und entlockte ihm ein tiefes Lachen.

»Du wärst erstaunt, wie viele Mädels darauf schon angesprungen sind.«

Ich verdrehte die Augen. »Ich glaube nicht, dass das der einzige Grund war.«

Interessiert neigte sie Amarillo zu mir und hob eine Augenbraue. »Und was wären die Gründe?«

Schlagartig ließ ich die Luft zwischen meinen Lippen entweichen. »Als ob ich dein Ego noch weiter streicheln würde. Das platzt doch eh bald.«

Amarillo lachte auf und ich glaubte, es war das erste Mal, dass ich ihn wirklich laut und ehrlich lachen gesehen hatte. Als er nicht wie gewohnt den Weg zum Ostcampus einschlug, sah ich ihn verwirrt an. »Du hättest hier abfahren müssen.« Amarillo nickte nur wissentlich. »Ich fahr dich noch nach Hause.«

»Wer bist du und was hast du mit Amarillo gemacht?« Ich hob schützend die Hände vor meinen Oberkörper und genoss das warme Kribbeln, welches Amarillos Lachen durch meinen Körper beförderte.

»Ich bin nicht immer ein Arsch, weißt du.«

Den spöttischen Laut, der sich aus meiner Kehle schlich, konnte ich nicht zurückhalten.

»Ich weiß. Nur bist du die meiste Zeit ein Miesepeter.«

»Wie meinst du das?«, fragte er und betrachtete mich aus dem Augenwinkel.

Ich wusste nicht genau, ob ich ihn darauf ansprechen sollte, was gestern Abend vorgefallen war. Ich hatte Angst, seine gute Laune zu vermiesen und wieder am Anfang zu stehen. Ich hatte gerade das Gefühl, ich konnte mich ihm annähern. Hinter seine Schutzschilder blicken. Ich wollte nicht riskieren, dass er seine Barrikade wieder aufrichtete und mich verbannte.

»Ach nichts. Du bist nur häufig schlecht gelaunt, das ist alles«, log ich und biss die Zähne aufeinander. Als er nickte, ließ ich meine Kaumuskeln langsam wieder locker.

»Es gibt wirklich nicht viele Momente, in denen ich wirklich glücklich bin«, gestand er und sah verschmitzt zu mir. »Eigentlich nur beim Sex.«

Lachend schlug ich auf seinen Oberarm ein. Mit dieser Bemerkung hätte ich nicht gerechnet, doch er hatte recht. Bisher wirkte er nur beim Sex wirklich frei und in Ekstase. Sonst schien er benommen, als würde er jegliche Gefühle unterdrücken.

Amarillo parkte das Auto hinter dem alten Backsteingebäude und musterte es mit gerümpfter Nase. »Hier wohnst du?«

»Jap. Es fällt wahrscheinlich bald auseinander, aber die Miete ist günstig.«

Er nickte und stieg gleichzeitig mit mir aus dem Wagen. Bevor ich nach der Tüte greifen konnte, hatte er sie geschnappt und stand abwartend vor seinem Auto. Ich streckte ihm meine Hand entgegen, um die Tüte entgegenzunehmen, doch er nickte nur voraus. »Geh vor.«

»Was?«

»Ich will sehen, wie das gemeine Volk so lebt«, witzelte er, doch ich spürte, dass auch ein Funken Wahrheit in seiner Aussage war.

Er folgte mir wortlos zum Haupteingang und betrachtete die schwere Holztür am Eingang mit gewisser Skepsis. »Also einbruchsicher ist das hier nicht, oder?«

»Hier gibt es ja auch nichts zu stehlen.«

Ich stieg die massiven Treppen ins erste Stockwerk hinauf. An der Tür angekommen, kramte ich sofort in meiner Tasche nach dem Schlüssel. Oakley war wahrscheinlich an ihrem Lernplatz festgewachsen, also machte ich mir keine Hoffnungen, dass sie bereits zuhause war.

Während ich suchte, sah sich Amarillo weiter um. Ich hätte erwartet, dass er abwertend reagieren würde, doch das war nicht der Fall. Er wirkte eher interessiert.

Als ich meinen Schlüssel auch nach mehrminütigem Kramen nicht fand, ließ ich meine Tasche auf den Boden fallen und hockte mich davor, um besser hinein sehen zu können. Verzweifelt holte ich mein Portemonnaie und den Notizblock heraus, doch da war immer noch nichts, bis es mir siedendheiß einfiel. Mein Zusammenprall mit Sebastian heute Mittag. Wahrscheinlich hatte ich den Schlüssel dabei verloren.

»Mist«, murmelte ich und sofort ruckte Amarillos Kopf zu mir herum. Frustriert kniff ich die Augen zusammen und begegnete dann seinem fragenden Blick. »Ich glaube, dass ich meinen Schlüssel verloren habe.«

Er ließ den Kopf mit einem Stöhnen in den Nacken fallen und stemmte seine großen Hände in die Hüfte.

»Ich bin heute Mittag mit Seb-«, begann ich und stockte. »Professor Miller zusammengestoßen. Ich glaube, der Schlüssel ist aus meiner Tasche gefallen«, korrigierte ich mich.

Er ließ frustriert die blonden Locken in seine Stirn fallen und schüttelte missbilligend den Kopf, bevor er sich an mir vorbei zurück in Richtung Eingang drückte.

»Wohin willst du?«, rief ich verwirrt und sammelte meine Tasche vom Boden ein.

»Na, deinen Schlüssel suchen oder willst du hier Wurzeln schlagen?« Er versank die Hände in seinen Hosentaschen, während er die erste Treppenstufe am Ende des Flurs hinunter hüpfte.

Draußen stand die Sonne nun schon unterhalb der Hausdächer. Lange Schatten zogen sich über die Wege und die spärlich verpflanzten Bäume wiegten sich sanft im milden Wind. In Stille schlenderten wir zu der Stelle, an der ich heute mit Sebastian zusammengestoßen war. Innerlich betete ich jede Sekunde, dass niemand meinen Schlüssel mitgenommen hatte und er einfach im Gras lag.

»Schade eigentlich«, meldete sich Amarillo zu Wort.

Verwirrt blickte ich zu ihm auf und blinzelte, als mich einzelne goldgelbe Sonnenstrahlen ins Auge trafen. Schützend hob ich meine Hand davor. »Was meinst du?«

Ein verspieltes Grinsen zeichnete sich auf seinen Lippen ab, bevor er weitersprach. »Ich hätte gerne gesehen, wie dein Zimmer aussieht.«

Bei dem Gedanken von Amarillo in meinem kleinen Zimmer musste ich kichern.

»Warum lachst du?« Er kramte in seiner Hosentasche, bevor er eine Schachtel Zigaretten hervorholte.

»Erstens sieht es aus, als wäre eine Bombe eingeschlagen und Zweitens glaube ich, dass du dich darin nicht wohlfühlen würdest.«

»Wie kommst du darauf?« Er schob sich die Zigarette zwischen die vollen Lippen und hielt ein Feuerzeug daran.

»Im Vergleich zu deinem Apartment ist Oakley und mein Zimmer eine Müllhalde. Eine stickige noch dazu«, bemerkte ich. Langsam stieß er den Rauch aus und er zog in grauen Schwaden an seinem Kopf vorbei.

»So schlimm kann es gar nicht sein«, behauptete er und entlockte mir damit ein lautes Lachen. Amarillo kniff irritiert die Augenbrauen zusammen. »Meine Familie spendet Millionen an diese Universität. Eigentlich sollte jedes Wohnheim mittlerweile renoviert sein.«

»Also bei uns ist noch nicht viel von diesen Millionen angekommen«, sagte ich und schüttelte missbilligend den Kopf.

»Darf ich dich was fragen?«, setzte ich vorsichtig hinterher und beobachtete eingängig Amarillos Körperreaktion. Er zuckte mit den Schultern und zog dann ein weiteres Mal kräftig an der Zigarette.

»Was genau machen deine Eltern?«

»Zu viel«, raunte er und kickte einen Kieselstein auf die Wiese.

»Wie meinst du das?« Ich wollte mehr aus ihm herausquetschen. Zumindest ein wenig, um der Lösung des großen Rätsels Amarillo ein wenig näher zu kommen.

Er lachte und stieß den Rauch kräftig aus seinen Lungen. »Unter anderem ist mein Vater der Gründer der größten Anwaltskanzlei Amerikas.«

»Studierst du deswegen Jura? Willst du in seine Fußstapfen treten?«, hakte ich weiter nach, doch Amarillo blockte ab.

»Hör zu. Es ist besser, wenn du so wenig wie möglich weißt.«

Innerlich verfluchte ich mich selbst, denn sobald ich das

Jura Studium angesprochen hatte, spürte ich, wie Amarillo seine Mauern wieder aufbaute.

Mittlerweile waren wir an der Stelle angekommen, an der ich hoffte, meinen Schlüssel zu finden. Wir suchten jeden Zentimeter im Umkreis ab, doch als wir auch nach Minuten nichts fanden, stemmte er die Hände in die Hüften.

»Das wird so nichts«, stieß er aus und beobachtete mich dabei, wie ich auf allen Vieren über den Rasen kroch und den trockenen Boden abtastete. Mittlerweile waren meine Knie ganz wund, aber ich weigerte mich, aufzugeben.

»Die Sonne geht bald unter. Im Dunkeln findest du sowieso nichts«, bemerkte Amarillo. Eine Weile spürte ich nur seinen Blick auf mir. Ich dachte schon, er würde einfach abhauen und nach Hause gehen, doch stattdessen ließ er sich neben mir ins Gras fallen und suchte ebenfalls weiter.

Ich kroch immer weiter über den Rasen, bis ich plötzlich mit meinem Kopf gegen etwas stieß.

»Aua«, rief ich und rieb mir meinen Schädel.

Ein raues Lachen stieß mir entgegen und ich hob ruckartig mein Gesicht. Sofort wurde ich von zwei Smaragden angefunkelt und Amarillos Nasenspitze war nur wenige Millimeter von meiner entfernt. Als er ausatmete, umgab mich sein warmer Atem. Er roch nach Tabak, aber zum ersten Mal störte mich der Geruch überhaupt nicht. Ganz im Gegenteil. Er löste ein warmes Kribbeln in mir aus.

Unwillkürlich schweiften meine Augen zu seinen Lippen. Meine Gedanken sprudelten zu den Malen zurück, als er mich leidenschaftlich geküsst hatte. Obwohl ich ihn eigentlich hassen sollte, sehnte ich mich nach seinen Berührungen. Ich begehrte das weiche Gefühl von seinem Mund auf meinem. Seine feuchte Zunge, wie sie meine umspielte, und seine starken Hände, die sich in meine Haut drückten.

Ich starrte einen Moment zu lang auf seine Lippen nieder und schon verzogen sie sich zu einem verspielten Lächeln. Als er seine Augenlider senkte und die Smaragde beinahe vollkommen von den dunklen Wimpern überschattet wurden, hielt ich die Luft an. Mein Herz machte einen Satz, als er seine Hand ausstreckte, sie über meinen Nacken fahren ließ und dann mit dem Daumen über meine Unterlippe fuhr. Gebannt starrte ich ihn an und ehe ich mich versah, hatte er mich noch näher an ihn herangezogen.

Die letzten Sonnenstrahlen fielen durch die Blätter über uns und warfen künstlerisch Schatten auf seine Haut.

»Wehe du verliebst dich wirklich in mich«, raunte er und zog mich ruckartig zu ihm. Unsere Lippen knallten aufeinander und sofort stieß ich ein genüssliches Stöhnen aus. Amarillo nahm meine Unterlippe zwischen seine Zähne, verschlang mich in einen feuchten Kuss und seine Arme wanderten an meine Taille und meinen oberen Rücken. Er presste mich mit so viel Wucht gegen ihn, dass er mir alle Luft zum Atmen nahm.

Ich blendete die restlichen Menschen um uns herum aus, der kühle Wind auf meiner Haut war plötzlich verschwunden und ich spürte nur ihn. Die Hitze seiner Haut, seinen Geschmack und seine Hände, wie sie langsam unter mein Shirt fuhren. Er packte meine Hüfte, drückte sie gegen seine, sodass ich die Balance verlor und nun gegen ihn lehnte.

Unverhofft räusperte sich jemand neben uns. Schlagartig fuhren wir voneinander weg. Ich zog meinen Kopf zurück und drückte mich von ihm ab. Als ich den Blick hob, starrte ich in Oakleys braune Augen. Mit verschränkten Armen und missbilligenden Kopfschütteln beobachtete sie uns.

»Also wirklich. Ihr könnt die Finger einfach nicht voneinander lassen, oder?«, fragte sie, ohne wirklich eine Antwort zu erwarten. Sofort rappelte ich mich auf und wischte einige Grashalme von meinen Knien.

»Was machst du hier?«

»Die Frage ist eher, was macht ihr hier?«, stellte sie uns eine Gegenfrage, auf die er schneller antwortete, als ich es konnte. »Wir haben Azulas Schlüssel gesucht. Sie hat ihn hier verloren.«

Oakley zog eine Augenbraue nach oben und das wissende

Lächeln auf ihren Lippen wurde beim Anblick unserer erröteten Gesichter breiter. »Also nach Schlüsselsuchen sah das nicht aus.«

»Kommst du jetzt erst aus der Bibliothek?« Obwohl mein Herz noch immer einen wilden Tanz in meiner Brust aufführte, lenkte ich vom Thema ab.

»Nein ich war noch mit Rowan essen.« Oakley betrachtete Amarillo, der wie bestellt und nicht abgeholt neben uns stand und sich dann räusperte. »Ich geh dann auch mal nach Hause. Vielleicht hat jemand deinen Schlüssel im Fundbüro abgegeben.« Er überreichte mir die Einkaufstüten. In seiner Bewegung legte er seine Lippen an mein Ohr und flüsterte: »Wir sehen uns, Kleines.«

25

Azula

Wie zu erwarten, lag ich seit einiger Zeit im Bett und konnte kein Auge zumachen. Amarillos Kuss hatte mich so aus der Fassung gebracht, dass mich das Verlangen nach seinen Berührung weiterhin überrollte wie ein Tsunami.

Amarillos Worte hallten in meinen Gedanken nach. »Wehe du verliebst dich in mich.« Mein frustriertes Stöhnen wurde durch mein Kissen gedämpft. Immer wieder rollte ich mich von einer Seite auf die andere, aber den Gedankenstrudel konnte ich nicht durchbrechen. Der Knoten in meinem Bauch hatte sich immer noch nicht gelöst und ich wusste, dass er das auch nicht so schnell tun würde.

Überraschend brummte mein Handy. Ich nahm es vorsichtig vom Nachttisch und entsperrte den Bildschirm. Grelles Licht schien mir entgegen und für einen Moment dachte ich, ich würde erblinden. Sofort regelte ich die Bildschirmhelligkeit herunter und blickte auf die Nachricht, die ich soeben bekommen hatte.

Komm zu mir.

Ich runzelte die Stirn und tippte meine Antwort.

Was meinst du?

Du sollst herkommen.

Jetzt?!

Irritiert blickte ich auf die Uhrzeit.

Triff mich unter dem Baum,
wo wir deinen Schlüssel gesucht haben.

Wieso das denn?!

Weil ich es will. Hör auf immer so
viele Fragen zu stellen;)

Ich kann mich nicht
einfach rausschleichen.

Verstohlen blickte ich zu Oakley. Sie drehte sich grummelnd und ich hatte schon Angst, ich hätte sie geweckt, doch dann schnarchte sie weiter und mein Herzschlag beruhigte sich.

Und ob du das kannst.

Ich senkte das Handy auf meiner Brust nieder. *Was wollte er denn jetzt schon wieder von mir?* Nicht Mal nachts hatte ich meine Ruhe.

Vorsichtig strich ich mir die Decke von den Beinen und setzte einen Fuß auf das knarzende Holz. Ich zuckte zusammen, als Oakley sich abermals umdrehte. Ich scannte den Raum nach meinem Hoodie ab, konnte ihn aber nicht entdecken. Nur meine flauschigen Hausschuhe hatte ich nahe genug an meinem Bett platziert, sodass ich mühelos hineinschlüpfen konnte. Ich hielt die Luft an, bevor ich mich aus meinem Bett erhob und atmete erst wieder aus, als ich durch die schwere Tür geschlichen war.

Als ich jedoch an mir heruntersah, bereute ich, nicht doch noch irgendetwas zum Überwerfen mitgenommen zu haben. Ich trug ein altes, beinahe durchsichtiges Top mit einer kurzen luftigen Short. Es war mir beinahe peinlich, darin auf Amarillo zu treffen. Egal, was er zu dieser Zeit von mir wollte, es sollte lieber wichtig sein.

Schnaubend schritt ich den langen Flur herunter und hielt mir die Brüste fest, während ich die Treppe hinab spurtete. Ich hoffte inständig, dass Amarillo in der Dunkelheit nichts erkennen würde. Doch auch mir war bewusst, dass sich alles durch das feine Material abzeichnete.

Bei Nacht wirkte der Campus beinahe gruselig. Vereinzelt konnte ich noch Licht in Zimmern brennen sehen, aber der Großteil des Campus war stockfinster. Der einzige Lichtschein rührte von der Bibliothek, dessen Glaskuppel sich hell erleuchtet von der Nacht abhob.

Was zur Hölle wollte Amarillo von mir? Und warum wollte er mich mitten auf dem Campus treffen?

Ich lief die schmalen Schotterwege entlang und betete, dass mir niemand entgegenkommen würde. Als ich ankam, war niemand dort. Ich eilte auf die Rasenfläche und linste an den Bäumen vorbei. *Hatte er mich etwa verarscht? Wollte er sich einen Spaß daraus machen, mich mitten in der Nacht hierher zu schicken?*

Ich zückte mein Handy, das ich fest an meine Brust gedrückt hielt und tippte eine böse Nachricht. Doch als mich Jemand packte und mir eine Hand auf den Mund drückte, ließ ich es beinahe fallen.

Ich kreischte auf, doch das Geräusch wurde von der Hand an meinen Lippen gedämpft. Ich strampelte und Angstschweiß bildete sich auf meiner Stirn. Kalte Tropfen bahnten sich meinen Rücken hinunter. Doch alles verflog, als ich den Geruch von Rauch, Leder und Minze wahrnahm.

»Glaubst du ernsthaft, du kannst mich so scharf machen und dann einfach schlafen gehen?«, raunte Amarillo in mein Ohr und zog mich zu den Bäumen. Er drückte mich an einen der Baumstämme, hatte sein Knie zwischen meinen Beinen platziert und selbst durch die Dunkelheit konnte ich die Lust in seine Augen aufglühen sehen. Langsam nahm er seine Hand von meinem Mund, legte seine Finger um meinen Hals und drückte meinen Kopf gegen das kühle Geäst. Ich atmete tief ein, bevor ich seinem Blick begegnete. Ich konnte nicht einmal etwas erwidern, als er den Kopf schräg legte und über mich herfiel.

Ich spürte seine spitzen Zähne an meinem Nacken. Er knabberte bis zu meinen Ohrläppchen. Hinterließ feuchte Striemen und eine Gänsehaut zog sich über meinen gesamten Körper.

Er drückte mich ein Stück höher den Baum hinauf, sodass ich meine Beine um seine Hüfte schlingen konnte. Meine Füße verschränkte ich um seine Hüfte und spürte schon jetzt die Erregung zwischen seinen Beinen. Ich konnte nicht anders als zu kichern.

»Was?«, grummelte er und löste seine Lippen von meinem Hals. Seine Augen leuchteten auf mich herab sah.

»Wehe du verliebst dich in mich«, murmelte ich denselben Spruch, den er heute Nachmittag zu mir gesagt hatte, und zog ihn weiter auf.

Ein krächzendes Lachen stieß aus seiner Kehle. »Keine Sorge, Kleines.«

Sofort verschmolzen unsere Lippen wieder miteinander. Lustvoll umspielte er meine Zunge und schob währenddessen eine seiner Hände unter mein Top. Schnell griff ich danach und löste mich aus unserem Kuss.

»Bist du verrückt?«, nuschelte ich. »Doch nicht hier.«

Amarillo grinste verschwörerisch. »Warum denn nicht?«

Ich wollte weiter protestieren, doch seine Küsse verwehten jeden Gedanken so schnell, wie er gekommen war. Zwei Finger schoben sich am Bund meiner Hose entlang und wanderten wieder hinauf. Ohne zu zögern, zog er das Top weiter nach oben. Während er meinen Körper mit feuchten Küssen übersäte, bewegte ich die Hüfte auf seiner und ließ den Kopf nach hinten sacken.

Ich bemühte mich, leise zu sein, um keine Aufmerksamkeit auf uns zu lenken. Als Amarillo dann aber zwei Finger in mir verschwinden ließ, konnte ich das Geräusch nicht unterdrücken, welches sich aus meinem Mund bahnte. Sofort hatte ich wieder seine Hand auf dem Mund. »Wenn du mehr willst, musst du leise sein.«

Ich nickte kaum merklich und zog ihn wieder an mich heran. Er setzte eine Spur feuchter Küsse von meinen Lippen, über meinen Hals, bis auf mein Dekolleté. Bevor ich realisierte, was er vorhatte, fuhr er mit seinen Küssen weiter über meinen Bauch bis an den Rand meines Höschens. Mit beiden Händen griff er danach und zog es mir von der Hüfte.

Kurz darauf kitzelten mich seine Haare an den Oberschenkeln und seine Zunge hatte schnell meine empfindlichste Stelle gefunden. Panisch drückte ich mir selbst die Hand auf den Mund und atmete schwer in sie hinein. Mit geschlossenen Augen genoss ich das kribbelnde Gefühl, welches sich von meinen Beinen bis in meinen Bauch zog, und biss mir fest auf die Lippe, um nicht weiter aufzustöhnen.

Urplötzlich richtete er sich wieder auf, löste seine Gürtelschnalle und ließ sich in mich gleiten. Er lehnte sich gegen mich und ich verlor mich in einem elektrisierenden Kuss, als plötzlich Stimmen zu hören waren. Erschrocken trafen sich unsere Blicke. Er hielt kurz inne, doch ich spürte, wie er in mir pulsierte. Bevor ich etwas sagen konnte, hatte er seine Hand auf meinen Mund gelegt, mich ein näher an sich gedrückt und stieß tiefer in mich. Die Stimmen wurden lauter. Ich nahm wahr, wie eine Gruppe Studenten durch den Schotterweg schlurfte und ausgiebig lachte.

Auf Amarillos Lippen hatte sich ein diabolisches Grinsen ausgebreitet. Ohne seine Hand ein Stück zu bewegen, machte er mich wahnsinnig. Er hielt meinen Blick in seinem gefangen und genoss wohl meinen flehentlichen Ausdruck.

Die Gruppe Studenten schlenderte an den Bäumen entlang. Sie ahnten nicht, was gerade dahinter im Schein des Mondlichts vor sich ging. Amarillos Bewegungen wurden langsamer, beinahe unaushaltbar langsam. Irgendwann wurden die Stimmen wieder leiser, die Schritte verebbten und Amarillo nutze die Situation. Er drehte mich schlagartig um und drückte meine Brust gegen die Rinde des Baumes. Ich rang nach Luft, als er das Tempo anzog.

Er keuchte und seine Hand suchte sich ihren Weg zwischen meine Beine. Mein Becken zog er näher an sich, drückte meinen Rücken zu einem Hohlkreuz und ich biss mir auf die eigene Hand, als sich der Knoten löste. Meine Beine zitterten, als mich die Welle der Befriedigung übermannte.

Amarillos Stirn lehnte an meiner Schulter. Er atmete heftig und seine Hand streichelte meinen Körper, während er versuchte, zu Sinnen zu kommen. Erschöpft lehnte ich mich gegen die kühle Rinde und allmählich kühlte sich der heiße Schweiß auf meiner Haut ab. Er zog sich langsam zurück und ich hörte, wie er an seinem Gürtel herumnestelte.

Plötzlich brach die Stille der Nacht auf mich ein. Erst jetzt fiel mir auf, dass wir wahrscheinlich viel lauter waren als gedacht, aber in der Hitze des Moments hatte ich keinen Gedanken daran verschwendet.

»Hast du mich extra hierfür herbestellt?«, flüsterte ich in seine Richtung und sah über meine Schulter, um einen Blick auf seinen trainierten Körper zu erhaschen. Amarillo schmunzelte, bevor er antwortete.

»Ich hatte keine andere Wahl.« Er legte mir den Daumen ans Kinn und drehte mich in seine Richtung. Selbst in der Nacht leuchteten mir seine Augen entgegen und die kühlen Strahlen des Mondes spiegelten sich auf seiner befeuchteten Unterlippe. Er trat einen Schritt näher an mich heran.

»Der Kuss am Nachmittag war eine Qual. Ich habe den ganzen Abend versucht, es zu unterdrücken. Ich glaube, ich hätte nicht schlafen können, hätte ich dich nicht ein letztes

Mal geschmeckt.«

Ich lachte. »Verliebt sich da doch jemand?«

Auffordernd zog ich eine Augenbraue nach oben und wartete, dass Amarillo auf meine Stichelei einging, doch sein Ausdruck blieb kalt.

»Egal was du tust«, begann er, »das ist die eine Sache, die niemals passieren darf.«

Sofort wurde das verspielte Lächeln von meinen Lippen gefegt.

»Keine Gefühle. Versprich es mir.« Seine Stimme hatte wieder diesen Befehlston angenommen.

Verdutzt runzelte ich die Stirn. »Hatte ich nicht vor.«

Fröstelnd sah ich mich um und rieb mir die nackten Arme. »Wieso eigentlich hier? Wieso nicht in deiner Wohnung?«

Er fuhr sich mit seinen langen Fingern durch die blonden Locken und zuckte mit den Schultern.

»Wieso nicht?«

Langsam breitete sich die Gänsehaut immer weiter aus und meine Finger wurden mehr und mehr zu Eisklötzen.

»Sex im Freien hat doch etwas Aufregendes, oder nicht?«, fuhr er fort und kam ein Stück näher.

»Kannst du denn jetzt schlafen?« Ich sah zu Amarillo hoch, der belustigt schmunzelte und dann den Kopf schüttelte.

»Nein«, hauchte er und schmiss mich in der nächsten Sekunde über seine Schulter. »Ich bin noch nicht fertig mit dir.«

26

Amarillo

»Ich habe gesunde Beine«, meckerte Azula während ich sie in den Fahrstuhl trug. Ich hatte jedoch nicht vor sie runterzulassen. Ich bahnte mir den Weg durch meine Wohnung, bis auf die Terrasse und machte vor dem Whirlpool halt.

»Was hast du vor?«

Mit einem diabolischen Lächeln hielt ich sie über dem dampfenden Wasser. Zuvor hatte ich den Whirlpool in der Hoffnung eingeschaltet, mich ablenken zu können. Doch das blubbernde Wasser um mich herum, hatte mich noch weiter erregt. Ich dachte an ihre Wärme, ihren Geschmack und hatte es schlussendlich nicht mehr ausgehalten.

Azula kreischte, als sie in das warme Wasser setzte und kurz darauf ebenfalls hineinstieg. Ihr Shirt war nun noch durchsichtiger als zuvor und ich konnte gut die Abdrücke ihrer Brüste erkennen. Ihre Haare hingen in feuchten Strähnen über ihre Stirn und ihre Haut glänzte im bunten Schein der Lichter um uns herum. Sie war unwiderstehlich.

»Verdammte scheiße, Amarillo!« Bevor sie weiter protestieren konnte, zog ich mir das Shirt über den Kopf. Sobald ich es ausgezogen hatte, verstummte sie und ihre Augen waren an meinem Körper gefesselt.

»Was wolltest du sagen?«, raunte ich und kam langsam auf sie zu. Ich griff mir ihre Hüfte und zog sie auf meinen Schoß, während das blubbernde Wasser um uns herum meine Muskeln entspannte.

Feine Wassertropfen perlten von ihrer Haut und reflektieren das grünblaue Licht um uns herum. Plötzlich griff sie nach dem Saum ihres Nassen Shirts und zog es sich ebenfalls über den Kopf. Sie legte ihre braungebrannten Brüste frei, die mich unter dem schäumenden Wasser neckten.

»Ich glaube, wir werden heute nicht so viel Schlaf bekommen.«

*

»Ist dir kalt?« Ich fuhr mit meiner Handinnenfläche über ihre nackten Schultern. Eine verräterische Gänsehaut hatte sich auf ihr ausgebreitet. Sie nickte zögerlich und schnell war ich aus dem Pool gesprungen. Nun fröstelte auch ich. Der Wind fegte über die Terrasse. Azulas nasse Haare mussten förmlich durchgefroren sein, also sprintete ich schnell ins Bad und zog ein flauschiges Handtuch hervor.

Vor dem Pool breitete ich es aus und hielt es an den Enden in ihre Richtung. Als sie mit zittrigen Beinen heraustrat und sich das Handtuch nehmen wollte, umwickelte ich sie schnell damit. Kurz darauf hob ich sie hoch und trug sie in dem Handtuch gewickelt in die Wohnung.

»Verdammt, Amarillo! Nicht schon wieder. Ich kann gut alleine laufen«, protestierte sie, aber ihre Stimme wurde von Lachern durchzogen, als ich sie auf mein Bett schmiss und mich gleich mit darauf. Ich zog das Handtuch enger um ihre Brust und lehnte über ihr. Der flauschige Stoff war bis über ihre Lippen gerutscht, aber ich konnte die feinen Lachfältchen beobachten, die ihre strahlenden Augen zierten.

»Na, du kleiner Burrito«, hauchte ich und wurde mit Azulas Kichern belohnt, welches sich durch das Handtuch drang. Noch immer bibberte sie leicht, also rubbelte ich schnell über ihre Schultern. Ihr Blick verfolgte jede meiner Bewegungen und ich konnte nicht anders, als einen sanften Kuss auf ihren Haarschopf setzen. Sie machte mich schwach.

»Apropos Burrito«, murmelte sie noch immer mit den Lippen unter dem Stoff. »Ich habe furchtbar Hunger.«

»Du weißt ja, dass sich in meinem Kühlschrank nur Eiweißshakes befinden. Willst du Burritos bestellen?«

Sie zog überrascht die Brauen hoch und nickte dann heftig.

»Ich kenne einen verdammt guten Mexikaner in der Nähe. Warte hier«, sagte ich und stieg aus dem Bett. Eigentlich wollte ich die Wärme des Bettes nichts verlassen, aber ich holte schnell mein Handy und bestellte das Übliche. Easton und ich hatten dort als Jugendliche häufig gegessen. Der Burrito traf genau den richtigen Nerv, wenn man vollgedröhnt von einer durchzechten Nacht kam.

Während wir warteten, suchte ich Azula ein T-Shirt heraus und zog es ihr über den Kopf. Mit einer warmen Tasse Tee saß sie im Schneidersitz auf meiner Couch und starrte die Aufzugtür ungeduldig nieder.

»Das Essen kommt nicht schneller, nur weil du den Aufzug anstarrst.« Ein raues Lachen übermannte mich bei ihrem Anblick.

Sie stöhnte und ließ den Kopf in den Nacken fallen. »Ich wünschte es aber.«

Als es endlich klingelte, setzte sie sich urplötzlich auf und starrte mich aufgeregt an, als wollte sie mir sagen:» Hopp, hopp. Hol das Essen.«

Kopfschüttelnd überreichte ich dem Lieferanten das Geld und beförderte die Boxen auf den Couchtisch. Azula hatte sich bereits vorgebeugt und zog genüsslich das Aroma durch die Nase. Die Gewürze ließen auch mir das Wasser im Mund zusammenlaufen, aber als ich Azulas glänzenden Blick bemerkte, hielt ich einen Moment inne und betrachtete sie.

Sie hatte sich den Burrito geschnappt und biss genüsslich hinein, während sich ihre Augen nach hinten drehten und sich ein leises Stöhnen über ihre Lippen schlich.

»Macht mir jetzt ein Burrito etwa Konkurrenz?«

Sie bemerkte meinen gespielt empörten Blick.

»Vielleicht. Aber du bist auch ganz okay.«

Ich hielt mir theatralisch die Brust. »Verdammt Mädchen. Brich mir nicht das Herz.«

Azulas Kauen wurde von einem Kichern unterbrochen, ehe

sie wild anfing zu husten. Schnell reichte ich ihr eine Cola.

So wie der Burrito ihr den Atem geraubt hatte, raubte sie mir meinen.

*

»Willst du schlafen gehen?«, fragte ich.

Azulas Kopf sackte immer wieder nach vorne und sie schien Mühe zu haben, ihre Augen offen zu halten. Bevor ihre Haare gleich in den Resten des Burrito hängen blieben, brachte ich sie lieber ins Bett.

Sie nickte zaghaft und streckte dann die Arme aus. »Trag mich.«

»Jetzt willst du also doch, dass ich dich trage.«

Sie nickte verschlafen. »Jetzt bin ich auch zu müde.«

Ich erhob mich und führte einen Arm unter ihre Beine, während sie ihre Hände um meinen Nacken legte. Im Brautstyle hob ich sie hoch und beförderte sie in mein Schlafzimmer.

»Willst du, dass ich auf der Couch schlafe?«

In dem fahlen Licht der Nachttischlampe konnte ich das belustigte Funkeln erkennen, als sie neben sich auf die Matratze deutete. »Du kannst hier schlafen.«

Azula hatte sich die Decke bereits bis unters Kinn gezogen, als ich neben sie rutschte. Die Wärme ihrer Haut strahlte bis an meine und ließ mich instinktiv aufatmen.

Für eine Weile lagen wir einfach so da. Nur das leichte Rascheln der Blätter vor dem Fenster war zu hören. Ich dachte schon, sie wäre eingeschlafen, als sie urplötzlich die Stille durchbrach. »Amarillo, darf ich dich was fragen?«

Ich grummelte nur zur Antwort. Auch meine Glieder waren schwer geworden und meine Lippen schienen wie versiegelt.

»Wieso hast du die Fotos von mir gemacht?«

Die Müdigkeit war wie weggeweht, als sie mich das fragte.

Für eine Sekunde, überlegte ich, ob ich ihr die Wahrheit sagen sollte.

»Weil du so gut aussahst«, brummte ich. Das war zumindest keine Lüge. Sie sah fantastisch aus.

Azulas Kichern drang an mein Ohr, als sie sich zu mir drehte. »Und was ist der echte Grund?«

Langsam öffnete ich die Lider und blickte durch die Dunkelheit in ihre Augen. Meine Hand schob sich von ganz allein unter der Decke hervor und strich über ihre Lippen.

»Weil ich dich bei mir haben will.«

Das war die Wahrheit, aber einen Teil ließ ich aus. Den unstillbare Durst nach Kontrolle. Die Welt um mich herum hatte mir nie eine Wahl gelassen. Sie hatte mich nur in der Illusion eines freien Lebens gefangen.

Als diese Illusion vor all den Jahren zusammenbrach, lechzte ich nach Kontrolle. Doch ich war es nicht, der mein eigenes Leben lenken konnte. Meine Eltern, die Verantwortung und die unumstößlichen Pläne für die Zukunft saßen am Steuer und beförderten mich geradewegs eine Klippe hinunter.

Insgeheim hatte ich gehofft, sie mit den Fotos kontrollieren zu können. Als sie sich mi entzogen hatte, war es mein Weg mir ihre Loyalität zu erzwingen. Mittlerweile zweifelte ich, ob ich sie jemals kontrollieren konnte und, ob ich das überhaupt wollte. Ich selbst sehnte mich nach Freiheit, doch im selben Maße nahm ich ihr die freie Entscheidung.

Nun suchte auch ihre Hand meinen Körper und legte sich sanft auf meinem Torso ab.

»Als ich vor ein paar Tagen zu dir gekommen bin und in deinem Schoß lag, wusste ich, dass ich nirgendwo anders Ruhe finde.« Meine Stimme war kaum mehr ein Hauchen, als sie mit ihren Fingern über meinen Bauch fuhr und eine Spur aus elektrisierenden Blitzen hinterließ.

»Wieso arbeitest du dort?« Die Frage brannte mir seit einer gefühlten Ewigkeit auf den Lippen. Azula stockte, ehe sie scharf die Luft einzog. »Weil ich die Freiheit brauchte. Dieser Job war zu der Zeit der Einzige, der mir das geben konnte.«

Ich nickte bedächtig. Azula wollte die Freiheit. Ich verwehrte sie ihr. Wenn es klappte, wenn ich meine Eltern davon abhalten könnte mich an Camilla zu verheiraten, würde ich sie wieder von mir befreien.

27

Amarillo

Als ich vor der brummenden Kaffeemaschine stand und das flüssige Gold in einer der weißen Tassen floss, strudelten meine Gedanken zurück zur Nacht.

»Guten Morgen«, grummelte Azula, als sie in einem meiner Shirts in die Küche geschlurft kam.

»Hier.« Sofort hielt ich ihr die Tasse Kaffee unter die Nase und sah, wie ihre Augen aufleuchteten. Als wir das letzte Mal zusammen aufgewacht waren, hatte sie genauso reagiert. Genüsslich schlürfte sie an der Tasse, während ich im Kühlschrank nach etwas Essbarem suchte, doch es war ein hoffnungsloser Fall.

»Zieh dich an«, sagte ich und sammelte Schlüssel und Portemonnaie von der Ablage. »Wir gehen vor der Vorlesung noch etwas essen.«

Verdutzt blickte mich Azula an, bis ihr ein Licht aufging. Wahrscheinlich hatte sie unsere Rechtsvorlesung vergessen, aber mir würde das so schnell nicht wieder passieren. Ich hatte vor einigen Tagen eine vertrauliche E-Mail vom Dekan der Universität bekommen, dass ich häufiger nicht zu Vorlesungen aufgetaucht war und er meinen Vater verständigen musste. Diesen Stress wollte ich mir ersparen, also setzte ich mich lieber in den Hörsaal. Ich war dann zwar physisch anwesend, aber innerlich schaltete ich ab.

»Ich habe nichts zum Anziehen«, bemerkte sie und ich blieb abrupt stehen. Darüber hatte ich gar nicht nachgedacht.

Immerhin konnte sie nicht in ihrem beinahe durchsichtigen Zweiteiler zur Vorlesung gehen. Ich presste die Lippen aufeinander und überlegte.

»Komm mit.« Ich bedeutete ihr, mir ins Schlafzimmer zu folgen. Kurz darauf zog ich ein übergroßes Grafik T-Shirt heraus, das ich eigentlich nur zum Sport trug, aber Azula würde es sicher als Kleid passen.

»Damit werde ich aussehen wie ein Umpa Lumpa«, bemerkte sie und entlockte mir damit ein Lachen.

»Ein was?«

»Na die kleinen Viecher aus Charlie und die Schokoladenfabrik.«

Grinsend schüttelte ich den Kopf. »Hier hast du noch einen Gürtel, vielleicht kannst du es damit an der Taille enger schnüren.«

Frustriert blies sie sich eine Haarsträhne aus dem Gesicht, doch zog sich kurz darauf das T-Shirt aus, in dem sie geschlafen hatte. Als ich einen Blick auf ihren strammen Hintern erhaschte, war ich schon wieder beinahe drauf und dran, sie aufs Bett zu schmeißen und auf die Vorlesung zu scheißen.

»Ich denke, für eine Vorlesung wird es gehen.« Sie drehte sich vor den verspiegelten Schranktüren, doch dann stockte sie abrupt. »Und was ist mit Unterwäsche? Ich hatte gestern Abend keine an.«

»Na dann gehst du heute mal ohne.« Ich schloss ihren Blick in meinen und beobachtete ihre Pupillen dabei, wie sie das Blau ihrer Iris beinahe verdrängten.

»Dann habe ich schnellen Zugriff«, hing ich hinterher und verschwand wieder in der Küche, bevor sie zu einem Gegenargument ansetzten konnte.

Ich kannte Frauen und wusste, dass sie bei einer tödlichen Mischung aus Schlafmangel und Hunger zu Furien werden konnten. Also kaufte ich in der Cafeteria ein Schinken-Käse-Croissant und einen Blaubeermuffin. Während wir auf Oakley warteten, die ihre Tasche vorbeibrachte, verputze sie das Gebäck und die pure Freude strahlte mir aus ihren Augen entgegen.

Gemeinsam schlenderten wir über die Schotterwege in Richtung Hörsaal. Die Morgenluft blies mir durch die Haare und ich zog tief den frischen Geruch des Tages durch die Nase. Als wir an dem Baum entlangliefen, an dem ich und Azula es gestern Nacht getan hatte, verkrampfte sie kaum merklich. Ich schüttelte lachend den Kopf. »Keine Sorge. Keiner hat uns gesehen.«

Ihre Hand strich immer wieder gegen meine, während sie neben mir herlief und die Reste des Muffins verdrückte. Beiläufig ließ ich ihre Finger in meine gleiten und öffnete ihr die Tür, als wir in das Gebäude traten. Für einen Moment musterte sie mich irritiert, schien die Frage aber nicht auszusprechen, die ihr auf den Lippen brannte.

Ich zog sie in die hinterste Reihe des Hörsaals, um Professor Millers Blick zu entkommen. Aus irgendeinem Grund nervte der Kerl mich. Ich konnte nicht genau festmachen, was es war, doch meine Instinkte täuschten mich selten.

Ich hatte schon viel von ihm gehört. Er war der Mädchenschwarm der Erstsemester, immer freundlich und absolut höflich, aber schon bei meiner ersten Vorlesung war er mir auf den Sack gegangen.

Sobald er seinen Mund aufmachte, verdrehte ich die Augen und ließ mich mit verschränkten Armen an die Lehne des Stuhls sinken. Schon bald war mein Gehirn auf Flugmodus, doch als ich Azulas interessierten Blick auffing, wurde ich stutzig. Sie saß aufrecht, hatte ihren Laptop vor sich ausgebreitet und tippte wortwörtlich jeden Satz mit, der aus dem Mund des Professors kam. Misstrauisch musterte ich Professor Miller, der hektisch den Raum scannte. Während er sprach, bewegten sich seine Augen durch jede Reihe, bis er bei Azula innehielt. Er baute sofort Augenkontakt auf und lächelte verschwörerisch.

Was sollte das denn? Als ich ihren Gesichtsausdruck sah, keimte etwas in mir auf. Sie lächelte ebenfalls und ließ neckisch ihre Haarsträhnen ins Gesicht fallen.

Flirtete sie etwa mit ihm? Ich schnaubte und griff nach ihrem nackten Bein unterhalb des Tisches vor uns. Erschrocken blickte sie auf und im selben Moment schnellte Professor Millers Blick auf mich. Er veränderte sich. Selbst aus dieser Entfernung konnte ich den Zorn in seinen Augen auflodern sehen. Ich war gut darin, Menschen zu lesen und ihre wahren Absichten zu erkennen. Ein Skill, den man schnell lernte, wenn einem immer nur die halbe Wahrheit erzählt wurde.

»Was tust du da?«, zischte Azula, doch mein Blick galt weiter Professor Miller. Herausfordernd funkelte ich ihn an, während meine Finger immer weiter ihre nackten Beine nach oben wanderten. Sanft strich ich ihre Haut und spürte, wie sie sich kaum merklich verkrampfte. Als ich noch weiter hochrutschen wollte, schnellte ihre Hand sofort auf meine. »Amarillo, lass den Unsinn!«

Ihr Zähneknirschen war kaum zu überhören. Ich wandte siegessicher den Blick von Professor Miller ab und führte meine Lippen ganz nah an Azulas Ohr. »Was willst du tun? Professor Miller Bescheid sagen?«

Empört blickte sie zu mir auf und versuchte, einen vollständigen Satz zu formulieren. Jedoch brachten sie meine Hände auf ihrem Körper aus dem Konzept und sie atmete hörbar aus. Der Blick des Professors lag weiterhin auf uns und ich spürte, wie es ihm immer mehr unter die Haut ging. Seine Sätze wurden kürzer. Er schweifte immer wieder ab, bis er irgendwann betroffen den Kopf schüttelte und seinen Blick abwandte.

»Jackpot«, flüsterte ich und ließ meine Finger an Azulas empfindlicher Stelle entlangfahren. Scharf zog sie die Luft ein und sah mich panisch an. Ich ließ mir nichts anmerken und starrte kühl in den Raum, während meine Finger langsam aber sicher in ihr verschwanden. Azula presste fest die Lippen aufeinander.

Immer weiter bewegte ich meine Finger und Professor Millers Geschwafel wurde immer mehr zu einem Rauschen. Azula zerfloss wie warmes Wachs und ihre Hände krallten sich in die Sitzfläche des Stuhls. Flehend sah sie mich aus ihren runden, blauen Augen an und entlockte mir damit ein teuflisches Lächeln. Immer hektischer umfuhren sie meine Finger, bis sie mit ihrer Hand mein Handgelenk festhielt. Sie hatte die Luft angehalten und die Lippen fest aufeinandergepresst. Mit gesenktem Blick ballte sie die Hände zu Fäusten.

»Wenn du jetzt noch eine Bewegung machst…«, jammerte sie leise, konnte ihre Gedanken aber nicht zu Ende bringen, denn sofort bewegte ich meine Finger erneut. Ihre Gliedmaßen zitterten, als sie an meinen Fingern pulsierte. Sie wollte die Geräusche unterdrücken, die sich über ihre Lippen schleichen wollte, konnte das hektische Atmen jedoch nicht verstecken.

Professor Millers Blick glitt auf uns. Er funkelte mich böse durch den Raum hinweg an, während ich nur herausfordernd eine Augenbraue hob.

»Wenn er nur wüsste«, murmelte ich und ihr Blick schreckte zum Professor. Sofort hielt er mit ihr Augenkontakt.

Ein Lachen konnte ich nicht unterdrücken, als er ständig aus dem Konzept geriert und seine Sätze von neu beginnen musste.

Als wir endlich erlöst wurden, hielt er Azula an der Tür auf. »Miss Davis. Könnte ich Sie kurz sprechen?«

Die restlichen Studenten waren allesamt verschwunden, also lehnte ich mich gegen einen der Tische.

»Alleine«, forderte er mich mit genervten Unterton auf, den Raum zu verlassen.

»Ich komme gleich.« Azula bedeutete mir mit einem Blick, dass es in Ordnung war. Ich ließ sie nur ungern mit ihm allein. Vielleicht war es auch die Eifersucht, die aus mir sprach. Auch wenn ich mir nicht eingestehen wollte, dass ich seine Blicke auf ihrem Körper hasste. Außerdem hatte ich kein gutes Gefühl bei diesem Kerl. Ich wusste von den dunklen Abgründen, die jeder von uns in sich trug, und Professor Millers weiße Weste machte mich misstrauisch. Als hätte er die verräterischen Flecken mit Bleichmittel herausgewaschen.

28

Azula

»Hier«, murmelte Professor Miller und kramte etwas aus seiner Aktentasche. »Ich habe ihn bei unserem Zusammenprall wohl fälschlicher Weise eingesteckt.«

Entgeistert nahm ich meinen Schlüssel entgegen und drehte ihn kurz in meiner Hand.

»Danke.« Ich zwang mich zu einem Lächeln. Amarillos Aktion vorhin hatte mich so aus dem Konzept gebracht, dass es mir weiterhin schwerfiel, einen klaren Gedanken zu fassen. Ich wollte mich schon mit einem Nicken verabschieden, da hielt er mich plötzlich auf und griff nach meinem Handgelenk.

»Wegen meiner Einladung«, murmelte er verlegen, »hast du noch einmal darüber nachgedacht? Ich weiß, es gehört sich nicht, aber ich habe das Gefühl wir haben eine Verbindung und ich würde gerne Zeit mit dir verbringen. Nur einen Kaffee.« Sein flehentlicher Blick ließ das Mitleid in mir aufkommen. Unentschlossen biss ich mir auf der Lippe herum.

»Sebastian, ich würde damit meinen Studienplatz aufs Spiel setzen und du deinen Beruf. Das können wir nicht tun.« Ich entzog ihm sachte mein Handgelenk und schenkte ihm ein entschuldigendes Lächeln.

Die Hoffnung in seinen Augen erlosch und es machte sich etwas anderes breit. *War es Trauer? Unbehagen?* Ich konnte es nicht wirklich erkennen.

Mutlos nickte er. »Okay. Ich verstehe.«

Sofort tat es mir leid, ihm ein weiteres Mal eine Abfuhr erteilt zu haben, aber ich konnte es einfach nicht zulassen. Ich brachte mich schon durch meinen Beruf genügend in Gefahr, da musste ich nicht auch noch eine Beziehung mit meinem Professor beginnen.

Sebastians Blick hing mir hinterher, während ich durch die Tür eilte. Er brannte sich in meinen Rücken und hinterließ ein unangenehmes Gefühl in meiner Magengrube, welches sich nicht abschütteln ließ.

»Was wollte er?« Amarillo stieß sich von der Wand ab und kam auf mich zu. Für einen Moment stockte ich.

»Garnichts.« Ich ignorierte seinen durchdringenden Blick und ließ den Schlüssel schnell hinter meinem Rücken verschwinden.

»Jedenfalls würde ich jetzt gerne nach Hause und mich duschen. Ich müffele«, stellte ich fest.

Er konnte sich ein Lachen nicht verkneifen. »Jap. Das stimmt.«

Plötzlich legte sich jedoch ein Schatten über seine Augen und sein Tonfall wurde ernst. »Der Ball, von dem ich gesprochen habe, ist morgen Abend.«

»Morgen schon?« Ich konnte die Überraschung in meiner Stimme nicht zurückhalten. Ich hatte nicht damit gerechnet, dass er so bald sein würde.

»Komm um sieben Uhr auf den Parkplatz hinter eurem Wohngebäude. Ich hole dich ab. Schmink dich dezent, zieh das Kleid an und stell irgendetwas mit deinen Haaren an.« Er deutete auf meinen Kopf und fuchtelte mit den Armen in der Luft. Bei seinen wilden Gesten, spürte ich das Lachen, wie es sich auf meinen Lippen formte.

»Sonst noch was?«, fragte ich, als Amarillo plötzlich innehielt.

»Ja. Eigentlich wäre da noch was.« Er streckte die Hand aus und zog mich am Genick näher. Anstatt eines fordernden Kusses, wie ich ihn erwartet hatte, platzierte er seine Lippen sanft auf meiner Stirn. »Dank dir konnte ich heute Nacht endlich wieder schlafen. Danke, Azula.« Seine Stimme vibrierte durch meine Haut und gelangte in meine Magengegend, in der sich ein warmes Kribbeln ausbreitete.

*

Ich trottete sofort in Richtung der Duschen und schälte mich aus Amarillos T-Shirt. Schon als ich es übergezogen hatte, war mir der frische Geruch aufgefallen. Das Waschmittel hatte sich tief in die Fasern gezogen und duftete himmlisch nach Tannennadeln. Sobald ich meine Nase darin versenkte, stand ich gedanklich auf einer saftigen Wiese umgeben von endlos vielen Nadelbäumen. Der Geruch von Regen und Harz beruhigte meinen Herzschlag.

Bevor ich die rostige Dusche aufdrehte, faltete ich es sorgfältig und hinterließ es auf einem Regal, damit es nicht nass werden würde. Insgeheim hatte ich vor, darin heute Nacht zu schlafen. Ich stieg in die Dusche und vermisste sofort den Geruch.

Im Zimmer wartete Oakley bereits auf mich. Wie so oft schüttelte sie missbilligend den Kopf und machte mit ihrem Mund ein abwertendes Geräusch.

»Junge Dame«, begann sie gespielt ernst, wurde aber sofort von einem Lachen unterbrochen. Beschämt schlug ich die Hände vors Gesicht.

»Wie war's?« Sie klopfte auf die Matratze unter sich und machte Platz, damit ich mich niederlassen konnte.

»Es war einfach unglaublich.« Oakley kreischte ekstatisch, mahnte mich jedoch schnell mit einem strafenden Blick. »Schreib mir wenigstens. Ich habe mir heute morgen total Sorgen gemacht.«

Ich nickte und wurde dann abrupt in eine Umarmung gezogen. »Ich glaube, unser Plan geht auf«, gackerte sie und schüttelte mich freudig.

»Er hat mir aber ein Angebot unterbreitet.« Ich musste sie über die neusten Entwicklungen aufklären und Oakley wurde hellhörig.

»Aus irgendeinem Grund will er seine Eltern davon überzeugen, dass wir ineinander verliebt sind. Warum wollte er mir nicht sagen, aber sollte sein Plan aufgehen, wird er die Fotos vernichten«, verkündete ich, aber Oakley schien misstrauisch.

»Was soll das?«, murmelte sie und sah mich verwirrt an.

Ich war ebenso überfragt, also schüttelte ich nur den Kopf und zog die Schultern nach oben. »Jedenfalls gehen wir morgen auf einen Ball.«

Oakleys Augen leuchteten auf, ehe sie sich wieder verdunkelten und sie betrübt auf ihre nackten Füße starrte.

»Easton hatte den Ball erwähnt, meinte aber, es wäre keine gute Idee, wenn Außenstehende teilnehmen würden.«

»Wahrscheinlich wird es mit den ganzen Schnöseln sowieso total öde. Ich schick dir Fotos und du musst mir unbedingt bei meinem Make-up und den Haaren helfen.«

»Und was ziehst du an?«, fragte sie aufgeregt und sofort fiel mir die Tüte wieder ein.

»Ach ja!« Sofort lief ich zu der Tragetasche, die ich an meinem Bett geparkt hatte.

»Zeig her!«, forderte sie mich auf und ich zog schnell das Kleid heraus. Stolz präsentierte ich ihr den dunkelblauen Stoff und die glitzernde Schleppe, bis ich aus dem Augenwinkel ein zweites Stück Material in der Tüte wahrnahm. Irritiert öffnete ich sie ein weiteres Mal und zog den Stoff heraus. Am Preisschild war eine schnelle Nachricht gekritzelt worden.

Du sahst in allen Kleidern sexy aus. Aber das hat mir am besten gefallen. Ich mache dir einen Finanzplan, damit du's mir zurückzahlen kannst ;)

Verdutzt ließ ich den dunklen Stoff durch meine Finger gleiten. Als ich es ausbreitete, erkannte ich es sofort wieder. Es war das erste Kleid, welches ich angezogen hatte. Amarillo hatte es ohne mein Wissen ebenfalls gekauft.

29

Amarillo

Nervös starrte ich mein Spiegelbild an. Die blonden Haare hatte ich streng zurückgelegt und der maßgeschneiderte Anzug saß wie immer perfekt. Ich fuchtelte einige Minuten mit einer Krawatte herum, doch entschied mich schlussendlich dagegen. Sie engte mich ein ohnehin nur ein.

Ich ließ meinen Blick auf das tannengrünen Zifferblatt schweifen und beobachtete den Zeiger dabei, wie er punkt sieben Uhr traf. Tief atmete ich durch und rieb mir die kalten Finger. Ein letzter prüfender Blick in den Spiegel und ich machte mich auf in die Tiefgarage. Schon jetzt spürte ich die Aufregung in mir aufkeimen. Mein Bein wippte wild auf und ab, während ich die Zahlen der Stockwerke beobachtete, bis die -1 rot aufleuchtete. Das letzte Mal hatte ich den Ball vor über drei Jahren besucht. Den langweiligen Gesprächen und altbekannten Gesichtern sehnte ich mich keinesfalls entgegen, aber dieses Jahr hatte ich eine Mission. *Machte mich Azula etwa so nervös? Oder eher das, was passieren konnte?*

Ich spannte den Kiefer an und ließ ihn wieder locker. Ich musste mich beruhigen, schleunigst. Instinktiv griff ich die Zigarettenschachtel aus meiner Sakkotasche und steckt mir eine der todbringenden Stangen zwischen die Zähne. Eigentlich war ich kein Fan des Rauchens und wusste, wie schlecht es war, aber es gab wenig Dinge, die mir noch Freude bereiteten. Das beruhigende und doch gleichzeitig brennende Gefühl des Rauchs in meiner Lunge war eines davon.

Die tiefstehende Sonne blendete mich, als ich auf den Parkplatz vor dem alten Backsteingebäude zum Stehen kam. Das Nikotin der ausgebrannten Zigarette hatte meinen Herzschlag beruhigt, doch sobald ich Azula erblickte, schnellte er zurück nach oben.

Sofort kam sie auf den Wagen zu. Ihre dunklen Haare hatte sie in einer eleganten Steckfrisur nach oben gedreht, doch einzelne gelockte Strähnen umrahmten ihre feinen Züge. Mit einer Hand hielt sie ihre Schleppen fest, damit sie nicht über den staubigen Boden zogen, und die zarten Kristalle funkelten im warmen Sonnenlicht. Als sie die Tür öffnete, wehte mir sofort ein blumiger Duft entgegen und raubte mir die Luft zum Atmen.

»Hey«, hauchte sie und ich brauchte eine Sekunde, um meine Augen von ihr zu lösen.

»Du siehst...« Ich räusperte mich. »...sehr gut aus.« Ein Lächeln zierte ihre Lippen, wahrscheinlich hatte sie nicht damit gerechnet, dass ich ihr ein Kompliment machte.

»Ehrlich?« Ihre Augen erstrahlten, als sie sich neben mir auf den Sitz fallen ließ.

Wir waren ohnehin schon zu spät, also ließ ich mir auf dem Highway Zeit und raste nicht, wie sonst üblich, über die asphaltierte Straße. Je weniger Zeit wir in diesem Haus verbrachten, desto besser war es für uns beide.

Eine bedrückende Stille breitete sich zwischen uns aus, weil ich in Gedanken viel zu sehr damit beschäftigt war mir auszumalen, was die schlimmstmöglichen Ausgänge dieses Abends sein konnten. Unvermittelt räusperte sich Azula neben mir. »Muss ich irgendetwas Besonderes beachten?«

Ich schluckte und überlegte krampfhaft, was ich ihr antworten könnte. »Halt dich einfach zurück, tritt niemandem auf die Füße und rede auf keinen Fall allein mit meinen Eltern.«

»Wie sind sie so?«

Mit ihrer Frage entlockte sie mir ein ironisches Lachen. »Du wirst es sehen. Easton wird auch da sein, wenn etwas ist und ich nicht da sein sollte, wendest du dich an ihn. Und das

Wichtigste...« Ich hielt inne. »Sag ihnen nicht, dass du Journalismus studierst.«

Verdutzt sah sie mich an. »Wieso nicht?«

»Meine Familie und die Leute, die heute anwesend sein werden, haben keine guten Erfahrungen mit Journalisten gemacht.«

Sie nickte zaghaft und spielte mit dem Saum ihres Ärmels. »Und wenn ich danach gefragt werde?«

»Sag einfach, du belegst ein paar Jura Vorlesungen«, antwortete ich. »Camilla ist übrigens auch anwesend. Lass dich nicht ärgern.«

»Was ist eigentlich zwischen dir und Camilla?« Auf ihre Frage eine passende Antwort zu finden war kompliziert und leicht zugleich. Camilla war meine Ex-Freundin, aber auch meine quasi Verlobte. Ich schüttelte schnell den Kopf und sagte: »Nichts, was dich etwas angeht. Easton, sie und ich sind schon seit Kindheitstagen befreundet. Mehr musst du nicht wissen.« Das war zumindest keine Lüge.

Als wir auf den kiesbeschütteten Parkplatz vor dem alten Herrenhaus hielten, zog sich meine Brust zusammen. Vor dem altertümlichen Haus mit der hohen Steintreppe parkten unzählige Luxusschlitten, und Gelächter drang durch die Gemäuer. Die Sonne stand tief und lies den Nadelwald hinter uns wie ein Feuermeer glühen.

»Bereit?«, fragte ich Azula, die begeistert auf das herrschaftliche Gebäude starrte.

»Wow«, hauchte sie und als sich das warme Licht in ihren blauen Augen fing, löste sich schlagartig der Knoten in meiner Brust. »Warte erst mal, bis du das Innere siehst.«

Es war das erste Mal, dass ich jemanden mit nach Hause nahm, der nicht in die Machenschaften dieser Familie involviert war. Ich wollte Azula zeigen, wie ich aufgewachsen war. Die prunkvollen Gemälde und die schmuckvoll eingerichteten Zimmer. Ich wollte ihr den Wintergarten zeigen und den mit Efeu bewachsenen Pavillon, in dem Mariella und ich jeden Sommer mit Schach und Kartenspielen verbracht hatten.

Ich wollte ihr einen Teil meiner Vergangenheit zeigen.

Ich streckte ihr meinen Arm hin. Verwirrt musterte sie ihn, legte dann aber doch ihre zierliche Hand darum. Gemeinsam schritten wir auf die Treppe zum Haupteingang zu. Azula war so abgelenkt, dass ich sie mehrmals stützen musste, damit sie auf ihren High Heels nicht ausrutschte. Ihre Augen klebten an dem mit Efeuranken bewachsenen Gebäude, doch als wir durch die schwere Eingangstür schritten, wurden ihre Augen noch größer. Schockiert starrte sie mich an.

Das Foyer war festlich geschmückt. Menschen tummelten sich in dem hellen Raum. Sie unterhielten sich, tranken Champagner aus kristallenen Gläsern und im Hintergrund spielte das Streichquartett eine freudige Melodie. Interessiert musterte ich Azula, wollte jede ihrer Reaktionen einfangen, doch sobald wir eingetreten waren, räusperte sich mein Vater neben uns.

Er trug seinen feinsten Anzug, der seine waldgrünen Augen hervorhob und seinen fahlen Teint kaschierte. Meine Mutter, ebenfalls in einem ihrer teuersten Abendkleider gekleidet, begrüßte mich mit einem zurückhaltenden Nicken. Sofort schossen ihre Blicke fragend zu Azula, die peinlich berührt neben mir stand und ihren Blick gesenkt hielt.

»Azula, das ist meine Mutter Elisabeth Condado de Miravalle«, sagte ich und deutete auf die Hexe vor uns.

Schnell sauste ihr Blick nach oben. Meine Mutter hielt ihr ihre mit einem seidenen Handschuh bedeckte Hand hin. Vorsichtig schüttelte Azula diese und lächelte verlegen.

»Und das ist mein Vater, Fernando Condado de Miravalle.« Sein Blick glitt missbilligend über Azula und ich befürchtete schon, dass er sie einfach ignorieren würde, doch die Höflichkeit übermannte den Teufel. Auch er reichte Azula die Hand und schüttelte sie kräftig.

»Das ist Azula Davis«, stellte ich sie meinen Eltern vor. »Sie ist meine Freundin. Ich habe mir herausgenommen, sie heute einzuladen.«

Erschrocken weiteten sich die Augen meiner Mutter und

mein Vater verschluckte sich an seiner eigenen Spucke.

»Schön, Sie kennenzulernen«, versuchte Azula die Situation zu entschärfen, doch meine Eltern warfen sich nur besorgte Blicke zu. Mit einem gezwungenen Lächeln bemühte sich meine Mutter ihre wahren Gefühle zu verbergen, aber ihr Blick verriet etwas anderes. Hilfesuchend sah sie zu ihrem Mann, der mich nur böse anfunkelte.

»Wenn ihr uns dann entschuldigen würdet.« Ich zog Azula an Teufel und Hexe vorbei in den Saal.

»Das lief doch ganz gut«, stieß ich aus und richtete mein Jackett.

»Ganz gut? Das nennst du *ganz gut*?« Die Panik war in ihrer gedämpften Stimme nicht zu überhören. »Ich dachte, sie würden mich lebendig fressen wollen. Jetzt weiß ich, woher du diesen Blick hast. Das ist ja zum Fürchten.«

Ich musste lachen. Azula hatte recht. Den eisigen Blick meines Vaters hatte ich noch weiter perfektioniert, um ihm die Stirn bieten zu können.

Nervös richtete sie eine Haarsträhne und zupfte an ihrem Kleid herum.

»Beruhige dich. Das war noch nett. Sie haben auch schon ganz anders reagiert, aber solange Gäste da sind, hast du nichts zu befürchten«, raunte ich ihr ins Ohr und sofort hielt Azula den Atem an.

»Möchtest du etwas trinken?« Ich blickte mich nach einem der Kellner um, während sie murmelte: »Was Starkes bitte.«

Lachend berührte ich ihre Schultern. »Solange ich dabei bin, ist alles gut. Versuch dich zu entspannen, ich hol dir einen Drink.« Mir war unwohl dabei, sie auch nur eine Minute allein zu lassen, doch einen starken Drink konnten wir beide gut gebrauchen.

30

Azula

Nachdem Amarillo in einen angrenzenden Raum verschwunden war, suchte ich mir einen Platz in der Ecke des riesigen Foyers. Die Flügeltüren in das andere Zimmer waren weit geöffnet und von meiner Position konnte ich dort ebenfalls unzählige Gäste auf roten Sesseln sitzen sehen. Zwischendurch liefen Kellner mit Champagner an mir vorbei, andere trugen Häppchen durch den Raum und versorgten die Gesellschaft. Nervös ließ ich meinen Blick über die Fläche schweifen, bis ich endlich ein bekanntes Gesicht erkannte: Easton. Ich wollte unbedingt eine Begegnung mit Amarillos Eltern vermeiden, also winkte ich ihn hektisch zu mir.

Als er mich erblickte, eilte er sofort auf mich zu und wisperte: »Was zur Hölle machst du denn hier?«

Verblüfft starrte ich ihn an. »Hat dir Amarillo nicht gesagt, dass ich komme?«

Wild schüttelte er den Kopf, doch dann schien ihm ein Licht aufzugehen. »Sag mir nicht, er hat es wirklich getan?«

Sein Blick flog hektisch durch den Raum, als würde er nach Amarillo Ausschau halten.

»Was getan?«, fragte ich ebenso ungeduldig.

»Dieser Dummkopf«, murmelte Easton. »Du sollst dich als seine Freundin ausgeben, habe ich recht?«

Entsetzt starrte ich ihn an. »Ja«, stotterte ich, »aber woher weißt du davon?«

»Das ist nicht wichtig.« Er rieb sich die Nasenwurzel und

seufzte. »Hast du seine Eltern schon kennengelernt?«

Bei dem Gedanken an die Begegnung lief mir ein kalter Schauer über den Rücken.

»Die sind total gruselig«, wisperte ich in Eastons Richtung und entlockte ihm damit ein Lachen. »Was du nicht sagst.«

Mein Blick glitt durch die Menge an Gästen. Die Frauen trugen allesamt elegante Abendkleidung und die Männer schwarze Anzüge. Außer Easton: Er stach wie immer raus. Sein Anzug war in einem dunklen Fliederton mit passender Fliege gehalten. Seine Tattoos waren beinahe vollkommen verdeckt, lediglich am Kragen und seinen Knöcheln konnte man die schwarzen Kunstwerke erahnen. Auch seine Haare hatte er streng zurückgenommen und wirkte wie ausgewechselt. Er saß aufrecht, seine Wortwahl erschien gewählter und er war nicht so zu Scherzen aufgelegt wie sonst.

»Hat er dich gewarnt?«, fragte er abrupt, während seine Augen weiter durch die Menge streiften.

»Wovor gewarnt?«

Als Easton auf mich herabblickte, meinte ich eine Spur von Mitleid in seinen dunklen Augen zu erkennen. »Egal was du tust, halt dich an Amarillo oder mich. Lass dich nicht allein in irgendwelche Gespräche verwickeln.«

Der Nachdruck in seiner Stimme verriet mir, dass er es ernst meinte, doch ich stieg noch nicht dahinter. *Was sollte schon Schlimmes passieren?*

»Amarillo hat auch so etwas erwähnt, aber wieso?«

Bevor Easton antworten konnte, wurden wir von einem hellen Ton unterbrochen. Amarillos Vater stand auf dem ersten Absatz der massiven Treppen, die hinauf in die anderen Stockwerke führte. Er hielt ein Glas in der Hand, gegen das er eine Gabel gestoßen hatte. Sofort lag die Aufmerksamkeit der Gesellschaft auf ihm und die Gespräche verstummten.

Er räusperte sich, bevor er anfing zu sprechen. »Liebe Gäste. Ich darf Sie alle recht herzlich zu unseren diesjährigen Festlichkeiten begrüßen. Wie jedes Jahr möchte ich mich für das zahlreiche Erscheinen bedanken und hoffe auf einen erfolgreichen Abend.« Er machte eine dramatische Pause. »Heute Abend haben wir jedoch einen ganz besonderen Gast. Meinen Sohn. Nach drei Jahren in Spanien ist er endlich zu uns zurückgekehrt, um sich seinen Pflichten zu stellen und unserer Gesellschaft einen Beitrag zu leisten.«

Mit seinem Glas prostete er in Richtung seines Sohnes, der gerade aus dem anderen Zimmer schritt. Ein kühler, beinahe gruseliger Ausdruck hatte sich auf Amarillos Gesicht breitgemacht und ich befürchtete, sollte er das Glas in seiner Hand noch fester umfassen, würde es bald zerspringen. Ein Applaus entbrannte und die Gäste drehten sich in seine Richtung, während er sich sichtlich bemühte, das Lächeln auf seinen Lippen zu halten.

Stolz fuhr sein Vater fort: »Wie jedes Jahr feiern wir heute den Geburtstag meiner geliebten Tochter Mariella.«

Unerwartet wurde er von den unzähligen Menschen unterbrochen: »Mariella, möge sie in Frieden ruhen.«

Sogar Easton neben mir sprach im Takt und senkte den Blick auf seine Schuhe.

Erst da fiel mir das Bild auf, welches hinter Amarillos Vater auf einer Erhöhung mit Kerzen Platz gefunden hatte. Ein junges Mädchen war darauf abgebildet. Ihre strahlenden, seetanggrünen Augen und blonden Locken, glichen Amarillos. Ihre waren hingegen oberhalb ihrer Schultern in einer geraden Linie geschnitten und ein lockiger Pony umrahmte ihr rundliches Gesicht. Selbst aus dieser Entfernung konnte ich die rötlichen Sommersprossen auf ihrer Stupsnase tanzen sehen. Die Ähnlichkeit mit ihrem Bruder war unverkennbar.

»Wir wollen heute Abend nicht ihren Tod betrauern, sondern ihr Leben feiern. Wir wollen zurückblicken auf all die Dinge, die sie geschaffen hat und all die wunderbaren Taten, zu denen sie im Stande gewesen wäre«, fuhr ihr Vater fort und erhob sein Glas in Richtung der Geladenen. »Auf Mariella.«

Irritiert musterte ich Amarillo, der seinen Vater mit einem Mörderblick niederstarrte.

»Ich wusste nichts hiervon«, flüsterte ich in Eastons Richtung, der mich mitleidig ansah.

»Er redet nicht über sie. Es wundert mich, dass er sich überhaupt entschieden hat, dich heute Abend mitzunehmen.«

Wir wurden von Amarillo unterbrochen, der mir ein elegant gebogenes Glas überreichte. Als ich daran roch, stieg mir ein beeriges, alkoholisches Aroma in die Nase und ich schwenkte die Blutrote Flüssigkeit umher.

»Das ist ein Red-Wine-Sangria. Ich denke, er wird dir schmecken«, bemerkte er und nippte ebenfalls an seinem Glas. Ein Whiskey on the Rocks, anders kannte ich es nicht von ihm.

Ich dachte, die Rede von Amarillos Vater wäre bereits beendet, doch plötzlich setzte er noch hinterher: »Wie jedes Jahr läuten wir diese Festlichkeiten mit Mariellas Lieblingslied ein: *Once upon a december.*«

Er machte einen Schritt zur Seite und deutete mit ausgestrecktem Arm auf das Streichquartett und eine Sängerin, die sich an ein soeben aufgebautes Mikro stellte. Gebannt beobachtete ich, wie die Musiker sich ansahen und den Takt angaben. Die Sängerin schloss für eine Sekunde die Augen und lauschte den Streichinstrumenten, wie sie die ersten Noten anspielten. Dann fing sie mit engelsgleicher Stimme an zu singen, und eine Gänsehaut breitete sich auf mir aus.

Die Klänge hallten durch das Gemäuer und die Gäste platzierten sich an den Rändern des Raums. Interessiert verfolgte ich jede Bewegung der Leute, als plötzlich Camilla über die Fläche schritt und direkt auf uns zukam.

Ihr satinrotes Kleid streifte über den Holzboden, als sie Amarillo ihre Hand entgegenstreckte. Dieser musterte sie jedoch nur kühl und schien sich nicht von seinem Platz bewegen zu wollen.

»Für deine Schwester.« Als Camilla das flüsterte, gab er nach. Er rollte zwar mit den Augen, reichte dann aber Easton sein Glas und betrachtete mich mit einem bedeutsamen Blick.

Ich konnte mir vorstellen, was er mir damit sagen wollte. *Bleib wo du bist und stell keine Dummheiten an.*

Sie schienen über das Parkett zu schweben. Amarillos Körperhaltung hatte sich vollkommen verändert und er führte seine Tanzpartnerin geschickt über die Fläche. Sie drehten sich, ab und an hob er sie hoch und ließ sie elegant wieder auf dem Boden aufkommen. Das hatten die beiden definitiv nicht zum ersten Mal gemacht.

Mein Blick glitt zu Amarillos Eltern, die weiterhin auf der Treppe standen und zufrieden auf ihren Sohn blickten, während sie an ihren Gläsern nippten. Als ich meinen Blick an ihnen vorbeischweben ließ, fiel mir unerwartet ein bekanntes Gesicht ins Auge. Sofort stupste ich Easton an. »Ist das Dekan Johnson?«

»Wer glaubst du, bezahlt die Rechnungen der Uni? Wer hat die ganzen Renovierungen bezahlt?«

Mit abwartendem Blick betrachtete er mich. Mir war klar, dass die Familie Sponsor der Uni war, doch dass sie eine enge Bindung mit dem Dekan pflegten, war mir nicht bewusst.

»Wer ist der Mann neben ihm?« Dekan Johnson unterhielt sich angeregt mit einem rundlichen Mann. Sein topgestylter Bart und die grauen Haare stachen mir sofort ins Auge. Ebenso der goldene Ring an seinem kleinen Finger.

»Das ist mein Vater«, raunte Easton. »Was glaubst du eigentlich, wer diese Leute hier sind?«

In Eastons Stimme versteckte sich etwas Verheißungsvolles. Es war keine Frage, die ich wirklich beantworten sollte. Er wollte auf etwas hinaus, nur wusste ich noch nicht, was das war. Also schüttelte ich nur unwissend den Kopf.

»Genau das ist der Punkt.« Er legte eine dramatische Pause ein und ließ seinen Blick zu mir hinunter wandern. »Du hast keine Ahnung, auf was du dich hier eingelassen hast.« Sein Tonfall wurde dunkler, beinahe drohend, als er diese Worte sprach. So kannte ich Easton gar nicht.

»Soll das eine Drohung sein?«, fragte ich belustigt und nippte an meinem Drink, während ich Amarillo und Camilla weiter beobachtete. Er konnte viel besser tanzen, als ich vermutet hätte, doch das wunderte mich nicht. Amarillo war immer für eine Überraschung gut.

»Nein«, raunte Easton. »Eher eine Warnung.«

Meine Hand erstarrte in der Bewegung.

»Wer ist deiner Meinung nach die reichste Familie der Welt?«, fragte er mich unverhofft und verwirrte mich nun noch mehr.

Worauf wollte er hinaus?

»Gates? Bezos?«

Easton schmunzelte, bevor er antwortete: »Es gibt Familien, die so reich sind, dass sie niemand kennt, der sie nicht kennen soll.« Er deutete in den Saal. »Das ist eine Macht, die du dir nicht in deinen schlimmsten Träumen ausmalen könntest. Sie haben die Möglichkeit, ihren Namen aus jedem Zeitungsartikel zu löschen. Es gibt keine Anzeichen dafür, dass sie existieren und doch tun sie es.«

»Das ist doch eher so eine Verschwörungstheorie«, versuchte ich mich selbst zu beruhigen, doch Easton schüttelte den Kopf.

»In unserer Welt ist Blut dicker als Wasser. Wenn seine Eltern mal nicht mehr sind, auf wen fällt dann alles zurück?«

»Wieso erzählst du mir das alles?« Ich erkannte Easton nicht wieder. In diesen Gemäuern war er anders. Beinahe ein anderer Mensch. Er war kühl und ausgeglichen, nicht der Hitzkopf, der er sonst immer war. Jedes Wort war gut überlegt und es konnte somit kein Zufall sein, dass er mir das erzählte.

»Ich weiß nicht, warum du das für Amarillo tust«, fuhr er fort, »aber du solltest wissen, dass diese Familie zu Dingen imstande ist, die du dir nicht einmal ausmalen kannst. Was glaubst du sonst, ist der Grund, dass ich mich von Oakley fernhalte.«

Langsam ließ ich meinen Blick auf Amarillo gleiten. *Was war es, das er verbarg? Wie viele Geheimnisse würden ans Licht kommen, wenn ich auch nur eines aufdecken würde?*

Schnell stellte ich das Glas auf einem Beistelltisch ab und wollte mich an einigen Gästen vorbeidrücken, die weiterhin staunend auf Amarillo und Camilla starrten.

»Wohin willst du?« Easton packte mich grob am Arm.

»Ein bisschen frische Luft schnappen«, keuchte ich. Schon jetzt wurde die Luft im Raum unaushaltbar dick und meine Kehle schnürte sich mit jeder verstreichenden Sekunde weiter zu. Als mich Amarillos Blick für einen Moment traf, riss ich mich schnell von Easton los. Ich musste hier raus.

Ich spürte wie die Panik in mir Wellen schlug und hinauszubrechen drohte. *Worauf hatte ich mich hier nur eingelassen?*

Unverzüglich sprang Amarillo herbei, der Camilla alleine auf der Fläche zurückgelassen hatte.

»Was ist?«, raunte er und versuchte, mir in die Augen zu sehen, doch ich wich ihm aus.

»Ich muss hier raus.« Mein Wimmern zog die Blicke der Anwesenden auf uns. Verwirrt wanderten Amarillos Pupillen über mein Gesicht, auf der Suche nach dem Grund für mein Benehmen. Ich hielt mir die Hand auf die Brust, versuchte, meinen Herzschlag zu beruhigen und langsamer zu atmen. Doch je länger ich hier stand, umgeben von diesen Leuten und Amarillo so nah an meiner Seite, desto schlimmer wurde es.

»Bring mich hier raus«, keuchte ich. Mein Kleid wurde mit jedem Augenaufschlag enger um meine Brust und meine Finger kribbelten, während meine Beine taub wurden.

Er packte mich am Arm, legte eine Hand um meine Taille und eskortierte mich durch die Menschenmenge die Treppe hinauf. Als wir das Foyer hinter uns ließen und in einen dunklen Flur traten, ließ ich meinen zitternden Atem los. Sofort stützte mich Amarillo.

Er stieß eine Tür auf und schob mich in den verdunkelten Raum. Die einzige Lichtquelle war der Halbmond, der durch die verzierten Fenster in den Raum schien.

»Komm mit«, hauchte Amarillo und führte mich zu einem der Fenster. Er öffnete eine Tür und schon standen wir auf einem steinernen Balkon, der in den Garten hinaus zeigte. Die frische Nachtluft durchströmte mich und ich nahm einen zitternden Atemzug. Erschöpft stützte ich mich am Gemäuer ab. Mein Herzschlag bekam ich immer noch nicht unter Kontrolle und Amarillo schien dies zu merken. Er platzierte sich hinter mir, legte seine Hände auf meinen nackten Rücken und atmete tief ein, ehe er die Luft wieder hinaus stieß. Ich orientierte mich an seiner Atmung, bis sich meine Lungen wieder leichter mit Sauerstoff füllen ließen.

»Du bist nicht die Finsternis, die dich verschlingt. Du bist das Licht, das diese durchbricht«, murmelte er gegen meinen Haarschopf und ich lauschte seinen Worten. Allein der Bass seiner tiefen Stimme ließ mein Herz ruhiger schlagen.

31

Amarillo

»Azula, erzähl mir, was passiert ist«, versuchte ich ein weiteres Mal beruhigend auf sie einzureden, doch sie war weiterhin vollkommen außer sich. Sie zitterte wie Espenlaub und schien nur mit Mühe einen vernünftigen Satz zustande zu bekommen.

»Wer bist du?« Sie wich von mir zurück und in ihren himmelblauen Augen konnte ich urplötzlich etwas erkennen, was ich vorher noch nicht gesehen hatte. Angst.

Mein Herz rutschte ein Stück tiefer. Jede Emotion war mir recht. Ekel und Zorn. Freude und Begierde. Aber eines sollte sie nicht fühlen, wenn sie mich ansah: Angst.

»Was meinst du?« Ich wollte einen Schritt auf sie zu machen und streckte meine Hand nach ihr aus, doch sie wich instinktiv zurück.

»Wer bist du wirklich? Ich habe keine Lust mehr auf Spielchen, Amarillo. Warum bin ich hier?«

»Was hat dir Easton erzählt?« Sobald mir sein schuldiger Blick begegnet war, wusste ich, dass er irgendetwas gesagt haben musste, was Azula verschreckt hatte.

»Genug!«, stieß sie aus und starrte mich nieder. Die Angst verflog und machte der lodernde Wut Platz. Es war mir tausendmal lieber sie so zu sehen. Sie durfte wütend auf mich sein, aber niemals Angst vor mir haben.

»Ich will, dass du mir jetzt sofort erzählst, was dein Plan ist!« Ihre Stimme festigte sich und nun war sie es, die ein paar bedrohliche Schritte auf mich zu machte.

»Hör zu«, versuchte ich sie zu beruhigen, wurde jedoch schroff unterbrochen. »Hör auf mit der Scheiße. Ich will sofort wissen, wer ihr seid und was zum Teufel du vorhast. Im Gegensatz zu dir habe ich wirklich etwas zu verlieren.« Ihre Stimme wurde mit jedem Wort lauter.

Unsicher rang ich nach der richtigen Formulierung. »Wie ich schon sagte, je mehr ich dir erzähle, desto gefährlicher wird es. Also beruhige dich jetzt sofort.«

»Seid ihr die Mafia? Gangsterbosse? Bin ich eine Art Ablenkungsmanöver? Was zur Hölle ist dein Plan, Amarillo?«, stieß Azula aus und schien bald zu explodieren.

»Azula, vertrau mir ein einziges Mal!« Schnell griff ich mir ihre Schultern und zog sie an mich heran. »Ich bin auch nicht glücklich mit dieser Situation, aber wenn es funktioniert, dann bin ich zumindest in einem Punkt in meinem Leben nicht in Ketten gelegt und deine Fotos werde ich verbrennen.«

Ein ironischer Laut entwich ihrer Kehle. »Du hast mir keinen Grund gegeben, dir zu vertrauen. Wie könnte ich? Du hast mir nicht mal erzählt, dass du eine Schwester hast. Geschweige denn, dass sie tot ist!« Ihre Nasenflügel weiteten sich, als sie mich anfunkelte.

Schockiert über ihre Worte trat ich einen Schritt zurück, doch dann kochte auch die Wut in mir auf. Ich konnte es nicht aufhalten. Sobald jemand meine Schwester erwähnte, war es um mich geschehen. Azula bemerkte, dass mich ihre Worte getroffen hatten und urplötzlich schummelte sich das Mitleid in ihren Blick.

»Hör auf, mich so mitleidig anzusehen. Das kann ich nicht gebrauchen, erst recht nicht von dir. Jemandem, der absolut keine Ahnung hat, was ich durchmachen musste«, hauchte ich und löste meinen Griff um ihre Arme. Der Sturm in ihren Augen zog erneut auf.

»Buhu! Armer Amarillo, der mit goldenem Löffel im Mund aufgewachsen ist! Ich wurde in Armut geboren und wurde mein Leben lang von Leuten wie dir als Fußabtreter verwendet. Dir wird alles zu Füßen gelegt und du trampelst einfach darüber, also erzähl mir nichts von Problemen, Amarillo!«

Ihre Worte versetzten mir einen Stich. Sie wusste nicht, wie mein Leben verlaufen war. *Wie konnte sie auch?* Doch mein Herz schmerzte auch für sie. Ich wusste ebenso wenig über ihre Vergangenheit, wie sie über meine. Ihre vor Zorn funkelnden Augen und die erröteten Wangen waren mir auf einmal ganz nah.

Ich schloss die Augen und zog ihren Geruch durch die Nase, während sich die Stille der Nacht um uns herum ausbreitete.

»Wir sind wohl beide Opfer unserer Umstände«, hauchte ich. Die Wut war wie weggeweht, als ich wieder in ihre Augen blickte. Der Sturm war vorübergezogen und der klare Himmel schien wieder durch sie hindurch. Sie nickte zaghaft und wollte einen Schritt zurück machen, doch ich ließ sie nicht. Ich nahm sanft ihr Handgelenk und zog sie an meinen Körper. Meine Hand legte sich an ihre Wange, als ich sie näher an meine Lippen brachte.

»Darf ich dich küssen?« Unsere Münder trennten nur wenige Zentimeter und das Kribbeln meiner Haut trieb mich in den Wahnsinn.

»Nein. Ich bin immer noch sauer auf dich«, flüsterte sie. Schnell drückte sie sich von meiner Brust. Obwohl ich in diesem Moment nichts sehnlicher wünschte als sie zu schmecken, ließ ich sie Abstand zwischen uns bringen.

»Küss mich, wenn du soweit bist. Damit ich weiß, dass du nicht mehr sauer bist.«

Als sich das Lächeln zurück auf ihre Lippen drängte, atmete ich erleichtert auf. »Und jetzt überzeugen wir meine Eltern von unserer Liebe.«

Ich bot ihr meine Hand an, welche sie zittrig entgegennahm. Mit federleichten Berührungen, strich ich ihr ein paar verrutschte Haarsträhnen aus dem Gesicht.

»Easton will dir nur Angst machen. Er ist nicht sonderlich begeistert von meinem Plan, aber ich kann es ihm nicht verübeln«, murmelte ich, um Azula etwas die Angst zu nehmen.

»Halt dich an mich und es wird nichts passieren.«

»Versprichst du mir, dein Wort zu halten?«, fragte sie und sah mir flehentlich in die Augen.

»Ich verspreche es. «

*

Als wir zurück ins Foyer kamen, lagen sofort die Blicke meiner Eltern auf uns. Meine Mutter drängte sich durch die Massen und lächelte gequält, als sie näher an uns herantrat.

»Geht es deiner Freundin nicht gut?«, fragte sie und beäugte Azula mit gespielter Sorge. Bevor ich antworten konnte, hatte Azula das Wort übernommen. »Mein Kleid ist etwas zu eng. Ich habe schlecht Luft bekommen.«

Bevor meine Mutter weiter nachhaken konnte, verschränkte Azula unsere Finger miteinander. »Und jetzt möchte ich tanzen.«

Erstaunt über ihre Aussage, ließ ich mich von ihr in die Mitte des Raumes ziehen. Viele der Gäste hatten sich ebenfalls einen Tanzpartner gesucht und schwangen im Takt der Musik über die Fläche.

»Ich dachte, du tanzt nur an der Stange«, zog ich sie auf und fing mir einen leichten Klaps auf der Brust ein. Sie platzierte sich vor mir und ich legte meine Arme um ihre Hüfte, während sie ihre hinter meinem Kopf verschränkte.

»Tritt mir nur nicht auf die Füße«, neckte ich sie weiter und beobachtete ihr hinreißendes Augenrollen.

»Wir machen uns ja viele Freunde.« Aus dem Augenwinkel betrachtete Azula meine Eltern, die uns mit grimmigen Gesichtern niederstarrten. Sogar Easton lehnte mit verschränkten Armen an einer Wand und beobachtete uns sorgenvoll.

»Sie verstehen es einfach nicht«, gab ich zurück und fuhr mit meiner Hand über ihren Rücken, als ich sie etwas näher an mich brachte.

»Ich dachte, Easton ist dein bester Freund?«

Verzweifelt ließ ich die Luft zwischen meine Lippen entweichen. »Er findet meinen Plan nicht sonderlich gut.«

Azula nickte sanft. Ihre seidigen Haare streiften meine

Wange entlang und eine Reihe feiner Blitze zog sich über die Stelle.

»Sollen wir ihnen eine Show bereiten?« Ein teuflisches Funkeln hatte sich in ihre Augen gelegt und bevor ich die Gelegenheit hatte zu antworten, zog sie mich in einen Kuss. Ihre zarten Lippen trafen auf meine und instinktiv schloss ich die Augen.

Die Blicke der Gäste und besonders die meiner Eltern brannten sich in meinen Rücken, aber es war mir egal. In diesem Moment zählte nur das Gefühl von ihr auf meiner Haut und ihr süßlicher Geschmack, der sich immer weiter in meinem Mund ausbreitete. Sanft legte ich ihr eine Hand um die Wange, um sie näher an mich heranzuziehen. Feuer schoss durch meine Adern. Eine unbändige Energie, die von meinem Herz wild durch mich hindurch gepumpt wurde.

Als sie sich von mir löste, verlangte mein Körper nach mehr. Die unendliche Leere breitete sich auf meinen Lippen aus und ich wollte sie instinktiv wieder an mich drücken. Unverblümt schmunzelte Azula mich an und fuhr mit ihren langen Fingernägeln meinen Hemdkragen entlang.

»War das gut genug?«, raunte sie an mein Ohr und entlockte mir ein ehrliches Lachen. Mein Blick glitt zu meinen Eltern, die schockiert auf uns herab starrten.

»Sehr erfolgreich«, murmelte ich gegen Azulas Wange und drückte ihr einen zarten Kuss darauf.

Bevor ich mit ihr verschwinden konnte, tippte mich jemand an der Schulter. Mein Kopf schnellte herum und ich blickte Camillas Eltern entgegen. Dieselbe starre Haltung, dieselben enttäuschten und zugleich empörten Blicke, wie die meiner Eltern zeichneten sich auf ihren Gesichtern ab.

»Amarillo, schön dich wiederzusehen, nach dem kleinen...« Camillas Mutter stockte. »...Fiasko vor ein paar Tagen.«

Ich nickte und bemühte mich, ein freundliches Lächeln aufzusetzen. Interessiert musterte sie Azula, die sich hilfesuchend an meiner Hand festkrallte.

»Wollen du und deine...« Abermals überlegte sie krampfhaft, wie sie ihren Satz zu Ende bringen sollte. »…Freundin nicht mit uns noch etwas trinken? Uns würde es wahnsinnig freuen.«

»Eigentlich wollten Azula und ich gerade gehen. Sie ist etwas müde«, versuchte ich uns aus dieser Situation zu befreien, doch Camillas Vater schritt ein. »Nur einen Drink mein Junge, das wird sie doch wohl noch aushalten.«

Azulas Hand drückte sich noch fester in meine, während sie von allen Seiten inspiziert wurde. Meine und Camillas Eltern hatten natürlich ein besonderes Interesse daran zu erfahren, welche Frau der beinahe Verlobte von Camilla mitbrachte.

Eastons missbilligender Blick lag die ganze Zeit auf mir und ich wusste, was er dachte. Er verachtete die Idee, Azula zu benutzen, um meine Eltern hinters Licht zu führen. Er war nicht wie ich. Er genoss die Vorteile des elitären Lebens und würde perfekt in seine Rolle passen. Doch er konnte nicht akzeptieren, dass ich dazu nicht imstande war.

Caroline war die Einzige, die Azula mit warmem Blick betrachtete.

»Ach Gott wie unhöflich. Ich bin übrigens Caroline«, stieß sie aus und reichte Azula ihre Hand. Etwas perplex ergriff sie diese. Es war das erste Mal an diesem Abend, dass Azula herzlich begrüßt wurde und nicht nur abwertend angestarrt. Dankbar warf ich Caroline einen Blick zu, als sie Azula in ein angeregtes Gespräch zog. »Ihr Name ist aber interessant. Kommt er aus dem Spanischen?«

Sofort entspannte sich Azulas Körperhaltung merklich. »Meine Mutter war Mexikanerin. Am Tag meiner Geburt war der Himmel strahlend blau, also hat sie mich danach benannt.«

»Was für ein Zufall! Gelb und Blau!«, rief Caroline und klatschte freudig in die Hände.

»Gelb?« Azulas fragender Blick streifte meinen.

»Mein Name«, erklärte ich. »Er bedeutet Gelb. Wusstest du das nicht?«

Azula lachte peinlich berührt. »Nein, ich spreche kein Spanisch. Meine Mutter hat es mir nie beigebracht.«

»Azula, was studieren Sie eigentlich?«, erkundigte sich nun mein Vater, der betont gelassen an seinem Drink nippte.

»Ich belege einige Rechtswissenschaftliche Module«, erklärte sie, genauso wie ich es ihr im Auto beigebracht hatte.

»Sie studieren Jura?« Der überraschte Unterton in der Stimme meiner Mutter war nicht zu überhören.

Ich wollte gerade für sie antworten, da fiel mir Camilla ins Wort. »Nein, sie studiert Journalismus. Richtig, Azula?«

Noch bevor sie etwas erwidern konnte, räusperte sich mein Vater. »Ich würde Sie bitten, später eine Schweigepflichterklärung zu unterzeichnen.«

»Sie wird schon nichts verraten«, versuchte ich die Situation zu entschärfen, doch mein Vater ließ nicht locker.

»Sicher ist sicher. Ich werde sie Ihnen per E-Mail zukommen lassen. Kein Wort von diesem Abend darf an die Öffentlichkeit gelangen, haben Sie mich verstanden?«

»Wieso sollte ich etwas unterschreiben?« Sie regte herausfordernd das Kinn und ich nahm sofort sachte ihre Hand in meine, um ihr unauffällig ein Zeichen zu geben, es dabei zu belassen. Mein Vater war kein Mann, mit dem man sich anlegen sollte.

»Es ist zu unserer Sicherheit.« Er setzte das Glas an die Lippen, hielt Azula aber in seinem Blick gefangen. Sofort schnellte mein Puls in die Höhe. Er hatte diesen undurchdringlichen Ausdruck aufgesetzt, doch ich durchschaute ihn. Er mistraute ihr.

»Wir haben schlechte Erfahrungen mit Reportern gemacht, das ist alles.« Bei seiner letzten Bemerkung schoss mir die Magensäure in die Speiseröhre. Abermals schmeckte ich den Alkohol, den ich zuvor getrunken hatte. *Wie konnte er das so beiläufig sagen? Schlechte Erfahrungen?* Es waren nicht nur *schlechte Erfahrungen*. Dieser Vorfall hatte mein Leben in den Abgrund gerissen.

»Meine Güte, jetzt beruhigt euch doch alle mal«, bemühte sich Caroline, die angespannte Situation zu entschärfen. »Ich wollte euch sowieso etwas fragen.«

Caroline riss mich aus dem Gedankenstrudel, bevor ich darin ertrinken konnte. »Wir haben neulich erst unsere Ranch renovieren lassen. Wie wäre es, wenn ihr ein paar eurer Freunde schnappt und alle gemeinsam dort hinfahrt? Ihr solltet euch entspannen, bevor die Klausuren anstehen.«

Ekstatisch klatschte sie in die Hände und natürlich mussten sich Camillas Eltern einmischen. »Das klingt nach einer wunderbaren Idee. Dann könnt ihr Drei mal wieder etwas Zeit miteinander verbringen.«

Mit *Drei* meinte Camillas Mutter natürlich ihre Tochter, Easton und mich.

Caroline suchte schnell Azulas Blick und sagte: »Natürlich bist du auch herzlich eingeladen. Dir wird es sicher gefallen.«

»Ich möchte mich nicht dazwischendrängen«, murmelte sie. Die Situation war ihr sichtlich unangenehm, doch Eastons Mom winkte ab. »Ach Quatsch, Herzchen. Du und Amarillo werdet sicher Spaß haben.« Sie berührte Azula sachte am Arm und nickte mir unterstützend zu. »Stimmt's, Amarillo?«

Als ich nickte, zog sich ein wissendes Lächeln auf ihre Lippen.

»Dürfte meine Freundin Oakley auch mitkommen? Sie lernt zu viel und muss wirklich mal für ein paar Tage aus der Uni kommen«, erklärte Azula und sah fragend zu Caroline.

»Natürlich darf sie mitkommen, immerhin haben wir Platz genug.«

Meine Eltern schienen jede Minute mehr die Nerven zu verlieren. Sie nippten unaufhörlich an ihren Gläsern und konnten sich das ein oder andere demonstrative Ausatmen nicht verkneifen. Wahrscheinlich hatten sie darauf gehofft, dass ich mich wie durch ein Wunder wieder in Camilla verlieben würde, wenn ich ein Wochenende mit ihr auf der Ranch verbrachte. Wahrscheinlich waren sie es sogar, die die Idee Caroline gegenüber erwähnt hatten. Das Eastons Mom Azula ebenfalls dazu einlud, war wohl nicht Teil des Plans gewesen, aber Caroline wusste ganz genau, was sie tat. Wie immer hatte sie unauffällig dafür gesorgt, dass der Plan meiner Eltern eine andere Richtung einschlug. So wie sie es schon immer für mich getan hatte. Leider gab es Dinge, die sie nicht ändern konnte. Niemand konnte meine Eltern davon abbringen ihren Willen zu bekommen. Wahrscheinlich nicht mal ich.

Während ich ihre missbilligenden Blicke betrachtete, wurde mir klar, dass es hoffnungslos war. Selbst wenn ich mich in Azula verliebte, würden sie mich dennoch zwingen den vorhergesehenen Plan zu verfolgen. Dem hatte ich zugestimmt, als ich die Auszeit genommen hatte und sie würden es durchsetzen. In meiner Verzweiflung hatte ich mir selbst von der Illusion blenden lassen, zumindest in der Liebe eigene Entscheidungen treffen zu dürfen. Sie besaßen den Schlüssel für meinen Käfig und ich konnte mich wehren, aber niemals ausbrechen.

*

»Eastons Mom ist nett.« Azulas Kopf lehnte erschöpft an der Fensterscheibe meines Wagens. Ihre Stimme klang ausgelaugt, beinahe traurig.

»Ist alles okay?« Seit wir gegangen waren, hatte sich ein trüber Schleier über ihre Augen gelegt. Es verwirrte mich, denn eigentlich hatte sie sich wirklich lange mit Caroline unterhalten und zum ersten Mal an diesem Abend beinahe so gewirkt, als hätte sie sich wohlgefühlt.

Azula seufzte und hob den Kopf. »Sie erinnert mich nur an Jemanden.« Ich glaubte, in ihrer Stimme einen Hauch Wehmut herauszuhören.

»Sie ist die einzige Person in diesem Haus gewesen, die nicht steif wie eine Schaufensterpuppe ist«, murmelte Azula und schielte zu mir. »Wie kommt das?«

Sie beobachtete mich dabei, wie ich das Auto durch das stählerne Tor vom Gelände manövrierte.

»Sie ist nicht in diese Welt hineingeboren. Sie ist die zweite Frau von Eastons Dad«, erklärte ich und Azula richtete sich hellhörig auf. »Ist sie nicht seine leibliche Mom?«

»Doch, aber Eastons Dad war schon einmal verheiratet. Vor

dem Börsencrash.«

»Börsencrash?«

»Eastons Dad ist nach dem Börsencrash 2008 als einer der wenigen Gewinner hervorgegangen. Er hat gegen den Markt gewettet und den Jackpot geknackt. Daraufhin hat er seine damalige Frau und das Kind verlassen und ist mit seiner Mätresse abgehauen.« In Wahrheit steckte viel mehr dahinter, aber das musste Azula nicht wissen.

Sie rümpfte die Nase. »Eastons Mom war seine Affäre? Unglaublich, dass sich so eine nette Frau bei solchen Leuten wohlfühlt.«

»Caroline ist einfach anpassungsfähig. Sie denkt sich ihren Teil«, sagte ich und hielt meine Augen auf die mit Bäumen gesäumte Straße.

»Wohin fahren wir eigentlich, zum Highway geht's da lang.« Sie zeigte in die entgegengesetzte Richtung.

»Ich möchte dir etwas zeigen. Vertrau mir einfach«, raunte ich und legte eine Hand auf ihrem Bein ab. Missmutig sah sie mich an. »Es ist wirklich schwer, dir zu vertrauen, wenn du unendliche viele Geheimnisse hast.«

Die Straßen wurden immer enger und ruckeliger. Die Nadelbäume um uns herum verschluckten das Mondlicht und es war schwierig zu erkennen, wohin wir fuhren. Es wirkte eher, als würden wir von einem schwarzen Loch verschlungen werden, doch ich kannte diesen Weg in- und auswendig. Azula hingegen wurde immer nervöser.

»Ist jetzt der Moment gekommen, wo du dich als Killer offenbarst und mich in tausend Teile stückelst?«, fragte sie mit zittriger Stimme und ich machte mir einen Spaß daraus sie etwas aufzuziehen.

Mit düsterem Blick starrte ich sie nieder, bis ihre Pupillen beinahe das Blau ihrer Iris einnahmen und sie entsetzt versuchte die Wahrheit in meinem Gesicht zu lesen.

Ich lachte und tätschelte ihren Oberschenkel. »Keine Sorge, Kleines.«

»Zum letzten Mal: Nenn mich nicht Kleines.« Sie schlug

mir spielerisch auf die Hand, die weiterhin auf ihrem Oberschenkel ruhte, während ich uns bis zur Lichtung am Ende des Wegs manövrierte.

Der Mond erhellte das kniehohe Gras und es wiegte sich sanft im Sommernachtswind. Zwischen den langen Halmen spähten die weißen Köpfe der Buschwindröschen hervor.

Ich stellte das Auto kurz vor der Lichtung ab. Verwirrt griff Azula nach der Tür und öffnete sie vorsichtig. Schnell schritt ich um den Wagen und nahm ihre Hand, damit sie nicht auf einer der Wurzeln ausrutschte.

»Wow«, hauchte sie, als ihr Blick auf die Lichtung fiel. »Warum bringst du mich hier her?«

»Du meintest, dass du mir nicht vertraust«, raunte ich. »Wenn ich dir etwas zeige und dir ein Geheimnis lüfte, vertraust du mir dann?« Sanft griff ich nach ihrer Hand.

»Kommt drauf an, was es ist«, hauchte sie.

Entschlossen verschränkte ich unsere Finger und zog sie hinter mir auf die Lichtung. Vorsichtig schritten wir durch das hohe Gras, aber als ich ihn erblickte, stockte ich. Azula verfolgte meinen Blick bis zum Grabstein. Mittlerweile hatte sich Efeu um ihn geschlängelt, doch die weißen Blümchen umrahmten ihn weiterhin. Drei Jahre war ich nicht hier gewesen und mit einem Mal war ich wieder der 16-jährige Junge, der jeden Tag auf dieser Wiese gehockt hatte. Bei Sonnenschein, im Regen und im tiefsten Winter.

»Ich bin zuhause«, murmelte ich und berührte den kalten Stein sanft. Azula kam näher, drückte sich gegen mich und versuchte zu entschlüsseln, was auf den Grabstein graviert war.

»Ist das der Grabstein deiner Schwester?«, flüsterte sie und beobachtete mein vorsichtiges Nicken.

»Du bist nicht die Finsternis, die dich verschlingt. Du bist das Licht, das diese durchbricht«, übersetzte ich die Gravierung. »Wir hatten keine einfache Kindheit. Das hat sie immer gesagt, wenn ich geweint habe.«

»Das hast du vorhin zu mir gesagt«, hauchte sie und blickte zu mir hinauf. Im Mondlicht erstrahlten ihre Augen wie kostbare Edelsteine, und ihr Anblick verschlug mir beinahe die Sprache.

»Der Spruch beruhigt mich immer und ich dachte, vielleicht würde es dir auch helfen.«

Die Frage schien Azula förmlich auf den Lippen zu brennen. Sie rang mit sich, ob sie es aussprechen wollte, doch ich kam ihr zuvor. »Die Gier meiner Eltern hat sie umgebracht. Wenn du mehr weißt, würde dich das nur in Gefahr bringen.« Ich deutete auf die Lichtung im Wald. »Jetzt kennst du einen meiner verletzlichsten Punkte. Ich hoffe, du kannst mir jetzt mehr vertrauen.«

Azulas Hand ruhte auf dem Grabstein meiner Schwester, als würde sie ihr damit ein sanftes Hallo übermitteln. »Du hast es mir nicht einfach gemacht, Amarillo.«

Ich nickte und zog ihre Hand an meine Lippen, bevor ich einen sanften Kuss darauf platzierte. »Ich weiß, und deswegen werde ich die Fotos vernichten.«

Ihre Augenbrauen schnellten nach oben und verliehen ihrem Ausdruck einen Hauch von Verwunderung. Dann eroberte ein breites Grinsen ihre Lippen, ehe sie mich am Kragen zu sich hinunterzog und unsere Münder miteinander verschmelzen ließ. Ihre Finger glitten über meinen Nacken und fuhren dann spielerisch die Kontur meines Kiefers entlang.

Als sie sich von mir löste, vermisste ich das warme Gefühl von ihren Lippen an meinen. Mit geschlossenen Augen lehnte ich an ihrer Stirn.

»Bist du jetzt nicht mehr sauer auf mich?« Meine Stimme war so zerbrechlich, dass sie beinahe vom Wind davongetragen wurde.

»Ich habe dich schon auf der Tanzfläche geküsst. Schon dort war ich nicht mehr sauer auf dich.«

Bei ihren Worten schlug mein Herz einen Takt schneller und der Hauch eines Lächelns drängte sich hervor. Ich dachte, sie hatte es getan, weil sie ihre Rolle spielte. Jetzt wurde mir jedoch klar, dass sie mich aus freien Stücken geküsst hatte. Dieses Gefühl war besser als jede Kontrolle.

32

Azula

Ich lief über den Friedhof, während meine Schritte vom knirschenden Kies begleitet wurden. Mond und Sonne standen sich so früh am Morgen noch gegenüber und hüllten die Gräber in ein sanftes Licht. Während die Vögel erwachten, kam einem die Ruhestätte beinahe friedlich vor.

Ich hatte ihn immer gemieden. Den Friedhof. Ich hatte Angst, eingeholt zu werden. Eingeholt von dem Schuldgefühl.

Der Wind strich sanft durch die Blätter und ließ die Bäume flüstern. Während ich zwischen den Reihen an Gräbern wanderte, entzifferte ich die eingravierten Namen und Daten. Jeder erzählte eine Geschichte.

Meine Geschichte lag hier auch begraben.

Damals wollte ich einen Neuanfang und hatte alle Erinnerungen, gute und schlechte, in meine Kiste gesperrt. Ich erinnerte mich an die liebevollen Umarmungen meiner Mom, die Bücher, die sie mir noch im Krankenbett vorgelesen hatte, aber dann drängten sich die Schatten der Vergangenheit in meine Gedanken. Die Sorgen und die Schulden, die sie mir hinterlassen hatte. Die Schuldgefühle bahnte sich ihren Weg durch meinen Kopf. Ich verachtete mich selbst dafür, dass ich sie nicht besucht hatte.

Gestern Nacht an Mariellas Grab zu stehen, hatte das rostige Schloss an meiner Kiste aufgebrochen. Eastons Mom, erinnerte mich an meine und die aufbrausenden Gefühle für Amarillo hatten mich weich werden lassen. Wir waren uns ähnlicher, als ich dachte. Nur hatte er seine Schwester geehrt, während ich meine Mutter in den Tiefen meiner Gedanken versteckte.

Der Friedhof verwurzelte die Gegenwart mit der Vergangenheit, und als ich näher an das überwucherte Grab trat, unter dem sich der Stein meiner Mutter verbarg, setzte mein Herz einen Schlag aus.

»Es tut mir leid, Mom.« Die Entschuldigung kam holprig über meine Lippen, aber es war das Erste, dass mir durch den Kopf ging. Ich war eine grausame Tochter. Sie hatte mich geliebt. Mit jeder Faser ihres Seins.

Die Schulden dämmerten über unserer Beziehung wie ein zerstörerisches Gewitter. Ich hatte Angst, es ohne sie nicht überstehen zu können. Ich brauchte sie. Nach ihrem Tod mehr denn je. Vorsichtig legte ich meine ausgekühlte Hand auf das hohe Gras und blinzelte die Tränen weg, welche sich in meine Augen drängten.

»Ich werde die Schulden begleichen und endlich frei sein. Das verspreche ich.« Nichts anderes würde uns Frieden bringen. Mir und auch meiner Mom.

Sie wollte mich nicht so zurücklassen, das wusste ich. Ich würde dafür sorgen, dass ich dieses Gewitter überstand.

*

Mit Blick auf die Uhr, wurden meine Hände zunehmend mehr vom Schweiß getränkt. Der Kugelschreiber in meiner Hand rutschte mir beinahe durch die Finger, während ich krampfhaft versuchte, mich auf die Aufgabe vor mir zu konzentrieren. Der Test war wichtig. Er gab uns die nötigen Credits, um die Abschlussprüfung für das Modul angehen zu dürfen. Ich musste diesen Test bestehen. Meine Studiengebühren wurden höher, je länger ich für das Studium brauchte. Wenn ich irgendwann schuldenfrei sein wollte, durfte das nicht passieren.

Meine Gedanken jedoch hingen nicht beim Test, sondern bei meiner Mom, bei Amarillo, bei den Erlebnissen der letzten Tage. Verzweifelt wollte ich das Schloss wieder vor meine Kiste hängen, und alles darin einsperren. Die ganze Nacht hatte ich wach gelegen und war dann so früh morgens zum Grab meiner Mutter gegangen, weil ich gehofft hatte, es würde meine Gedanken ordnen. Aber genau das Gegenteil war eingetroffen. Unaufhörlich kreisten meine Gedanken.

»Sie haben noch 10 Minuten«, erklang Professor Miller und die Panik setzte ein.

Schnell kritzelte ich meine Antworten nieder, die ich mühselig in meinem Gehirn zusammengekratzt hatte. Hauptsache bestehen. Das war wohl mein Motto.

Als ich niedergeschlagen durch die Zimmertür kam und Amarillo auf meinem Bett erblickte, stockte ich abrupt in der Tür. Er hatte sich an der Wand angelehnt, die Beine übereinandergeschlagen und unterhielt sich angeregt mit Oakley.

»Ouh, da bist du ja!«, rief Oakley freudig, doch mein Blick galt Amarillo. »Wo warst du? Wir hatten heute einen Test.« Den genervten Unterton konnte ich nicht unterdrücken.

Er hingegen zuckte gelassen mit den Schultern »Ich habe sowieso nicht gelernt. Da macht es keinen Unterschied.« Und ob das einen Unterschied machte. Er würde das Modul nächstes Semester wiederholen müssen.

Frustriert stieß ich die Luft aus meinen Lungen. Ich hatte mir Sorgen um ihn gemacht, weil er einfach nicht erschienen war. Beinahe schien es so, als hätte Amarillo ihn absichtlich sausen lassen.

»Was machst du hier?« Mein Ton war spitzer als erwartet. Die Anspannung vom Test war noch immer nicht abgeflacht und meine aufgewirbelten Gefühle waren noch nicht wieder unter meiner Kontrolle. Der Besuch am Grab meiner Mutter hatte Gefühle hochgeholt, die ich die letzten Jahre verschlossen gehalten hatte. Zum ersten Mal hatte ich die Kiste aufgeschlossen, in der ich all das lagerte, und nun war das rostige Schloss kaputt. Es hakte und ließ sich nicht wieder verschließen. Amarillo so gelassen auf meinem Bett sitzen zu sehen, war die Kirsche auf der Sahnetorte. Die warme Nachmittagssonne fing sich in seinen blonden Locken und ließ seine Zähne erstrahlen, als er lächelte.

»Er holt uns ab!«, stieß Oakley freudig aus und warf damit nur noch mehr Fragen auf.

»Caroline hat mich angerufen. Wir können heute auf die Ranch fahren. Das Wetter ist perfekt dafür und sie hat schon alles herrichten lassen.« Amarillos rauchige Stimme jagte einen wohligen Schauer über meinen Rücken.

»Ich habe schon meine Tasche gepackt!«, gluckste Oakley und deutete auf die pinke Sporttasche auf ihrem Bett. Etwas überfordert musterte ich die beiden. »Na, dann werde ich mal packen.«

»Vergiss deinen Bikini nicht«, setzte Amarillo hinzu und erhob sich vom Bett.

»Auf einer Ranch?« *Hatte ich da grade richtig gehört?*

»Ja! Es gibt sogar einen Whirlpool! Amarillo hat mir gerade Bilder gezeigt, es ist wirklich traumhaft schön!« Oakley schien sich enorm auf eine kleine Auszeit zu freuen, doch ich vermutete, dass mehr dahintersteckte. Als ich durch das Fenster hinaus auf den Parkplatz sah, erkannte ich Eastons schwarzen Audi. Da war der Grund für Oakleys aufgeregte Freude.

»Ich warte unten am Auto auf dich.« Als er sich an mir vorbei zur Tür drängte, streiften seine Hände geschickt meinen Rücken. Die plötzliche Berührung ließ mich versteifen. Unmittelbar breitete sich an dieser Stelle Wärme aus. Sein Parfüm hing noch eine Weile in der Luft und hinderte mich daran, einen klaren Gedanken zu fassen.

Verdammt. Ich hatte ihn vermisst.

*

Als wir um das Haus auf den Parkplatz liefen, kam mir Amarillo schon entgegen. Er klemmte sich die Zigarette zwischen die Lippen und nahm mir dann meine Tasche ab. Schnell huschte Oakley mit einem ekstatischen »Wir sehen uns nachher« zu Eastons Audi. Er nahm schnell ihre Tasche und schmiss sie auf die Rückbank, bevor er Amarillo zurief: »Wer zuerst da ist?«

Doch Amarillo schüttelte vehement den Kopf. »Ich habe wertvolle Fracht an Bord.«

»Du Gentleman«, höhnte sein bester Freund und schenkte uns ein verspieltes Grinsen, bevor er die Autotür zuknallte.

Ich lief um Amarillos Wagen herum und wollte gerade nach der Tür greifen, da kam er mir zuvor. Seine Hand schob meine vorsichtig beiseite und dann zog er die Tür auf.

Etwas irritiert über sein tadelloses Verhalten zog ich die Brauen kraus, ehe ich mich in den Beifahrersitz sinken ließ. »Willst du Musik hören? Die Fahrt dauert eine Weile.« Amarillos Finger hingen bereits am Regler.

Als ich bejahend nickte, drehte er ihn auf. Ein dröhnender Bass stieß mir entgegen und ließ die Armaturen erzittern. Er öffnete die Fenster, setzte seine Sonnenbrille auf und ließ sich den Spätsommerwind durch die Haare wehen, als er auf den Highway fuhr.

»Wenn die Fahrt eine Weile dauert, wieso fahren wir dann nicht etwas schneller?«, fragte ich und sah den Autos dabei zu, wie sie uns überholten. Amarillos strahlende Augen huschten über der Brille von der Straße zu mir. »Als ich das letzte Mal schnell gefahren bin, mochtest du es nicht.«

»Du musst aber auch nicht im Schneckentempo alle anderen auf dem Highway aufhalten.« Ein Kichern bahnte sich über meine Lippen, doch als er plötzlich den Motor aufheulen ließ, zuckte ich zusammen. Meine Hand war von ganz allein an sein Bein gerutscht und krallte sich darin fest. Nun war er es, der laut lachte.

»Ich kann auch schneller fahren, wenn dir das lieber ist.« Sein herausfordernder Blick traf mich. Als ich vorsichtig mit dem Kopf nickte, drückte er urplötzlich den Fuß aufs Gas und zog auf die andere Spur. Vor meinem inneren Auge sah ich schon, wie wir gegen eine der Leitplanken rasten, aber Amarillo hatte den Wagen fest im Griff. Als er unsere Finger auf seinem Bein miteinander verschlang, breitete sich ein warmes Kribbeln in meiner Magengegend aus. Ich drückte seine Hand fest, als er eine Ausfahrt nahm und ich in den Gurt gedrückt wurde.

Amarillo hielt die ganze Fahrt über meine Hand, nur zum

Schalten löste er seine Finger. Kurz darauf ließ er seine Finger aber wieder in meinen Schoß wandern und griff nach meiner Hand.

Wir fuhren hinaus aus der Stadt und ich beobachtete die Gebirgsketten und Nadelbäume, welche die Landstraßen Colorados umrahmten. Flauschige Wolken zogen sich über den sonst klaren Himmel und die Luft roch nach frisch gemähtem Rasen, Harz und Blütenpollen.

Irgendwann verließen wir den Highway und fuhren mitten in die Berge. Lange schlängelten sich die asphaltierten Straßen inmitten der Wälder, bis wir in einem Tal ankamen. Ringsum ragten die Berge empor und ein schillernder See hatte sich zwischen ihnen ausgebreitet. Wir fuhren über den staubigen Weg und schon bald drängte sich ein helles Farmhaus in mein Sichtfeld. Mächtige Weiden rahmten die Wege und die langen Äste wogen sich sanft im Wind.

»Ist es das?«, fragte ich erstaunt und konnte meinen Blick nicht von der wunderschönen Landschaft um mich herum abwenden. Amarillo nickte langsam und schien ebenfalls die Aussicht zu genießen.

Die Farm war ganz anders, als ich sie mir vorgestellt hatte. Sie war in einem cremefarbenen Weiß gestrichen und moderne Elemente boten dem traditionellen Haus einen wundervollen Kontrast. Riesige Fenster zogen sich über die hellen Wände und die dunklen Rahmen wirkten beinahe industriell. Eine hölzerne Veranda zog sich einmal um das Haus herum und ein schmuckvolles Geländer aus lackiertem Holz rundete die Erscheinung ab.

Als wir auf dem staubigen Platz davor hielten, stellte Amarillo den Motor ab. Ich öffnete die Autotür und wurde von einer erfrischenden Brise begrüßt. Zwischen den Bergen war es nicht so heiß wie in der Stadt und der lauwarme Wind kühlte den Schweiß auf meiner Haut. Amarillo schnappte sich meine Tasche und bedeutete mit ins Haus zu folgen. Eastons Audi parkte schon davor. Er musste wirklich wie ein Berserker gefahren sein.

Wir stiegen die hölzerne Treppe der Veranda hinauf und gelangten durch eine schwarz lackierte Tür ins geräumige Wohnzimmer.

»Wir sind da!«, rief Amarillo und sofort konnte ich schnelle Schritte die hölzerne Treppe hinunterkommen hören. Oakley grinste mich euphorisch an. »Das Haus ist der reinste Wahnsinn«, gluckste sie und zog mich an den Händen weiter in den Raum.

Ich ließ meinen Blick über die hellen Wände und dunklen Holzbalken fahren, die in dem warmen Licht erstrahlten. Man merkte, dass dieses Haus aufwendig renoviert wurde, um den Ansprüchen der Familie gerecht zu werden, doch es behielt nichtsdestotrotz seinen ländlichen Charme bei.

»Gefällt es euch?« Easton kam mit einer Tüte Erdnüsse in der Hand aus der angrenzenden Küche und schob sich eine Handvoll in den Mund.

»Ist schön geworden. Ganz anders als damals«, bemerkte Amarillo und sah sich ebenso staunend um.

Easton nickte und kratze sich am Hinterkopf. »Ja, nur ist es ziemlich ungewohnt.«

Amarillo wanderte unentschlossen umher und stellte unsere Taschen in einer Ecke ab. »Es fühlt sich an, als wären alle Erinnerung ausradiert.«

»Sieh es als Neuanfang. Wir können neue Erinnerungen machen«, bemerkte Easton und ließ sich auf die gigantische Couch fallen, die in der Mitte des Raumes platziert war. Er streckte sich ausgiebig und ließ den Kopf in den Nacken fallen.

»Ich bin lange nicht mehr so eine lange Strecke gefahren«, stöhnte er und linste zu Amarillo. »Ich bin heute Abend übrigens der Grillmeister. Ich glaube, ich sterbe gleich vor Hunger.«

Bisher konnte ich Camilla nicht entdecken und insgeheim hoffte ich, dass sie gar nicht auftauchen würde, doch wie auf Befehl öffnete sich die Haustür, und ein elegant gekleideter Mann trug Koffer hinein. *Wenn man vom Teufel spricht.*

»Meine Fresse, Camilla. Wir sind nur eine Nacht hier, was hast du alles eingepackt?«, meckerte Easton, als der Mann die Koffer auf den Boden knallte.

Sie kam durch die Tür gestöckelt und nahm die riesige Sonnenbrille von ihrer Nase. »Nur das Nötigste.«

Easton verdrehte die Augen und sogar Amarillo konnte sich ein Lachen nicht verkneifen.

»Willst du hier einziehen?«, fragte er mit einem Blick auf die Koffer.

Camilla streckte ihm als Antwort spielerisch die Zunge entgegen und stöckelte schnell den Flur hinunter.

»Komm ich zeig dir unser Zimmer.« Als Amarillo *unser Zimmer* sagte, zog sich ein feines Kribbeln durch meine Magengegend. Ich war eher davon ausgegangen, dass ich mir mit Oakley eins teilen würde, doch Amarillo schien andere Pläne zu haben.

Er schnappte sich meine Hand und verschränkte unsere Finger miteinander. Ich war so abgelenkt von dem Gefühl gewesen, welches er auf meiner Haut hinterließ, dass ich das luxuriöse Zimmer zunächst gar nicht bemerkte. Erst als Amarillo einen Vorhang beiseiteschob und die bodentiefen Fenster präsentierte, wurde ich von dem glitzernden See abgelenkt. Er führte mich durch eine gläserne Tür, hinaus auf die Veranda und zog dann tief die frische Luft durch die Nase.

»Der einzige Ort, den ich vermisst habe«, murmelte er.

Seine Augen wurden direkt vom Sonnenlicht getroffen und plötzlich wirkte Amarillo wieder wie ein freudiges Kind. Das Funkeln war in seine Iris zurückgekehrt und er schien sich sichtlich zu entspannen.

»Das hier war früher mein Zimmer.« Er deutete auf den Raum hinter uns. »Easton, Camilla und ich haben hier als Kinder so viel Zeit verbracht, dass wir sogar einen Teil unserer Spielzeuge hier gebunkert haben.« Ein Lachen brachte seine Brust zum Beben, ehe er mich dann wieder ansah.

»Ich will dir auch diesen Teil meiner Vergangenheit zeigen.«

»Ich freue mich darauf«, erwiderte ich.

33

Azula

Die Farm erstreckte sich weiter als zunächst angenommen. Hinter dem Haupthaus befanden sich eine saftige Wiese und ein weiteres Gebäude. Mindestens drei Pferde konnte ich von weitem erkennen, wie sie in der grünen Fläche grasten und sich die Sonne auf den Pelz schienen ließen.

»Sind das eure Pferde?«, fragte ich, während wir die Allee entlang schlenderten. Das Licht fiel durch die dichten Blätterkronen, sodass sich die Schatten kunstvoll auf dem Schotterboden ausbreiteten.

Easton nickte zustimmend, bevor er antwortete: »Meine Mom liebt Pferde. Ihr Traum ist es, eine eigene Reitschule zu besitzen. Mit der Renovierung möchte sie sich diesen Traum erfüllen und ein Feriencamp für weniger privilegierte Kinder aufmachen.« Während Easton erzählte, konnte man den Stolz aus seiner Stimme sprudeln hören.

Oakley nickte begeistert. »Meinst du, wir können später mal reiten?«

Sofort strafte ich sie mit einem mahnenden Blick. Oakley wusste, dass ich Angst vor Pferden hatte und mich niemals auf eins dieser Biester trauen würde.

»Klar«, antwortete er. »Camilla und Amarillo helfen euch sicher gerne. Ich kann nicht reiten.«

Easton zeigte uns den gesamten Hof, bevor wir zurück zum Haupthaus kamen, in dem Amarillo und Camilla bereits warteten. Sie saßen gemeinsam auf der weißen Couch und schienen in ein wichtiges Gespräch vertieft, doch sobald wir eintraten, schreckte sein Kopf herum und er würgte Camilla ab. »Und wie findet ihr es?«

»Es ist der Wahnsinn!«, sprach Oakley meine Gedanken laut aus.

»Wir haben die Pferde besucht«, gluckste sie und ich erwischte Easton dabei, wie sich ein schmales Lächeln auf seine Lippen schummelte.

»Würdet ihr uns eine Reitstunde geben? Azula wollte das immer schon mal machen.« Oakleys verspieltes Grinsen wurde breiter, als sie meinen schockierten Gesichtsausdruck bemerkte. Sofort hob ich abwehrend die Hände. »Macht euch keine Umstände, ich will nicht reiten.«

»Blödsinn. Davon träumst du doch schon dein ganzes Leben«, stichelte Oakley weiter und zog eine Augenbraue nach oben.

»Ich bring dir das Reiten bei, wenn du willst«, bot Amarillo an, doch ich schüttelte energisch den Kopf. »Nein, dass musst du nicht.« Amarillo war jedoch bereits aufgesprungen und hatte wohl Oakleys Sticheleien bemerkt. Jetzt verschworen sich die beiden auch noch gegen mich und wollten mich dazu bringen, auf ein Pferd zu steigen. Na, das konnte ja heiter werden.

*

Es war ein seltsames Bild Amarillo auf einem Pferd zu sehen. Doch je länger ich ihn betrachtete, desto mehr ergab es Sinn. Seine Haltung war fantastisch. Er saß selbstbewusst auf einem schwarzen Andalusier und hielt die Zügel locker in seinen Händen. Ich hatte mich zunächst aus der Situation gewunden und behauptet, ich wolle ihnen erst einmal zusehen. Camilla half Oakley aufzusatteln, und sorgte dafür, dass meiner besten Freundin nichts passierte. Man erkannte deutlich, dass sie das nicht zum ersten Mal tat. Sie leitete meine Freundin geschickt an und führte das Pferd über den Schotterweg der Allee. Oakley gluckste und jubelte, als sie allein den Weg hinunter getrabt war. Obwohl sie auf einem Bauernhof in den Südstaaten aufgewachsen war, hatte sie noch nicht oft auf einem Pferd gesessen.

»Azula!«, rief sie. »Du musst es auch probieren.«

Verneinend schüttelte ich den Kopf. »Ich passe!«

»Du kleiner Angsthase«, zog Easton mich auf, als ich ablehnte.

»Du reitest doch auch nicht«, entgegnete ich und beobachtete ihn dabei, wie er Oakley nicht aus dem Visier nahm.

»Ich reite nicht, weil es mir keinen Spaß macht. Im Gegensatz zu dir, habe ich aber keine Angst.« Spielerisch funkelte er mich aus seinen dunklen Augen an.

Ehe ich etwas erwidern konnte, wurde ich von Amarillo unterbrochen. »Na, du kleiner Schisser, willst du es jetzt auch endlich probieren?«

Er saß hoch erhoben auf seinem Pferd und starrte mit seinen Smaragden auf mich herab. Unentschlossen biss ich mir auf der Lippe herum und musterte ihn skeptisch. »Versprichst du mir, dass ich nicht runterfalle?«

»Wenn du fällst, fang ich dich auf. Versprochen.« Bevor ich meine Meinung ändern konnte, sprang Amarillo vom Pferd und führte es an den Zügeln zu mir.

»Entspann dich einfach. Das Pferd merkt, wenn du nervös bist und wird auch nervös. Solange du ruhig bleibst, passiert nichts.« Seine warme Stimme beruhigte meinen Herzschlag, aber sobald ich dem Tier näherkam, wurde mir klar, wie groß es eigentlich war. Ich konnte kaum über den Rücken sehen.

Amarillo platzierte sich hinter mir und legte vorsichtig seine Hände an meiner Hüfte ab. »Auf drei springst du ab. Ich drück dich nach oben, damit du einfach aufsteigen kannst.«

Ich schluckte, nickte dann aber. Meine Hände platzierte ich auf dem Ledersattel und wartete auf sein Kommando.

Er drückte mich mit Leichtigkeit hinauf, sodass ich mein Bein schnell über den Rücken des Pferdes schlagen konnte. Mein Herz rutschte mir beinahe in die Hose, als ich hinabsah.

»O Gott!« Mir blieb der Atem weg, als ich hinuntersah und meine Finger krallten sich instinktiv in den Sattel.

Ich konnte das kräftige Atmen des Andalusiers an meinen Schenkeln fühlen, während Amarillo seelenruhig die Zügel nahm und um das Pferd herum ging. Als es sich in Bewegung setzte, atmete ich erschrocken auf. Meine Schenkel drückten sich so eng gegen den Bauch des Tieres, dass ich beinahe einen Krampf bekam. Amarillo führte mich den Schotterweg hinunter und als ich mich erst mal an das schaukelnde Gefühl gewöhnt hatte, entspannten sich langsam meine Muskeln. Die Sommerluft wirbelte um mich herum und raschelte durch die Baumkronen über mir.

»Ich wusste gar nicht, dass du reiten kannst«, durchbrach ich die friedliche Stille und beobachtete, wie Amarillos Schultern nach oben zuckten. »Es gibt viele Dinge, die du noch nicht über mich weißt.«

Noch nicht. Er hatte *noch nicht* gesagt.

Vorsichtig streichelte ich dem Pferd über die dunkle Mähne und ließ meinen Blick zu Oakley und Camilla streifen. Meine beste Freundin war abgestiegen und nun machte sich Camilla bereit, eine Runde zu drehen. Elegant stieg sie auf und richtete ihren blonden Pferdeschwanz, ehe sie die Zügel in die Hand nahm und auf uns zu geritten kam.

»Amarillo!«, rief sie. Sofort schoss sein Blick zu ihr hinauf. »Wie wäre es mit einem kleinen Wettrennen?«

Er lachte. »Willst du etwa eine Revanche?«

Camilla nickte herausfordernd. »Noch mal ziehst du mich nicht ab!«

Amarillo sah fragend zu mir hoch. »Möchtest du noch reiten?«

Sein sanfter Blick ließ einen wohligen Schauer durch meinen Körper gleiten. Etwas unentschlossen blickte ich zu Camilla, die erwartungsvoll auf ihn wartete und schüttelte den Kopf.

»Nein. Du kannst ruhig wieder aufsteigen.« Amarillo platzierte sich zu meiner Seite und fasste mein Bein. Feine Blitze zogen sich ihren Weg bis in meinen Bauch und ich schnappte leise nach Luft.

»Ich helfe dir beim Absteigen.«

Ich schwang ein Bein über den Rücken des Pferdes und stütze mich dann auf den Armen, während ich langsam hinunterglitt. Meine Füße baumelten in der Luft und sofort griff Amarillo nach meiner Hüfte, um mich herunterzuheben. Der Stoff meines Shirts rutschte nach oben und die Blitze weiteten sich schlagartig auf meiner Haut aus, als Amarillos Finger dagegen strichen.

Camilla lächelte herausfordernd, als er sich aufs Pferd schwang und auf sie zu getrabt kam. Sie warteten am Ende der Allee auf Eastons Zeichen. Camilla und Amarillo lehnten sich vor, und drückten ihre Beine in die Pferde, als Easton rief: »Und LOS! «

Staub wirbelte auf, als sie nach vorne preschten. Die Hufe der Pferde donnerten über den Weg und eine Weile waren sie gleich auf. Doch plötzlich überholte Camilla ihn und jubelte, als sie als Erste am Ende des Wegs eintraf. Sie lachte laut auf, als Amarillo eine Sekunde nach ihr ankam und streckte ihm spielerisch die Zunge entgegen.

»Du hattest die letzten Jahre auch viel mehr Übung als ich!«, protestierte er laut und warf ihr ein umwerfendes Lächeln zu. Für einen kurzen Moment verschränkten sich ihre Blicke und beide strahlten sich breit an. Obwohl ich es unterdrücken wollte, tat sich ein Loch in meiner Brust auf. Normalerweise war ich kein eifersüchtiger Mensch und ich versuchte, das Gefühl schnellstmöglich bei Seite zu schieben, aber die Blicke, die sie sich zuwarfen, brannten sich in mein Gedächtnis.

*

Der Rauch stieg empor, als Easton den Grill anschmiss und saftige Stücke Fleisch darauflegte. Der herbe Geruch verteilte sich in der Luft und ließ einem sofort das Wasser im Mund zusammenlaufen. Während wir an dem langen Holztisch auf der Veranda aßen, hatten wir den Blick auf das glitzernde Wasser des grünblauen Sees gerichtet und ich beobachtete die Sonne dabei, wie sie langsam hinter den Berggipfeln verschwand. Der Himmel leuchtete in einem warmen Orange und tauchte die Umgebung in goldenes Licht. Erleichtert ließ ich mich in die Bank sinken und atmete die süßliche Luft ein. Eastons Mom hatte recht behalten. Einmal aus der Universität rauszukommen, war nötig gewesen.

Auch Oakley schien die Auszeit gutzutun. Sie nagte nicht mehr ununterbrochen an ihren Lippen und zog die Stirn kraus. Das erste Mal seit Monaten hatte sie sich zurückgelehnt und genoss die letzten Sonnenstrahlen auf ihrer Haut.

»Mi Vida, reichst du mir den Ketchup«, fragte Camilla und sah Amarillo auffordernd an. Eben noch hatte er entspannt gewirkt, doch nun zog sich eine tiefe Falte über seine Stirn.

»Camilla«, stöhnte er, »zum letzten Mal. Nenn mich nicht so.« Irritiert musterte ich die beiden und Easton, der die Augen verdrehte.

»Ich nenn dich so, wie ich will. Ich habe dich jahrelang so genannt, das geht nicht von jetzt auf gleich weg«, fuhr sie ihn an, doch Amarillo beachtete es nicht weiter.

Er lehnte sich zurück und verschränkte die Arme vor der Brust. »Ich brauche Alkohol.« Er erhob sich schlagartig und verschwand im Haus.

»Mi Vida?«, fragte Oakley an Camilla gerichtet und sie nickte eifrig. Ehe sie etwas sagen konnte, mischte sich Easton ein. »Das war ihr Kosename. Ihr hättet die beiden mal vor vier Jahren erleben müssen. Mi Vida, Mi Vida, Mi Vida… Immer wieder. Ich bin froh, dass der Spuk jetzt ein Ende hat.«

»Kosename?«, fragte Oakley mit vollem Mund und kaute genüsslich weiter.

»Ja. Die beiden haben gar nichts anderes mehr gesagt. Es war zum Kotzen.« Easton machte ein übertriebenes Würgegeräusch.

»Ich versteh nicht, was Amarillos Problem ist«, meckerte nun Camilla, was Easton nur ein Augendrehen entlockte. »Wenn du ihn so nennst, machst du es nicht besser.«

Camilla blies empört die Luft zwischen ihren Lippen hervor und wollte noch etwas hinzufügen, doch dann kam Amarillo wieder durch die Tür. Er stellte eine Flasche Whiskey auf dem Tisch ab, gefolgt von einer Flasche Rotwein und ein paar Gläsern. Sofort schnappte sich Oakley eines und goss sich grinsend ein. Camilla hielt ihr eines der runden Gläser hin und meine Freundin füllte es großzügig. Ich musste garnichts sagen, da hatte sie mir ebenfalls eins vor die Nase gestellt.

»Ihr habt wirklich eine schöne Farm, Easton. Danke, dass wir hier sein dürfen«, rief sie daraufhin und hob ihr Getränk. Easton nickte und goss sich ein Glas Whiskey ein. Jedoch blieb es nicht bei diesem einen.

Camilla konnte mehr Wein trinken, als ihre schmale Statur vermuten ließ. Eine betrunkene Camilla war definitiv eine angenehmere Zeitgenossin und obendrein noch ziemlich witzig, doch schließlich stieg ihr der Alkohol zu Kopf.

Sie drängte sich Amarillo auf. Murmelte immer wieder *Mi Vida* und versuchte ständig, sich auf seinen Schoß zu setzen.

Amarillos Stimmung kippte mit jeder Sekunde weiter, während Camillas mit jedem Tropfen Alkohol in die Höhe schoss. Schlussendlich erhob er sich wortlos und stapfte die Veranda hinunter durch die Dunkelheit.

Camilla wurde daraufhin unerträglich. Sie murmelte unverständliche Dinge, bis Easton sich erbarmte und beschloss, sie ins Bett zu bringen.

»Tut mir leid«, raunte er, als er zurückkam und sich wieder gegenüber von uns an den Tisch setzte. »Camilla und Alkohol ist keine gute Mischung.«

»Was ist zwischen ihr und Amarillo vorgefallen?«, fragte Oakley und Easton stockte, ehe er tief die Luft in seine Lungen zog. »Sie waren knapp fünf Jahre ein Paar, bevor er für drei Jahre verschwunden ist. Camilla hat das nicht gut verkraftet und sie haben nie wirklich darüber gesprochen.«

Damit gab ich mich jedoch nicht zufrieden. »Weißt du, wo Amarillo ist?«

»Er hat sich wahrscheinlich in den Stall verzogen. Da hat er als Kind schon viel Zeit verbracht, um nachzudenken«, murmelte Easton und schwenkte den Whiskey in seinem Glas herum.

»Ich werde mal nach ihm sehen.« Ich erhob mich, wurde aber schnell von Oakley am Arm gepackt, die missmutig zu Easton linste.

Es war ihre Chance, Easton näher zu kommen, also zwinkerte ich ihr zu und nickte bestärkend. Sie verstand mich wortlos und zog scharf die Luft ein, als würde sie sich wappnen.

»Möchtest du rein gehen? Mir wird etwas kalt«, sagte sie dann und rieb sich die Arme.

»Wenn du willst, können wir auch in den Pool, da wird dir sicher warm.« Easton lächelte ihr, durch den schwummerigen Schein der Außenbeleuchtung, verschwörerisch zu.

Etwas schockiert musterte sie ihn, doch dann schien sie sich ein Herz zu fassen. »Okay. Ich gehe meinen Bikini holen.«

Das war ja einfacher als gedacht.

Ich nahm die Treppen die Veranda hinunter und folgte demselben Weg, den Amarillo zuvor genommen hatte. Das fahle Mondlicht erhellte den Schotterweg unter mir und führte mich geradewegs zum Stall. Innerlich legte ich mir zurecht, was ich sagen wollte. Ich musste endlich mehr über Amarillo und seine Vergangenheit herausfinden. Auch, wenn das vielleicht bedeutete, dass er die Mauer um sich herum wiederaufbauen würde, die langsam zerbröckelt war.

34

Amarillo

Die Pferde im Stall unter mir atmeten sanft und der Geruch von Stroh und Futter lag in der Luft. Ich hatte den Heuboden immer geliebt. Als Kinder hatten wir uns hier vor unseren Eltern versteckt und die ganze Nacht Unsinn getrieben, bis wir irgendwann im weichen Heu einschliefen. Ich vermisste diese Zeit. Das unbeschwerte Gefühl, weil wir Kinder von all dem Scheiß um uns herum noch nichts wussten.

Ich beobachtete die dunklen Wolken, die sich am Mond vorbeizogen und ließ den Kopf gegen das spröde Holz sinken. *Wie konnte es nur so weit kommen?*

Plötzlich nahm ich ein Geräusch unter mir wahr. Jemand stieß die schwere Tür auf, die Scharniere knarzten und dann hörte ich Schritte auf dem Steinboden.

»Wer ist da?« Mein Blick huschte auf die alte Holzleiter, die hinauf auf den Heuboden führte.

»Ich bin´s.« Azulas Stimme hallte zu mir hinauf. Sie klang unsicher, ängstlich beinahe.

»Ich bin hier oben.« Ich lauschte ihren Schritten als sie näherkam und dann plötzlich etwas klirrend zu Boden ging.

»Mist«, hauchte sie und ich konnte mir das Grinsen nicht verkneifen, welches sich auf meine Lippen schlich. Sie hatte sicherlich einen der Metalleimer in der Dunkelheit nicht gesehen und war dagegen gekommen.

»Hier bist du also«, flüsterte Azula und trat die wackelige Holzleiter hinauf. Zögerlich machte sie einen Schritt auf das spröde Holz unter mir.

»Wer hat dir verraten, wo ich stecke?« Meine Augen nahm ich nicht von ihr, während sie sich auf wackeligen Beinen einen Weg ins Heu suchte.

»Easton hat mir den Tipp gegeben. Camilla ist endlich schlafen gegangen. Sie hat zu viel gesoffen.«

»Sie kann ziemlich anstrengend werden, aber eigentlich ist sie kein schlechter Mensch.«

Gequält verzog sie das Gesicht. Ich wusste, sie verkniff sich einen Kommentar, der ihr auf der Zunge brannte, also setzte ich hinzu: » Ich habe sie nicht gut behandelt. Von daher kann ich ihr Verhalten verstehen.«

Azula schluckte und ließ sich in den Heuhaufen neben mir sinken. »Wieso bist du dann einfach vom Tisch verschwunden?«

»Camillas Gehabe vorhin hat mich etwas aufgewühlt.« Meinen Blick richtete ich auf einen der Halme, den ich immer wieder zwischen meinen Fingern drehte.

»Was hat das eigentlich mit ihrem Mi Vida auf sich?«, fragte sie unverblümt und entlockte mir mit ihrer bestmöglichen Imitation von Camilla ein raues Lachen.

»Hat dir Easton doch erklärt. Das waren unsere Kosenamen.«

»Das war kein Scherz? Seit wann bist du so gefühlsduselig?«, fragte sie neckisch und ließ ihren Oberkörper tiefer ins Stroh sinken.

»Camilla war meine erste Liebe.« Die Ernsthaftigkeit, die sich urplötzlich in meine Stimme gelegt hatte, schockierte sich sogar mich. Ich konnte es jedoch nicht aufhalten. Camilla war meine erste Liebe, ob ich wollte oder nicht. Ich hatte sie damals freiwillig geliebt und nicht, weil meine Eltern es verlangt hatten.

»Was bedeutet Mi Vida?« Azulas blaue Augen durchdrangen die Dunkelheit wie zwei kostbare Edelsteine. Sie verdrängten die Nacht und ließen mein Herz eine Sekunde schneller schlagen.

»Mein Leben«, raunte ich und beobachtete, wie sich die Neugierde in ihrem Blick breit machte. »Damals war es auch so. Camilla war mein Leben, zumindest dachte ich, dass sie es immer sein würde. Das hängt mir bis heute hinterher.« Ich seufzte und schüttelte missbilligend den Kopf. »Meine Eltern haben sich unsere gesamte Zukunft vorgestellt, aber nach dem Tod meiner Schwester…« Ich stockte. Die Erinnerung zogen wie die dunklen Wolken eines Gewitters auf.

»Da habe ich mich entfernt und darunter hat auch meine Beziehung mit Camilla gelitten«, beendete ich schnell meine Satz und kniff die Augen zusammen. Die Bilder, die ich verzweifelt versuchte zu vergessen, drängten sich wieder vor mein inneres Auge.

»Wie war deine Schwester so?« Azulas Stimme riss mich aus dem Strudel. Doch als ich ihrem Blick begegnete, war es als würde ein warmer Schauer aus den Wolken treten, die sich zuvor über mir zusammengebraut hatten. Es war kein zerstörerisches Gewitter, sondern der warme Sommerregen, der nach einer langen Dürre, neues Leben bedeutete.

»Meine Schwester, Mariella, war alles, was ich nicht war«, begann ich und konnte die Worte nicht aufhalten, die aus meinem Mund flossen. Azula gab mir auf eine seltsame Art und Weise das Gefühl, dass ich ihr davon erzählen konnte. Ich wollte, dass sie mich kannte. Mich besser verstand. Ihre Augen hingen gebannt an meinen Lippen, als ich mich räusperte.

»Sie war klug und witzig. Eine grandiose Schwester und noch eine bessere Tochter für meine Eltern. Sie war ihr Engel. Sie tat alles, was ihr gesagt wurde, erbrachte Glanzleistungen im Studium, im Reiten, in der Musik. Alles, was Mariella anfasste, wurde zu Gold.«

Die Erinnerungen an das, was als nächstes passiert war, vergifteten jeden weiteren. Ich rang mit mir, ob ich es ihr erzählen sollte. Die Panik überkam mich, dass sie sich zurückziehen würde. Doch Azulas Hand, die sich langsam auf meine schlich und sanft meine Finger drückte, war wie das Gegenmittel.

»An ihrem dreiundzwanzigsten Geburtstag ist sie mit

Freundinnen nach New York geflogen. Eine der wenigen Tage, an denen sie einmal wirklich leben durfte. Eigentlich haben wir jedes Jahr einen Ball für sie abgehalten, aber dieses Jahr wollte sie etwas Besonderes mit ihren Freundinnen erleben. Meine Eltern waren zunächst nicht begeistert, immerhin musste sie lernen und ein wichtiges Reitturnier stand an, aber sie setzte sich durch. Mariella konnte man keinen Wunsch ausschlagen, sie war zu schlau.« Ich schüttelte lächelnd den Kopf bei dem Gedanken an ihren hellen Geist.

»Nicht mal mein Vater, ein Mann der als Anwalt Karriere gemacht hatte, kam in einer Diskussion gegen sie an. Nur war der Ausflug nach New York mit ihren Freundinnen ein Vorwand.«

Er atmete tief durch und schluckte hart, als ich mich an diese Nacht erinnerte. »Sie wollte dort ihren Internetfreund Rafael treffen. Sie hat mir von ihm erzählt, Bilder gezeigt und war so verliebt. Rafael und meine Schwester wollten zusammen verschwinden. Nach Spanien. Meine Eltern ahnten nicht, was Mariella wirklich vorhatte. Sie spielte die perfekte Tochter, plante aber im Geheimen mit ihrem Internetfreund durchzubrennen.«

Die Worte schienen mir beinahe in der Kehle festzustecken, aber Azulas warme Präsenz ermutigte mich endlich auszusprechen, was mich so viele Jahre umgetrieben hatte. »Ich wusste, wie riskant es war, aber ich habe meine Schwester noch nie so glücklich erlebt. Also habe ich Mom und Dad nichts erzählt. Als sie dann am nächsten Morgen nicht an ihr Handy ging, habe ich angefangen, mir Sorgen zu machen. Als ihre Freundinnen völlig aufgelöst angerufen haben, dämmerte meinen Eltern, was passiert war.«

Eine Gänsehaut zog sich über meine Unterarme. »Ich dachte zunächst, Mariella wäre mit Rafael ausgerissen und läge glücklich irgendwo am Strand Spaniens.« Ein bitteres Lachen entfloh meiner Kehle. Ich war so gutgläubig gewesen.

»Doch so war es nicht. Rafael war nicht der liebevolle Mann, für den er sich im Internet ausgegeben hatte. Er gehörte einem

Clan an, der durch eine Journalistin von meiner Familie erfahren hat. Die Journalistin wollte eine Enthüllungsstory über meinen Vater schreiben, doch weit kam sie nicht. Was mit ihr schlussendlich passiert ist, weiß ich nicht, aber bevor sie von der Bildfläche verschwand, hat sie mittels der Informationen bei diesem Clan Schutz gesucht. Sie haben meine Schwester gekidnappt und wollten Lösegeldzahlungen einfordern.«

Ich stockte und kniff die Augen fest zusammen, als diese schmerzlichen Bilder zurückkamen. Ich biss so fest auf meine Zähne, dass ich beinahe sorge hatte, sie würden bald aus meinem Mund bröseln.

»Seid ihr zur Polizei gegangen?«, fragte Azula vorsichtig, entlockte mir damit jedoch nur ein ironisches Lachen. »Nein. Wir haben etwas Besseres: Eastons Familie. Die Clints.«

Verwirrt zog sie die Brauen zusammen.

»Eastons Vater hat alles darangesetzt, Mariella unversehrt nach Hause zu bringen. Er hat überall seine Männer. Spitzel, Beamte, der nette Nachbar von nebenan. Du kannst dir nicht vorstellen, was für ein Netzwerk dieser Mann befehligt.«

»Wieso habt ihr nicht einfach das Lösegeld bezahlt?« Ihre Frage war unschuldig, doch sie führte uns zum Knackpunkt der Geschichte. Jahrelang hatte ich mir dieselbe Frage gestellt.

»Das Schlimmste an Reichtum ist, dass es niemals genug ist. Nicht mal für ihre eigene Tochter wollten sie das Geld aufwenden. Mein Vater wollte sein Gesicht wahren und niemals hätte all das an die Presse gehen dürfen. Wenn man die Polizei involviert, hätte es für Aufsehen gesorgt und das Imperium meines Vaters wäre zu Bruch gegangen. Sie haben geglaubt, Eastons Vater würde das schon Regeln.« Ich schluckte. »Aber falsch gedacht. Sie wurde eine Woche in einer verlassen Fabrik gehalten. Als die Entführer davon Wind bekamen, dass die Clints ihnen auf den Fersen sind, haben sie die alte Fabrik angezündet. Mit Mariella sind jegliche Beweise vernichtet worden.«

Zitternd zog ich die Luft in die Lungen und krampfte die Hände zu Fäusten. Meine Brust bebte, als sich die heißen

Tränen hinter meinen Augen drückten und drohten, wie ein Wasserfall hervorzubrechen. Azulas mitleidiger Blick ging mir durch Mark und Bein. Und das Schlimmste daran: Sie kannte noch nicht die ganze Geschichte.

35

Azula

Ich wollte das tiefe Loch ignorieren, welches meine Gedärme einnahm. Ein kalter Schauer durchzog meinen gesamten Körper, als ich mir vorstellte, wie furchtbar diese Zeit für einen Teenager gewesen sein musste.

Ich wusste nicht, was ich sagen sollte. Nichts wäre gut genug gewesen. Nichts hätte ihm seinen Schmerz nehmen können.

»Die Clints konnten Rafael und ein paar andere seiner Anhänger festhalten. Ich war sechzehn und wusste nicht, wohin mit meinem Schmerz…«

Für ein paar Sekunden herrschte Stille. Erdrückendes, kaltes Nichts durchflutete den Heuboden und Amarillo rang mit sich, die nächsten Worte auszusprechen. Ich hielt die Luft an, während er den nächsten Satz zwischen seinen Lippen hervorpresste. »Sie haben ihn zu uns gebracht und an einen Stuhl gefesselt. Mein Vater meinte ich sollte dem Mörder meiner Schwester in die Augen sehen und all meinen Schmerz rauslassen, damit ich ihn danach vergessen konnte.« Als würde er den Moment noch einmal durchleben, führte er seine Hand nach vorne. Ich konnte es beinahe vor mir sehen. Die Bilder, die seine Träume jagten. Jetzt verstand ich, warum Amarillo nicht ruhig schlafen konnte.

»Mein Vater nahm meine Hand, legte ein Messer hinein und führte sie an seine Kehle. Er hat meine Hand festgehalten und ich habe geschrien, dass ich das nicht wollte. Doch er führte sie einfach immer weiter und hat sie nicht mehr losgelassen.«

Amarillos gesamter Körper versteifte sich, als er davon berichtete und Tränen bahnten sich unkontrolliert ihren Weg über seine Wangen.

»Mein Vater glaubte, es wäre genug, um mich an Mariellas Tod zu rächen und mit meinem Leben fortzufahren.« Er schüttelte fassungslos den Kopf. »Aber das war es nicht. Nachts im Traum holten sie mich immer wieder ein. Das gurgelnde Geräusch, als Rafael an seinem eigenen Blut erstickte, nachdem ich ihm die Kehle aufgeschlitzt hatte.«

Ein unkontrolliertes Zittern nahm seinen Körper ein. Schnell schlang ich einen Arm um ihn und zog ihn näher. Ich kannte das Gefühl, wenn man in die Vergangenheit gezogen wurde. Man wurde einfach hineingeschleudert und musste es wieder und wieder durchleben. Aus diesem Kreislauf auszubrechen, war beinahe unmöglich, hatte man sich einmal hineingesteigert.

Amarillo schluchzte an meine Brust, während ich meine Finger in seinem Strohblonden Haar versenkte und ihn näher an mich zog. Er sollte mich fühlen. Er sollte sich an die Gegenwart klammern, damit er sich nicht in der Vergangenheit verlor.

»Ich wusste, dass Mariella das nicht gewollt hätte, und ich fühlte mich schuldig, weil ich sie nicht aufgehalten habe. Aber im selben Moment bin ich auch so unfassbar sauer auf meine Schwester.«

Zitternd zog er die Luft in sich hinein und wischte schnell die Tränen von seiner Wange. »Sie wollte mich allein lassen. Sie hatte vor, einfach mit irgendeinem Kerl zu verschwinden und mich hier zu lassen. Sie war gewillt, alles auf mich zurückfallen zu lassen. Aber wer kann es ihr verübeln? Wenn ich in ihrer Position gewesen wäre, hätte ich vielleicht genauso gehandelt.« Frustriert schnaufte er und versteckte sein Gesicht hinter seinen goldenen Locken.

»Ich glaube nicht«, flüsterte ich. »Du bist nicht deine Schwester und du hast auch keine Schuld an ihrem Tod. Was du getan hast, warst nicht du. Es war dein Vater.«

Urplötzlich hob er seinen Blick und seine grünen Augen stachen mir wie zwei Dolche entgegen. Das Weiß seiner Augen war vom unkontrollierten Weinen rot unterlaufen und seine Hände zitterten weiterhin in meinem Schoß. Schnell griff ich danach und drückte sie sanft.

»Ich habe das bis heute keinem erzählt. Nicht mal Easton.«

Das schwarze Loch in meiner Brust übermannte mein Herz. Noch nie hatte er jemandem davon erzählt. All der Schmerz, all die Reue hatten ihn Jahrelang zerfressen.

Amarillos Hand wurde von der seines Vaters geführt. Er hatte schon häufig durchscheinen lassen, dass er nicht die Kontrolle über sein eigenes Leben hatte. Er war es, der kontrolliert wurde.

»Ich war viel zu jung, um mich so…« Er stockte und schien nicht zu wissen, wie genau er dieses Gefühl beschreiben sollte.

»…betäubt zu fühlen«, ergänzte ich und nickte.

Er wusste nicht, dass ich dieses Gefühl gut nachempfinden konnte. »Was hast du dann gemacht?«

»Ich habe einen Deal mit meinen Eltern ausgehandelt. Nachdem ich mich für Monate in meinem Zimmer eingesperrt habe und gerade so die High-School abschließen konnte, wollte ich das Land sehen, in das meine Schwester so unbedingt wollte. Also bin ich für drei Jahre nach Spanien gegangen.«

»Was war das für ein Deal?«

»Ich bekomme die Auszeit in Spanien und konzentriere mich dann aufs Studium und meine Zukunft. Ich soll Camilla heiraten und die Kanzlei übernehmen. Eigentlich wollte ich diesen Deal nie erfüllen, doch momentan fehlen mir die Optionen.« Er hob seinen Kopf und sah mir dann direkt in die Augen. »Und dann warst da plötzlich du.«

Sein durchdringender Blick jagte mir einen Schauer über den Rücken. Er hatte seine niedergerissen und nun war ich es, dessen Mauern bröselten. Plötzlich legten sich seine Hände um meine Hüfte und er zog mich an seine Brust, ehe er sich zurück ins Heu fallen ließ.

»Wirst du dich ihrem Willen irgendwann beugen?«, hauchte ich und linste zu ihm hinauf, konnte jedoch nichts weiter sehen als seinen markanten Kiefer, der sich deutlich anspannte.

»All or Nothing. Ich werde mein Leben nicht miserabel verbringen. Lieber bin ich allein, arm und frei, als in Reichtum zu leben und doch nur zu existieren. Sollten sie mich wirklich zwingen Camilla zu heiraten, werde ich gehen und nicht mehr zurückblicken.«

Plötzlich bewegte er sich und zog an seinem Shirt. Perplex erhob ich mich und beobachtete seine schlanken Finger dabei, wie sie den dunklen Stoff über seine Brust zogen. »Ich habe mir ein Tattoo stechen lassen, um mich jeden Tag daran zu erinnern.«

Schnell wanderte mein Blick zu seinen Rippen. Nun hatte ich endlich genug Zeit die Worte unter seiner Haut zu entziffern. *Memento Mori.*

Amarillo verfolgte meinen Blick. »Bedenke, du musst sterben. Meine Schwester ist nie dazu gekommen, ihr Leben zu genießen, mir wird das nicht passieren. Ich werde mir immer der Sterblichkeit bewusst sein.«

Vorsichtig streckte ich meine Hand nach seiner warmen Haut aus und fuhr die dunklen Buchstaben ab. »Wirst du wieder nach Spanien gehen?« Bevor er antwortete, drückte er mich zurück auf seine Brust. »Ich muss wieder dorthin.« Seine Brust vibrierte gegen mein Ohr. »Ich habe dort endlich richtig gelebt.« Das Grinsen auf seinen Lippen wurde immer breiter und ich konnte gar nicht anders, als mit ihm zu lächeln.

»Die meiste Zeit habe ich in Tiernotrettungen ausgeholfen«, gestand er und mir fiel die Kinnlade herunter.

Damit hatte ich nicht gerechnet. Ich dachte, er würde etwas sagen wie feiern, Mädels abschleppen und am Strand chillen, aber das war eine Überraschung. Instinktiv dachte ich an die Party zurück, als er sich um meine Schnittwunde gekümmert hatte.

»Konntest du mich deswegen so gut verarzten?«, fragte ich verblüfft.

Sobald wir dieses Thema angeschnitten hatten, veränderte sich Amarillos gesamter Ausdruck. Er wirkte heller, seine Augen leuchteten und er schien das Grinsen gar nicht mehr aus dem Gesicht zu bekommen. »Du wärst überrascht, wie viele Tiere in Scherben treten.«

Ein Lachen unterbrach ihn, ehe er urplötzlich wieder nachdenklich wurde. »Ansonsten habe ich viel an den Stränden gesessen und gewartet.«

»Auf was gewartet?« Ich drehte mich in seinem Arm, um ihn besser betrachten zu können. Das fahle Mondlicht, welches durch das runde Fenster auf uns hinab schien, erhellte seine grünen Augen. Mit einer Hand streichelte er meinen Arm hinunter und verursachte eine wohlige Gänsehaut. »Auf den Blitz.«

Verwundert runzelte ich die Stirn. »Was denn für ein Blitz?«

»Kennst du das Buch *Der grüne Blitz* von Jule Verne?«.

Ich antwortete mit einem verneinenden Kopfschütteln. Ich war nicht so die Leseratte und hatte noch nie zuvor von dem Autor oder dem Titel gehört.

»Es handelt von Helena. Als sie achtzehn wird, soll sie verheiratet werden. Helena liest in der Zeitung von dem grünen Blitz, einem seltenen Naturphänomen über dem Meer, wenn die Sonne untergeht. Der Legende nach soll sich, wer das grüne Leuchten sieht, in Gefühl und Liebesfragen nie wieder unsicher sein. Sie will diesen Blitz sehen und begibt sich auf eine Reise nach der großen Liebe.« Er stockte und räusperte sich. »Zu der Zeit habe ich mich von Camilla getrennt, habe keine Ahnung gehabt, wie ich im Leben weitermachen soll, und wusste nicht, ob ich jemals wieder glücklich werden könnte. Ich dachte, wenn ich den Blitz sehen würde, wären alle meine Fragen beantwortet und alle Zweifel klar.«

»Und hast du ihn gesehen?«, fragte ich und rückte ein Stück näher an ihn heran. Nun passten kaum mehr zwei Finger zwischen unsere Gesichter und seine Haare kitzelten mich, als er langsam seinen Kopf schüttelte.

»Nein. Ich habe Stunden damit verbracht, den Himmel über dem Meer zu beobachten, aber bisher ist es mir leider verwehrt geblieben. Es klingt albern, aber es ist mein Lebensziel, ihn einmal zu sehen.«

Ich lächelte und streichelte über seine warme Brust. Die Nachtluft, welche sich durch die Lücken im Holz zog, ließ mich leicht frösteln, doch Amarillos Körper erwärmte mich sofort wieder.

»Ich hoffe für dich, dass du ihn irgendwann sehen wirst«, murmelte ich und bemerkte, wie sich seine Mundwinkel langsam nach oben zogen. »Hast du ein Lebensziel?«

Seine Hand suchte die meine und er verschränkte langsam unsere Finger auf seiner Brust. Ich überlegte einen Moment, doch eigentlich stand mein Ziel schon immer fest. Amarillo hatte, ohne es zu merken, den Schlüssel zu meiner Kiste genommen und das Schloss geöffnet. Jahrelang hatte ich alles in diese Kiste hineingestopft und bis vor ein paar Wochen nicht mehr hineingesehen.

»Freiheit. Absolute Freiheit«, murmelte ich und sah ihm direkt in die grünen Augen.

»Dann sind wir schon mal zwei«, hauchte er. »Wovon willst du dich befreien?«

Er fuhr über meinen Oberarm, bis zu meiner Hand und zog kleine Kreise. Ein Prickeln breitete sich aus und schlagartig fiel es mir schwerer, einen klaren Gedanken zu fassen.

»Von meinem Job. Den Schulden«, begann ich, »von vielen Dingen.« Amarillo hielt inne, sein Daumen blieb stehen und er sah mich ernst an. »Was für Schulden?«

Wahrscheinlich hatte er in seinem Leben dieses Wort noch nie in den Mund nehmen müssen. Ich seufzte, bevor ich den Mut fasste, ihm zu antworten.

»Als ich drei Jahre alt war, ist mein Dad abgehauen. Die typische Ich-geh-mal-eben-Milch-holen Story.« Missbilligend schüttelte ich den Kopf. »Eigentlich wäre es mir egal, hätte er uns nicht seine Spielschulden hinterlassen. Als meine Mom dann auch noch krank wurde und sich die Rechnungen auf dem Küchentisch nur so stapelten, beschloss ich, mir einen Job zu suchen. Zunächst waren es Aushilfsjobs bei der Post, beim Bäcker oder im Callcenter, aber irgendwann reichte es nicht mehr.«

Amarillos Augen durchlöcherten mich beinahe und er hing mir mit jedem Wort an den Lippen. Ich konnte es ihm nicht verübeln. Nicht nur Amarillo war lange ein Mysterium gewesen. Ich ebenso. Ich ließ nicht gerne hinter meine Mauern blicken. Meine Vergangenheit hatte mich dazu gebracht alles mit mir selbst auszumachen, denn es gab keine Stütze. Da war niemand, auf den ich mich verlassen konnte.

»Ich habe dir erzählt, dass ich zum Strippen gekommen bin, weil ich die Freiheit brauchte. Aber das war nur die halbe Wahrheit.« Sein Daumen zog weiterhin kleine Kreise über meine Haut, während er mir gebannt lauschte. »Das Strippen macht nicht frei. Das Geld tut es. Ich brauchte mehr Geld, nachdem meine Mom verstorben ist.« Ich hielt die Luft an und spürte nur mein Herz, dass wild gegen meine Brust pochte. Ich hatte das nie vor jemanden ausgesprochen. Im selben Moment, verblieb Amarillos Finger auf meiner Hand und rührte sich keinen Zentimeter.

Langsam hob ich meinen Blick und traf seinen.

»Es tut mir so unfassbar leid.« Seine Hand landete an meiner Wange und ich lehnte mich in sie hinein. Er strich mir ein paar Haarsträhnen aus dem Gesicht und ich genoss die tröstliche Nähe.

»Meine Mom ist vor zwei Jahren an Krebs verstorben. Die Bank hat sich das Haus genommen, in dem ich aufgewachsen bin, dennoch war der Berg an Schulden riesig. Da musste ich mir etwas einfallen lassen.«

Ich hatte diese Erinnerung in die Kiste gesteckt und abgeschlossen. Meine Mom war verblasst und ich hatte niemanden, der sie mit mir aufleben lassen konnte. Die letzten Jahre hatte ich sie so weit verdrängt, dass es beinahe so war, als hätte sie nie existiert. Das Schloss an der Kiste war rostig und alt geworden. Es war nur eine Frage der Zeit bis all diese Dinge heraustreten würden. Auf eine verdrehte Art und Weise verband das Amarillo und mich. Er hatte sich mir geöffnet. Ich musste endlich lernen dasselbe zu tun.

»Die ersten Monate nach ihrem Tod waren schwer. Ich habe versucht mit der Trauer, den Schulden und der Bewerbung für Colleges klarzukommen. Irgendwann bin ich Laurie begegnet.«

Amarillo runzelte die Stirn. »Die vollbusige Blondine?«

»Ja. Sie kam eines Abends in das Restaurant, in dem ich zu der Zeit gearbeitet habe, und hat mir ein großzügiges Trinkgeld gegeben. Sie war so eine schillernde und selbstbewusste Person. Jeder dort drehte sofort den Kopf zu ihr um. Sie lachte laut und frei, störte sich nicht daran, was die anderen von ihr dachten, und das bewunderte ich. Wir sind ins Gespräch gekommen und sie hat mir angeboten, mich einmal mit in den Club zu nehmen.«

Amarillo lachte und schüttelte ungläubig den Kopf. »Sie hat dich zum Strippen verleitet?«

»Sie hat mich dem Clubbesitzer vorgestellt und Tanzstunden gegeben. Zu der Zeit war es gutes Geld und ich konnte bis jetzt zumindest einen Großteil der Schulden bezahlen, aber es macht abhängig. Man möchte keinem anderen Job mehr nachgehen, weil die Bezahlung so gut ist, aber mir ist immer bewusst, welchen Preis ich dafür zahle.«

Amarillos Blick begegnete meinem und für eine Sekunde verlor ich mich in seinen Augen. Jeder Gedanke, jede Sorge war wie weggefegt, als ich ihn ansah. Ich sah all den Schmerz, den er verspürt hatte, all die Schuldgefühl und dann mischte sich etwas dazu, was ich bei ihm noch nicht gesehen hatte. Zuneigung. Uns verband die Suche nach Freiheit und der erste Schritt war es, uns von unserer Vergangenheit freizumachen.

»Mein Lebensziel ist es, nicht mehr von dem Geld abhängig zu sein, die Schulden zu bezahlen und all das hinter mir zu lassen«, fasste ich zusammen und wartete auf Amarillos Reaktion.

Anstatt zu antworten, zog er mich an der Wange an sich heran. Sanft drückte er seine Lippen auf meine. Ein wohliges Kribbeln entsprang an der Stelle, an der er mich berührte und zog sich bis in meine Magengegend. Sein Kuss war innig und süß, ganz anders als die, die wir zuvor geteilt hatten. Diesmal war er nicht von Lust und Begierde geprägt. Etwas anderes schlummerte in ihm. Etwas Echtes, Unheimliches und zugleich Wunderschönes.

Er hatte mich gewarnt, mich nicht in ihn zu verlieben, doch ich tat es. Mit jedem Blick, jedem Wort und jeder Berührung, versank ich tiefer in ihm und drohte zu ertrinken.

36

Azula

Ich wurde von den grellen Sonnenstrahlen geweckt, die durch das runde Fenster hindurch auf das Stroh um uns herum fielen. Ich blinzelte und tastete nach Amarillos Brust. Wir waren gemeinsam auf dem Heuboden eingeschlafen und nun suchten meine Finger wieder seine Nähe. Als ich jedoch ins nichts als Stroh griff, sah ich mich irritiert um.

Er war nicht mehr da.

Mit müden Augen bahnte ich mir meinen Weg die klapperige Holzleiter hinunter in den Stall. Auch dort war kein Zeichen von ihm, also öffnete ich die schwere Holztür und wurde von dem warmen Morgenwind empfangen, der über die Felder pfiff. Das lange Gras wiegte sich sanft im Wind und die Pferde schienen das Wetter ebenso zu genießen, wie ich es tat.

Im Haus angekommen, traf ich auf Easton, der hektisch seine Sachen zusammensuchte und Oakley, die am Esstisch saß und ihren Kaffee trank.

»Willst du auch einen?« Sie deutete auf eine dampfende Kanne, die auf der Mitte der dunkeln Holzplatte platziert war.

Ich nickte schnell und goss mir die heiße Flüssigkeit in eine überdimensional große Tasse.

»Wo waren du und Amarillo die ganze Nacht?« Oakley hatte verspielt ihre Brauen gehoben und musterte mich mit amüsiertem Blick.

»Ich könnte dich und Easton doch dasselbe fragen«, neckte

ich und nahm den ersten Schluck des Lebenselixiers.

Als Amarillo jedoch mit nassen Haaren aus einer der Türen kam, verschluckte ich mich beinahe. Er hatte sich ein Handtuch locker um die Hüften gewickelt und nahm sich ebenfalls einen Kaffee. Oakleys Augen wurden groß, während sie ihren Blick auf mich gerichtet hielt. Ich wartete darauf, dass er etwas sagen würde, doch das tat er nicht.

Als ich dann »Guten Morgen«, hauchte, traf mich sein kühler Blick. Er verzog keine Miene, nahm eine Schluck des Kaffees und sagte: »Pack deine Tasche. Wir fahren gleich, sonst ist auf dem Highway die Hölle los.«

Sein schroffer Ton ließ mein Herz einen Schlag aussetzten, nachdem es zuvor wie wild gepocht hatte. Er war auf einmal wie ausgewechselt. Als wäre gestern Nacht nur ein Traum gewesen.

*

»Habt ihr alles?«, fragte Easton und verstaute seinen Rucksack auf dem Beifahrersitz seines Audis, nachdem er Oakley ihre Tasche abgenommen hatte. Amarillo hatte mich meine Tasche selbst tragen lassen, als wäre es seine Art zu sagen: Ich will nicht mit dir reden und keinerlei Körperkontakt haben.

Je länger er mich ignorierte, desto größer wurde das Loch in meiner Brust.

Camilla kam aus dem Haus und überreichte ihrem Chauffeur die Sachen, während Amarillo hinter ihnen die Tür zuzog.

»Sollen wir losfahren?«, fragte er kühl und strich sich die blonden Locken aus der Stirn. Ich nickte zaghaft und begleitete ihn zu seinem Auto. Als ich die Tür öffnete, blies mir ein Schwall Hitze entgegen. Ich wartete einen Moment, bevor ich mich setzte. Das Leder der Sitze war warm und die Luft so stickig, dass ich die Tür weiterhin offenhielt, damit ein wenig der frischen Morgenluft hineinkommen konnte.

Amarillo setzte sich und schlug die Tür zu. *Was war nur in ihn gefahren?* Er schüttete mir sein Herz aus, vertraute mir seine Geheimnisse an und am nächsten Tag war er wieder ein Eisblock. Genervt schnaubte ich auf. Es war wohl wirklich nur ein Traum gewesen und nun befand ich mich wieder in meinem Albtraum.

Amarillo startete den Motor und ich blickte ein letztes Mal auf die Farm. Obwohl wir nur einen Tag hier verbracht hatten, fühlte es sich wie ein ganzer Urlaub an. Die frische Luft, der See und das Ambiente hatten wahre Wunder auf meine angespannte Psyche gewirkt, auch wenn Amarillo als dies wieder zunichte machte. Innerlich hoffte ich, dass ich nicht das letzte Mal hier gewesen war. Ich wäre gerne im See schwimmen gegangen und hätte gerne die Wälder rund herum erkundet. Doch dafür blieb leider keine Zeit, denn Morgen standen die ersten Klausuren an.

Wir fuhren den Schotterweg zurück und durch die Berge, bis wir wieder am Highway angelangt waren. Eine unangenehme Stille hatte sich breitgemacht. Amarillo sagte kein Wort, schaute verbissen auf die Straße vor sich und drehte sich kein einziges Mal in meine Richtung. Sogar die Gänge legte er forscher ein, als ich es von ihm gewohnt war. Ich erwog, ihn darauf anzusprechen, doch die eisige Stimmung im Auto hinderte mich daran. Die gesamte Fahrt überlegte ich krampfhaft, was ich sagen sollte. Jedes Mal, wenn ich auch nur zu tief Luft holte, verspannte sich Amarillos Kiefer stärker. *Was zur Hölle war los mit ihm?* Irritiert starrte ich wieder aus dem Fenster und beobachtete die Landschaft, wie sie an uns vorbeizog.

Nicht mal das Radio hatte er angestellt, aber die erdrückende Stille machte mich beinahe wahnsinnig, also griff ich nach dem Regler und fing mir sofort einen mahnenden Blick seinerseits ein.

»Lass es«, fauchte er.

»Entschuldigung?«, ging ich ihn genauso pampig an.

Amarillo knirschte mit den Zähnen und atmete kurz durch. »Ich möchte keine Musik hören.« Er versuchte, gelassen zu klingen, doch den aggressiven Unterton hörte ich sofort heraus.

Dann platzte mir der Kragen. »Kannst du mir mal verraten,

was dein verficktes Problem ist?«

Amarillo atmete abermals tief durch und versuchte, ein Lächeln aufzusetzen, woran er jedoch kläglich scheiterte. »Nichts.«

Unsere Augen trafen sich für eine Sekunde, als er den Blick von der Straße nahm.

»Haben Männer neuerdings auch ihre Tage?«, fragte ich aufgebracht und verschränkte die Arme vor der Brust. »Keine Ahnung, was mit dir seit heute Morgen los ist, aber du brauchst mich nicht wie Luft zu behandeln.«

Anstatt zu antworten, hielt er seinen Blick starr auf die Straße. Das Weiß seiner Knöchel trat so stark hervor, dass ich Angst hatte, er würde bald das Lenkrad abreißen.

Als wir auf den Parkplatz an meinem Wohngebäude fuhren, konnte ich es gar nicht erwarten, das Auto zu verlassen. Noch bevor es zum Stehen kam, riss ich die Tür auf, schnallte mich ab und sprang heraus. Ich öffnete den Kofferraum, griff nach meiner Tasche und knallte die Tür mit besonders viel Nachdruck zu. Das schien Amarillo gar nicht zu gefallen, denn plötzlich schlug er seine Tür auf und er stieg mit rasendem Blick aus. Aufsässig starrte ich ihn mit erhobener Augenbraue an und wartete, was er zu sagen hatte. Sollte er ruhig. Als er mich nur weiter anstarrte und anscheinend mit den Worten rang, keifte ich ihn zuerst an. »Keine Ahnung, was in dich gefahren ist, aber du musst mich nicht so behandeln!«

Seine Augen weiteten sich und seine Hände ballten sich zu Fäusten. Er schien immer noch nicht die richtigen Worte gefunden zu haben, also ließ er nur einen spottenden Laut von sich und stieg zurück ins Auto. Als er mit durchdrehenden Reifen vom Parkplatz sauste, schüttelte ich nur verächtlich den Kopf.

Mein Herz schlug mir bis zur Brust und ich brodelte weiterhin innerlich, als ich die Zimmertür aufschloss. In unserem Zimmer war es stickig, also riss ich sofort die Fenster auf.

Ich checkte mein Handy, ob Oakley mir eine Nachricht hinterlassen hatte, und tatsächlich ploppte sofort eine auf.

Easton und ich lernen noch etwas zusammen für die Klausur. Vielleicht komme ich erst morgen zurück.

Ich beschloss, den Mittag zu nutzen, um meinen Lieblingsbeschäftigungen nachzukommen: Eiskaffee trinken und stumpf durch Social Media browsen. Für mehr hatte ich keine Kraft.

Immer wieder schwebte mein Finger über der Tastatur, kurz davor eine böse Nachricht an Amarillo zu schreiben, aber ich hielt mich zurück. Das wäre einfach nur lächerlich. Dennoch hasste ich das Gefühl, nicht zu wissen, was ich falsch gemacht hatte. Seufzend vergrub ich meinen Kopf im Kissen. Amarillo war unheimlich kompliziert. Beinahe bipolar. Im ersten Moment liebevoll, witzig und jemand mit Zielen und Träumen im Leben und kurz darauf wieder das kühle Arschloch. Genauso wie an dem Tag, als ich ihn kennengelernt hatte.

Genervt schlug ich die Decke über meine Beine. Es war zwar erst 9pm, aber mittlerweile langweilte mich Social Media und ich musste zunehmend dem Drang widerstehen, mein Handy in die Hand zu nehmen und Amarillo eine Standpauke zu halten.

Schnaubend versuchte ich mein Herz zu beruhigen, doch meine Gedanken konnte ich nicht so einfach abstellen. Immer wieder kreisten sie um letzte Nacht. Dem Gefühl, wie sich seine Lippen meinen angeschmiegt hatten und perfekt, wie zwei Puzzleteile, aneinanderpassten. Dann wirbelten sie um Amarillos Schmerz und seine Vergangenheit. Ich konnte ihn nun besser verstehen. Seinen Kontrollzwang. Er war nicht derjenige, der sein Leben kontrollierte, daher wollte er verzweifelt alles andere kontrollieren. Und diese Erkenntnis machte es umso schwerer. Er bedeutete mir etwas und sein Verhalten heute, tat nun mehr weh als je zuvor. Ich hatte das Gefühl gehabt, unsere schmerzliche Vergangenheit hatte uns verbunden, aber anscheinend war ich die Einzige, die diese Verbindung gespürt hatte.

Frustriert zog ich die Decke über den Kopf und kniff die Augen zusammen. Ich versuchte, mich auf den leichten Wind vorm Fenster zu konzentrieren. Meine Atmung wurde flacher und schon bald driftete ich ab.

Ich bemerkte zunächst nicht, wie sich die Zimmertür öffnete. Nur das Knarzen der Holzdielen konnte ich kurze Zeit später wahrnehmen. Wahrscheinlich war Oakley doch nach Hause gekommen. Die Schritte waren langsam und kontrolliert. Ich hielt meine Augen weiter geschlossen und lauschte ihr, wie sie die Tür schloss und immer weiter in den Raum trat. Vorsichtig, wahrscheinlich darauf bedacht mich nicht zu wecken, bahnte sie sich ihren Weg zu ihrem Bett. Ich hörte das Knarzen der Matratze, als sie sich daraufsetzte.

Als sie sich dann jedoch plötzlich erhob, riss sie mich aus meinem Dämmerzustand. Sie machte einen Schritt auf mich zu, immer näher. Ich spürte einen warmen Hauch auf meiner Haut. Verwirrt öffnete ich die Augen und wollte Oakley fragen, ob alles okay ist, doch durch die Finsternis erkannte ich nicht meine beste Freundin.

Eine männliche Statur prangte über mir.

Mein Herz setzte einen Schlag aus und mein Atem stockte schmerzhaft, bis sich das laute Schreien von ganz allein aus meiner Kehle drückte. Sofort schreckte die Person zusammen, als ich mich hektisch aufrichtete und schützend die Arme vor meine Brust nahm. Anstatt mich anzugreifen, suchte er das Weite und stürmte aus der Tür. Meine Atmung ging hektisch, als meine Augen den Kerl verfolgten. Ich konnte nicht viel erkennen, nur eine dunkle Kapuze, die er sich tief ins Gesicht gezogen hatte.

Mein Herz schlug mir bis zum Hals, als ich mit zitternden Fingern das Nachtlicht auf meinem Tisch anschaltete und nach meinem Handy tastete.

Immer wieder flog mein Blick zurück zur Tür, die weiterhin sperrangelweit offenstand. Mit Schnappatmung und einem flauen Gefühl in der Magengegend zog ich mein Handy hervor. Mit ausgekühlten Fingern wählte ich Oakleys Nummer.

Mein Blick hing stur an der Tür. Er könnte zurückkommen. Während es am anderen Ende der Leitung klingelte, erhob ich mich mit wackeligen Beinen. Ich hielt die Luft an, während ich durch das Zimmer trat und einen schnellen Blick in den dunklen Flur wagte. Zitternd zog ich die Luft in meine Lungenflügel. Dort war niemand. Nur die Finsternis der Nacht hatte sich ausgebreitet. Schnell zog ich die Tür zu und lehnte mich mit dem Rücken dagegen. Ich wartete darauf, dass Oakley endlich abnahm, aber das tat sie nicht.

Ein frustrierter und zugleich flehender Laut entfloh meiner Kehle. In Gedanken ging ich die Optionen durch, doch nur eine einzige erschien mir wirklich sinnvoll: Amarillo anrufen.

37

Amarillo

Ich starrte auf den Whiskey in meiner Hand und drehte ihn immer wieder in dem Kristallglas. Wie in Trance beobachtete ich die Eiswürfel dabei, wie sie im Alkohol verschwanden. Ich durfte nicht zulassen, dass Azula dasselbe passieren würde. Sie war der Eiswürfel, klar und rein und ich war der brennende Whiskey, der ihren Tod bedeutete. Easton hatte recht behalten. Ich durfte sie nicht in mein abgefucktes Leben ziehen. Es war ohnehin hoffnungslos. Ich dachte, ich könnte zumindest die nächsten Jahre mit ihr verbringen, aber der Ausgang war gewiss. Meine Zukunft war vorherbestimmt und ich durfte sie nicht weiter in Gefahr bringen. Es war ihr gegenüber nicht fair. Ich sollte nicht so egoistisch sein. Sie würde ein besseres Leben führen, wenn ich sie in Ruhe ließ.

Sie hatte heute morgen auf dem Heuboden so friedlich geschlafen. Niemals würde ich zulassen, dass sie dieselben Albträume plagten wie mich. Mein Leben würde ihr diese Albträume bescheren.

Plötzlich wurde ich von meinem Handy aus den Gedanken gerissen. Es brummte auf dem Tisch vor mir. Als ich ihren Namen auf dem Handydisplay sah, machte mein Herz einen Satz. Ich durfte nicht abheben. Ich durfte sie nicht noch weiter in meinen Albtraum mit hineinziehen, aber ich war ein schwacher Mann. Ihr verletzter und zugleich wütender Blick, als sie aus dem Auto gestiegen war, hatte mich den ganzen Tag verfolgt. Ich hielt das vibrierende Handy einen Moment in meiner Hand. Ich wollte mich davon abhalten und sie einfach loslassen, aber meine Finger handelten von ganz allein.

»Azula ich..«, begann ich, wurde jedoch sofort von ihr unterbrechen. »Komm bitte zu mir.«

Ihre Stimme zog mein Herz in ein schwarzes Loch. Ich konnte das Bibbern ihrer Zähne wahrnehmen, als sie versuchte einen vollständigen Satz hervorzubringen. »Jemand war hier. Ein Mann…«

Sie musste gar nicht weitersprechen, denn ich war ohnehin schon aufgesprungen und stopfte meinen Autoschlüssel in meine Tasche.

»Ich bin sofort da. Bleib am Telefon.«

Das Schluchzen, welches als nächstes durch das Telefon hallte, zerriss mich in Stücke.

Die Fahrt über den Campus fühlte sich wie Stunden an, obwohl es nur wenige Minuten waren. Immer wieder erschütterte mich Azulas Weinen und ich sprach beruhigend auf sie ein, während ich mit einer Hand eine Nachricht an Easton schickte und mit der anderen das Auto führte. Ich wusste, dass Oakley bei ihm war und Azulas Zustand nach zu urteilen, würde sie ihre Freundin brauchen. Nach meiner Abfuhr heute Mittag wusste ich jedenfalls nicht, ob ich ihre erste Wahl war.

»Ich bin gleich da, Mi Cielo. Ich bin auf dem Parkplatz.« Ich hatte das Auto noch gar nicht richtig abgestellt, da hatte ich schon die Tür aufgerissen und spurtete ins Haus. Die schwere Holztür zum Wohnheim stand sperrangelweit offen, als ich hineintrat und die Stufen hinauf jagte.

»Ich bin da«, hauchte ich ins Telefon, als ich völlig außer Atem an ihrer Tür stand. Schnell wurde sie aufgerissen und Azula taumelte mir entgegen. Ihre Hände krallten sich sofort in mein Shirt und ein unkontrolliertes Schluchzen übernahm ihren Körper.

Sofort nahm ich ihre Hüfte, drückte sie an meinem Körper hinauf und trug sie wieder ins Zimmer. Schnell schloss ich die Tür hinter uns und hielt sie. Ich legte meinen Kopf in ihrer Halsbeuge ab und zog ihren Duft ein, während ich immer wieder an ihre Haut murmelte: »Ich bin da, Mi Cielo. Er zähl mir was passiert ist.«

»Da war ein Kerl. Er hat sich in mein Zimmer geschlichen und mich beobachtet.« Ihre Stimme wurde immer wieder von verzweifelten Schluchzern unterbrochen, aber die Informationen reichten, um mir das Herz aus der Brust zu reißen. Meine Gedanken strudelte sofort an letzte Nacht zurück. *Was, wenn wir belauscht wurden?* Wir waren auf dem Anwesen der Clints. Da waren Wanzen keine Überraschung. Ich verfluchte mich selbst, dass ich ihr von meiner Vergangenheit erzählt hatte. Ich war es, der sie in Gefahr gebracht hatte.

»Es tut mir so leid, Mi Cielo.« Ich trug sie weiter und ließ mich mit ihr gemeinsam auf ihr Bett fallen. Plötzlich klopfte es an der Tür und Azula erstarrte in der Umarmung. Jeder Muskel war zum Bersten Angespannt und ihr Blick traf meinen. In ihren Augen erkannte ich die pure Panik, als es abermals klopfte.

»Azula?« Oakleys stimme drang durch das spröde Holz und Azulas Muskeln entspannten sich urplötzlich.

»Ich habe Easton gesagt er soll Oakley herbringen.« Ich erhob mich und öffnete schnell die Tür. Sofort war ihre beste Freundin hineingestürzte und kniete sich vor Azula, die sich auf die Bettkante gesetzt hate. Immer wieder rieb sie ihr über die zitternden Arme. »Was ist passiert?«

Azula kniff die Augen zusammen, als sie sich daran erinnerte, also kam ich ihr zuvor. »Ein Mann ist ins Zimmer gekommen und hat Azula beim Schlafen beobachtet.«

Mein vielsagender Blick wanderte zu Easton, der sofort das Türschloss kontrollierte. »Keine Einbruchspuren. Da war ein Profi am Werk.«

Er hielt einen Moment inne und musterte mich dann. »Glaubst du das wirklich?« Easton wusste sofort, was meine Vermutung war. Mein Blick verriet es.

»Glaubst du was?«, richtete Azula die Frage an mich, während sie versuchte aus Eastons Mimik schlau zu werden.

»Glaubst du wirklich, deine Eltern würden so weit gehen?«,

nuschelte Easton eindringlich und nahm seinen Blick nicht von mir.

»Ich würde es ihnen zumindest zutrauen«, flüsterte ich.

Sofort griff Azula nach meiner Hand und zwang mich, sie anzusehen. Ich konnte in ihren Augen erkennen, wie sie an meine Vergangenheit dachte. Was mein Vater getan hatte. Was Easton und meine Familie im Stande waren zu tun. Sie war nicht die Einzige, die diesen Gedanken hegte und ich sah betroffen zu Boden. Es war meine Schuld. Ich hätte wissen müssen, dass meine Familie alles tun würde, damit ich Camilla heiratete. Der Ring an Camillas Finger war kein Versprechen der ewigen Liebe. Es sollte ein Versprechen gegenüber meinem Erbe sein.

Nun war es Easton, der sich die Haare raufte. »Ich habe dich gewarnt. Du solltest sie da raushalten!«

Oakley versteifte, als er anklagend auf uns beide zeigte.

»Versuch bei deinem Vater irgendetwas in Erfahrung zu bringen«, raunte ich und verschränkte Azulas Finger mit meinen. Ich wusste, dass es ein Fehler war. Ich war egoistisch, weil ich sie in mein Leben zog. Ich brauchte ihr offenes Ohr, um meiner Seele Ruhe zu verschaffen. Ich brauchte ihre Nähe, um schlafen zu können und die Albträume für nur eine Nacht abzuschalten. Ich brauchte sie.

Easton fuhr sich frustriert mit der Zunge über die Zähne und stemmte die Hände in seine Hüfte. »Ich hoffe für dich, dass mein Vater nichts damit zu tun hat.«

Bevor er den Raum verließ und den dunklen Flur entlang joggte, deutete er anklagend mit seinem Finger auf mich.

»Oakley, ich möchte kurz allein mit Azula sprechen.« Meine Stimmte klang gebrochen in dem stillen Zimmer.

»Ich warte vor der Tür. Hoffen wir, dass sich der Kerl nicht traut zurückzukommen.« Als sie die Tür ins Schloss fallen ließ, zog ich Azula an mich heran. Noch immer konnte ich ihr Herz wie wild gegen ihre Brust hämmern hören.

»Tut mir leid«, hauchte ich unvermittelt gegen ihren Haarschopf.

»Was tut dir leid?« Ihr Blick wanderte in meinen.

»Dass ich dich mit reingezogen habe. Ich hätte wissen müssen, dass das passiert.« Ich schluckte hart. »Nachdem ich dir gestern all das erzählt habe, ist mir klar geworden, wie dumm das war.«

Verwirrt zog sie die Augenbrauen kraus. »Was meinst du?«

»Easton hat mich gewarnt, aber ich wollte nicht hören. Ich dachte, ich könnte meine Eltern umstimmen. Als mir klar wurde, dass das nicht eintreten wird, wollte ich dich gehen lassen. Ich habe die Fotos gelöscht und wollte dich nicht länger zwingen, an meiner Seite zu sein.« Ich hauchte die Worte kaum mehr, aber Azula hing gebannt an meinen Lippen. »Aber nach gestern Abend ist mir klar geworden, dass ich dich in Gefahr bringe. Jede Sekunde mit mir macht dich zur Zielscheibe.«

Sie sah mich aus großen Augen an. Das Blau ihrer Iris wurde beinahe vollkommen von ihren schwarzen Pupillen eingenommen.

»Ich bin ein Egoist, weil ich mich trotz allem nicht von dir fernhalten kann.« Meine Hand legte sich in ihren Nacken und zog sie näher an mich heran, als ich sanft meine Lippen auf ihre legte. Sie hielt die Luft an, doch dann wurde sie weich und erwiderte meinen Kuss.

»Danke«, murmelte sie, als ich mich von ihr löste. Irritiert musterte ich sie im fahlen Schein der Nachttischlampe. »Dafür, dass du ein Egoist bist.«

Ein Lächeln drängte sich auf meine Lippen als sie ihre Finger in meinem T-Shirt verkeilte und mich abermals an ihre Lippen zog. Es war falsch. Ich hatte keine Zukunft mit ihr, aber ich konnte zumindest ihre Nähe genießen, solange sie noch mein war. Solange wir gemeinsam in diesem Käfig eingesperrt waren würde ich nicht zulassen, dass ihr jemand etwas antat.

38

Azula

Nachdem die Sonne endlich aufgegangen war, beruhigte sich allmählich mein Herz. Die Anspannung fiel ab, als würde das Hereinbrechen des Tages Sicherheit bedeuten. Amarillo hatte die ganze Nacht auf meinem Schreibtischstuhl neben der Tür gesessen, obwohl Oakley und ich ihm mehrmals angeboten hatten, dass er in meinem Bett schlafen konnte. Jedoch ließ er sich nicht abbringen.

Ständig textete er Easton in der Hoffnung, dass er Antworten hatte, doch sein Vater schwor nichts damit zu tun zu haben. Das Ganze machte mir noch mehr Angst. Keinen Anhaltspunkt zu haben, wer dieser Mann war, war noch bedrückender.

»Möchtest du zur Vorlesung gehen?«, fragte Amarillo vorsichtig und begutachtete mich eingehend.

Müde nickte ich. »Ist mir lieber, als hier zu bleiben.«

»Ich ziehe mich schnell um und dann gehen wir zusammen. Warte einfach hier und mach dich frisch.« Er führte seine Hand zu meiner Wange und strich dann sanft mit dem Daumen darüber. Ein wohliges Gefühl bahnte sich über meine Haut und ich vermisste es, sobald er sich zurückzog.

Gemeinsam liefen wir zum Ostcampus und ich genoss das milde Wetter. Die Luft wurde zunehmend kühler und die Wiesen erstrahlten in einem saftigen Grün, da die Sommersonne nun nicht mehr erbarmungslos hinunter knallte. Amarillo hielt mir sogar die Tür auf, als wir ins Gebäude traten.

Sebastian kam in den Raum und richtete hektisch seine Brille auf der Nase. Er startete sofort mit der Vorlesung, ohne seine gewöhnliche Begrüßung.

Meine Gedanken drifteten ab. Immer wieder holte mich die letzte Nacht ein. Mein Herz schien aus meiner Brust zuspringen, sobald ich an den warmen Atem in meinem Gesicht dachte und das flaue Gefühl in meiner Magengegend konnte ich nicht abschütteln.

»Was ist eigentlich zwischen dem Professor und dir?«, raunte Amarillo plötzlich leise und riss mich dadurch aus der Erinnerung.

Verdutzt blickte ich ihn an. »Was meinst du?«

Er zog tief die Luft ein und musterte mich. »Ist dir wirklich nicht aufgefallen, dass er dich ständig ansieht?«

Ich zuckte nur unwissend mit den Schultern, doch es war mir aufgefallen. Sebastian hatte mir deutlich zu verstehen gegeben, dass er mehr von mir wollte.

Amarillo räusperte sich leise und setzte hinzu: »Es gefällt mir nicht.«

»Was gefällt dir nicht?«

»Wie er dich ansieht.«

Obwohl es das nicht sollte, freute mich Amarillos Eifersucht.

»Du bist nicht wirklich mein Freund, schon vergessen? Du hast keinen Grund eifersüchtig zu werden«, stichelte ich und stieß ihm spielerisch in die Seite. Ich bemühte mich die Stimmung aufzulockern, die sich seit gestern Nacht wie ein grauer Schleier über alles legte, aber Amarillo ging nicht auf meine Anspielung ein. Er starrte weiter in Sebastians Richtung und ich konnte beinahe die Zahnräder in seinem Gehirn ächzten hören. »Das meine ich nicht. Seine Art ist mir zuwider.«

*

»Miss Davis«, unterbrach mich Sebastian, während ich meine Tasche packte und die anderen Studenten nach Ende der Vorlesung aus dem Raum strömten. Hektisch blickte ich auf und sah in seine braunen Augen.

»Ich möchte mit Ihnen noch etwas besprechen. Macht es Ihnen etwas aus, länger zu bleiben?«, fragte er und sah prüfend zu Amarillo. Dieser starrte auf ihn herab wie ein wilder Puma, der bereit war, ihm an die Gurgel zu springen, wenn es nötig wäre. Ich nickte und bedeutete Amarillo draußen auf mich zu warten. Nur widerwillig ließ er die Tür ins Schloss fallen.

Sebastian wartete am Pult, bis ich meine Sachen gepackt hatte und mich zu ihm nach vorne begab. Er stand mit verschränkten Fingern dort und beobachtete jede meiner Bewegungen genauestens. Irgendetwas an seinem Blick hatte sich verändert. Noch nie war es mir unangenehm gewesen, wenn er mich angesehen hatte. Heute wirkten seine Augen wie zwei Dolche, die sich mehr und mehr in meine Haut bohrten. Erwartungsvoll sah ich ihn an, als er sich plötzlich räusperte und etwas aus seinem Aktenkoffer kramte.

»Ich habe hier deinen Test«, begann er und sah mich ernst an. Noch nie zuvor hatte ich ihn so erlebt und mein Bauchgefühl sagte mir, dass etwas ganz und gar nicht stimmte. Fragend blickte ich zwischen ihm und dem Blatt Papier in seinen Händen hin und her.

»Azula, ich muss dir leider sagen, dass du nicht bestanden hast.«

Mein Herz sackte ein Stück ab, als er diese Wörter sprach, doch ich war ebenso verwirrt. *Eigentlich wurden die Ergebnisse online veröffentlicht, wieso sagte er es mir persönlich?* Bevor ich ihn danach fragen konnte, kam er gemächlich auf mich zu.

»Wenn du diesen Test nicht bestehst, kann ich dir die Credit Points für dieses Semester nicht geben.« Er trat immer näher, bis ich beinahe vollkommen an einen der Tische hinter mir gedrückt war und uns nur noch wenige Zentimeter trennten. Sein Blick war dunkel, die Stimme rau und ein unangenehmes Gefühl breitete sich immer weiter in mir aus. Als wäre es meine Intuition, die mich vor etwas warnen wollte. *Oder war ich einfach nur verrückt? Hatte mich die letzte Nacht so traumatisiert, dass ich nun Dinge wahrnahm, die gar nicht existierten?* Nein, Sebastian war anders. Plötzlich wirkte sein Blick nicht unschuldig wie sonst, sondern etwas Düsteres verbarg sich darin.

»Was sind meine Optionen? Kann ich einen Vortrag halten, um die Credits zu bekommen?«, erkundigte ich mich stockend und setzte ein verkrampftes Lächeln auf, um die Situation aufzulockern.

Sebastian schüttelte den Kopf, als sich ein schiefes Lächeln auf seine schmalen Lippen schummelte. »Nein, aber ich habe eine andere Idee.«

Schlagartig griff er nach meiner Hüfte und zog mich an sich ran. Ich prallte mit dem Ellenbogen gegen seine Brust und spürte, wie sich seine schlanken Finger immer weiter in meine Haut krallten. Ich stemmte mich gegen ihn und wollte Abstand zwischen uns bringen, doch er hatte mich zwischen sich und das Pult gedrückt.

Sein Atem roch nach Kaffee und den Resten seines Frühstücks. Er legte den Kopf schräg und fuhr mit seinen Augen über mein Gesicht. In Schockstarre verfolgte ich jede seiner Bewegungen. Er presste mich immer näher an sich, bis er unerwartet mit einem Test vor meiner Nase wedelte. »Wenn du diesen Kurs bestehen willst, schlage ich vor, dass du mich davon überzeugst.«

Die Angst überrollte mich wie eine Lawine. Das makellose Bild von meinem Professor zersprang in dieser Sekunde in tausend Teile und die Scherben trafen mich tief ins Herz. Panik durchflutete meine Adern und das Adrenalin ließ mich wie gehemmt wirken. Ich konnte keinen Muskel regen, als er mir immer näherkam und versuchte, seine Lippen auf meine zu pressen.

Im letzten Moment, als ich ihn schon beinahe schmecken konnte, nahm ich alle Kraft in mir zusammen und stieß ihn ruckartig von mir. Schnell drückte ich mich an ihm vorbei und spurtete zur Tür. Mit dem Türknauf im Rücken, drehte ich mich ein letztes Mal um.

»Wenn Sie mich nicht bestehen lassen, wird der Dekan von diesem Vorfall erfahren. Wenn Ihnen etwas an ihrem Job liegt, wäre ich sehr vorsichtig, was Sie als Nächstes tun!«, drohte ich mit fester Stimme.

Regel Nummer eins, wenn man es mit solchen Männern zu tun hat: Wirke niemals verletzlich. Eine Regel, die man schnell verinnerlicht, wenn man als Stripperin arbeitet. Stärke und Selbstbewusstsein verschrecken die meisten, doch in Sebastians Blick lag mehr.

Ein tiefes Loch tat sich in mir auf und verschluckte meine Gedärme. Sie drehten sich ein, wirbelten umher und der Kaffee, den ich heute Morgen getrunken hatte, schien mir wieder hochzukommen. Während Sebastian meinen Körper musterte und sein feines Lächeln langsam verschwand, nutzte ich den Moment und riss die Tür auf.

Amarillo machte sofort ein paar lange Schritte auf mich zu. »Was wollte er?«, fragte er schroff, doch sobald er meinen Gesichtsausdruck sah, wurde sein Ton weicher. »Mi Cielo, was wollte er von dir?«

Zittrig sah ich zu ihm hoch und schluckte hart. »Ich habe den Test verkackt.« Amarillo musste von dem Vorfall nichts wissen. Er würde ihm wahrscheinlich die Augen ausreißen. Dieses Blutbad wollte ich nicht verantworten.

Verwirrt wanderten seine Pupillen über mein Gesicht, ehe er meine Hände in seine nahm und sanft mit seinem Daumen darüberstrich. »Mach dir keine Sorgen, du bestehst den Kurs bestimmt.«

Ich schluckte und entzog ihm meine Hände. »Ich muss jetzt zur Arbeit.«

»Komm nach der Arbeit zu mir. Ich will nicht, dass du alleine mit Oakley im Wohnheim schläfst, bevor ich nicht das Schloss ausgetauscht habe.« Er wollte abermals nach meinen Händen greifen, doch ich ballte sie schnell zu Fäusten. Sein besorgter Blick fraß sich in mein Herz, während ich schnell durch den Flur huschte. Ich wollte nicht, dass er mich berührte. Ich hatte Angst, dass sich seine Berührungen genauso falsch anfühlen würden, wie die von Sebastian.

39

Azula

Den ganzen Weg über den Campus kreisten meine Gedanken wild umher. Immer wieder zog ich den Sauerstoff tief in meine Lungen in der Hoffnung, dass die Gänsehaut verschwinden würde, aber das tat sie nicht. Ständig breitete sich ein mulmiges Gefühl in meiner Magengegend aus und die Erinnerung an Sebastians lüsternen Blick blitzte auf. *Wieso konnte ich nicht einmal eine Pause bekommen?* Nur einen einzigen Tag.

Sobald ich durch die Hintertür kam, begrüßte mich Laurie mit einem strahlenden Lächeln. Dieses verschwand jedoch, als sie meinen Blick bemerkte.

»Babes, was ist passiert. Du siehst aus, als wärst du von einem Truck überrollt worden.«

Ich seufzte und schüttelte nur den Kopf. »Ich möchte nicht darüber reden.«

Alles reizte mich. Das grelle Licht, der Geruch von Parfum, Alkohol und Schweiß hing in der Luft und vor allem das Gefühl meiner eigenen Haut löste Abscheu in mir aus.

Am liebsten wäre ich unter die Dusche gesprungen und nie wieder herausgekommen. Noch nie hatte ich mich so dreckig gefühlt. Nicht einmal, als Amarillo mich an jenem Abend zum ersten Mal berührt hatte. Im Gegensatz zu Amarillos Berührung wirkte die von Sebastian noch obszöner, verruchter und jagte mir einen Schauer über den Rücken, den ich so noch nie zuvor erlebt hatte. Allein der Gedanken ließ meinen Magen von innen nach außen stülpen und ich hatte Sorge, mich zu übergeben. Ich bemühte mich, die Gänsehaut abzuschütteln, doch dieses unwohle, panische Gefühl kam immer wieder in mir hoch.

Im Club sah ich mich ständig um und versuchte, durch das gedimmte Licht die Gesichter der Männer zu erkennen.

Immer wieder kreisten meine Gedanken während des Tanzens um Sebastian und den Mann, der heute Nacht in meinem Zimmer gestanden hatte. Paranoid drehte ich mich blitzschnell in jede Richtung, aus der ich ein Geräusch wahrnahm, und sobald mich jemand berührte, zuckte ich zusammen.

Ich wollte meine Sachen schon für diesen Abend zusammensuchen und zurück ins Wohnheim fahren, um ausgiebig unter der Dusche zu heulen, als mich Jeff von der Bar im Backstagebereich aufhielt. »Azula, jemand hat nach dir gefragt.«

Ich nickte, sah dann aber nochmals fragend zu ihm. »Kannte er meinen richtigen Namen oder hat er meinen Stage Namen benutzt?«

»Er hat nach Azula gefragt. Ich dachte, du kennst den Kerl«, sagte er mit einem Schulterzucken, bevor er wieder durch die schwere Tür verschwand. Amarillo. Er hatte sich wohl sorgen gemacht und wollte den persönlichen Bodyguard spielen. Nach gestern Nacht und Sebastians Verhalten, war mich das jedoch lieber, als allein durch die Dunkelheit zu müssen.

Ich versuchte, ein Lächeln aufzusetzen und selbstbewusst durch den Club zu stolzieren. Die Männer musterten mich mit ihren Blicken und ich wusste genau, was in ihren Köpfen vorging. Mein aufgesetztes Lächeln schmerzte schon beinahe, doch ich schaffte es ohne weitere Vorfälle an das andere Ende des Clubs.

Vor der Tür zum Privatzimmer atmete ich tief durch und bemühte mich, meinen Herzschlag unter Kontrolle zu bekommen. Mein Körper befand sich in einer Art Alarmbereitschaft, die ich nicht abschütteln konnte. Als ich die Tür öffnete und den Mann erblickte, der es sich auf der Couch bequem gemacht hatte, wurde mir auch bewusst wieso.

Meine innere Stimme schrie: »Renn! Schlag die Tür zu und

such das Weite!« Doch ich blieb in Schockstarre im Türrahmen stehen.

»Jetzt tu nicht so erschrocken. Komm rein«, raunte Sebastian und fuhr mit hungrigem Blick meinen Körper ab. Mein Herz schlug mir bis zum Hals und ich versuchte, den dicken Klos herunterzuschlucken, der sich darin gebildet hatte. Meine Hand krampfte sich weiterhin um den Türknauf, während ich in den abgedunkelten Raum starrte.

Sebastian wurde ungeduldig. »Rein kommen.« Seine Stimme hatte einen Ton angenommen, den ich noch nie zuvor von ihm gehört hatte. Er war dunkel und rau. Plötzlich wirkte er mir fremd. Als würde dort auf der Couch ein fremder Mann sitzen und nicht mein Professor. Er sah zwar aus wie Sebastian, aber seine Haltung, sein Ton und seine Aura waren nicht er.

Ich suchte seinen Blick und erkannte zu meinem Erschrecken Garnichts. Nicht das verspielte Funkeln, welches er mir vor ein paar Wochen gezeigt hatte. Das fürsorgliche, warme Gefühl, das von seinen dunklen Augen ausgegangen war, wurde in diesem Moment komplett ausgelöscht.

»Was willst du?«, flüsterte ich, doch er antwortete nicht. Sein Blick hing auf der noch immer geöffneten Tür. »Schließ die Tür und ich verrate es dir.«

Unsicher blickte ich auf meine Hand. Sobald ich diese Tür schloss, waren wir alleine.

Als ich zu lange stockte, grummelte er. »Komm rein, oder ich verpfeife dich beim Dekan.«

Ich zog scharf die Luft ein und drückte mit verkniffenen Augen die Tür zu. Als ich sie wieder öffnete, hatte sich Sebastian zurückgelehnt und tätschelte neben sich das Leder.

Vorsichtig schritt ich auf ihn zu. Die Hände hielt ich verkrampft zu Fäusten und versuchte, mein Herz zu ignorieren, welches wie wild unter meiner Haut pochte. Ich durfte mir die Angst nicht anmerken lassen. Die Ungewissheit, zu was er imstande sein konnte, ließ mir das Blut in den Adern gefrieren.

Als ich mich unbehaglich neben ihn setzte, rückte er augenblicklich ein Stück näher und legte seine Hand auf meinem nackten Bein ab. Sofort zog sich eine unangenehme Gänsehaut auf meinen gesamten Körper.

»Azula«, hauchte er und kam noch näher. Sein Geruch umhüllte mich und biss mir in den Augen. Seine Hand wanderte immer wieder mein Bein hinauf, bis ich sie schlagartig festhielt und gleichzeitig vergaß zu atmen.

»Was willst du verdammt?«, zischte ich und beobachtete ihn, wie sich seine Lippen zu einem Lächeln verzogen.

»Du warst ein unartiges Mädchen«, murmelte er und zog leichte Kreise mit seinem Finger über mein Bein. »Es wäre wirklich schade um dein Studium, wenn der Dekan davon erfahren würde, oder?«

Sofort hielt ich die Luft an und richtete meinen Blick schlagartig auf ihn. Mein Herz schien auszusetzen, als sich sein diabolisches Lächeln breiter zog.

»Was?« Meine Stimme war kaum mehr als ein Hauchen.

Sein Blick verfinsterte sich. »Da du mein Angebot heute Nachmittag nicht angenommen hast, musste ich zu anderen Mitteln greifen.« Seine Hand krallte sich in meine Haut und seine scharfen Fingernägel hinterließen tiefe Furchen. »Es hätte nicht dazu kommen müssen, doch du wolltest es so.«

Plötzlich riss er mich am Arm und drückte mich gegen das Polster. Er positionierte sich auf mir. Hielt meine Hände gefangen und mit seinem gesamten Gewicht auf meiner Hüfte konnte ich nichts weiter anrichten, als hilflos mit den Beinen zu strampeln. Er kam ganz nah an mein Gesicht und zog kräftig meinen Geruch durch seine Nase. Sofort drehte sich mir der Magen um. Hätte ich zuvor etwas gegessen, wäre es nun mit Sicherheit hochgekommen.

»Wochenlang habe ich mich danach verzehrt«, raunte er. »Aber du hast mich immer wieder abblitzen lassen.« Seine Worte verschwammen in meiner Ohrmuschel, als die Panik in mir hochstieg. Ich war wie gelähmt und fürchtete das, was er als Nächstes tun könnte.

Seine widerlichen Berührungen erforschten meinen Körper,

während er weitersprach: »Was glaubst du eigentlich, wie lange ich schon von deinem kleinen Geheimnis weiß? Ich war schockiert, um ehrlich zu sein. Eine Stripperin. Ich hätte mehr von so einem schönen Wesen erwartet.«

Mein Magen drehte sich einmal um sich selbst. Immer wieder wollte ich mich aus seinem Griff befreien, doch er drückte mich genauso schnell fester ins Leder.

»Hör auf zu zappeln!« Seine Hand umfasste mein Kinn. Grob drückte er meine Lippen zusammen und zwang mich, ihm in die Augen zu sehen.

»Hab keine Angst. Niemand wird jemals hiervon erfahren, wenn du jetzt ein gutes Mädchen bist.« Er ließ meine Wangen los und fuhr sachte mit seiner Hand durch meine Haare.

Tränen drückten gegen die Innenseite meiner Augen und ich bemühte mich sie zurückzuhalten, um keine Schwäche zu zeigen. Als er mit seiner Zunge meinen Hals entlangfuhr, sprudelten sie jedoch unkontrolliert hervor und ein verzweifeltes Schluchzen entfloh meiner Kehle.

»Shhh, shhh, shhh«, ermahnte mich Sebastian, »nicht weinen.« Seine widerlichen Worte hallten in meinen Gedanken nach, als ich einen letzten Versuch unternahm, mich zu befreien. Grob zog er mich an den Haaren zurück, als ich ihm in die Hand beißen wollte. Damit entlockte er mir einen schrillen Schrei, den er sofort mit seiner Hand unterdrückte.

Im nächsten Moment knallte etwas hart gegen meine Wange. Für eine Sekunde sah ich schwarz, bevor sich ein heißer, stechender Schmerz von der Stelle ausbreitete. Ich konnte mich nicht auf den Schmerz konzentrieren, den sein Schlag hinterlassen hatte, denn im nächsten Augenblick drückte er mich so tief in das Polster, dass er mir jede Luft zum Atmen nahm.

Mit seinen Lippen ganz nah an meinem Ohr raunte er: »Es hätte nicht so weit kommen müssen, Azula. Daran bist ganz alleine du schuld. Ich habe dich beobachtet, als du geschlafen hast. Wenn ich gewollt hätte, wäre das hier schon längst passiert. Heute Mittag hast du mir den Anlass gegeben, mir zu holen, was ich will.«

Ich versuchte zu schreien und zu strampeln, doch aus meiner Kehle drang nicht mehr als ein jämmerliches Schluchzen, als er an seinem Gürtel herumspielte.

40

Amarillo

In meinem ganzen Leben war ich noch nie so schnell über den Highway gefegt. Ich jagte in Hochgeschwindigkeit über den Asphalt und knallte die Gänge nach oben. Das Auto jaulte und ächzte, als ich es immer wieder antrieb. Mein Fuß drückte sich bis auf den Boden. Mit verbissenem Kiefer und starrem Blick versuchte ich die Gesetze der Physik zu brechen, um schneller bei ihr zu sein. Ich überholte einige erschrockene Autofahrer, die im Dunkel der Nacht meinen Wagen erst verspätet wahrnahmen, doch das war mir egal.

Als ich die Ausfahrt des Highways erreichte, bremste ich kaum ab. In der Kurve driftete ich beinahe gegen die Leitplanke, doch ich hielt das Lenkrad fest und riss es herum. Mit quietschenden Reifen gelang ich auf die Straße und legte sofort hektisch einen niedrigeren Gang ein, um schneller vom Fleck zu kommen. Ich beobachtete die gelb werdende Ampel nicht und heizte im Eiltempo über die Kreuzung hinweg. Mit dampfenden Reifen und einer Vollbremsung hielt ich auf dem Parkplatz des Clubs. Es roch nach verschmortem Gummi, doch das scherte mich recht wenig.

Mein Herz schlug mir bis zum Hals, als ich einen Fuß auf den Asphalt setzte und die Autotür hinter mir zuschlug. Der Türsteher wollte mich aufhalten, als ich mit rasendem Blick auf ihn zugelaufen kam. »Lass mich durch!«

Er packte mich an der Schulter und zog mich zurück, doch ehe er sich versah, landete meine geballte Faust in seinem Gesicht. Ich hatte keine Zeit für diesen Schwachsinn.

Bevor er mich aufhalten konnte, zog ich die kalte Metalltür auf und stürmte in das Vorzimmer. Der Bass dröhnte mir entgegen, aber alles um mich herum schien verschwommen. Ich war wie in einem Tunnel. Mit langen Schritten stürzte ich auf die Bar zu, an der ich den Barkeeper wiedererkannte.

»Bring mich zu Azula«, brüllte ich über die laute Musik hinweg, doch der schlaksige Kerl zuckte nur entschuldigend mit den Schultern. »Azula ist heute Abend nicht mehr zu sprechen.«

Eine Sekunde später hatte ich ihn schon am Kragen über die Bar gezogen. »Wenn du mich nicht sofort zu ihr bringst, wirst du heute Abend nur noch Scherben vom Boden fegen, wenn ich hier fertig bin. Haben wir uns verstanden!«

Er schluckte und nickte hektisch. Sofort rappelte er sich auf und deutete auf eine Tür neben der Bühne. Mein Atem ging flach, als ich sie öffnete.

Im Chaos liefen einige Mädchen halb nackt im Raum herum und schimpften auf einen Mann ein, der von zwei stämmigen Security Männern verdeckt wurde. Hastig suchte ich den Raum ab, als mein Blick bei dem vollbusigen Mädchen hängen blieb, die eilig eine Tasche zusammenpackte. Bei genauerem Hinsehen erkannte ich sie wieder. Sie war das Mädchen, von dem Azula gesprochen hatte. Laurie.

Sie fing meinen Blick auf, eilte dann aber durch eine weitere Tür. Instinktiv folgte ich ihr und als ich Azulas Schluchzen wahrnahm, brach mein Herz in Millionen Splitter.

Für eine Sekunde blieb ich wie angewurzelt stehen und lauschte den Geräuschen. Laurie sprach immer wieder beruhigend auf sie ein. Azulas Schreie waren so herzzerreißend, dass ich es nicht länger aushielt. Ich musste sie sehen.

Ohne weiter darüber nachzudenken, trat ich in den Raum und entdeckte einige Duschen, die mit Vorhängen verschlossen waren. Ich schritt über die Fliesen und nahm wahr, wie jemand das Wasserangestellt hatte. Es prasselte auf den Boden und das elendige Schluchzen hallte immer lauter in dem

Raum. Nebelschwaden bildeten sich und mit klopfendem Herzen zog ich den Vorhang beiseite.

Azula kauerte an den Fliesen, hatte ihren Kopf zwischen den Beinen vergraben und zitterte am ganzen Leib. Das heiße Wasser prasste auf ihre fahle Haut. Sofort fielen mir die roten Striemen ins Auge. Kratzer zogen sich von ihrem Rücken bis zu ihrer Hüfte. Ich konnte meinen Blick nicht von ihr reißen, als Laurie zu mir aufblickte. Meine Beine gaben nach und ehe ich mich versah, kniete ich auf dem kalten Boden unter mir.

Lauries mahnender Blick lag auf mir, als ich ganz langsam die Hand durch den Wasserstrahl hindurchführte, um Azula an der nackten Schulter zu berühren. Schlagartig dämmerte mir, was passiert war.

Mein Arm blieb in der Luft hängen. Ich vergaß zu atmen. Ich vergaß, wer ich war, was ich wollte und wieso ich hier war. Da war nur dieser unbändige Schmerz an der Stelle, an der ich mein Herz vermutete. Meine Hand verkrampfte sich zu einer Faust, doch ich zog sie sofort zurück, als Azula meine Präsenz wahrnahm, und mich aus verweinten Augen heraus anstarrte. Sie waren blutrot und angeschwollen. Ihre Lippe war blau und sofort fiel mein Blick auf ihre aufgeplatzte Wange.

»Mi Cielo«, hauchte ich fassungslos. Man konnte meine Stimme unter dem Brummen des Duschkopfs, dem heißen Wasserstrahl und Azulas herzzerreißendem Weinen nicht einmal hören.

»Wer hat dir das angetan?« Meine Stimme wurde fester. »Mi Cielo, wer hat dir das angetan?«

Der Strahl überflutete meine Haare und dicke Tropfen bahnten sich über meine Stirn in meine Augen, als ich näher an sie heran kam.

Sie hingegen konnte mich nicht einmal ansehen. Sofort versteifte sie sich und wich zurück. Laurie eilte herbei, als Azula beinahe versuchte, in die mit weißen Fliesen bedeckte Wand zu kriechen. Ihr nackter Körper schlitterte über die glitschige Oberfläche und sie wirkte wie ein erschrockenes Tier. Ihr panischer Blick streifte immer wieder haltlos durch den Raum, ehe sie den Kopf wieder auf ihren Knien ablegte.

Wer auch immer ihr das angetan hatte, würde mit seinem Leben bezahlen.

Ich sah zu Laurie, die neben Azula in der Dusche kauerte und immer wieder beruhigend über ihren Rücken strich. Ich konnte nicht länger hier knien, mir das Wasser auf den Kopf prasseln lassen und Azula beim Zerbrechen zusehen. Ich musste ihr helfen.

Sofort rappelte ich mich auf und zog aggressiv den dreckigen Vorhang beiseite. Das Grün war so ausgeblichen und vergilbt, dass er beinahe schimmelig aussah. Mit tropfender Kleidung stürmte ich zurück in den Raum. Sofort fiel mein Blick auf die beiden Türsteher, die einen mickrig aussehenden Mann abschirmten. Die Mädchen im Raum liefen wie aufgescheuchte Hühner umher. Sie schrien den Typ an, schlugen auf die Security ein, um dem Kerl mit ihren langen Nägeln die Augen auskratzen zu können.

Mit wutentbranntem Blick marschierte ich auf die Security zu. »Lasst mich durch!«, schrie ich. »Der da gehört mir. Das ist ein Todgeweihter.«

Die beiden Männer wichen keinen Schritt zur Seite und ich wollte mir schon meinen Weg frei prügeln, als mein Blick auf den goldenen Ring an ihren rechten kleinen Finger fiel. Sofort zog ich sie an ihrem Schlips zu mir hinunter und flüsterte ihnen drei Worte ins Ohr, die sie sofort dazu brachten, mir den Weg freizumachen: »Befehl der Clints.«

Ihre Pupillen weiteten sich. Es waren Männer von Eastons Vater. Ich hätte auch gleich darauf kommen können, dass der einzige Stripclub der Stadt von seiner Familie unterlaufen war. Als sie mir Blick auf den Mann gaben, setzte mein Herz zum wiederholten Male an diesem Tag aus. Professor Miller saß mit zerkratztem Gesicht, einem blauen Auge und blutverschmiertem Kragen auf einem Klappstuhl und starrte auf seine Lederschuhe.

»Du elender Mistkerl!«, brüllte ich und zog ihn am Hemd von seinem Platz. Anstatt vor Angst zurückzuschrecken, lächelte er mir nur entgegen. Am liebsten hätte ich es ihm sofort aus der Visage geschlagen, doch ich wollte Antworten.

»Was hast du mit Azula gemacht?« Ich krallte meine Finger um seinen Kragen, und zog ihn vom Stuhl.

»Die Kleine war hartnäckig«, murmelte er. »Ich weiß, was dir so gut an ihr gefällt.« Ein gurgelndes Lachen unterbrach ihn.

»Was fällt dir ein zu lachen, du Hund! Wenn ich wollte, könnte ich dir hier und jetzt deine Visage eintreten. Wie klingt das?«, raunte ich bedrohlich, aber Professor Miller schien es recht wenig zu stören.

»Was würde die Universität dann dazu sagen? Wenn ich spurlos verschwinde, werden sie sicherlich dem Ganzen hier auf die Schliche kommen«, lallte er und verzog seine blutigen, geschwollenen Lippen zu einem diabolischen Grinsen.

»Glaubst du ernsthaft, ich hätte nicht die Mittel? Mein Vater ist bereits über Leichen gegangen. Eine mehr oder weniger macht ihm nichts aus«, drohte ich und baute mich weiter über ihm auf. Ich musste mich zusammenreißen, ihn nicht hier und jetzt zu köpfen. Es war wichtiger, Azula in Sicherheit zu bringen, als Rache an diesem Mann zu verüben. Er würde seine gerechte Strafe bekommen, dafür würde ich höchstpersönlich sorgen.

»Bringt ihn zu eurem Boss. Die Polizei muss von dem hier nichts mitbekommen«, wandte ich mich an die beiden Security Männer. Mein Blick glitt prüfend durch den Raum. Die Polizei würde sicherlich keine Hilfe sein. Leider lebten wir in einem Land, in dem weißen, studierten Männern mehr Glauben geschenkt wurden als einer Handvoll Stripperinnen. Auch, wenn jegliche Beweise auf ihn zeigten, Azula könnte alles verlieren.

Abfällig betrachtete ich ihn ein letztes Mal und ballte die Hände zu Fäusten. Zu gerne hätte ich sein Gesicht eingeschlagen und die Genugtuung seines Blutes an meinen Händen verspürt. Für einen kurzen Augenblick genoss ich den erschrockenen Blick des Professors. Wahrscheinlich hatte er damit gerechnet, dass er unbeschadet aus der Situation herauskommen würde. Sofort zog ich mein Handy hervor und wählte Eastons Nummer.

Verschlafen ging er an den Hörer. »Amarillo, was zum Fick willst du?«

»Easton! Ruf sofort Oakley an und sag ihr, sie soll zum Ostgebäude kommen.«

»Oakley? Warum? Was?«, stammelte er und ich hörte, wie er das Licht einschaltete.

»Zwei Männer deines Vaters bringen gleich einen gewissen Professor vorbei. Ich will, dass du dabei bist, aber Azula braucht jetzt Oakley. Hast du mich verstanden?«

Easton hinterfragte mich nicht weiter. Mein Tonfall schien zu genügen.

Bevor ich zurück in die Duschräume ging, atmete ich tief durch. Ich musste mein Herz darauf vorbereiten, sie wieder so zu sehen. Obwohl ich die Bilder am liebsten aus meinem Gedächtnis brennen wollte, würden sie mich auf ewig verfolgen.

Azula kauerte klitschnass an den Fliesen. Sie sagte kein Wort, sondern starrte einfach nur auf ihre schwarz lackierten Zehennägel. Bevor Laurie protestieren konnte, schnappte ich mir eins der Handtücher und umwickelte Azula vorsichtig damit. Zunächst schreckte sie zusammen, doch dann wurde ihr Blick weicher, als sie mich erkannte. Ich konnte die Tränen dabei beobachten, wie sie sich in ihren Augen sammelten und dann eine nach der anderen hinaus kullerten.

Ich rubbelte ihren Körper trocken, umwickelte sie fester mit dem Handtuch und trug sie zu den Waschbecken. Vorsichtig setzte ich sie auf einem ab, trocknete ihre tropfenden Haare und suchte nach Kleidung. Sofort stürmte Laurie los und kam mit einem dicken Pulli und einer Jogginghose wieder.

Azulas Gliedmaßen waren so schwer, dass ich ihr den Pulli über den Kopf ziehen musste und ihre Arme durch die Ärmel führte. Ganz langsam zog ich den weichen Stoff der Jogginghose über ihre ausgekühlten Beine und legte meine warme Hand auf ihrem Gesicht ab.

Sie bedankte sich mit einem müden Lächeln, welches jedoch nach ein paar Sekunden sofort wieder verflog. Als die Security den Professor entfernt hatte, trug ich sie durch die Hintertür, über den Parkplatz und setzte sie vorsichtig in mein Auto. Laurie begleitete uns mit ihrer Tasche und legte sie im Kofferraum ab.

»Danke«, murmelte ich, als ich die Autotür schloss und einen prüfenden Blick auf Azula legte.

»Hast du mich angerufen?«, fragte ich Laurie, welche besorgt auf ihrer prallen Unterlippe herum biss.

Sie nickte zaghaft und deutete auf Azula. »Ich habe ihr Handy genommen und die letzte Nummer angerufen, die sie gewählt hatte. Das war deine.« Noch bevor ich ins Auto steigen konnte, setzte sie hinzu: »Azula kann nicht zur Polizei gehen. Wir haben diesen Luxus nicht.«

Ich nickte. »Ich weiß. Ich werde dafür sorgen, dass er seine Strafe bekommt.«

Es war traurig, aber wahr. Trotz aller Beweise würden sie seine Aussage ihrer vorziehen, und ihren Studienplatz wäre sie auch los. Ich konnte nicht zulassen, dass dieser Abend ihr ganzes Leben, ihre ganze Zukunft, zerstören würde.

*

Azula hatte ihren Kopf an der getönten Glasscheibe abgelegt, während ich über den Highway fuhr. Die ganze Fahrt über herrschte eine Stille zwischen uns. Krampfhaft überlegte ich, was ich sagen konnte, aber nichts wäre gut genug gewesen. Ich wusste nicht einmal, ob ich meine Hand auf ihr ablegen konnte, aus Sorge, sie könnte zusammenzucken. Ich wollte nicht, dass ihr meine Berührungen weh taten.

Als ich sie aus dem Auto hob und ins Gebäude trug, protestierte sie nicht einmal. Sie legte lediglich ihre Wange erschöpft an meiner Brust ab und schloss die Augen. Der Aufzug beförderte uns direkt in mein Stockwerk. Als sich die Türen öffneten, erhob sich Oakley von meiner Couch.

»Was ist passiert? Geht es ihr gut?« Sie überschüttete mich mit tausend Fragen, während ich Azula auf dem Sofa ablegte und ihr eine Decke über den Körper zog. Eastons verwirrter Blick, verfolgte jede meiner Bewegungen. Ich nahm die beiden beiseite und versuchte, so leise wie möglich von den Geschehnissen zu berichten.

Oakley hielt sich sofort die Hand vor den Mund und fing an zu weinen, während Easton bleich wie eine Kalkwand wurde. »Oakley, du musst dich heute Abend um Azula kümmern.« Auf meine Bitte hin, nickte sie schnell.

»Wohin gehst du?« Ihr mitleidiger Blick fuhr zu ihrer Freundin. Azula hatte sich die Decke bis unter die Nase gezogen und drückte fest die Augen zusammen.

Ich betrachtete Easton mit einem bedeutsamen Blick und antwortete: »Wir beide werden diese Gelegenheit klären.«

Bevor ich mit Easton gemeinsam losfuhr, kniete ich mich neben Azula vor die Couch. Ich überbrückte langsam den Abstand mit meiner Hand und beobachtete ihre Reaktion. Als sie nicht zusammenzuckte, sondern nach meiner Hand griff, atmete ich auf. »Ich verspreche dir, dass alles wieder gut wird. Ich regel das. Es tut mir so leid, Mi Cielo«, hauchte ich und drückte ihr einen zarten Kuss auf die Stirn.

*

Vor Eastons Anwesen stand bereits der Rolls Royce meines Vaters. Natürlich war er schon vor Ort. Die Angelegenheiten der Clints waren ebenso unsere und wir würden gemeinsam entscheiden, wie wir verfahren wollten.

Wir traten in das dunkle Esszimmer, in dem uns unsere Väter bereits erwarteten.

»Wieso genau wurde dieser Fremde einfach hierher verfrachtet ohne, dass dies mit uns vorher abgesprochen wurde?«, schimpfte mein Vater los. Er kam also direkt zur Sache. Kein unnötiges Blabla, nur pure Fakten.

»Er hat eine Straftat begangen.« Ich hielt es kurz und knapp, um die aufkommenden Bilder zu unterdrücken.

»Aha und was genau hat das mit dieser Familie zu tun?«, fragte nun Eastons Vater genauso empört.

»Er hat Amarillos Freundin beinahe vergewaltigt!«

Easton schlug mit einer Hand auf den Glastisch vor ihm, der gefährlich wackelte.

Beinahe. Beinahe war das Stichwort. Sie hatte sich gewehrt. Wie eine Löwin, hatte sie ihn von sich gedrückt, bis die Security auf sie aufmerksam wurde. Dennoch war es genug, um sie zu brechen.

Sofort breitete sich Stille im Raum aus.

Mein Vater setzte sich ruhig an den Tisch und schien über etwas nachzudenken. »Amarillo, stimmt das?«

Ich nickte und ließ mich ihm gegenüber auf den Stuhl sinken. »Ich muss für Gerechtigkeit sorgen. Die Polizei wird nichts ausrichten und Azula könnte alles verlieren.«

Ich bemühte mich, den dicken Kloß in meiner Kehle herunterzuwürgen, als mein Erzeuger die aufkeimende Wut zu unterdrücken versuchte. »Wieso sollte ich noch irgendwas für dich tun? Du hast diese Familie nie geehrt. Nur, wenn du etwas möchtest, kommst du an!«

Er war immer reserviert und streng. Diesen geballten Zorn kannte ich nicht von ihm.

»Bitte«, flehte ich und senkte den Kopf.

Plötzlich lehnte sich mein Vater zurück und wartete, was ich ihm anbieten würde. Es war seine Taktik. Die Verhandlungstaktik, die ich von ihm gelernt hatte. Er wartete auf mein Angebot, damit er mir diesen Gefallen tat.

»Wenn ich nichts tue, geht er zurück an die Universität und wird Azula weiter erpressen. Sie wird alles verlieren. Niemand wird ihr glauben. Ihre gesamte Zukunft, alle Träume, die sie hat, werden einfach so in Luft aufgehen. Das kann ich nicht zulassen.«

Easton drückte meine Schulter, als ich dem nächsten Satz sprach, der mein gesamtes Leben verändern würde. »Ich tue es. Ich tue alles, was ihr von mir verlangt, wenn du dafür sorgst, dass dieser Mann das Licht der Welt nicht mehr sieht.«

Ich konnte selbst nicht fassen, was ich da von mir gab. Auch Eastons Griff um meine Schulter hatte sich versteift. Niemals hätte ich geglaubt, alles aufzugeben und meine Träume zu begraben. Doch so war es und so wollte ich es. Mein Kampf um Freiheit war schon immer ein aussichtsloser gewesen. Ich wollte die Freiheit nicht, wenn sie nicht mit ihr war.

Mein Vater räusperte sich. »Wenn das dein Wunsch ist. Schön, dass du zur Besinnung gekommen bist.«

Ich schluckte hart, als mir die Bedeutung seiner Worte bewusst wurde.

»Dann wirst du den Ring abholen, zu Camillas Eltern fahren und dich damit an unseren Vertrag binden. Das ist der erste Schritt in deine Zukunft.«

Meine Hände hielt ich zu zwei Fäusten auf meinen Knien geballt. Meine Fingernägel drückten sich so tief in meine Handballen, dass beinahe Blut floss. Jedoch konnte nichts den Schmerz meines Herzens unterdrücken. Es verkrampfte in meiner Brust, als er weitersprach.

»Wir werden uns um diesen Herrn kümmern und bei dem Dekan der Universität ein sehr überzeugendes Argument für Azula vorlegen. Eine beachtliche Summe, die dem Mädchen sicherlich helfen wird, ihr Studium zu finanzieren.«

»Sie hat Schulden«, setzte ich hinzu und mein Vater zuckte nur mit den Schultern. »Betrachte sie als ausgelöscht. Solange du deinen Pflichten nachkommst und dich morgen früh an unseren Plan bindest, wird sie keine Sorgen mehr haben.«

Ich spürte das gesamte Gewicht, welches die Worte meines Vaters trugen, auf meinen Schultern. Niemand sonst könnte einfach so einen Menschen verschwinden lassen. Niemand sonst könnte Azulas Zukunft sichern, auch wenn das bedeutete, dass ich meine für immer aufgab.

Ich war nicht die Finsternis, die mich verschlingt. Ich war aber auch nicht das Licht, das sie durchbricht. Ich gab auf. Für sie. Ich gab meinen Himmel auf und würde auf ewig in diesem Höllenloch schmoren.

»Wie wollen wir verfahren?«, fragte mein Vater in den kargen Raum hinein. Sofort wuchtete mein Kopf nach oben. Er hatte meinen Blick in seinem gefesselt. Denselben, den er mir vor all den Jahren gegeben hatte. Sofort wusste ich, was er als

Nächstes fragen würde. »Möchtest du den Job erledigen?«

Ich spürte Eastons brennenden Blick in meinem Rücken, als ich nickte und mich vom Stuhl erhob.

»Was meint er?«, raunte er mir ins Ohr, doch ich beachtete ihn nicht weiter. Mein Blick galt starr dem Boden unter mir.

Wir folgten unseren Vätern hinaus auf die Terrasse. Das fahle Licht der Laternen glühte auf uns hinab und warf kegelförmige Strahlen auf die weißen Steinfliesen. Plötzlich wurde eine Tür aufgestoßen und ein Ächzen erklang. Die beiden Security Männer schliffen Professor Miller hinter sich her. Mit Kabelbinder gefesselt und einem dreckigen Lappen im Mund wurde er immer weiter in die Mitte der Fläche gezerrt und zu meinen Füßen geschmissen.

Er versuchte, sich aufzurappeln, doch er zappelte nur wie ein Wurm umher, da er seine Hände nicht mehr zur Hilfe nehmen konnte.

Easton starrte ungläubig auf ihn herab. »Was zur Hölle habt ihr vor?« Verwirrt sah er zu unseren Vätern, die das Geschehen aus kühler Distanz beobachteten.

»Amarillo! Was zum Fick soll das?«, rief er nun lauter, doch ich zuckte nicht einmal zusammen.

Ich betrachtete den Professor weiter, wie er winselte und ächzte. Er robbte auf dem kalten Boden umher und versuchte seinen Blick auf uns zu richten. Am liebsten hätte ich ihm hier und jetzt das Gesicht eingetreten, aber ich zog ihn an den Haaren nach oben und zwang ihn vor uns zu knien.

Er keuchte und versuchte verzweifelt, durch seine Nase genügend Sauerstoff in seine Lungen zu bekommen. Mein Kiefer war zum Bersten angespannt, als ich meine Hand ausstrecke und mir einer der Security Männer eine Waffe überreichte. Die Pistole lag schwer in meiner Hand. Das Metall war kalt und sofort schoss Blut in meine Hände.

Schockiert griff Easton nach meinem Arm. »Was wird das?« Zum ersten Mal begegneten sich unsere Blicke.

»Was glaubst du eigentlich, wer Mariellas Entführer umgebracht hat?« Ich spuckte ihm die Worte quasi entgegen und beobachtete seine Pupillen, wie sie tellergroß wurden. »Was?«

Ein abfälliges Lachen entfloh mir. Easton war der Sohn der Unterwelt. Er sollte die Pflichten seines Vaters übernehmen, während ich die meiner Familie übernahm. Ich sollte der Ritter in glänzender Rüstung sein, während ich im Hintergrund die dunklen Gestalten befehligte. Meine Familie war das Gesicht des Reichtums. Die Saubermänner mit dem blutigen Keller, indem sie alles verscharrten. Ich war nicht die Dunkelheit. Easton sollte es sein. Mein Vater hatte mich auf diesen Weg geführt, als er mir mit sechzehn zum ersten Mal das Messer in die Hand drückte und sie an Rafaels Kehle führte. Die Wut kochte in mir hoch, als mich mein bester Freund irritiert anstarrte.

»So sollte es nicht sein! Du solltest der Mann fürs Grobe sein. Nicht ich!« , schrie ich und stieß seine Hand von meinem Arm, ehe ich die Waffe zog. Instinktiv zielte ich auf den Kopf des Mannes vor mir. Er zitterte am ganzen Leib und dicke Tränen quollen über seine Wangen. Sie sammelten sich in dem Fetzen, der in seinen Mund gestopft worden war.

Schockiert raufte sich Easton die Haare. »Ich habe dich gewarnt! Du hättest Azula nie in unser verficktes Leben ziehen dürfen!«, schrie er und kam auf mich zu. »Ich habe mich so lange von Oakley ferngehalten, damit ich nicht in so eine Situation komme!«

Wutentbrannt riss ich meinen Kopf zu ihm herum. »Ich habe mich unsterblich in Azula verliebt, Easton! Ich hatte nicht vor, mein Leben in Elend zu verbringen, aber jetzt haben wir keine andere Wahl, verdammt!«

Eastons Kiefer spannte sich an, als er unvermittelt ein lautes *Fuck* von sich gab. Dann noch eins. Immer wieder schrie er es sich von der Seele.

Mit zittrigen Fingern erhob ich die Waffe und zielte erneut. Mein Kopf rauschte und die Bilder der Vergangenheit zogen umher. Das Blut, wie es aus ihm herausgespritzt und gegen meine Haut geprallt war. Der Geruch von Eisen und Fäkalien, als Rafaels lebloser Körper zu Boden ging.

Ich schaute dem Mann vor mir in die Augen und schlagartig war all dies verschwunden. Er wollte Azula Unverzeihliches antun. Obwohl sie sich zur Genüge wehren konnte, hatte er ihr irreparable Schäden zugefügt. Psychische Verletzung, die niemals wieder heilen würden. Sie würde ihr Leben mit der Gewissheit fortführen, dass sie diesem Mann nicht entkommen konnte. Wenn ich das hier tat, könnte sie vielleicht ihr Leben führen. Frei von den Schulden. Befreit von diesem Mann. Er würde sie bis zu ihrem Lebensende in ihren Träumen verfolgen. Ich musste sicherstellen, dass er das nicht in der echten Welt tun konnte. Er verdiente es nicht anders.

Vor mir sah ich nur ihren zittrigen Körper, wie er sich an die kalten Fliesen drückte, und in meinen Gedanken hallten ihre unerbittlichen Schreie und Schluchzer nach. Meine Hand hörte auf zu zittern. Ich atmete ruhig und mein Herz schlug langsamer. Mein Finger lag am Abzug, bereit in zu betätigen.

»Amarillo.« Eastons Stimme drang nur gedämpft an mein Ohr. Mein starrer Blick galt immer noch der mickrigen Gestalt vor mir, als mein bester Freund seine Hand auf meinen Arm platzierte. »Ich bin der Mann fürs Grobe. Das hast du selbst gesagt.«

Seine ausgekühlten Finger lagen auf meinen, während er mir sachte die Waffe aus der Hand zog. »Es wird Zeit, dass ich Verantwortung übernehme. Wir sind Blutsbrüder der Hölle. Ich will nicht, dass die Dunkelheit dich verschlingt. Mariella würde das auch nicht wollen.«

Ich ließ meinen Blick zu ihm hinüber wandern und erkannte nicht mehr meinen besten Freund. Das satte Braun seiner Iris wurde von etwas anderem verdrängt. Einer Dunkelheit.

Ohne zu zögern, wandte er sich von mir ab. In Schockstarre beobachtete ich ihn dabei, wie er Professor Miller in die Augen sah. Noch bis in die letzte Sekunde flehte, weinte und schrie er. Ohne Erfolg. Easton zuckte nicht einmal zusammen, als er den Abzug betätigte.

Ein ohrenbetäubender Knall ertönte, der durch die Wälder um uns herum hallte. Ein paar Vögel aus den umher liegenden

Bäumen wurden aufgescheucht und ihre Silhouetten flogen durch die Nacht.

»Unsere Jungs sind erwachsen geworden.« Mein Vater ließ seinen Blick über den leblosen Körper streifen, eher er Easton auf die Schulter klopfte. Sein Blick, galt jedoch mir.

»Ich habe mein Wort gehalten. So wie ich es immer tue. Azula wird keine Schulden mehr haben, sie wird ein Stipendium bekommen und der Mann, den du Tod sehen wolltest, liegt vor deinen Füßen. Jetzt ist es endlich an der Zeit, deinen Teil der Abmachung zu halten. Halte dich von dem Mädchen fern, sonst sorge ich höchstpersönlich dafür, dass meine Güte nicht von Dauer ist.«

41

Azula

Nervös zitterten meine Hände in meinem Schoß. Obwohl es heute nicht sonderlich heiß war, schwitzte ich und meine Beine klebten an dem braunen Ledersessel. Als ich am Morgen die E-Mail der Sekretärin in meinem Postfach gesehen hatte, wurde mir speiübel. Mein Herz rutschte mit jeder Zeile tiefer, als ich meine verquollenen Augen über den flimmernden Bildschirm fahren ließ.

Guten Tag Miss Davis,
aufgrund aktueller Gegebenheiten möchte Sie Dekan Johnson heute Nachmittag zu einem Gespräch in sein Büro einladen. Kommen Sie dieser Bitte unverzüglich nach. Er erwartet Sie um 3 pm.
Mit freundlichen Grüßen,
Cordelia Mayflower

Ich schluckte und kniff einen Moment die Augen fest zusammen. Die letzten Tage fühlten sich wie ein Albtraum an. Als wäre mein Leben in Hochgeschwindigkeit gegen eine Wand gefahren. Alles, wofür ich so hart gearbeitet hatte, war in Millionen Scherben zersprungen, die ich nie wieder aufsammeln könnte.

Ich hatte Stunden unter der Dusche verbracht. Hatte meinen Körper abgeschrubbt, bis meine Haut ganz rot und wund war. Kein Shampoo der Welt konnte das eklige Gefühl von mir waschen. Ich stand jeden Tag, seit dem Vorfall, unter dem brühend heißen Strahl, ließ die Tränen über meine Wangen rollen, bis ich sie nicht mehr spürte und betete, mich ein paar Wochen in die Vergangenheit zu befördern.

Ich wünschte, ich könnte alles ungeschehen machen.

Ich wünschte, ich wäre an diesem Abend nicht zur Arbeit gegangen und hätte Laurie meine Schicht übernehmen lassen.

Ich wünschte, ich hätte mich bei dem Test mehr angestrengt, dass Sebastian mich nicht hätte durchfallen lassen können.

Ich wünschte, ich wäre an diesem Tag nicht mit ihm zusammengestoßen, an dem er meinen Zimmerschlüssel entwendet hatte.

Ich wünschte, ich wäre ihm nachts auf dem Campus nie begegnet.

Ich wünschte, ich wäre an diesem Abend im Diner niemals auf Lauries Angebot eingegangen.

All das hatte mich an diesen Punkt befördert und ich war schuld.

So viele Dinge der letzten Monate bereute ich. So viele meiner Entscheidungen hatten mich hierhergebracht und ich bereute jede einzelne, nur eine nicht: Amarillo.

Er hatte sich nicht bei mir gemeldet. Seit dem Vorfall war er nicht einmal vor meiner Tür aufgetaucht und hatte keine einzige Nachricht geschrieben. Ich beruhigte mich mit dem Gedanken, dass er mir wahrscheinlich nur Freiraum geben wollte. Er dachte wahrscheinlich, dass ich in der nächsten Zeit keinen Mann in meinem Blickfeld haben wollte, doch ich brauchte ihn. Obwohl mich Oakley niemals aus den Augen ließ und sich jeden Tag liebevoll um mich kümmerte, brauchte ich ihn.

Urplötzlich stieß jemand die schwere Holztür des Büros auf und der Dekan schritt in den Raum. Er räusperte sich, bevor er sich auf den mächtigen Sessel hinter dem Schreibtisch fallen ließ. »Guten Tag, Miss Davis.«

Ich nickte zaghaft, hielt jedoch meinen Blick auf seinem goldglänzenden Namensschild, welches auf der massiven Tischplatte prangte.

»Guten Tag«, murmelte ich vorsichtig und wagte es nicht,

ihm in die Augen zusehen. Ich wusste, was kommen würde. Ich wusste, dass Sebastian, dieser Drecksack, von meinem Beruf erzählt hatte. Ich hatte mich gewehrt. Er hatte nicht zu Ende bringen können, was er geplant hatte, und nun würde ich abermals verletzt werden. Er hatte alles gegen mich in der Hand. Niemals würde mir Dekan Johnson glauben, dass einer seiner Professoren zu so einer grausamen Tat imstande wäre. *Wer würde schon einer Stripperin glauben?*

Es nützte nichts, Anschuldigungen gegen Sebastian zu erheben, denn die Universität würde immer ihre eigenen Leute schützen.

Er atmete tief durch und richtete sich in seinem Sessel auf. Meine Finger hielt ich miteinander verschränkt und knibbelte nervös an einem trockenen Stück Haut herum.

»Sie wissen sicherlich, warum ich Sie heute hierhergebeten habe?«

Ich nickte kaum merklich und blickte auf. Dekan Johnsons Blick war anders, als ich ihn erwartet hatte. Es war keine Strenge in seinen dunklen Augen. Ganz im Gegenteil. Sie wirkten ... einfühlsam.

Er verschränkte die Hände und lehnte sich auf seinem Schreibtisch ab. »Es tut mir sehr leid, was Ihnen widerfahren ist.«

Verwirrt blickte ich auf. *Was hatte er eben gesagt? Hatte ich richtig gehört?*

Bevor ich etwas sagen konnte, sprach er weiter: »Miss Davis, die Monarch University ist immer für die Studenten da und es ist mir höchst peinlich, dass so eine Situation entstehen konnte. Ich bitte vielmals um Entschuldigung.«

Stille breitete sich im Raum aus. Ich wollte etwas sagen, doch konnte nicht. Ich starrte den Dekan einfach nur weiter aus großen Augen an.

»Selbstverständlich arbeitet Professor Miller fortan nicht mehr in dieser Einrichtung. Wir haben uns seiner entledigt.«

»Was?«, flüsterte ich kaum hörbar und mir schien es, als würden meine Lungen für einen Moment nicht mehr wissen, was ihre Aufgabe war. Dann schnappte ich hörbar nach Luft und versuchte, die Tränen zu unterdrücken, die gegen meine Augen drückten.

»Ich habe von dem Fiasko vor ein paar Tagen erfahren und möchte mich hiermit ausdrücklich dafür entschuldigen. So ein Verhalten der Lehrkräfte ist inakzeptabel und zugleich strafbar. Ich hoffe, ich kann Sie damit ein wenig beruhigen, dass dieser Straftäter nun nicht mehr hier residiert und wir uns um diese Angelegenheit gekümmert haben.«

Meine Hände krallten sich in das braune Leder, als ich versuchte die Worte, die wirr in meinem Kopf schwebten, zu einem vollständigen Satz zu formen.

»Er ist nicht mehr hier?«, japste ich und wartete auf seine Reaktion. Als er dann nickte, stieß ich ganz von selbst ein Schluchzen aus und ich spürte, wie sich die heißen Tränen über meine Wange bahnten. Instinktiv schlug ich mir die flache Hand vor den Mund und versuchte, die Laute zu ersticken, die aus meiner Kehle drangen. Eine Mischung aus Erleichterung und Realisation machte sich in mir breit, als mir die Informationen bewusst wurden.

»Ich möchte, dass Sie sich an dieser Universität wohlfühlen und Ihnen daher ein Angebot unterbreiten. Obwohl dieses natürlich nicht gut machen kann, was Ihnen widerfahren ist. Wenn Sie im Zuge dessen psychologische Unterstützung benötigen, wird die Universität für alle Kosten aufkommen. Dennoch kann ich den Beruf, dem Sie die letzten Monate nachgegangen sind, nicht billigen.« Er legte eine dramatische Pause ein und schluckte. »Doch die Gegebenheiten veranlassen mich dazu, Ihnen ein Stipendium anzubieten. Dadurch müssen Sie diese Tätigkeit nicht mehr ausführen und können sich vollkommen auf Ihr Studium konzentrieren.«

Mein Gehirn konnte nicht verarbeiten, was aus dem Mund dieses Mannes kam. Tausend Fragen schwirrten in meinem Kopf, doch bevor ich jubelnd das Angebot annehmen konnte, traf mich die Ernüchterung.

»Das ist wirklich sehr freundlich von Ihnen.« Ich bemühte

mich, möglichst ruhig zu klingen. »Aber ich habe Schulden, die dadurch nicht gedeckt werden würden. Daher kann ich nicht studieren, ohne einem Job nachzugehen.«

Der Dekan nickte und lehnte sich in seinem Sessel zurück. »Machen Sie sich um die Schulden keine Sorgen. Diese wurden bereits beglichen.«

Verwirrt blickte ich auf und scannte sein Gesicht ab. Ein feines Lächeln zierte seinen mit Falten gezierten Mund. »Bedanken Sie sich dafür nicht bei mir. Mr. Condado de Miravalle hat bei mir ein sehr überzeugendes Wort für Sie eingelegt.«

Perplex starrte ich den Mann vor mir an. Ich traute mich nicht, Glücksgefühle zuzulassen, aus Angst, dass ich enttäuscht werden würde.

»Den Antrag für die Zulassung bekommen Sie heute per E-Mail von Ms Mayflower. Unterschreiben Sie diesen und bringen Sie ihn morgen mit in mein Büro. Wenn Sie weiteren Redebedarf über die Situation haben oder psychologische Hilfe in Anspruch nehmen wollen, steht Ihnen die Universität natürlich beiseite.« Er lächelt und reicht mir seine Hand über den Tisch hinweg. Sprachlos ergriff ich diese und er drückte sie leicht.

»Ich weiß, dass eine einfache Entschuldigung diese Dinge nicht wieder gut machen kann, also hoffe ich, dass Sie dieses Angebot annehmen.«

Ich schluckte und entzog ihm meine Hand. Selbst als ich aus dem Hauptgebäude herausgetreten war, fühlte sich mein Körper weiterhin taub an. Erst als ich ein paar Schritte auf dem Schotter machte, durchflutete mich eine Welle der Erleichterung. Es fühlte sich an, als wäre mir ein Betonklotz von der Brust gehoben worden und ich konnte wieder frei atmen. Meine Finger kribbelten und ich schüttelte sie leicht, um das Gefühl loszuwerden. Mit einer Mischung aus hysterischem und erleichtertem Lachen lief ich über den Campus. Ich ließ mich einfach von meinen Beinen tragen, da ich ohnehin keinen klaren Gedanken fassen konnte. Immer wieder bäumte sich mein Herz in meiner Brust auf. Instinktiv hielt ich Ausschau nach ihm. Seinem blonden Haarschopf und den stechend grünen Augen.

Zum ersten Mal seit Tagen fühlte ich mich lebendig. Amarillo hatte sein Versprechen gehalten. Egal, was er getan hatte, um den Dekan zu besänftigen und die Situationen aufzuklären, es war mehr, als ich mir jemals hätte erträumen können.

Ich rannte den Schotterweg zum Ostcampus ab und konnte meine Aufregung beinahe nicht zurückhalten. Am liebsten hätte ich Freudensprünge durch die Luft gemacht.

Am Ostgebäude verlangsamte ich meinen Schritt und spähte durch die bodentiefen Fenstern in die Mensa. Aus dem Augenwinkel nahm ich eine Bewegung auf der Terrasse wahr. Ich erkannte seine blonden Locken sofort und die Smaragde, die er in seiner Iris gefangen hielt, blitzten mir durch die Strähnen entgegen.

Amarillo stand an einer der weißen Säulen gelehnt. Eine Hand hatte er in der Hosentasche vergraben, während er mit der anderen die Zigarette zwischen seinen Lippen hervorholte und den Rauch ausstieß.

Mein Herz machte einen Satz.

Ich drängte mich durch die Massen und versuchte, ihn nicht aus den Augen zu lassen. Als ich unverhofft vor ihm stand, wurden seine Augen groß. Seine schwarzen Pupillen nahmen beinahe das gesamte Grün der Iris ein, als er mein Gesicht scannte.

Ich drückte mich urplötzlich gegen sein dunkles Shirt und sprang ihm in die Arme. Ich konnte meine Impulse nicht unterdrücken.

Es war anders als erwartet, seinen männlichen Geruch durch die Nase zu ziehen. Eigentlich hätte ich damit gerechnet, nie wieder einen Mann berühren zu können, aber bei Amarillo war es anders. Sein Duft, seine Wärme, seine Aura. Alles löste ein Gefühl von Sicherheit in mir aus. Ich wusste, dass ich mich in ihm verlieren konnte. Ich wusste, dass er mich auffangen würde, wenn ich fiel.

Er verkrampfte sich und hielt die glühende Zigarette von

meinem Körper. Als ich mein Gesicht in seiner Halsbeuge versenkte, entspannte er sich für einen Augenblick. Die Luft entwich aus seinen Lungen und ich wartete darauf, dass er mich genauso stürmisch umarmen würde, doch das tat er nicht. Mit einem Mal drückte sich seine Hand um meine Hüfte. Er wollte Abstand zwischen uns bringen.

Irritiert blinzelte ich gegen die tiefstehende Sonne zu ihm auf. Sein Blick galt nicht mir, sondern einer Person, die hinter uns stand. Ich folgte seinem Blick und erkannte Camilla, die uns mit einem durchdringenden Blick musterte. Ungeduldig wippte sie mit ihrem Fuß auf und ab, während sie sich eine Haarsträhne aus dem zierlichen Gesicht pustete. Amarillo schluckte und drückte mich schlussendlich weiter von sich.

Camilla trat einen Schritt näher und nahm seine Hand. Mit zusammengekniffenen Augen beobachtete ich ihre verschränkten Finger und suchte Amarillos Blick, doch er wich meinem aus.

Er atmete tief durch, bevor er anfing zu sprechen. » Die Bilder habe ich schon vor Tagen gelöscht und alle Kopien verbrannt. Dich hält jetzt nichts mehr an mir.«

»Was?«, stotterte ich. Zum wiederholten Male an diesem Tag wollte mein Gehirn die gesagten Informationen nicht verarbeiten.

»Du bist befreit, Azula.« Er wollte sich meinem Blick standhaft entgegensetzten, aber in seiner Iris blitze kurzzeitig etwas auf.

Entgeistert schüttelte ich den Kopf. »Was meinst du?«

Camilla unterbrach mich mit dem Schnalzen ihrer Zunge. »Er hat sich entschieden.« Sie hob ihre Hand und wackelte übertrieben auffällig mit ihrem zierlichen Ringfinger, an dem ein dicker Diamant funkelte.

Mein Blick schoss zu Amarillo, der die Lippen so fest aufeinandergedrückt hatte, dass sie kaum mehr als zwei bleiche Striche waren. Irritiert musterte ich ein weiteres Mal den Diamanten, um sicherzugehen, dass ich ihn mir nicht eingebildet hatte.

»Was hat das zu bedeuten?« Die heißen Tränen brannten hinter meinen Augen. Ich spürte die erste aus meinem Augenwinkel hinaus rollen und über meine Wange gleiten, dann eine zweite. Mein Magen zog sich schmerzhaft zusammen und meine Lungen fühlten sich an, als seien sie gelähmt. Ich konnte die erfrischende Luft um mich herum nicht mehr hineinziehen und selbst das Ausatmen fiel mir schwer. Stockend versuchte ich, meinen Brustkorb zu heben, doch meine Kehle war wie zugeschnürt.

»Was hat das zu bedeuten?«, wiederholte ich und deutete anklagend auf den glänzenden Ring an Camillas Finger.

Amarillos Blick musste meinem nicht dorthin folgen, denn sein Kiefer verspannte sich augenblicklich. Seine Kaumuskeln traten stark hervor und ich hoffte darauf, dass er irgendetwas sagen würde. Irgendetwas, dass die Situation erklären würde, aber er bekam den Mund nicht auf. Zitternd zog ich die Luft zwischen meinen Lippen ein.

»Ist es das, was du willst? Hast du dich deswegen die letzten Tage nicht um mich geschert?«, fragte ich und konnte den Blick nicht von Camillas zierlicher Hand nehmen.

Anstatt zu antworten, nickte Amarillo lediglich steif.

Ein spottender Laut kam über meine Lippen. »Du hast versucht, mein Leben zu ruinieren, um dich loszulösen. Du meintest, du seist ein Egoist, weil du mich an deiner Seite haben willst. Jetzt sei ein verdammter Egoist, Amarillo! Willst du etwa keine Frau, an der sich beinahe vergangen wurde?« Jegliche Freude der letzten Minuten war verflogen und machte purer Verzweiflung Platz. *Wie konnte er mir das antun?* Ich spuckte ihm die Worte förmlich entgegen, doch er wandte nur den Blick ab.

Er biss den Unterkiefer so fest zusammen, dass seine Zähne wohl jeden Moment herausbröseln konnten. Seine Hände ballte er zu Fäusten, versuchte diese jedoch in seinen Hosentaschen zu verstecken.

Camilla zog ihn leicht am Arm und mahnte mich mit einem kühlen Blick. »Du gehörst nicht in unsere Welt, Azula.

Ihr hättet niemals eine Chance gehabt.«

Daraufhin ließen sie mich einfach stehen. Er gab kein Wort von sich. Kein einziges. Nicht mal eine Verabschiedung.

Alles in mir drehte sich wild umher.. Meine Sicht verschwamm und ich musste mich an der weißen Säule halten, um nicht zu Boden zu gehen. Die tauben Beine, das rasende Herz und das Blut, welches sich durch meine Venen pumpte, ließ mich jegliches Gefühl verlieren.

Camillas Worte taten weh. Nicht, weil sie weit hergeholt waren, sondern, weil sie recht hatte. Amarillo hatte mich gewarnt. Er hatte mich für seine Zwecke ausgenutzt, doch diesen Schmerz wollte er mir ersparen.

Ich bekam die Chance auf einen Neuanfang. Ein geregeltes Studienleben. Ohne einen Job, der mir die letzte Kraft zum Leben raubte und der mich abhängig machte. Im Endeffekt konnte ich alles haben, was ich mir die letzten Monate gewünscht hatte. Alles, was ich mir je gewünscht hatte, war Wirklichkeit geworden. Nur eine Sache fehlte. Er.

42

Amarillo

Als ich die vergilbten Seiten meiner Ausgabe von *Der grüne Blitz* aufschlug, kullerten mir vereinzelte Sandkörner entgegen.

Sofort bildete sich ein dicker Kloß in meiner Kehle, als ich die rauen Kugeln zwischen dem Papier und meinem Finger hin und her rollte. Ich hatte dieses Buch tausende Male am Strand von Spanien gelesen und darauf gehofft, ihn zu sehen.

Zu realisieren, dass ich das grüne Leuchten über dem Meer nie sehen würde, traf mich wie ein giftiger Pfeil mitten ins Herz. Jedoch war dieser Schmerz ein Windhauch verglichen zu dem Sturm, der die letzten Wochen in meinem Herzen tobte. Ihre glasigen, blauen Augen verfolgten mich jede Sekunde des Tages. Lediglich in meinen Träumen fand ich Frieden, denn dort konnte ich sie berühren. Ich konnte beinahe die Wärme ihrer Haut spüren und wollte sie küssen. Jedes Mal aufs neue wurde ich aus dem Schlaf gerissen und die unendliche Leere meines Bettes prasselte auf mich ein.

Meine Träume waren seit Ewigkeiten wieder eine Zuflucht vor der Realität und jedes bittere Erwachen raubte mir die Luft zum Atmen.

Wie automatisiert griff meine Hand nach der harten Flüssigkeit neben mir. Ich ließ den Whiskey meine Kehle hinunterrinnen und wurde von dem bitteren Geschmack für eine Sekunde aus meiner Trance gerissen. Das heiße Kribbeln in meinem Bauch betäubte mich weiter und der Alkohol hinterließ nichts als Nebelschwaden in meinem Kopf. Müde ließ ich meine Stirn gegen die Glasplatte des Esstischs sinken.

Mit einem Mal wurde ich aus meinem Dämmerzustand gerissen, als sich der Fahrstuhl öffnete. Irritiert blickte ich auf und erkannte Camilla in der Tür stehen.

»Wasch mascht du hier«, nuschelte ich und versuchte, meinen schlierenden Blick scharfzustellen. »Wer hat disch reingelassen?« Meine Stimme war so verzerrt, dass ich sie beinahe selbst nicht erkannte.

»Easton hat mir seinen Schlüssel zu deiner Wohnung gegeben«, sagte sie, während sie weiter in den Raum trat. Ihre hohen Absätze hallten auf dem Parkett, als sie näher an den Esstisch herantrat. Easton. Natürlich. Ich musste ihm unbedingt den Schlüssel abnehmen.

Bevor ich aufstehen und verschwinden konnte, um einer Auseinandersetzung zu entgehen, nahm Camilla den Diamantring von ihrem zierlichen Finger und knallte ihn mit so viel Wucht auf den Glastisch, dass ich Sorge hatte, er würde die Platte zerschlagen.

Erschrocken blickte ich zu ihr auf, als ich Tränen in ihren Augen glitzern sehen konnte.

»Du kommst seit Wochen nicht aus deiner Wohnung!«, keifte sie mit zitternder Stimme. Ich wollte das Whiskeyglas abermals an meinem Mund führen, da hatte sie es mir schon aus der Hand geschlagen. Das Glas splitterte auf dem Parkett und die braune Flüssigkeit darin spritzte in alle Richtungen an die hellen Möbel.

»Wieso hast du es getan?«, schrie sie verzweifelt und konnte die Krokodilstränen nicht mehr aufhalten, die sich ihre Wangen hinunter bahnten. »Wieso hast du mich gefragt, dich zu heiraten?« Ihre Verzweiflung sprudelte mit jedem Wort mehr aus ihr heraus. Es tat mir beinahe leid. Nur beinahe. Denn es war nicht meine Schuld. Ich war nicht derjenige, der uns ins Verderben stürzte. Dieses Mal nicht. Es war die Arroganz und Sturheit unserer Eltern und tief in ihrem Inneren wusste das auch Camilla.

Ich atmete durch und versuchte, das betrunkene Gefühl beiseitezuschieben, bevor ich ihr antwortete. »Ich hatte keine Wahl.« Ich erhob mich schwungvoll und blickte auf ihre Nasenspitze herab. Mit angespanntem Kiefer und aufeinandergepressten Lippen versuchte sie das Schluchzen zurückzuhalten, doch das Beben ihrer Brust verriet sie.

»Willst du so ein Leben führen?« Sie deutete auf das zerbrochene Glas am Boden. »Wieso können wir nicht einfach wieder glücklich sein? Wieso sträubst du dich so, mich zu heiraten?« Ihre Stimme wurde mit jedem Wort ruhiger und nahm etwas Flehentliches an.

Ich schluckte. »Weil ich dich nicht mehr liebe, Camilla.«

Sie wusste es schon lange, das konnte ich ihrem Blick entnehmen. »Und wieso hast du dich schlussendlich ergeben? Wieso bist du zu mir gekommen und hast mich vor meinen Eltern gefragt, dich zu heiraten?«

Ich kniff die Augen zusammen, als die Erinnerungen dieser Nacht zurückkehrten. »Weil ich einmal in meinem Leben jemandem helfen will. Einmal, will ich kein Egoist sein.«

»Ist es wegen Azula?« Camillas Stimme war kaum mehr ein Hauchen. Als ich nickte, zog sie scharf die Luft ein und unterdrückte ein Wimmern. Sie schlug sich die Hand vor den Mund und trat einen Schritt zurück, ehe sie mir den Ring unter die Nase hielt. »Wieso steckst du ihr dann nicht diesen Ring an den Finger? Was hält dich davon ab?«

Ein heiseres, verbittertes Lachen kam mir über die Lippen. »Weil wir in unserer Welt nicht das kriegen, was wir wollen.«

Camilla nickte, ehe sie mir tief in die Augen sah. »Du hast mich nie gefragt, warum ich dich heiraten will.«

Ich stockte und begegnete ihrem Blick, bevor sie zu einer Erklärung ansetzte.

»Eigentlich sollte ich dich hassen. Du hast mich nach Mariellas Tod ohne ein weiteres Wort verlassen und bist mit Easton durch die Clubs gezogen. Ich habe dich und unsere Vergangenheit innerhalb eines Tages verloren, die Gegenwart und unsere Zukunft schien wie ausgelöscht. Wieso sollte ich dich heiraten, wenn du mich die ganze Zeit über behandelst, als wäre ich eine Bestrafung?«

Irritiert musterte ich sie. Ich war davon ausgegangen, dass sie einfach dem Willen unserer Eltern folgte, doch ihr nächster Satz überraschte mich. »Mein Vater hat sich verkalkuliert. Wir haben kein Geld mehr. Das Angebot deiner Eltern kam wie gerufen, um unseren Ruf und unser Vermögen wieder aufzubauen.« Sie seufzte und ließ sich auf einen der Stühle sinken.

»Das wusste ich nicht«, hauchte ich und ließ mich ebenfalls wieder auf den Stuhl fallen. Meine Knie waren weich vom Alkohol und mein Herz überschlug sich beinahe.

»Ich will dich nicht heiraten, Amarillo. Ich will meine Familie retten.«

Ich schluckte und nahm den Ring zwischen meine Finger. »Dieser Ring bindet uns nicht aneinander, sondern an dieses Leben. Doch er bedeutet auch, dass ich einmal in meinem Leben jemand anderen vor mich selbst gestellt habe und Azula ein besseres Leben ermöglichen konnte.«

»Hast du mich so geliebt wie sie?«, fragte Camilla mit zarter Stimme und betrachtete ebenfalls den Ring zwischen meinen Fingern.

»Ich habe dich auf eine andere Weise geliebt«, hauchte ich und schloss ihren Blick in meinen. In ihren Augen war die Wut gewichen und hatte dem Mitgefühl Platz gemacht. Obwohl ich ihr das Herz gebrochen hatte, war sie stets genügsam mit mir gewesen. Es war nicht fair, wie ich sie behandelt hatte.

»Wieso hast du mich nach Mariellas Tod verlassen?« Ihre Stimme war dünn, als hätte sie Angst dieses Ereignis zu erwähnen. Als läge eine Art Fluch auf Mariellas Namen.

»Weil ich dich danach nicht mehr aus freien Stücken lieben konnte. Mariellas Tod hat mich zum Erben des Imperiums gemacht und du an meiner Seite warst meine Bestimmung. Ich hatte plötzlich das Gefühl nicht mehr frei über mein Leben bestimmen zu können und so war es auch.«

Camilla schüttelte den Kopf. »Mariellas Tod hat nichts verändert, Amarillo. Du warst schon immer in diesem Leben gefangen, doch ihr Tod hat deine Illusion von Freiheit zerschmettert.«

Einen Moment herrschte Stille zwischen uns, als ich verarbeitete, was sie soeben gesagt hatte.

Camilla war *Mi Vida*, mein Leben. Die vorherbestimmte Partnerin, die an meiner Seite stehen sollte, um das Imperium zu übernehmen. Mariellas Tod hatte nichts an dieser Tatsache verändert. Lediglich meine eigene Sichtweise hatte sich gewandelt und ich war aufgewacht.

Als ich Azulas Bilder verbrannt hatte, hatte ich das Letzte ausgelöscht, was mir von ihr geblieben war. Nichts außer die Erinnerung verweilte. Ich konnte sie beinahe noch auf meinen Lippen spüren, aber die Erinnerung verblasste mit jedem Tag mehr.

Irgendwann würde sie vollkommen verschwinden. *Vielleicht würde mich das Vergessen heilen, doch wem machte ich etwas vor?* Ich würde Azula nie vergessen können. *Wie sollte ich mein Paradies, meinen Himmel, jemals vergessen können, wenn er beinahe mein gewesen wäre?*

Allein die Gewissheit, dass sie ein gutes Leben, fernab von meinen Abgründen, führen würde, brachte mir Erlösung.

Zum ersten Mal in meinem Leben tat ich es etwas nicht für mich, sondern für sie.

Ich war der Vogel im goldenen Käfig. Eingesperrt und darauf hoffend, dass mich meine gebrochenen Flügel irgendwann wieder in den Himmel befördern könnten. Zu ihr. Azula. *Mi Cielo.*

43

Azula

Nur das Rauschen der Dusche war zu hören und hallte in dem kargen Raum nach.

Oakley sagte kein Wort. Sie setzte sich neben mich auf den kalten Boden. Zog mir mein T-Shirt über den Kopf und die Short von den Beinen, bis ich nur noch in Unterwäsche bekleidet vor ihr lag. Die Stellen, an denen Sebastian seinen Frust ausgelassen hatte, waren nun nicht mehr rot. Dunkle blaugrüne und gelbe Flecken zierten meinen Körper. Meine aufgeplatzten Lippen sprangen immer wieder auf und bluteten. Vorsichtig tupfte Oakley mit einem warmen Lappen über meinen Körper, darauf bedacht, mir nicht weh zu tun, doch ich spürte nichts.

Das heiße Wasser, welches auf meinem Kopf herunter rieselte, schien in Schwaden aufzugehen. Oakleys Berührungen wirkten gedämpft, als wäre ich in Watte gehüllt. Nichts drang zu mir durch. Sogar meine eigenen Gedanken wirkten wie aus weiter Ferne. Kraftlos hielt ich ihren Arm fest, als sie anfing, mein Gesicht abzutupfen.

Sie seufzte. »Was hat der Dekan gesagt?«

Ich schüttelte den Kopf und bemühte mich, mein Gesicht starr zu halten, doch dann verzog es sich zu einer Fratze. Immer mehr Tränen sammelten sich hinter meinen Augäpfeln, bis sie wie ein Wasserfall hinaus brachen.

»Wieso hat er das gemacht?«, japste ich und ließ mich schluchzend in die Arme meiner Freundin sinken. Plötzlich bebte ihre Brust ebenfalls. Schnell wischte sie die Tränen weg, die aus ihren Augen rannen.

»Amarillo…«, keuchte ich und wollte einen vernünftigen Satz zustande bringen, wurde aber ständig von wilden Schluchzern unterbrochen.

Verwirrt drückte Oakley meinen Kopf nach oben und wischte mit ihren zierlichen Fingern über meine Wange. »Was ist mit Amarillo?« Irritiert zog sie die Augenbrauen kraus und bemühte sich, die Satzfetzen aneinanderzureihen, die ich von mir gab.

»Amarillo hat mir versprochen, dass alles gut wird. Wieso geht er dann? Nichts ist gut!« Mein hysterisches Schreien hallte an den Fliesen, während ich wie ein kleines Kind mit den Beinen strampelte, als wollte ich mich befreien.

Ich konnte nur nicht.

Woche 7

Ich lag wach.
Jede Nacht.
Schmerz und Wut waren vergangen und der Leere gewichen.

Woche 2

Die einzige Nahrung, die ich herunterbekam, waren Croissants. Jedoch schmeckten sie wie aufgeweichte Pappe in meinem Mund und lösten Magenkrämpfe aus.

Woche 3

Ms Mayflower hatte mich nach dem Vertrag gefragt, aber ich bekam den Stift nicht hoch, um meine Unterschrift auf das Dokument zu setzen.

Woche 4

Oakley las mir abends etwas vor, damit ich besser einschlief. Ich wurde jedoch alle paar Stunden von meinem eigenen Schreien wach. Die Albträume fanden kein Ende.

Woche 5

Oakley hatte genug. Sie half mir auf und zog mir ein frisches T-Shirt über den Kopf, bevor sie mich die Treppe hinunter zu einem Spaziergang lockte.

Zunächst trottete ich nur neben ihr her und hielt den Blick auf den Boden gesenkt, doch irgendwann konnte ich die kühle Morgenluft tiefer in meinen Brustkorb ziehen und genoss das erfrischende Gefühl.

Zum ersten Mal seit Wochen bahnte sich so etwas wie Lebendigkeit durch meine Gliedmaßen. Mit jedem Schritt wurde mein Gang stärker, bis ich aufrecht ging und den Kopf in den Himmel reckte. Ich breitete die Arme aus und zog den Herbstwind durch meine Nase.

Oakley kicherte. »Na siehst du. Die Luft bringt dich nicht um.«

Obwohl es mir schwerfiel, bemühte ich mich zu einem Lächeln. »Du hast recht. Du hast immer recht.«

Gemeinsam schlenderten wir über die Schotterwege, als sie jedoch den Weg in Richtung Ostcampus einschlug, blieb ich stocksteif stehen. »Oak, ich möchte hier nicht lang gehen.« Sofort breitete sich ein mulmiges Gefühl in mir aus und Flashbacks überfluteten mein inneres Auge. Ich schüttelte schnell meinen Kopf, um sie zu verdrängen.

»Konfrontation ist eine der besten Therapiemöglichkeiten. Außerdem habe ich ein wichtiges Buch bei Easton vergessen und das will ich abholen.«

Ich riss die Augen auf und machte einen Schritt rückwärts. »Oak, ich werde definitiv nicht das Ostgebäude betreten.«

»Du wirst dich nicht ewig vom Ostcampus fernhalten können. Zusammen schaffen wir das, okay?«

Skeptisch musterte ich sie, während sie mir ihre ausgestreckte Hand hinhielt. »Okay, aber wir verschwinden sofort wieder.«

Oakley nickte beschwichtigend.

Den gesamten Weg über krallte ich mich an ihre Hand. *Was wäre, wenn Amarillo aus dem Aufzug kommen würde? Oder auch Camilla? Wie würde ich mich verhalten?*

Als sich jedoch ein leerer Fahrstuhl vor uns öffnete, atmete ich durch. Oakleys Hand zitterte kaum merklich, als sie den Finger ausstreckte, um an Eastons Tür zu klingeln. Zunächst passierte Garnichts, aber als Oakleys abermals die Klingel betätigte, vernahmen wir ein dumpfes Stöhnen aus der Wohnung.

»Easton, ich weiß, dass du da drin bist. Mach die Tür auf.«

»Was willst du?«, rief er durch die Tür bis in den Flur.

Oakley presste eng die Lippen aufeinander und ihre Hände, ballten sich zu Fäusten, ehe sie ein weiteres Wort herausbekam. »Du musst mit mir reden, Easton.«

Trotz der Wand zwischen uns, konnte ich sein gequältes Lachen deutlich hören.

Verwirrt musterte ich Oakley. *Reden? Ich dachte, wir wollten ein Buch abholen?*

Eine Sekunde herrschte Stille, doch urplötzlich legte sich das Türschloss um, und sie wurde kräftig aufgestoßen.

Als Eastons düsterer Blick meinem begegnete, hatte ich schon sorge er würde die Tür sofort wieder zuziehen. Oakley stellte jedoch schnell ihren Fuß in die Wohnung und drängte sich an ihm vorbei. Er sah furchtbar aus. Seine dunklen Haare waren verfilzt und der Geruch von Weed und Alkohol hatte sich in jeder seiner Poren festgesetzt. Bevor er auch nur einen Satz herausbekam, nagelte Oakley ihn mit ihrem Blick fest.

»Du erzählst uns jetzt sofort, was mit Amarillo los ist.«

Easton warf frustriert den Kopf nach hinten und kniff die Augen zusammen.

»Ich dachte, wir wollten nur ein Buch abholen?«, stammelte

ich kleinlaut und betrachtete die beiden irritiert.

»Das war nur ein Vorwand. Ich kann mir das nicht mehr mitansehen, wie du in unserem Zimmer verrottest. Du sagst uns jetzt sofort, was vorgefallen ist.« Mit erhobenem Zeigefinger kam sie immer näher auf Easton zu. Ihre Nasenflügel hoben sich leicht, als sie von seiner Duftwolke aus Drogen eingenommen wurde.

»Ich kann euch nichts sagen«, beteuerte dieser, worauf Oakley nur herausfordernd eine Augenbraue nach oben zog.

»Ich bitte dich kein zweites Mal. Irgendetwas ist in dieser Nacht vorgefallen und ich will wissen was. Ich glaube nicht daran, dass er sich freiwillig dazu entschieden hat, aus heiterem Himmel Camilla zu heiraten.«

Stille breitete sich in dem abgedunkelten Raum aus. Easton kniff die Augen zusammen und seufzte, ehe er sich erschöpft auf die Couch fallen ließ. Er stütze seine Ellenbogen auf seien Knien und legte dann den Kopf in die Hände. Selbst seinen eigenen Körper zu tragen, schien ihn auszulaugen. »Oakley hat recht.«

Verwirrt zog ich die Augenbrauen zusammen. »Was meinst du?«

Er mied meinen Blick und starrte einfach weiter auf den Boden zu seinen Füßen. »Du kennst Amarillo. Er würde niemals ohne Grund seine eigenen Prinzipien fallen lassen, aber er hat es trotzdem getan. Für dich.«

Mein Herz setzte einen Schlag aus. *Was redete er denn da?*

»Nach dem Vorfall vor ein paar Wochen hat er seinen Vater gebeten, diese Angelegenheit zu richten. Vetternwirtschaft.« Er machte eine Pause und zog tief die Luft in seine Lungen. »Um Professor Miller haben wir uns gekümmert.«

Ein Schatten legte sich über sein markantes Gesicht. Ich beobachtete seine Hände dabei, wie sie sich immer stärker in seinem dunklen Haarschopf festkrallten.

Oakley suchte meinen Blick und zog fragend die Augenbrauen zusammen, aber ich wusste sofort, was er meinte. Genauso, wie sie es für Mariella getan hatten, taten sie es für mich.

»Wieso hat er das getan?«, hauchte ich und bemühte mich, die schmerzenden Tränen zurückzuhalten. Ich hatte die letzten Wochen so viel geweint, dass ich nicht geglaubt hätte, noch eine überzuhaben.

»Sein Vater hat ihn gezwungen. Er hätte das nicht für dich getan, wenn Amarillo nicht endlich nach deren Pfeife tanzen würde und ihren Deal durchsetzt.«

»Welchen Deal?«, murmelte Oakley irritiert, während sich bei mir die Puzzleteile zusammenfügten.

Easton hob urplötzlich den Kopf und betrachtete mich mit einem Nicken. »Du weißt, wovon ich spreche. Er kommt jetzt seit Tagen nicht mehr aus seiner Wohnung. Nur deswegen erzähle ich euch das. Er ist mein bester Freund, quasi mein Bruder. Ich will nur das Beste für ihn, aber unsere Familie wird ihn nicht in Ruhe lassen. Er wird niemals ein anderes Leben führen können, weil zu viel von ihm abhängt.«

Ich schüttelte wild den Kopf, als ich begriff, was Amarillo für mich getan hatte. Er hatte sich dem Willen seiner Familie gebeugt, damit ich an der Universität bleiben konnte. Er hatte mir versprochen, dass alles gut werden würde. So hatte er mir meine Freiheit zurückgeholt und mir meine Zukunft ermöglicht.

»Wo ist er?«, keuchte ich.

»Azula, er ist diesen Deal bereits eingegangen, du wirst nichts mehr ausrichten können. Der Ring steckt jetzt an Camillas Finger. Das symbolische Anketten an dieses Leben. Mach es ihm nicht noch schwerer. An deiner Stelle würde ich ihn vergessen und mit deinem Leben weitermachen, wie bisher. Ich habe ihn gewarnt, dich nicht mit reinzuziehen, und er wollte nicht auf mich hören, jetzt muss er es ausbaden.«

Ich schüttelte vehement den Kopf. Easton wusste nicht, was ich wusste. Amarillo wollte den Deal niemals eingehen, auch wenn das bedeutete, dass er alles verlieren würde. Seine Familie, das Geld. Aber dafür wäre er dann frei. Nun war er wieder eingesperrt, für mich. Ich konnte ihn da wieder rausholen.

»Wenn dir etwas an deinem Freund liegt, gibst du mir jetzt die Schlüsselkarte zu seiner Wohnung«, beteuerte ich und sah Amarillos besten Freund eindringlich an. Er fuhr sich verzweifelt durch die Haare und rief: »Zum letzten Mal! Unsere Familie wird ihn nie in Ruhe lassen. Amarillo kann sich einreden, dass er entkommen kann, aber das wird er nicht! Er hat keine Wahl.«

»Vielleicht kennst du ihn nicht so gut, wie du denkst«, raunte ich und Easton zuckte merklich zusammen. Plötzlich verfinsterte sich sein Blick. »Wollen wir es herausfinden?«

In einer flüssigen Bewegung holte er die Schlüsselkarte aus seiner Hosentasche hervor und hielt sie mir vor die Nase.

Bevor er es sich anders überlegen konnte, warf ich Oakley einen entschlossenen Blick zu und sprintete aus Eastons Apartment.

Mit zittrigen Fingern legte ich die Schlüsselkarte an die Fläche und beobachtete den leuchtenden Pfeil, als sich die schweren Metalltüren öffneten. Ich stieg ein, drückte die oberste Taste und verharrte, bis sich der Aufzug in Bewegung setzte. Mit wippendem Bein wartete ich darauf, dass sich die Türen endlich wieder öffneten, und kaute ungeduldig auf meiner Unterlippe herum. Die paar Sekunden, die der Fahrstuhl brauchte, um ein Stockwerk höher zu kommen, fühlten sich wie eine Ewigkeit an. Ich hatte noch keinen Fuß in die Wohnung gesetzt, da ertönte schon Amarillos Stimme aus der offenen Küche.

»Lass mich in Ruhe, Easton.« Er stand mit dem Rücken an der Kücheninsel gelehnt, sodass er mich nicht aus dem Fahrstuhl kommen sah. Als ich nichts sagte, drehte er sich hastig um. »Easton, verdammt…« Plötzlich hielt er inne.

Unsicher sah ich ihn an und atmete so heftig, dass er es sogar von seiner Position im Raum aus wahrnehmen konnte. Mein Herz pumpte so intensiv, als hätte ich einen Sprint hingelegt. Seine Pupillen weiteten sich und er stellte das Glas zitternd auf dem Tresen ab, als er realisierte, dass ich vor ihm stand.

»Mi Cielo«, hauchte er und schien seinen Augen nicht zu trauen. Ohne ein weiteres Wort zu sagen, stürmte ich auf ihn zu und legte einen Hechtsprung in seine Arme hin. Er fing mich instinktiv auf, drückte mich in seine Brust und hob mich hoch, sodass ich nicht mehr auf eigenen Beinen stehen musste. Sie waren ohnehin wie Pudding unter mir. Seine warme Hand drückte sich an meinen Rücken und er zog tief meinen Geruch durch seine Nase, als er sein Gesicht in meiner Halsbeuge verschwinden ließ.

»Was machst du hier?«, flüsterte er und wiederholte die Frage wie ein Mantra. Als er sich von mir löste und mit beiden Händen meine Wangen umfasste, wurde mir warm und kalt zugleich. Mein Herz führte einen Tanz auf und mein Magen schlug Purzelbäume. Das war das Gefühl, das ich gebraucht hatte.

»Jetzt bin ich dran, dich zu retten«, murmelte ich und grinste, als er mit seinen Händen durch meine Haarsträhnen fuhr.

»Das kannst du nicht machen, Mi Cielo.« Vorsichtig setzte er mich wieder auf dem Boden ab. Sofort überströmte eine Traurigkeit seine grünen Augen und sie wurden mit jeder Minute fahler. Das Strahlen erlosch, als er sich von mir drückte. »*Wir* können das nicht machen.«

Ich schüttelte vehement den Kopf. »Easton hat mir erzählt, was du für mich getan hast.«

Wie ein begossener Pudel blickte er auf mich herab. Seine Hände hielt er in Fäusten an seinen Körper gepresst, als wolle er sich selbst davon abhalten, dass er sie nach mir ausstreckte.

»Mi Cielo…«, begann er, doch ich ließ ihn nicht aussprechen.

»Die Freiheit, die ich mir immer erträumt habe, finde ich hier nicht. Nichts hält mich hier. Ich will nicht mehr an dieser Universität wandeln und immer an dich denken müssen. Ich will nicht in dieser Stadt sein und an mein altes Leben erinnert werden. Ich will nicht in diesen Räumen sitzen und an den Mann erinnert werden, der mir Unaussprechliches antun wollte! Ich werde das niemals vergessen können. Ich werde den Ekel niemals abschütteln können, den dieser Dreckskerl auf mir hinterlassen hat. Die einzige Person, dessen Berührungen nicht schmerzen, bist du. Du musst mich berühren, weil ich Angst habe, dass ich sonst nie wieder jemanden an mich heranlassen kann!«

Jedes Wort hatte so viel Kraft dahinter, dass Amarillo mit jeder Silbe weiter nachgab. Ich kam immer näher, sodass sich unsere Nasenspitzen beinahe berührten. Er blinzelte kein einziges Mal und schien jedes meiner Worte aufsaugen zu wollen, doch er selbst bekam kein einziges heraus.

»Wenn du ihn jemals sehen willst, diesen grünen Blitz, dann darfst du das nicht tun!«

Ich war so frustriert. Sein Opfer war heldenhaft, doch er hatte eine Sache vergessen: Das ich nicht mehr ohne ihn wollte. Langsam stiegen mir verzweifelte Tränen in die Augen. Ich hatte Angst ihn nicht umstimmen zu können. Die Panik keimte in mir auf und ich fürchtete, ihn an seinen Albtraum zu verlieren. Ich überrumpelte ihn immer weiter mit meinen Worten, sodass er gar nicht widersprechen konnte.

»Amarillo, du kannst nicht einfach dein Leben wegschmeißen und glauben, dass ich mit meinem weitermachen kann, als wäre nichts gewesen! Du hast zu mir auf diesem Heuboden gesagt, dass du alles oder nichts willst. All or Nothing!«

Die Worte sprudelten nur so aus meinem Mund. Wochen hatte ich in Schweigen verbracht, wurde ertränkt von meinen eigenen Gedanken und all den ungesagten Worten, von denen ich glaubte, sie nie sagen zu können. In diesem Moment wollten sie gehört werden. »Sei ein Egoist und liebe mich.«

Anstatt zu antworten, zog er mich an sich. Überrascht riss ich die Augen auf, als seine Lippen auf meine prallten. Er schmeckte nach Whiskey, als er seine Zunge um meine tanzen ließ und in unseren Kuss hinein stöhnte. Er war so voller Verlangen und Hingabe, dass ich mich in ihm verlor. Ich schloss die Lider und ließ mich von Amarillo treiben. Es zählte nicht, wo wir waren. Es zählte allein die Freiheit, die wir uns gegenseitig schenken konnten.

Als ich meinen Künstlernamen *Sky* gewählt hatte, dachte ich, dieser Job würde mir diese Freiheit geben, doch auf eine ironische Art und Weise hatte er genau das Gegenteil getan. Nicht das Geld war es, dass mich frei fühlen ließ, sondern die Liebe. Mit Amarillo fühlte ich mich frei.

»Okay«, murmelte er gegen meine Lippen, als er sich von mir löste. Irritiert öffnete ich die Augen und blickte in seine grünen. Ich versank in den funkelnden Smaragden und ließ mich immer weiter in ihren Bann ziehen.

»Wenn ich das alles hinter mir lasse, meine Familie verrate und meine Freunde verlasse, musst du mir eins versprechen.«

Eifrig nickte ich.

»Ich gehe diesen Weg für mich, aber ich möchte ihn mit dir gemeinsam gehen. Du darfst mich niemals so verraten wie ich meine Familie. Mein Vater wird alles daran setzten, mich zurückzuholen. Wenn wir untertauchen, ist das kein luxuriöses Leben.«

Ein breites Grinsen zog sich auf meine Lippen. »Ich glaube ich komme ohne Luxus besser aus als du.«

Nun zierte auch Amarillos Lippen ein breites Grinsen. »Du bist mein Luxus. Ich brauche keinen anderen.« Sein warmer Atem löste eine Gänsehaut auf mir aus, als er mich näher zog. »Wohin möchtest du gehen?«

Ich fuhr mit meinem Finger sein markantes Kinn ab und hoch über seinen Wangenknochen, bis ich meine Hand in seinen blonden Locken versenkte. »Spanien.«

Seine Smaragde leuchteten auf und sein Griff um meine Hüfte verstärkte sich.

»Ich denke, für zwei Flugtickets wird die hier reichen«, witzelte er und wackelte mit seinem Handgelenk, an der die Rolex prangte. Lachend klopfte ich ihm auf seine Brust und zog ihn an den Haaren zu mir herunter, bevor ich meine Lippen wieder mit seinen verband.

Das Kribbeln durchflutete meinen Körper. Bis in die Zehenspitzen konnte ich es fühlen und ich freute mich schon darauf, es jeden Tag aufs Neue zu erleben.

»Was bedeutet eigentlich mein neuer Spitzname?«, nuschelte ich zwischen zwei feuchten Küssen und spürte, wie sich Amarillos Lippen an meinen zu einem Lächeln verzogen.

»Mein Himmel.«

EPILOG

Amarillo

Genüsslich zog ich die milde Luft durch meine Nase. Der salzige, frische Wind, der übers Meer die Klippe hinauf wehte, fing sich in Azulas dunklen Haaren. Sie flogen wild umher und ich erhaschte einen Blick auf ihr Gesicht. Sie hatte die Augen geschlossen, ihre langen Wimpern zogen dunkle Schatten über ihre ebenmäßige Haut und ihre vollen Lippen lagen sanft aufeinander. Sie wirkte friedlich und befreit, während sie sich die Brise um die Nase wirbeln ließ und tief durch den Brustkorb atmete.

Langsam schlich ich mich an sie heran. Sie hörte mich nicht kommen, doch als ich sie an der Taille packte und an mich heranzog, schreckte sie zusammen. Ich drehte meinen Kopf so, dass ich ihr in die strahlenden Augen sehen konnte. Das breite Lächeln konnte ich nicht aufhalten, welches sich immer weiter auf meine Lippen zog. Meine Nase vergrub ich in ihrer Halsbeuge und zog ihren betörenden Duft tief ein.

Ein Schwall der Freude überkam mich, als ich sie näher an mich drückte und mir klar wurde, dass ich sie ganz für mich alleine hatte. Vor ein paar Wochen noch hatte ich Angst, ich würde sie nie wieder spüren können. Ich hätte ihren bezaubernden Geruch nie wieder wahrnehmen und sie nie wieder schmecken können, hätte sie mir nicht vor Augen gehalten, was wirklich zählte. Beinahe hätte ich meinen Himmel aufgegeben und hätte auf ewig in der Hölle geschmort. Azula hatte mich gerettet und ich würde ihr niemals zurückgeben können, was sie für mich getan hatte. Sie war mein Schlüssel zur Freiheit. Sie war *Mi Cielo,* denn ich würde niemals näher an einen Himmel herankommen.

»Ist alles in Ordnung?«, murmelte sie und tätschelte meinen Haarschopf, während ich sie weiter in der tiefen Umarmung gefangen hielt.

»Ich liebe dich«, raunte ich gegen ihre Halsbeuge und spürte, wie sie meinen Kopf ein Stück nach oben drückte. Ich konnte selbst nicht glauben, dass ich das gesagt hatte, doch es stimmte. Diese drei Worte kamen direkt aus meinem Herzen und ich würde sie nicht zurücknehmen, denn es war die Wahrheit. Ich wollte es ihr ein zweites Mal sagen, ein drittes Mal. Tausende Male wäre nicht genug, um ihr zu zeigen, wie sehr ich sie liebte.

Vorsichtig strich sie mit ihren langen Fingernägeln über meine Wange und ich schloss genüsslich die Lider.

»Na sieh mal einer an«, neckte sie mich. »Ich dachte, ich soll mich nicht in dich verlieben.«

Ich öffnete die Augen und erblickte ihre strahlenden Zähne, als sie mich angrinste und mit ihrer Hand durch meine Haare fuhr.

»Mi Cielo…«, begann ich, doch bevor ich weitersprechen konnte, unterbrach sie mich mit einem Kuss. Ihre zarten Lippen auf meinen ließen mein Herz einen Satz machen und augenblicklich schneller schlagen.

Schon am ersten Tag unserer Begegnung, als die Welt hoffnungslos schien und meine Zukunft dunkel, hatte sie dieses Gefühl in mir ausgelöst. Erst jetzt konnte ich es wirklich genießen. Sie hatte mir das Licht geschenkt.

Ich drückte sie enger an mich und fuhr mit meiner Hand unter ihr T-Shirt. Unter meinen Fingerspitzen spürte ich, wie sich eine Gänsehaut auf ihrem Rücken ausbreitete, und lächelte in unseren Kuss hinein.

Als sie sich von mir löste, flüsterte sie: »Ich liebe dich.«

Mein Herz schien wieder im selben Takt zu schlagen, wie vor ein paar Jahren. Ich war aus meiner Trance erwacht. Mein

Albtraum hatte ein Ende gefunden. Eine Lebendigkeit durchflutete meine Adern, die ich für tot geglaubt hatte. Ein erleichtertes Lachen entfloh mir und ich zog sie abermals an meinen Körper, um unsere Lippen miteinander zu vereinen.

Ich konnte die Vergangenheit nicht ungeschehen machen, doch in diesem Moment schwor ich, ihr eine goldene Zukunft zu schenken.

Ich hörte die Wellen, wie sie an der Klippe zersprangen, und spürte den salzigen Wind in meinem Haar. Er trug Meerwasser mit sich die Klippe hinauf und die kühlen Tropfen perlten auf meine erhitzte Haut. Ich löste unseren Kuss, drehte mich um sie herum und zog sie von hinten gegen meine Brust.

Gemeinsam beobachteten wir den Sonnenuntergang Spaniens, und als die gelb glühende Sonne im blau schimmernden Meer versank, konnte ich ihn sehen: *den grünen Blitz.*

Easton & Oakley

In der Welt der Geheimnisse gibt es kein Licht.
Nur ein Labyrinth der Dunkelheit, in dem wir uns verirren.

Doch, wenn der Tag hereinbricht und sich der Himmel lila färbt, werden wir einen Ausweg finden.

Fortsetzung folgt...

Danksagung

Da wären wir. Obwohl dieses Buch beendet ist, ist es die Reihe noch lange nicht. Easton und Oakley werden euer Herz ebenso erobern, das verspreche ich euch.

Als ich angefangen habe, diesen Roman zu schreiben, habe ich nicht damit gerechnet, was für eine Achterbahn es werden würde. Glücksmomente und übersprudelnde Motivation, bis hin zu Hindernissen, die mich an meine Grenze getrieben haben. In den letzten zwei Jahren habe ich mich auf eine Weise entwickelt, die ich niemals für möglich gehalten hätte. Ohne meine Unterstützer wäre ich wohl nie so weit gekommen. Genau wie in diesem Roman, wurden die dunkelsten Momente erhellt, und ich habe niemals den Mut verloren weiterzugehen.

Zuallererst möchte ich meiner Lektorin Gina (Lektorat Zeilenmut) meinen tiefsten Dank aussprechen. Sie stand mir von Anfang an zur Seite und hat mich mit wertvollem Insider-Wissen versorgt. Als ich dann nach einer Lektorin gesucht habe, ist sie trotz privater Hürden herbeigesprungen und hat dieses Buch zu dem gemacht, was es heute ist. Gina, ohne dich wäre das hier nicht möglich gewesen. Wahrscheinlich hätte ich niemals den Mut gehabt, mich auf das Selfpublishing einzulassen, nachdem die Ablehnungen der Verlage mein Selbstvertrauen in diese Geschichte so sehr erschüttert hatten.

Außerdem möchte ich denjenigen danken, die das Buch gelesen haben, als es noch in den Kinderschuhen gesteckt hat. Dank euch habe ich die Motivation gefasst, es zu Ende zu bringen und meinen Traum zu verwirklichen.

Jedes Mal, wenn ich kurz davor war aufzugeben, war mein Freund an meiner Seite und hat mich mit seiner liebevollen Unterstützung wieder aufgebaut. Ich bin so dankbar, dass wir gemeinsam unsere Träume verfolgen, und uns bedingungslos unterstützen. Ich liebe dich, Bby.

Außerdem möchte ich meinen Eltern von ganzen Herzen danken. Sie haben mich zu einem freidenkenden und kreativen Menschen erzogen. Papa, ich werde nie vergessen, wie du mir damals in der Grundschule diesen überteuerten Notizblock gekauft hast, nur weil ich eine Geschichte schreiben wollte. Mama, du hast meine Texte gelesen, als ich vor all den Jahren gerade erst mit dem Schreiben begonnen habe, und hast mich weiter darin bestärkt. Danke, dass ihr mir vertraut und mich in jeder Hinsicht unterstützt.

Und zu guter Letzt: Danke, dass du nicht aufgegeben hast, Emily. Trotz aller Absagen und Fehltritte hast du niemals aufgehört zu kämpfen.

Du hast immer gesagt: »Mein zukünftiges Ich wird es mir danken.« Du hast Recht behalten.

Triggerwarnung

Dieses Buch enthält neben expliziten Szenen auch potenziell triggernde Inhalte:

Tod eines Familienmitglieds
Erpressung
Panikattacken
Substanzenmissbrauch
Erwähnung von sexueller Gewalt
Mord

Solltest du Hilfe benötigen, wende dich an diese Nummern:

Telefon Seelsorge:
0800 1110111
0800 1110222
oder online: https://www.telefonseelsorge.de

Hilfe Telefon *Gewalt gegen Frauen*
116 016
oder online: https://www.hilfetelefon.de